L'ŒUVRE DES REPENTIES

A AVIGNON

DU XIIIᵉ AU XVIIIᵉ SIÈCLE

RECHERCHES HISTORIQUES ET DOCUMENTS

SUR

AVIGNON, LE COMTAT VENAISSIN ET LA PRINCIPAUTÉ D'ORANGE

V

L'ŒUVRE DES REPENTIES

A AVIGNON

DU XIIIe AU XVIIIe SIÈCLE

PAR

Le Dr P. PANSIER

PARIS

Honoré CHAMPION

Libraire-Editeur

QUAI MALAQUAIS, 5

AVIGNON

J. ROUMANILLE

Libraire-Editeur

RUE SAINT-AGRICOL, 19

1910

Ancienne Eglise de N.-D. des Miracles
(Etat Actuel)

RECHERCHES HISTORIQUES ET DOCUMENTS

SUR AVIGNON, LE COMTAT VENAISSIN ET LA PRINCIPAUTÉ D'ORANGE

V

L'ŒUVRE
DES REPENTIES

A AVIGNON

DU XIIIe AU XVIIIe SIÈCLE

PAR

Le Dʀ P. PANSIER

PARIS	AVIGNON
Honoré **CHAMPION**	J. **ROUMANILLE**
Libraire-Editeur	Libraire-Editeur
Quai Malaquais, 5	Rue Saint-Agricol, 19

1910

PRÉFACE

Étendre son esprit, resserrer ses désirs,
C'est là ce grand secret ignoré du vulgaire.

LAMARTINE.

Pour les imbéciles, dont le nombre paraît aller croissant malgré l'enseignement obligatoire qui a diffusé les lumières de la science dans les plus sombres anfractuosités des intelligences, le moyen âge n'évoque d'autres idées que celles d'esclavage, droit du seigneur et ceinture de chasteté. Un primaire qui se respecte ne parle de cette période d'obscurantisme qu'en la qualifiant de barbare.

J'ai eu la curiosité d'étudier l'histoire médiévale d'Avignon : au lieu de me borner à lire les ouvrages classiques de J.-B Joudou (1) et autres élucubrations carnavalesques qu'on dirait issues de quelque arrière loge, j'ai eu la patience de consacrer mes loisirs à compulser les différents fonds antiques de nos archives. En plus de quinze ans de recherches, je n'ai pas rencontré un seul esclave, je n'ai pas trouvé trace du droit du seigneur, je n'ai pas découvert la moindre ceinture de chasteté. Mais, par contre, j'ai vu dans l'Avignon médiéval une République, souvent un peu turbulente, où les mots *liberté*, *égalité*, *fraternité*, au lieu d'être, comme actuellement, peints à la détrempe sur les murs, étaient des principes fai-

(1) *Essai sur l'histoire de la ville d'Avignon.* Avignon, 1853, un vol. in-18. *Histoire des souverains pontifes qui ont siégé à Avignon.* Ibidem, 1855, 2 vol. in-18

sant le fond des institutions administratives, ce qui était peut-être
préférable. Pour me borner, je me suis consacré à la dernière de
ces symboliques divinités : la fraternité. Synthétiquement elle se
compose de deux éléments : l'amour du prochain et la charité envers lui. L'amour du prochain demande à être purifié par l'idée de
Dieu : or, comme il a été officiellement promulgué que le dénommé
dieu n'existait plus, je m'incline devant les étoiles éteintes, et j'étu-
die seulement la charité à Avignon au moyen âge. Je commence
par une œuvre des plus humbles : celle qui cherchait à sortir les
prostituées de la débauche.

Si une professionnelle de la prostitution veut aujourd'hui retourner à la vie honnête et se faire rayer *administrativement* du contrôle de l'infâmie, le plus court pour elle, c'est de prendre une
bonne corde, un fort moëllon, de suspendre le moëllon à son cou,
et de se jeter au Rhône avec lui.

Au barbare moyen âge, la même personne serait allée frapper
à l'humble porte d'une maison surmontée d'une croix : elle y aurait
été reçue et hospitalisée par une vénérable dame habillée comme
une veuve, qui, après quelques jours de repos, lui aurait dit : « Vous
voyez ce que nous faisons : si notre vie de prière et de mortification
ne vous effraye pas, si vous persistez dans votre résolution, soyez
des nôtres. A partir d'aujourd'hui, vous n'êtes plus Margot la pécheresse tarifée : vous êtes sœur Marguerite, et à ce titre notre
égale devant Dieu et devant les hommes ». — C'était ce qu'on appelait à Avignon l'*œuvre des pauvres nonnains Repenties* dont je vais
essayer de retracer l'histoire.

La bibliographie de la maison des Repenties d'Avignon est courte :
Je n'ai à citer qu'une brochure de l'abbé Chaillan, parue en 1904 (1).
L'abbé Chaillan, avec un zèle qu'on ne saurait trop louer, a re-
cueilli dans les registres du Vatican tout ce qu'il a pu trouver de
bulles de Grégoire XI concernant l'œuvre des Repenties d'Avignon :
il les a publiées précédées d'une courte préface. Je lui ai emprunté
un certain nombre de pièces que nous ne possédions pas en double
dans nos archives.

M. Aude, conservateur de la bibliothèque Méjanes à Aix, a eu
l'amabilité de me faire copier et de collationner lui-même la tra-

---

(1) *Notice et documents sur la maison des Repenties à Avignon au XIVme
siècle*. Aix-Avignon, 1904, in-8 de 58 p.

duction française des statuts des Repenties que détient sa bibliothèque. Je ne sais comment le remercier de son obligeance à laquelle j'ai eu plusieurs fois recours, et qui est connue et appréciée de tous les chercheurs.

M. le docteur Cassin, propriétaire actuel de l'ancien immeuble de la maison des Repenties de Sainte-Marie l'Egyptienne, a bien voulu me communiquer tout un dossier concernant cette maison. Cela m'a permis de combler de nombreuses lacunes et de reproduire un plan de la maison des Repenties de la place Pignotte, telle qu'elle était en 1761.

Enfin, je ne saurais oublier parmi ceux qui m'ont aidé dans ma tâche, notre vieil archiviste, M. Duhamel : je suis depuis plus de quinze ans son hôte assidu et parfois un peu encombrant, et je désirerais pouvoir l'importuner encore pendant de longues années.

Brides-les-Bains (Savoie), juillet 1909.

L'ŒUVRE DES REPENTIES A AVIGNON

DU XIIIᴱ AU XVIIIᴱ SIÈCLE

CHAPITRE PREMIER

La prostitution au Moyen Age. Tentatives pour la réprimer. Les maisons de retraite pour les courtisanes fondées par l'impératrice Théodora. Nouvelles tentatives faites par Fulcon et Pierre de Rossiac en 1198. Fondation de nombreuses maisons de Repenties au XIIIᵐᵉ siècle.

La prostitution est aussi vieille que le monde, car comme le fait remarquer la Fontaine :

> Chose étrange ! on apprend la tempérance aux chiens
> Et l'on ne peut l'apprendre aux hommes.

Chez les Grecs, la prostitution nous apparait avec un caractère esthétique et religieux, peut-être trop poëtisé : chez les Romains, crapuleuse sous la république, elle devient orgiaque sous les empereurs.

Si la prostitution s'évanouit momentanément avec les invasions des barbares, elle réapparait à mesure que les peuples se civilisent. Le concile de Soissons en 862 constate ainsi l'état des mœurs : *notre terre est aujourd'hui désolée par l'adultère, le vice et l'homicide.*

Au Xᵉ siècle, la puissance des princes, nous dit Ernouf, se mesurait au nombre de leurs concubines autant qu'à celui de leurs soldats (1). Arnoul, roi de Germanie traînait après lui tout un sérail de concubines, et malgré cela son incontinence effrénée ne respectait ni les femmes mariées, ni les vierges consacrées à Dieu.

Au XIᵐᵉ siècle les filles publiques ont envahi les grandes villes. Grégoire VII, en 1070, dans une lettre à Robert, comte de Flandre, se plaint qu'elles soient devenues un fléau. Jacques de Vitry au commencement du XIIIᵐᵉ siècle nous dépeint ainsi la vie de Paris :

(1) *Récits historiques et mœurs du Xᵉ siècle...* Paris, 1858, p. 114, 115, 140.

« Les filles publiques partout errantes par les rues et les places
« de la cité provoquent les clercs à leur passage, et les entrainent
« comme par violence dans leurs lupanars publics : s'ils refusent,
« elles les poursuivent de leurs plus grossières injures. Dans la
« même maison, on trouve des écoles en haut, des lieux de débau-
« che en bas. Au premier étage les professeurs donnent leurs
« leçons : au dessous des femmes débauchées font leur honteux
« métier, et tandis que d'un côté celles-ci se querellent entres elles
« ou avec leurs amants, de l'autre retentissent les savantes dispu-
« tes et les argumentations des écoliers (1) ».

Louis IX en 1254 tente d'abolir la prostitution en *boutant hors les
ribaudes des champs comme des villes*. Le seul résultat tangible de
cette ordonnance fut de substituer la prostitution clandestine à la
prostitution publique. Rapprochement bizarre, l'ordonnance de
saint Louis fut reprise à son compte par la Révolution, et sans plus
de succès. Ce n'était pas en effet par des lois ou des actes de ri-
gueur que l'on pouvait enrayer ce fléau. Dans de pareilles éventua-
lités il faut s'adresser non pas à l'effet mais à la cause que produit
le mal. Or, pour diminuer le nombre des débauchées, il fallait
d'abord leur ménager la possibilité de sortir de cette vie de honte
et de misère.

Dans l'antiquité païenne, sauf de rares exceptions, la femme, une
fois prostituée était attachée au char de la débauche comme Ixion
à sa roue. L'esclavage était d'ailleurs le grand fournisseur de la
prostitution antique.

Le christianisme qui appelait à lui les humbles et les délaissés ne
pouvait fermer son giron à la prostituée repentante. Sainte Madeleine n'avait-elle pas baigné de ses larmes, essuyé de ses cheveux
les pieds divins du Sauveur ? La doctrine de l'Église envers les
malheureuses victimes de la débauche, est ainsi résumée par saint
Jérome : *nous ne demandons pas aux chrétiens comment ils commen-
cent, mais comment ils finissent* (2).

---

(1) Apud. Bulaeum, *historia occidentalis*, Paris, 1605, t. II. p. 687.

(2) Non quaeruntur in Christianis initia sed finis. Paulus male coepit sed bene
finivit... Quanto foedior tanto pulchrior. *S. Hyeronimi, epistolae*, édition de Paris
1553, epistola ad Furiam, I. p. 29.

La loi romaine, comme la loi juive, marquait d'une infâmie indélébile la femme qui avait trafiqué de son corps, et lui fermait tout retour à une voie meilleure. Le christianisme ne voit en elle qu'une brebis égarée à ramener dans le troupeau : il y a plus de joie au ciel pour le repentir d'un pécheur que pour la persévérance de sept justes. Epouser la pécheresse pénitente devient une œuvre pie et méritoire. Le concile d'Elvire au IVᵉ siècle, celui d'Aix ensuite, absolvent sans pénitence la femme débauchée qui, reniant ses erreurs et renonçant à sa vie infâme, se marie et conserve honnêtement la foi conjugale (1).

L'idée de fonder des maisons de retraite pour les courtisanes repentantes parait remonter à l'impératrice Théodora.

Ayant échangé les oripaux de la baladine et de la prostituée pour la pourpre impériale, l'épouse de Justinien commence par faire démolir le théâtre de ses exploits amoureux, et sur les ruines du dictérion s'élève l'église de Sainte Sophie. Théodora ne borne pas là son zèle, elle fonde une maison de retraite et de pénitence pour ses anciennes compagnes d'impureté. Elle aménage à cet effet un palais situé sur la rive asiatique du Bosphore. Malheureusement il fut difficile à l'impératrice de faire des prosélytes. Malgré le luxe et la magnificence de cette demeure, les prostituées n'affluèrent pas. A la persuasion on subtitua la violence. Cinq cents filles publiques furent enlevés dans les rues de Constantinople et enfermées dans l'asile impérial. Mais privées de leurs amants et de leurs orgies, ces malheureuses préférèrent la mort à la prison si dorés qu'en fussent les barreaux. Dès la première nuit la plupart se jetèrent dans la mer, les autres moururent bientôt de langueur et de désespoir.

En 1198 deux prêtres, Fulcon et Pierre de Rossiac, renouvellèrent à Paris l'essai malheureux tenté six siècles avant par Théodora à Constantinople. Ils commencèrent, par faire du prosélytisme parmi les femmes dissolues. Les pécheresses accoururent

---

(1) C'est ce que répète le concile de Tolède en 750 : « Licet fuerit meretrix, licet multis corruptoribus exposita, si nuptiale incontaminatum fœdus servaverit, prioris vitae maculas posterior munditia diluit. »

L'église et les lois chrétiennes, très douce pour les courtisanes, reservaient leurs sévérités pour ceux qui vivaient de la débauche publique et exploitaient ces malheureuses victimes.

en foule à leur voix, et on fonda pour elles le monastère de saint Antoine près de Paris.

En 1226 l'évêque de Paris installe pour les Repenties une nouvelle maison qu'il appelle maison des filles de Dieu, *absolument comme si séparées par leurs vices de leurs parents sur la terre, ces malheureuses n'avaient plus de famille que dans le ciel* (1). Saint Louis dote cette maison d'une rente de 400 livres et y fait placer 200 femmes converties.

A la même époque, en Allemagne, se manifeste un mouvement de charité en faveur des pécheresses repentantes. Nous trouvons à la tête de cette œuvre un prêtre, chanoine de Saint-Maurice d'Hildesheim, évêché suffragant de Mainz. Il avait fondé des maisons pour recevoir les courtisanes désireuses de quitter leur vie de débauche. Après une retraite suffisante, les unes sortaient de la maison pour se marier, les autres se vouaient à Dieu et prenaient l'habit monacal : *en sorte*, dit Grégoire IX, dans une bulle qu'il adresse à ce pieux chanoine, *que de prostituées devenues religieuses elles fuyent le lupanar pour chercher un abri dans le cloitre.* Dans une autre bulle, Grégoire IX recommande à tous les archevêques, évêques et prélats d'Allemagne d'accueillir avec bienveillance ces Repenties, et de veiller à ce qu'elles puissent continuer à vivre dans la chasteté. En même temps il engage ces prélats à faciliter au chanoine de Saint-Maurice la croisade de pénitence qu'il a entreprise dans le monde de la débauche (2).

(1) Rabutaux, *Histoire de la prostitution en Europe*, Paris, 1865, p. 156.

(2) Agnani 8 Juin 1227. Grégorius XI R. presbitero, canonico Si Mauritii Hidelsemensis, gratulatur quod quasdam mulieres miserrimas, quae in lutum ceciderant, faece libidinis involutae de lacu miseriae eduxerat et sic factum erat quod multis ex ipsis nuptui traditis, aliae factae de meretricibus moniales de prostibulo fugerant ad claustrum : ei quoque potestatem concedit ut confessiones hujus modi mulierum audiat, aliqua mandata eamdem rem attinentia addens.

Agnani 7 Juin 1227. Gregorius IX archiepiscopos, episcopos et alios Teutoniae prelatos rogat et hortatur quatenus miserrimas mulieres a R., presbitero canonico Si Mauritii Hidelsemensis, Portuensis episcopi capellano, conversas, quae ad illorum partes confugerint commendatas habentes, in oratoriis, cimiteriis et aliis locis eis provideant, ita quod in castitate et religione assumpta persistant : eisque mandat quatenus dictum presbiterum cum ad eos predicationis causa accesserit, recipiant benignine ac honeste tractent et populum eis commissum ad audiendum predicationem ipsius inducant.

Auvray : *Bibl. des écoles de Rome et d'Athènes, les régistres de Grégoire IX*, nᵒ 110 et 111.

En 1257, Zoen, évêque d'Avignon, lègue dix livres à la maison des Repenties de Bologne (1).

La maison des Repenties de Narbonne a été fondée par l'archevêque Pierre de Montbrun (1272-1286). Le 6 Décembre 1321 le pape Jean XXII mande à Bernard de Fargis, un des successeurs de Pierre de Montbrun sur le siège archiépiscopal de Narbonne, avant de l'approuver, de faire une enquête sur cette fondation, de donner dorénavant aux Repenties le nom de Sœurs de la bienheureuse Marie Magdeleine, et de leur accorder tous les privilèges dont jouissent les ordres mendiants, entr'autres le droit d'avoir une cloche (2).

A Viterbe, c'est un bourgeois de la ville, *Fardus Hugolini,* qui a fondé la maison des Repenties. Le 24 juillet 1322, Jean XXII mande à Angelo Tignosi, évêque de Viterbe, d'accorder 40 jours d'indulgences à leurs bienfaiteurs (3).

En 1272, un bourgeois de Marseille, nommé Bertrand, convertit et renferme dans des monastères plusieurs pécheresses de la ville : en 1381, la ville achète une maison pour loger les Repenties (4).

La maison des Repenties de Montpellier est antérieure à 1328 ; celle de Naples apparaît en 1324 (5).

(1) Item (reliquid) conventui sororum sancte Marie Magdalene de Conversis (civitatis Bononie) decem libras bononienses pro indumentis sororum. Testament de l'évêque Zoen, in Labande, *Avignon au XIIIme siècle,* 1908, p. 350.

(2) 6 Décembre 1321. Archiepiscopo Narbonensi mandat ut se informet et referat super confirmatione per priorissam et sorores domus Repentitarum Narbonensis petita, circum ipsarum congregationem ac regulam ipsis per bone memorie Petrum de Montebruno, archiepiscopum Narbonensem datam, et quod deinceps sorores beate Marie Magadalenes nuncupentur, eisque concedat privilegia que consueverunt ordini mendicantium indulgeri et possint campanam erigere.

Mollat, *Bibl. des écoles de Rome et d'Athènes, Jean XXII, Lettres communes,* n° 14821.

(3) 4 Juillet 1322. Angelo episcopo Viterbiensi mandat ut indulgentiam XL dierum concedat eleemosynam facientibus pro sustentatione judeorum ad fidem conversorum et meretricum per Fardum Hugolini civem Viterbiensem ad continentiam revocatarum.

Eidem mandat ut indulgentiam XL dierum concedat manus porrigentibus adjutrices pro consummatione operis ecclesie beate Marie de Salute, ac domus ad opus predictorum conversorum et mulierum, necnon hospitalis ad pauperum usum infra civitatem Viterbiensem per prefatum Fardum Hugolini incepti.

Ibidem n° 15749.

(4) Chaillan. Loco citato, p. 4.

(5) Ibidem.

A Lyon, les filles repenties ou pénitentes ayant à leur tête une mère nommée par l'administration desservent l'Hôtel-Dieu. A Abbeville, sous le patronage *de la benoite Marie Magdeleine* et sous les auspices des autorités, se constitue une association de filles de mauvaises vie qui cherchèrent à se soustraire au libertinage par la piété et le travail (1).

En 1489, les filles publiques d'Amiens sollicitent des échevins un asile où elles puissent vivre ensemble en travaillant.

---

(1) Au XVe siècle il y avait à Carpentras un *monasterium sororum beate Marie Magdalene* (Notes brèves de Jean Morelli, 7 mars 1441, et étendues de Jean de Gareto, 1482, 21 novembre, minutes de Me Antic, notaire à Avignon) mais je n'ai à l'heure actuelle aucun renseignement sur cette institution.

CHAPITRE II

Dans ce mouvement de charité qui se manifeste au XIIIe siècle envers les pécheresses pour les aider à sortir du bourbier de l'impudicité, Avignon ne reste pas en retard.

La première chose à faire pour arrêter les flots de la marée montante de la prostitution, c'était de diminuer son recrutement en facilitant le mariage des filles pauvres.

La dotation des filles pauvres en vue de faciliter leur mariage était une œuvre de charité très répandue à Avignon. Dès le XIIIe siècle nous voyons dans les testaments de nombreux legs *pro puellis maritandis*. Ces dotations deviennent plus importantes et plus riches à mesure qu'augmente la prospérité du pays ; elles atteignent leur apogée au cours du XIVme siècle. La multiplicité de ces dons nous fait supposer qu'il existait alors une institution chargée officiellement de les centraliser et de les distribuer (1).

---

(1) Voici quelques spécimens des nombreuses donations faites en faveur des pauvres filles à marier :

— 1264, IV décembre. *Guillelmus Figueria* lègue *puellis maritandis V solidos* (Archives de Vaucluse Fonds des Dominicains B. 3).

— 1332, *Petrus Martini miles* lègue trente livres *pauperibus filiabus maritandis* (Ibid Fonds de Sainte Praxède II. 49).

— 1348, *Petrus Martini draperius* lègue 20 florins *pauperibus filiabus maritandis* (Ibid Fonds des Augustins II. 23).

— 1348, XXVI février. *Petrus episcopus Sabinensis*, dit le cardinal d'Espagne, lègue mille florins *pro puellis orphanis maritandis et pauperibus* (Ibid Fonds de Sainte Praxède II. 50).

— 1419, *Anthonius Raymundi lapicida* lègue *pauperibus puellis pro eas juvando ad maritandum* 30 florins (Etendues de Johanne Aucherii, minutes de Me Vincenti).

— 1482, XXVI juin. Noble *Maria de Stracta* lègue cent florins *pauperibus filiabus maritandis cuilibet ipsarum unum scutum.* (Etendues de Gérard David, minutes de Me Vincenti).

De plus il y avait alors dans chaque quartier de la ville ce que l'on appelait des *Aumônes*. Elles étaient de trois sortes : les unes, les Aumônes de métier, étaient des souvenirs des anciennes corporations : telles les Aumônes de la fusterie, de la corregerie, de la pelherie, de la coraterie, des suairres des drapiers, des blanquiers ou parcheminiers etc. D'autres étaient des sociétés d'assistance mutuelle : telles les Aumônes des notaires et des prêtres. D'autres étaient des Aumônes de quartier : telles l'Aumône des rues, de l'Epicerie et Ferraterie, et plus tard l'Aumône de la rue de la Croix. Enfin, dans une quatrième catégorie nous rangerions l'*Aumône de la major*, qui était une œuvre un peu internationale.

Ces Aumônes étaient comme des bureaux de bienfaisance de quartier dont le fonctionnement était assuré par des donations pieuses ou des prélèvements sur les opérations commerciales de certains corps de métiers (1).

Les legs faits aux Aumônes avaient pour but tantôt d'assurer aux donateurs les prières des confrères, tantôt d'assurer la célébration d'un certain nombre de messes, tantôt d'assurer le fonctionnement d'une chapellenie ; mais quand le legs ne devait pas être distribué aux pauvres il y avait toujours à coté une libéralité en leur faveur.

Parmi les dotations des Aumônes, quelques-unes dont l'origine se perd dans la nuit des temps, affectaient une forme bizarre : telle l'Aumône de la fusterie qui distribuait le jour de la fête de Mi-Carême à chaque habitant de la rue Petite Fusterie un hareng et un plat de pois chiches. L'Aumône de l'épicerie, le jour de la troisième fête de Noël, donnait un pain à tous les chefs de maisons des rues de l'Epicerie et Ferraterie.

Mais une grande partie des revenus des Aumônes était consacrée à secourir les pauvres et doter les pauvres filles à marier.

Voici pour la seule Aumône de la fusterie les dotations de filles à marier distribuées en 1390 :

1190. A XXVI d'abril. Donem per amor de dieu à Guimeta filha d'Albert Calor habitador d'Avinhon, paura espozada per laysas de dona Cabessa : I florin.

XXVI d'abril. A Chatalina, filha de Loys Denies, pauvra espozada per son maridar, à requesta de Salvayre de Rison : I fl.

_____

(1) L'Aumône de la Curraterie percevait un droit sur le mesurage du tan : l'Aumône de la Fusterie avait le droit d'expertise de la moins-value des bois avariés.

Donem per amor de dieu, à XVIII de mai, à Macometa paura espozada, filha de Simon Frenier, abitador d'Avinhon, per laysas de dona Cabessa per son mari lur : I fl.

Donem per amor de dieu à Sanseta, paura espozada, filha que fon de Thomas Serayre, à requesta de la molher que fon de Johan Hugo : I fl.

Mays donem, XXIII de mai à Peyroneta Guilheta, paura espozada à requesta de dona Bona, molier de Ponc Almaricz, sabatier, abitador d'Avinhon per razon del legat de dona Cabessa : I fl.

Donem, à XXII de jul, à una paura espozada, filha de Guilhem Gardeloza, à requesta de Johan Bastier : I fl.

Mays donem à una autra espozada, à requesta de Johan Artaut e de dona Matieu de Gracz : I fl.

Mays donem per amor de dieu à la filha de Inhardon, qubridor de taulisas, paura espozada, à XXIX del mes de jul : VI gros.

Mays donem, à III d'avost, per amor de dieu à la filha d'Arnaut Tornon, que abita al planet de Monsen Bernar Rascas : VI gros.

A III de setembre donem per amor de dieu à Peyrona filha de Johan Aloyset de Jeneva, abitador d'Avinhon, paura espozada, à requesta de la moher que fon de Guiguete e de la moher de Perin de Jeneva : VI gros.

A III de novembre donem per amor de dieu à Reseneta paura espozada, filha de Peyre Miquel, teyseyre, à requesta de dona Hugueta molher que fon de monsen Alayc Holmet : I fl.

A III de novembre, mais donem per amor de dieu à Guilheumeta, filha de Durant Mercier, pauro espozada, à requesta de dona Daniza, molher de Jaco Mazelier es a requesta de la molher d'Estene Gailhart, : I fl.

A XXII de novembre donem per amor de dieu à Izabel, paura espozada, filha de Guilhem Baron, sartre, abitador d'Avinhon, à requesta de Johan Artaut e de Antoni de Castilhon : I fl.

A XVI de jenoyer paguem per V pauras espozadas, de que n'avem policias en lo petit libre : III fl. VI gros.

A XXIII de jenoyer donem per amor de dieu à Moneta filha de Guilhem Aymar, lavorador, abitador d'Avinhon, à requesta de Bertrana molher d'Andrien Boyer, e de Mermeta, molher de Johan Dar, lavorados, per son marida : VI gros. (1)

Une fois la fille adonnée à le débauche, deux moyens se présentaient pour l'en sortir : 1° faciliter aux pécheresses repentantes le retour à la vie honnête en les conduisant au mariage ; 2° amener les prostituées à racheter leurs fautes par le jeûne et la prière dans une claustration monacale.

Ici encore nous voyons les Aumônes jouer un rôle charitable : elles ne se contentent pas de doter les filles pauvres, elles aident aussi au mariage des courtisanes assagies. Dans les comptes de la même Aumône de la Fusterie, je trouve des dotations en faveur

(1) Arch. de Vaucl., Hôpital, aumône de la fusterie, reg. 1812.

des filles *postribulaires* quittant la débauche pour convoler en justes noces : le 13 Avril 1513, c'est Louise Chalhon, *fille postribu-
laire*, qui reçoit six gros, ou douze sous, pour son mariage avec
Philippe de Potiers ; le 6 Mai, autre aumône de douze sous à une
pécheresse qui sort de la débauche (1).

A défaut des Aumônes, c'est la ville qui dote la courtisane repentante : le 16 Décembre 1429, les syndics font donner, sur les
fonds de l'hoirie de Jean Teyssère, par l'entremise du curé de
Saint-Pierre, trois florins d'or, à une pauvre femme, nommée
Adrienne : on lui fait cette aumône pour l'amour de Dieu, parce
qu'elle veut quitter le péché et n'a pas de quoi vivre (2).

Le 21 Décembre 1430, une pauvre fille orpheline, nommée
Catherine Lesperance, expose aux consuls que par violence elle a
été enlevée et entrainée dans la maison publique de la cité (3) ;
mais au bout de quelques jours elle s'est enfuie secrètement, abandonnant son *amant* (?) et sa vie malhonnête : pleine de bons propos elle est actuellement sur le point de se marier, et elle implore
la charité des consuls pour qu'on lui donne un subside pour célébrer ses noces ou acheter des vêtements convenables pour cette
cérémonie : en retour elle priera Dieu pour la ville et les consuls.
Ceux-ci, pleins de mansuétude lui font donner deux florins (4).

(1) 1513 XXIII aprilis. Ludovice Chalhone, loci de Valpeyro, postribulari que se
retraxit, quam duxit uxorem Philippe de Poteriis : VI grossos.

IV maii. Pro quadam alia, postribulari reducta, dedi domine uxori Joannis Marie
IV grossos. (Arch. de Vaucl,, *Hôpital, Aumône de la fusterie, comptes de 1513*).

(2) 1429, XVI decembris. Magistro Petro Balli, clavario civitatis Avinionis. Mandatur vobis ex parte sindicorum, ut de peccuniis emolumentorum hereditatis
Johannis Textoris condam, tradatis cuidam pauperime mulieri, vocate Adriana,
seu domino curato ecclesie sancti Petri pro ea, III florenos, qui sibi dantur amore
dei cum exire vellit , peccato, et non habeat unde vivere (Arch. de Vaucl., *fonds
de la ville d'Avignon, registre des mandats*, suo loco).

(3) Ou les étuves de la Pierre, rue du Pont-Troucat, dite aussi la *bonne carrière*.

(4) Die XXI decembris 1430. Nobilibus dominis sindicis Avinionis. Supplicatur
vobis humiliter et devote, pauper et juvenis et orphana filia Catherina dou Spe,
habitatrix Avinionis, quod cum violenter rapta et ducta fuerit ad communem locum
presentis civitatis, incontinenti, sive post paucos dies, oculte et latenter amasium
suum et vitam inhonestam, sanum habens propositum, dimisit, et de proximo, deo
previo, maritanda est : quatenus intuitu misericordie... mandetis pro subventione
nubsiarum suarum, seu pro eadem indumenda, secundum benignitatem vestram et
rabit deum pro vobis...

Tradatis curato sancti Petri, II florenos (Arch. de Vaucluse, *fonds de la ville
d'Avignon, régistres des mandats* suo loco.

Le 5 Avril 1431, Jehannette de Rolle, de Gand, expose aux syndics d'Avignon qu'elle est une pauvre pécheresse repentante, sortie depuis peu de la maison de débauche et sur le point de contracter un honorable mariage. Des personnes charitables lui ont constitué une petite dot, elle demande à la ville d'y ajouter sa contribution : et Dieu vous en récompensera au ciel, ajoute-t-elle. On lui donne un florin (1).

En 1515, le clavaire de la ville paye encore cinq florins pour le mariage d'une pauvre pécheresse qui quittait la maison de débauche pour se marier à Avignon (2).

D'autres fois la dotation a pour but de permettre à la courtisane d'entrer aux Repenties. En 1364, le 15 Avril, l'Aumône de la Fusterie par l'entremise de quatres charitables dames, fait une aumône de 3 florins à trois Repenties désireuses d'entrer à la maison de Notre-Dame des Miracles (3).

En 1428 le clavaire de la communauté d'Avignon, sur les fonds de l'hoirie de Jean Teyssère destinés aux aumônes, donne deux florins à Pasquine de Sienne, pauvre femme sur le point d'entrer aux Repenties : cette somme doit lui servir pour acheter une robe (4).

---

(1) 1431 V aprilis. Nobilibus viris sindicis Avinionis. Dignentur vestre nobilitates amore dei, intuituque pietatis et misericordie, cuidam pauperi penitenti mulieri, de postribulo noviter extracte, et de proximo laudabiliter maritande, in augmentum dotis sibi de elemosinis largiendis constituende, vestras manus porrigere adjutrices, et deus benedictus erit vobis merces copiosa in celis : cujus nomen Johanneta de Polle de Gant. *On lui donne II florins* (Arch. de Vaucl. *fonds de la ville d'Avignon, registres des mandats,* suo loco).

(2) 1515 XXVII aprilis. Item solvi... pro maritagio cujusdam paupeis peccatricis, que relicto postribulo, matrimonium contraxit, in prepsenti civitate : florenos quin-que (Arch. de Vaucluse, *fonds de la ville d'Avignon, comptes de 1514-1515*, mandat 97).

(3) 1364. Donem à dona Bertrana Garnieyra, e dona Trelhona, e à dona Ninetta del Caval Negro, e à dona Ricardona de Carmignhan, per tres repentidas que mezeron à Miracles, à XV del mes d'abril, III fl. (Arch. de Vaucl. *Hôpital, Aumône de la fusterie,* registre 1811, foli 34).

(4) 1428 XXIIII mai. Magistro Petro Balli clavario communitatis. Mandatur vobis ex parte sindicorum Avinionis quatenus de peccuniis emolumentorum hereditatis Johannis Textoris quondam dari solitorum amore dei, tradatis Pasquine de Senis, pauperi mulieri in domo sororum Repentitarum beate Marie de Miraculis Avinion. de proximo ingressure fl. II, qui sibi dantur amore dei pro una raupa eidem facienda (Arch. de Vaucl. *fonds de la ville d'Avignon, registres des mandats,* suo loco).

Jean Teyssère (Johannes Textoris) était un négociant d'Avignon qui au XIV⁰ siècle avait légué sa fortune à la ville pour être en partie distribuée en bonnes œuvres.

Notons cependant qu'en temps de peste, les consuls sont intraitables : en 1494 ils refusent l'entrée de la ville à une pauvre vagabonde *suspecte de peste* qui voulait entrer aux Repenties, mais ils ne la laissent pas partir sans lui faire une aumône (1).

Quant à l'institution de la maison des Repenties à Avignon, elle nous paraît remonter au milieu du XIIIme siècle : nous en attribuerions la fondation à l'évêque Zoen, qui dans son testament, en 1257, fait un legs à une œuvre similaire existant à Bologne.

En tout cas son existence nous est révélée par le testament de *Johannes de Sancto Egidio happothecarius :* le 16 Décembre 1293, Jean de Saint Gilles, espicier ou apothicaire lègue dix sous aux Repenties (2).

Nous avons peu de détails sur cette première partie de l'existence de l'œuvre des Repenties : nous ignorons même ou se trouvait leur monastère (3). En 1315, nous les voyons encore mentionnées dans un testament : le 17 Février de cette année, *Rostagnus de Volobrica* lègue aux femmes pécheresses d'Avignon, deux sous qu'il veut leur être donnés un Vendredi (4).

L'œuvre des Repenties continua son existence modeste jusqu'au jour où elle attira l'attention de Gasbert du Val. Le séjour de la cour pontificale à Avignon, amenant dans cette ville une foule aussi nombreuse que riche, entraîna fatalement à sa suite une

---

(1) 1494, XXIII juin. Item donem a une povre religieuse vacabonde qui voulait entrer au monastère des Miracles, laquelle l'on mist hors de la ville pour suspicion qu'elle ne fust contaminée de pestilence, sols XII. (Arch. de Vaucluse, *fonds de la ville d'Avignon, registre des mandats,* folio 123).

(2) *Decem solidos repentidis.* (Arch. de Vaucluse, Hôpital, Aumône de l'Epicerie n° 1724).

(3) Le texte suivant paraît se rapporter à cette première maison des Repenties, mais il ne nous fixe pas sur sa situation :

Achapt de la maison où furent premièrement establies les filles Repenties de Sainte Marie-Magdeleine de Miracles contre messieurs les doyens et chanoines du chapitre de Saint Pierre pour le prix de mille florins d'or, acte receu par le sieur Pierre de Podions, le 6 juin 1364.

(Arch. de Vaucluse, série H. *Visitandines de Saint Georges,* inventaire de 1651, n° 1 p. 11)

(4) *Mulieribus peccatricibus de Avinione duos solidos quos volo eis dari in die Veneris.* (Arch. de Vaucl. série G, *chapitre Saint Agricol,* n° 5).

augmentation considérable du troupeau des courtisanes. La maison des Repenties devint-elle insuffisante, ou bien voulut-on lui donner un regain de vitalité ? Sans doute l'exiguité de leur demeure s'opposait à l'accroissement de l'œuvre, et à l'admission de nouvelles pénitentes. Gasbert du Val, familier et camérier du pape, (1) s'intéresse à elles : de ses propres deniers il fait construire une maison à coté de l'église de Notre-Dame des Miracles et y transporte les Repenties.

A quelle époque eut lieu cette translation ? Certainement bien après la construction de l'église de Notre-Dame des Miracles.

La construction de l'église de Notre-Dame des Miracles remonte à 1326. L'origine de cette église est ainsi rapportée dans la bulle d'érection (2) : « Il advint qu'un jeune homme à l'occasion d'un « crime affreux dont on le disait coupable fut condamné par juge- « ment de la cour de justice séculière d'Avignon à être brûlé. Con- « duit par les sergents de cette cour au lieu appelé l'Estel, à coté « d'Avignon, siège habituel des exécutions criminelles, il fut forte- « ment attaché à un poteau par le cou, les bras, les jambes et au- « tres parties du corps, pour subir la sentence prononcée. Il ne ces- « sait cependant d'invoquer dans ses prières la glorieuse Vierge « Marie se déclarant innocent du crime pour lequel on l'avait con- « damné. On amoncela autour de lui une grande quantité de bois « et on y mit le feu. Activé par le vent le foyer s'embrasa rapide- « ment et les flammes environnèrent le condamné. Jusqu'à ce qu'il « fût entièrement enveloppé par les flammes, celui-ci ne décessa « pas de prier la Vierge. Au bout d'un certain temps, alors que « toute l'assistance croyait le condamné complètement carbonisé, il « sorti du foyer incandescent, délivré de ses fers et complètement « indemne. Il racontait avoir vu au milieu des flammes une belle « dame tenant un bel enfant dans ses bras, qui le délivra de ses « liens et le préserva des ardeurs du feu. Les sergents de la cour « de justice, qui cependant étaient nombreux, se ressaisirent du « jeune homme et voulurent le précipiter de nouveau dans les flam-

---

(1) Gasbert du Val, familier (1318 2 juin, Mollat n° 7340) puis camérier du pape occupe l'évêché de Marseille de 1319 à 1323 : il est titulaire de l'évêché d'Arles en 1323 : promu à l'archevêché de Narbonne en 1341, il meurt à Avignon le 1er janvier 1347.

(2) Arch. de Vaucl. série G. *chapitre Saint Agricol*, n° 81.

« mes : ils ne purent y parvenir. En voyant cela, les sergents et le
« public comprirent qu'il s'agissait manifestement d'un miracle, et
« ils laissèrent le jeune homme monter jusqu'à l'Eglise d'Avignon,
« fondée en l'honneur de la Mère de Dieu, où ils lui rendirent la
« liberté ».

Le bruit de ce miracle était venu jusque aux oreilles de Jean XXII,
il fit venir le jeune homme, en sa présence, l'interrogea lui et les
assistants, et pleinement édifié sur la véracité de ce fait, il ordonna
de construire sur le *lieu* du miracle, une église en l'honneur de la
Vierge Marie. L'église fut édifiée dans le cours de l'année 1326, et
le 13 Janvier 1327, le trésor pontifical payait pour sa construction 560 florins d'or. La maison destinée à recevoir les chapelains
de Notre-Dame des Miracles est achevée, peu après, et le 18 Mars
1327, le pape payait d'une part 50 florins d'or à l'aignel pour les
murs, et d'autre part 67 florins royaux pour la seule toiture (1). Les
embellissements de l'église sont postérieurs, et ce n'est que le 17
Août 1329 que le trésor pontifical verse 7 livres, 3 sols et 6 deniers
à Pierre Massonier, pour la peinture des trois rétables de bois des
trois autels de Notre-Dame des Miracles (2).

Dès le mois de Février 1327, sur les ordres du pape, Gasbert du
Val avait commencé d'acheter des censes pour la dotation des
chapelains de Notre-Dame des Miracles (3). La bulle d'érection est
donnée par Jean XXII, le 22 Octobre 1330. Elle établissait, dans
l'église de Notre-Dame *du Miracle*, trois prêtres pour assurer le
service divin, et lui annexait les censes et propriétés achetées par
Gasbert du Val. Plus tard lui fut concédé le droit d'avoir un cime-

---

(1) 1327 XIII januarii, pro structura capelle nove edificate de mandato pape in
loco vocato in Estello, prope ecclesiam fratrum predicatorum Avinionensium soluti fuerunt DLX floreni .

1327 XVIII maii. Pro factura muri domus capellanie capelle sancte Marie de Miraculo, fuerunt soluti L agni de auro, et pro tecto dicte domus LVII den. regales auri.
*Bibl. des écoles françaises de Rome et d'Athènes, Benoit XII, lettres communes
analysées par Vidal,* nᵒ 8382 et 8383.

(2) Faucon, *les arts à la cour d'Avignon,* 1884, p. 32, note .

(3) En effet, le 9 février 1327, *Gasbertus de Valle, archiepiscopus Arelatensis,
camerarius pape et episcopatus Avinionensis in spiritualibus et temporalibus
vicarius generalis,* donne à nouvel achept à Etienne d'Auvergne, cordier, (*Stephano
Alvernhacii, corderio) quodam locale in tenemento Avinionensi ac porta den
Malresina juxta capellam novam beate Marie de Miraculo.*
Arch. de Vaucl. série G. *chapitre Saint Agricol,* nᵒ 81.

lière, mais celui-ci ne fut béni qu'en 1344 (1). Cette année-là, le 18
Août, Clément VI, charge Gasbert du Val et Bernard Etienne d'augmenter, conformément aux intentions de Jean XXII, le nombre des
chapelains de Notre-Dame des Miracles. Le 14 Décembre, Gasbert
du Val et Bernard Etienne, fixent à 10 le nombre des chapelains,
et leur donnent un règlement détaillé (2). En 1376, Pierre de Cros,
évêque d'Arles, institue deux nouveaux prêtres dans l'église de
Notre-Dame des Miracles. En 1381, Clément VII, lui, unit la chapelle
de Champfleury ; en 1386, il l'érige en collégiale, et réduit à 8 le
nombre des chanoines : la même année il lui incorpore le prieuré
de Saint Lazare (3). En 1424, à la demande des parties intéressées,
Martin V unit le chapitre de Notre-Dame des Miracles à celui de
Saint Agricol : en 1434, le chapitre de Saint Agricol installe les
frères de la Merci dans l'église de Notre-Dame des Miracles : en
1575, l'ordre de la Merci s'éteint tristement à Avignon, et est remplacé par les frères Minimes de Saint-François-de-Paul, qui occu-
pèrent Notre-Dame des Miracles jusqu'à la Révolution (4).

L'érection de la maison des Repenties à coté de l'église de Notre-
Dame des Miracles est certainement postérieure à 1335 : en effet,
dans les actes d'achat ou de reconnaissance pa... ...s par Gasbert du
Val au nom du pape pour la dotation de la nouvelle église des
Miracles on ne trouve nulle part signalée la présence de la maison
des Repenties dans les terrains avoisinant l'église. Nous pensons
que c'est seulement en 1343, qu'eut lieu cette fondation. Cette
année-là, le 20 Avril, nous voyons que Gasbert du Val achète un
jardin joignant l'église des Miracles et relevant de la directe de
cette église (5). C'est dans ce jardin qu'il édifia la maison où par ses
soins fut transportée l'œuvre des Repenties.

La conséquence de l'érection de Notre-Dame des Miracles et du
Monastère des Repenties dans *l'Estel inférieur*, fut le transfert du
lieu des exécutions criminelles à l'extrémité opposée de la ville.

---

(1) Arch. de Vaucl. *chapitre Saint Agricol*, G. n° 81.

(2) Ibidem.

(3) Ibidem.

(4) P. Pansier, *l'ordre des frères de la Merci à Avignon* (1434-1574) in Revue
du Midi 1909.

(5) Arch. de Vaucl. série G. *chapitre Saint Agricol*, n° 1, inventaire de 1754,
brouillard 2 p. 4, n° 8.

Elles se firent dorénavant au terroir dit *Corniol* ou *des Isles*, c'est-
à-dire sur le bord du Rhône, entre les chapelles de Saint Michel et
de Saint Lazare (1).

---

(1) *1363 XIX janvier. Vinea in loco dicto in Corniolis alias en Ylas.*
Même date. *Vinea in Corniolis prope Peyronum curie marescalli domini pape.*
(Arch. de Vaucl. série H. *Visitandines de Saint Georges*, n° 26). *Ex 1392. Item
la filha de Johan Rollet, sabatier, per una vinha de doas eminadas pausada en
lo territori apelat al peyron ou se fay la justicia de la ciutat, qu'es confronta
am lo gran camin que ray à Carpentras... a las dichas donas fay cascun an de
censa VI s. torn. (Terrier des Repenties, ibidem, n° 15, fo 73).*

CHAPITRE III

ADMINISTRATION DE LA MAISON DES REPENTIES DANS LA PREMIÈRE
MOITIÉ DU XIVme SIÈCLE. LE JUSPATRONAT DE LA VILLE. AGRANDISSE-
MENT DE LA MAISON DES REPENTIES PAR L'ÉVÊQUE ANGLIC GRIMOARD.

C'est à partir du transfert des Repenties dans le local attenant à
l'église des Miracles que commence la prospérité de cette œuvre.
Son protecteur Gasbert du Val meurt le 1er Janvier 1347, mais la
charité publique n'abandonne pas ses protégées.

En 1348, Laure de Noves, épouse d'Hugues de Sade, lègue 50
sols *aux Sœurs Repenties qui sont dans la ville d'Avignon dans la
maison du seigneur archevéque de Narbonne* (1). 1348, c'est l'année
de la peste qui ravagea la chrétienté et dépeupla Avignon. Cette
année-là, les donations affluent en faveur de l'œuvre des Repenties : Pierre Redon, *espicier,* leur lègue 10 sous (2) ; Rostain Chaix,
fustier, leur lègue deux florins d'or de 24 sous ; il fonde en même
temps un hôpital qui plus tard leur fut incorporé (3) ; Catherine,
veuve de Jacques de Beaucaire, leur lègue 12 sous (4) ; Pierre
Martin, drapier, leur lègue 20 florins (5) ; Pons de Vacqueyras,
poivrier, leur lègee une pension de 10 sous (6).

(1) *Sororibus Repentidis que sunt in civitate Avinionis in domo domini
Archiepiscopi Narbonensis.* (Bibl. d'Avignon, ms 2381).

(2) *Petrus Rotundi speciator... decem solidos Repentidis hospitalis beate Marie
de Miraculis.* (Arch. de Vaucl. Hopital, aumône de l'Epicerie nº 1724).

(3) *Rostagnus Chaycii fusterius... II florenos auri sororibus Repentidis beate
Marie de Miraculis.* (Arch. de Vaucl. Aumône de la Fusterie, série B. nº 5).

(4) *Catherina, uxor condam Jacobi de Bellocadro, corderii... dominabus sororibus Repentidis que morantur nunc in hospitali fundato et constructo prope
ecclesiam beate Marie de Miraculis extra muros civitatis, XII solidos.* (Arch. de
Vaucl. Hôpital, Aumône de la fusterie, série B.nº 2.)

(5) *Petrus Martini draperius... sororibus repentidis de Miraculis XX florenos
auri : pauperibus puellis maritandis XX florenos auri.* (Arch. de Vaucl., Augustins, liasse nº 23).

(6) *Poncius de Vacayracio, piperarius... Item lego perpetuo annis singulis in
die eciam obitus mei mense dominarum hospitalis beate Marie de Miraculis
fundati et constructi extra muros civitatis Avinionensis pro pitancia semel
tantum die predicta illis facienda X solidos* (Arch. de Vaucl., série G, Chap
Saint Agricol, nº 5).

La même année, 1348, le 30 Juin, notons un legs plus considérable en leur faveur : *Pedruchius Porchi*, boulanger de l'Aumône de
la Pinhote, leur donne sa maison et son jardin, situés sur le bord
du Rhône, à coté du jardin du cardinal de Colonna (1).

En 1361, Doulce Lombard, *condam speciatrix*, lègue trois florins
d'or aux Repenties *pour leur nourriture* (2). En 1374, le banquier
Nicolas Grimaldi leur donne une cense de dix florins (3). Les bailles
de l'Aumône de la fusterie, le jour de leur fête de la Mi-Carême,
allaient visiter les œuvres charitables de la ville et leur apportaient
une offrande : ces œuvres sont les hôpitaux, les prisons, les orphelins et les Repenties (4).

A cette époque, la maison des Repenties est dirigée par Garsende
de Morières, veuve de noble Rostain de Morières (5). Gasbert du
Val l'avait mise à la tête de son œuvre qu'il n'oublia pas dans ses
dernières volontés. En effet, le 19 Mai 1347, quatre mois environ
après la mort de Gasbert, Garsende de Morières, achète au nom de
la maison des filles Repenties, présentes et à venir, fondée près de
l'église de Notre-Dame des Miracles, sur le bord du Rhône, par feu
de bonne mémoire Gasbert, archevêque de Narbonne avec son propre argent, deux terres aux prix de 800 florins. Ces huit cents florins,
somme considérable pour l'époque, étaient une dernière libéralité

(1) *Item las dichas donas an un ostal et vergier que fon de Perdruchi Porc,
pistre, pausat infra los murs, prop lo portal de Miracles, qu'es confrontan de
las doas partz am doas carrieras publicas, autramens lissas, prop los murtz ;
et am l'autre vergier de la dichas donas, et am l'ort de la Pinhota ; loqual
ostal lodic Peyre leyssa a las dichas donas en son testament, ayssi com apar
per la clausa del testamens del dich Perdruchi, receubuda et senhada per
maistre Frances Nine notari d'Avinho, lo XXVIII jorn de martz l'an MCCCLI.*
(Arch. de Vaucl., série H. *Visitandines de Saint Georges*, n° 15, terrier des Repenties f° 90 et pièce just. n° II. et G. 10 (Chap. metrop. f° 163).

(2) Repentidis beate Marie de Miraculis pro pittancia earum Doulce Lombard est pleine de bonté ; elle ajoute : Item lego Johanni Lombardi, bastardo dicti
condam Guillelmi Lombardi mariti mei, unum fl. (Arch. de Vaucl. *Hôpital, Aumóne de l'Epicerie*, n° 1724).

(3) Piéce justif. XI bis.

(4) Aprés que aguem sercat les espitals, e las carses e l'ordre de Jugon, e las
Repentidas donem à doas donas XII sol. (Arch. de Vaucl. *Hôpital, Aumóne de la
Fusterie*, comptes de 1376).

(5) La maison de Morières était une des principales familles nobles qui aux XIII°
et XIV° siècles fournirent de nombreux consuls à Avignon.

de Gasbert du Val, et sont remis aux vendeurs par François Barral, banquier d'Avignon (1).

Garsende agissait là comme exécutrice des dernières volontés de Gasbert du Val, car au point de vue temporel, la gestion du patrimoine de la maison des Repenties était l'apanage des consuls : probablement, il était aussi dans leur rôle, de lui faire, en cas de besoin, obtenir des subsides de la communauté d'Avignon. C'est à ce titre que nous voyons en 1351, Hugues de Sade, demander une copie de la clausule du testament de Petruchius Porchi. Le 26 Novembre 1353, et le 28 avril 1354, Guillaume Laurent, chanvrier et syndic de la ville, agissant comme recteur des dames Repenties, fait faire deux reconnaissances en leur faveur. En 1355, c'est Hugues de Sade qui est redevenu leur recteur. En 1356, nous voyons intervenir dans les affaires des Repenties les trois syndics, Pons Gaspard drapier, Raymund Dauron, et Hugues de Sade, prenant le titre de *gouverneurs ou conservateurs* du monastère des Repenties. En 1362, c'est encore le syndic *noble Raymond Dauron, chevalier et co-seigneur de Rognonas* que nous trouvons *administrateur des dames Repenties de la bienheureuse Marie-Magdeleine ou des Miracles.* Le chapelain, cette année-là, était Guillaume Caton, chanoine de Saint-Georges en Savoie, près de Chambéry ; l'année suivante, nous le trouvons faisant toute une série de reconnaissance comme procureur des Repenties (2).

En 1368, ce sont encore les syndics Raymond Dauron et Garnier de Sade qui sont recteurs des Repenties (3) ; mais à partir de 1370, la *gubernatrix sororum Repentitarum* remplace les recteurs dans les actes de la vie civile du monastère.

Le rôle des syndics est complètement annihilé par le règlement de 1376 : le droit pour la ville de s'occuper de l'administration de l'œuvre des Repenties devient à peu près nominatif, mais ne s'éteint pas. Les syndics ont soin chaque année, pour rappeler et maintenir leur privilège, de faire une visite à la maison des Repenties, visite à la suite de laquelle ils ont droit à un dîner aux frais de la ville. Les Repenties de leur côté toutes les fois qu'elles ont besoin d'argent n'oublient pas de rappeler à la ville que c'est elle

(2) Pièce justif. nᵒ 1.
(3) Pièces justif. nᵒ II à VI bis.
(4) Pièce justif nᵒ VIII.

qui a le juspatronat de leur maison, et doit, en cas de nécessités, subvenir à leurs besoins. Par contre, en 1489, quand la mauvaise gestion des rectrices aura conduit la maison des Repenties à sa ruine, ce sont les consuls qui, comme juspatrons de l'œuvre, prendront l'initiative de la relever, en obtenant qu'on y mette comme rectrice une religieuse de St Véran.

Les Repenties cependant ont encore des procureurs, agents d'affaire ou intendants, gérant le patrimoine de la maison sous la surveillance de la *rectrice* ou *gubernatrice*. L'un d'entre eux, Arnaud de Pratz, prêtre du diocèse de Tarbes, géra les affaires des Repenties depuis 1374 jusqu'à sa mort survenue postérieurement à 1404 (1).

D'autres fois, le rôle des procureurs se borne à poursuivre le règlement de l'affaire pour laquelle il a été spécialement nommé.

En 1375-76 nous trouvons chargés du règlement des affaires litigieuses de la Maison des Repenties Pierre Roger, et Durand André (2), aumônier du pape. Celui-ci sera désigné par Grégoire XI

---

(1) Il nous reste de son administration le *Terrier* de la maison des Repenties dressé par lui en 1392 et dont voici le titre :

En lo nom de la sancta Trinitat, lo payre, el filh, el sant sperit, tres personas en I dieu, e de la vergia Maria, e de tota la cort celestial de Paradis, sia fayt aquest presens libre, en loqual son escritz totz los emolumens appert nentz al monestier de la ondrada sancta Maria Magdalena de Miracles, e a sas filhas, vulgalment apeladas las sors Repentidas... e foc fayt e escritz en l'an de nostre senhor, que hom conta a la nativitat mile CCCXCII, el pontificat de nostre senhor lo pape Clemens VII l'an XIIII. Et foc ordenat per mi Ar(naut) de Pratz capelan del abescat de Tarva, procurayre del dit monestier en l'an XVIII de ma procura. (Arch. de Vaucl. série H. *Visitandines de Saint Georges* nᵒ 15).

Le 16 août 1387, dans un acte de reconnaissance en faveur de la maison des Repenties, ce même personnage figure sous les nom et titre de : *dominus Arnaldus de Prato, presbiter, rector parrochialis ecclesie de Casalibus Montisalbanensis diocesis, procuratorque dicti collegii.* (Pièce justif. nᵒ LII).

En 1376 il est dit : *rector parrochialis ecclesie S. Johannis de Calcassato, Montisalban. diocesis.* (Visit. de Saint-Georges, liasse 25 bis).

(2) C'est à ce titre que Mosen Duranc reçoit 50 florins au nom des Repenties :

1376 diluns à IIII jorns del mes de febrier, bailiei leu Johan Teiscire à mosen Duranc, l'aumornier de nostre senhor lo papa, sinquanta florins de rezina per comandament del vicari de las armas, locals sinquanta florins son en demenusion de C. florins loscals yeu Johan Teiscire soy tengut de paguar à las donas repentidas de Miracles, e los autres L. florins li deve bailar al jorn de caremantran prochainament venent si yeu pode, o avent si fare pode. (Arch. de Vaucl. fonds de la ville d'Avignon, *cartularium Johannis Textoris*, nᵒ 753, fᵒ 134).

comme un des trois commissaires chargés d'élaborer le réglement qui régira définitivement la maison des Repenties de Ste Marie Magdeleine ou de N. D. des Miracles.

La maison construite pour les Repenties par Gasbert du Val était peu spacieuse : elle devint rapidement trop petite pour le nombre des pénitentes qui allait s'accroissant. Les femmes y étaient comme dans une prison n'ayant aucun jardin pour prendre l'air et se récréer.

En 1362, ému de cette situation, Anglic Grimoard, évêque d'Avignon, unit à la maison des Repenties le cimetière de N. D. des Miracles et un jardin contigu qu'il possédait : il entoure ce local d'un mur, et pour le joindre à l'immeuble des Repenties, supprime la rue qui se trouvait au milieu (1).

En 1363, la maison des Repenties s'agrandit encore : elle fait l'acquisition d'un jardin situé devant la porte de l'église de N. D. des Miracles et contigu au jardin de la Pinhote. La partie de ce jardin nouvellement acquis contigue au jardin de la Pinhote, sur une longueur totale de 48 mètres et sur une largeur de 5 à 6 mètres relevait du privilège de la vigne vispale : le *clavaire* de l'évêché à la suite de cet achat mentionne sur ses registres que les Sœurs Repenties détiennent indûment cette partie et qu'on devrait leur faire reconnaître les droits de l'évêché et exiger d'elles une cense annuelle (2). Anglic Grimoard qui venait de contribuer à l'amélioration du sort des Repenties, ne tint pas compte des remontrances de son fidèle serviteur, et lui ordonna de ne point troubler les sœurs dans la jouissance de leur nouvelle acquisition (3).

---

(1) Pièce just. nᵒ *XXVII*.

(2) Pièce justif. nᵒ *VII*.

(3) *R. episcopus Avin. habet ibidem ante domum capellanorum collegii beate Marie de Miraculis quemdam ortulum sive viridarium, et modo tenent totum sorores repentide sive sancte Magdalene in prejudicium tamen D. N. episcopi. Et habet in latitudinem versus Rodanum IX palmos et de largo XXIV cannas bonas.* (Arch. de Vaucl., G. 117, f. 38, ex anno 1366 Chap. métrop).

CHAPITRE IV

Achèvement de la maison des Repenties par Grégoire XI.
Personnel de la maison des Repenties en 1370 : les sœurs
données. Œuvres diverses unies aux Repenties par Grégoire XI,
et bulles de ce pape en leur faveur.

Sous le pontificat de Grégoire XI, la maison des Repenties reçoit
une installation et une organisation complète. Le premier soin du
nouveau pontife est de faire construire dans l'ancien cimetière de
N. D. des Miracles, devenu le jardin des Repenties, une aile comprenant un dortoir et un cloître avec leurs annexes.

Ce bâtiment était contigu à l'église des Miracles. Dans l'église
même, Grégoire VI fait construire une tribune servant de chœur
aux Repenties, où elles pouvaient entrer et sortir sans être vues :
et de là, cachées aux regards de l'assistance elles avaient la faculté
de suivre les offices qui se célébraient dans l'église des Miracles.
Correspondant à la chapelle et à l'oratoire de la maison des Repenties, il fit ouvrir dans les deux premières chapelles de l'église des
Miracles deux grandes fenêtres garnies de grilles de fer par lesquelles les sœurs Repenties pouvaient se confesser et recevoir la
communion.

A cette époque nous pouvons nous rendre compte du personnel
de la maison des Repenties. A sa tête se trouve une *rectrix* ou *gubernatrix* : c'était en 1370 Ricana *Thorthoyse*, ou *Torthachie*, ou
Torquessie : elle dirigea la maison jusqu'à sa mort survenue
vers 1383.

Elle était secondée dans sa tâche par Jeanne de Buceux ou de
Bucheaux, qui remplissait les fonctions de *priorissa et procuratrix* :
en 1383, elle succéda à Ricane Torcassie comme rectrice.

La seule dignitaire que nous trouvons indiquée à côté de la rectrice, c'est la *sacristaine* : en 1370 elle avait nom Françoise de
Grenoble.

A ce moment, la maison renfermait 40 pénitentes : Alasacie, de

Die ; Louise, de Marseille ; Angéline, de Pavie ; Jehannette Juliane ; Françoise, de Grenoble ; Jehannette Floride, de Romans ; Catherine Posche ; Mondete ou Marguerite Pellicier ; Tyburge, de Montélimar ; Catherine, de St André ; Gaufride de Dome ;   Bartholomée, de Roquemaure ; Marite Sanche ; Alasacie, de Trebos ; Alasacie Garine ; Peyronete, d'Avignon ; Catherine, de St Porcian ; Audine, de Gimont ; Aynarde, de Romans ; Jehannette, de Paris ; Garcende, de Rochefort ; Rossenette, de Marseille ; Etiennette, de Chasselan ; Béatrix, de Beaucaire ; Margueritte, de Pérouse ; Marguerite, d'Orange ; Sère de Sale ; Jehannette, de Grenoble ; Marguerite Blayu ou Blayme ; Bérenguète, d'Avignon ; Manette, de Marseille ; Jordane Garnier ; Perronète, d'Alexandrie ; Françoise Torlette ; Marie Chays ; Marguerite Aucelle ; Jehannette, de Valence ; Jehannette de Vanne.

Nous voyons également qu'en dehors des pécheresses la maison des Repenties recevait des *sœurs données*.

Les *frères* ou *sœurs données* étaient nombreux dans les monastères d'Avignon au moyen âge : c'étaient des personnes pieuses qui se *donnaient* elles et leurs biens à l'œuvre à la prospérité de laquelle elles se dévouaient, à charge pour cette œuvre, de subvenir à leurs besoins leur vie durant. Entr'autres, la maison du pont Saint Bénézet, où n'existèrent jamais de *Frères Pontifes, fratres pontifices*, était, au xive siècle, presque uniquement composée de *frères et de sœurs données*.

Le 17 avril 1374, la maison des Repenties reçoit comme sœur donnée Jeanne, veuve de Guillaume de Paris. C'était une bienfaitrice du monastère : quelques mois auparavant, le 25 octobre 1373, elle avait fait don au couvent d'une somme de cent florins d'or. Elle manifesta le désir de se consacrer entièrement à la prospérité de l'œuvre : aussi, la communauté des Repenties considérant l'affection et le zèle de Jeanne de Paris envers leur monastère : considérant aussi les bienfaits et services gracieux rendus à leur œuvre par ladite Jeanne, l'agrée et la reçoit comme sœur donnée. La communauté s'engage à lui fournir le vivre et le couvert dans le couvent à la table des autres sœurs : elle mettra à sa disposition une chambre, où Jeanne apportera son lit et ses effets : Jeanne pourra se retirer dans sa chambre pour y reposer toutes les fois que cela lui plaira. Elle pourra également sortir du couvent et aller voir ses parents et amis, quitte à demander préalablement l'autorisation ainsi qu'il est coutume de le faire dans la maison (1). Tout en prenant le titre de sœur, Jeanne de Paris était en dehors de la règle ; elle avait une chambre à part, au lieu de coucher dans le dortoir commun ; elle était libre de l'emploi de son temps et pouvait sortir quand elle voulait ; elle était comme dans une maison de retraite.

Le nombre des repenties augmentant, il fallait songer à augmenter les ressources de l'œuvre : de plus l'accroissement du personnel rendait nécessaire l'agrandissement des locaux qui lui étaient destinés. La charité publique à Avignon se manifestait beaucoup par des donations testamentaires ; les testateurs mourants disposaient d'une partie de leur fortune pour fonder des messes, des chapellenies, des distributions pour les pauvres, et même des hôpitaux. Mais ces fondations étaient faites souvent dans des conditions impossibles à accomplir, ou bien les fonds affectés à la fondation étaient insuffisants pour assurer le fonctionnement de l'œuvre instituée par le fondateur. Aussi les papes avaient créé un commissaire des causes pies pour surveiller les donations et fondations charitables faites par les particuliers, et éviter que les biens, destinés aux pauvres ou aux bonnes œuvres, ne suivent une autre direction que celle indiquée par le testateur ou le donateur.

Cette mesure ne devait pas être inutile, puisque nous voyons par une bulle du 28 Septembre 1371 (2), Grégoire XI révoquer les recteurs de tous les hôpitaux et de toutes les œuvres charitables de la ville ; mesure radicale, qui ne prouverait pas en faveur de l'honnêteté de leur gestion. La maison des Repenties ayant besoin d'augmenter ses revenus, le 26 mars 1374, Grégoire XI charge Jean Sabatier, chanoine d'Agde, docteur en décrets, et commissaire des causes pies de s'enquérir de tous les biens légués à des œuvres charitables qui ne seraient pas employés conformément aux volontés des testateurs et de les incorporer à la maison des Repenties (3). Jean Sabatier s'acquitte avec zèle de la tâche qui lui est

---

(1) Pièce justif. n° XII. Elle conservait l'administration de sa fortune : le 29 septembre 1378, *Guillelmus Borreli* de Lisles, vend une cense *domine Johanne uxori condam Guilhelmini de Paris, commoranti in monasterio Repentitarum.* (*Visit. de Saint Georges*, liasse n° 24).

(2) Arch. de Vaucl. Chap. métrop. G. 112, f° 121.

(3) Pièce justif. n° XI.

confiée, et dès le 5 mai il incorpore aux Repenties une maison dans la paroisse Saint-Eienne. Le 25 janvier 1375, il prononce la réunion à la même maison d'une série d'autres œuvres, parmi lesquelles figure l'hôpital fondé en 1348 par Rostain Chaix, dans la rue de la Grande Fusterie (1). Mais une réclamation se produisit à ce sujet : Grégoire XI avait déjà accordé un semblable privilège à la maison des orphelins fondée par Yves de Fulhos ; aussi le 27 octobre 1374, par une bulle adressée à l'évêque d'Avignon, le pape décide que les biens provenant de pareilles œuvres pies non exécutées seront acquis à la maison des Repenties et à la maison des Orphelins, dans la proportion de deux tiers à la maison des Repenties, et d'un tiers à la maison des Orphelins (2).

Nous trouvons ensuite toute une série de bulles de Grégoire XI accordant différents privilèges à l'œuvre des Repenties. Voici les principales :

Du 17 janvier 1375, bulle interdisant d'augmenter la dîme des possessions acquises par la maison des Repenties (3).

Du même jour : autre bulle enjoignant à l'archevêque d'Aix, à l'évêque de Nîmes et au prévot de l'église d'Avignon de faire restituer à la maison des Repenties les biens dont elle avait été dépouillée (5).

---

(1) Pièce justif. n° XIII. Tous les arrêts de Jean Sabatier sont rendus *in domo habitationis (ipsius) domini commissarii in parrochia S. Stephani infra cancellos librate cardinalis Lemovicensis.* (Arch. de Vaucl. série G. chap. Saint Agricol 82). Jean Sabatier était un familier et un commensal de Jean de Cros, vulgairement appelé le cardinal de Limoges. La livrée de ce cardinal donnait par un de ses aboutissants sur la rue des Grottes.

Jean Sabatier et André Durand furent les chargés d'affaires mais aussi les zélés protecteurs des Repenties. André Durand, aumônier du pape, était en plus prévôt de l'église d'Apt. Jean Sabatier, docteur en décrets, avait le bénéfice de la rectorerie de l'église de Saint-Jean d'Olonzac, diocèse de Saint-Pons de Tomières. Ces deux personnages s'étaient rencontrés en 1372 lors de l'émeute de la cathédrale d'Apt. Le 18 mars 1372, Grégoire XI avait chargé Jean Sabatier de réformer l'administration curiale de l'église d'Apt dont les biens étaient dilapidés. Jean Sabatier dressa les statuts de l'église d'Apt, que Durand André, en qualité de prévôt, fit publior en décembre 1372. Il en résulta une émeute et une révolution qui sont longuement racontées par Rose. (*Etudes historiques et religieuses sur le XIVe siècle ou tableau de l'église d'Apt sous la cour papale d'Avignon.* Avignon. 1842, in-8, p. 414-415).

(2) Pièce justif. n° XV.
(3) Pièce justif n° XVI.
(5) Pièce justif. n° XVII.

Du même jour : autre bulle accordant aux Repenties indulgence plénière *in mortis articulo*. En retour, pour cette faveur, Grégoire XI leur impose pendant un an un jour de jeûne supplémentaire par semaine (1).

Du même jour : pour augmenter les dons et aumônes en faveur des Repenties qui n'ont pas des revenus suffisants pour vivre, Grégoire XI accorde cent jours d'indulgence à tous les bienfaiteurs de cette œuvre (2).

Du même jour : autre bulle exemptant la maison des Repenties de tous droits de gabelle et péage pour les choses qui leur sont nécessaires. Cette bulle avait des résultats matériels, tangibles, pour l'œuvre : aussi pour en assurer l'exécution, le 3 mars 1375, sœur Ricane Torquassie, rectrice de la maison, en obtient un *vidimus* octroyé par Pierre Villani, auditeur de la cour de la chambre apostolique. Un autre *vidimus* de cette bulle est donné le 7 mai 1461, par Olivier Nobleti, vicaire général de l'évêché d'Avignon (3).

Du 30 janvier 1376, bulle unissant une des chapellenies de Notre-Dame de l'Espérance à la maison des Repenties (4). L'origine de cette chapelle était la suivante : dans la rue des Fourbisseurs, derrière l'église de Notre-Dame la Principale, était peint contre un mur une image représentant la Vierge tenant son fils mort sur ses genoux. Un joueur sortant d'une taverne voisine où il avait perdu tout son avoir, plein de rage, lança une pierre contre l'image vénérée. O surprise ! De la blessure ainsi faite à la Vierge le sang coula. En souvenir de ce miracle, en 1367, on convertit l'oratoire en chapelle (5). En 1373, par bulle du 22 novembre, le cardinal Pierre Flandrin est chargé par le pape de disposer des aumônes affluant à la chapelle de N.-D. de l'Espérance ; elles sont assez importantes pour permettre la fondation de deux chapellenies desservies par deux prêtres (6).

(1) Pièce justif. n° XVIII.
(2) Pièce justif. n° XIX.
(3) Pièce justif. n° XX.
(4) Pièce justif. n° XXVI.
(5) 8 mai 1367. Echange de censes entre Audibert de Sade, doyen de l'église d'Avignon, et Sicard *de Pranxino*, clavaire et procureur du pape à Avignon pour la construction d'une chapelle devant la statue de Notre-Dame de l'Espérance paroisse de Notre-Dame la Principale. (Arch. de Vaucl., série G. *archevêché*, n° 8 f° 85).
(6) Bibl. d'Avignon, ms. de Massilian, n° 2381 f° 46.

Les offrandes que recevait ce sanctuaire étaient si considérables que le cardinal Flandrin stipule en outre que, sur les revenus et oblations de ces deux chapellenies, les titulaires devront chaque année prélever 20 florins qui seront remis entre les mains d'un trésorier nommé par l'évêque et chargé d'employer cette somme à l'achat de censes (1).

Une de ces chapellenies étant vacante en 1376, Grégoire XI l'incorpore à la maison des Repenties, à charge pour celle-ci d'accomplir les fondations pieuses dont elle pouvait être grevée.

Du 15 mars 1376, bulle confirmant la maison des Repenties dans la possession des constructions et donations faites par Gasbert du Val, par Anglic Grimoard et par Grégoire XI lui-même (2).

Du 1er juin 1376, bulle confirmant l'attribution de l'hôtellerie du Chapeau-Rouge, dans la rue de la Grande Fusterie, faite en faveur de la maison des Repenties par Jean Sabatier, en vertu des pouvoirs apostoliques à lui délégués (3).

Du même jour, autre bulle accordant à la maison des Repenties le privilège de faire juger ses causes sommairement en cour apostolique (4).

Du même jour, autre bulle exemptant de la servitude des livrées cardinalices les immeubles appartenant à la maison des Repenties (5).

Du 18 juin 1376, bulle autorisant la maison des Repenties à acquérir des censes à Monteux (6).

Du 27 juillet 1376, bulle attribuant aux Repenties les biens de la Charité de St-Symphorien, à charge pour celles-ci de payer aux

---

(1) Pièce justif. no L.

(2) Pièce justif. no XXVII.

(3) Pièce justif. no XXX.

(4) Pièce justif. no XXV.

(5) Pièce justif no XXIX. Une bulle du 27 avril 1375 (pièce justif. no *XXIII*) avait déjà exempté de la même servitude une maison dans la rue Payrolerie, qui leur avait été donnée par Pierre Denoix, archidiacre de l'église de Toulon.

Les maisons soumises à la servitude des livrées ou palais cardinalices ne pouvaient être louées à d'autres qu'au cardinal titulaire de la livrée, ou du moins fallait-il son consentement. Le prix du loyer n'était pas fixé par le propriétaire de la maison. mais par les *taxatores libratarum*, commissaires nommés à cet effet par le pape et les syndics de la ville.

(6) Pièce justif. no XXXII.

administrateurs de la Charité la pension annuelle et habituelle de 50 florins (1).

La charité de Saint-Symphorien est une Aumône dont l'histoire est assez obscure : je la ferais remonter au commencement du XII⁰ siècle : le 30 décembre 1110 Pons Léodegard vend une terre confrontant du midi les confrères de St-Symphorien(2). C'était à ce moment-là peut-être une simple confrérie érigée en l'honneur du patron de l'église paroissiale de la Banasterie. Je retrouve cette œuvre en 1234 sous le nom de *Charité d'Avignon* : le 17 mars 1234 la *Maison de la Charité* par l'entremise d'Hermidore son prieur, reçoit en donation une terre (3).

Au XIV⁰ siècle la charité est devenue une Aumône régie par deux bailles ou recteurs ; ces deux recteurs sont, en 1369, Pons Boquier, drapier, et Gilles Banal, marchand (4). L'Aumône possède des biens dans l'île du Mouton, actuellement la Barthelasse (5).

D'après la bulle de 1376, l'Aumône la Charité de St-Symphorien jouissait de 50 florins de rente qu'elle distribuait le lundi de Pâques aux pauvres de la paroisse. Les biens de cette Aumône constituaient une sorte de bénéfice : le titulaire les gérait à son gré sous la redevance annuelle de 50 florins. En 1376, le titulaire de ce bénéfice était *Guillermus de la Guilerma*, du diocèse de Cahors, sergent d'arme du pape. En attribuant ce bénéfice aux Repenties, Grégoire XI stipule que cette donation ne peut avoir son effet en faveur des Repenties qu'après cessation ou décès du titulaire actuel. En tout cas les Repenties resteraient astreintes aux charges du bénéfice c'est-à-dire à la rente de 50 florins.

Je ne crois pas que cette bulle ait été suivie d'aucun effet et que les Repenties aient été mises en possession des biens de la Charité

---

(1) Pièce justif. nᵒ *XXXIII*.

(2) 1110, III kalen. januarii, in Arch. de Vaucl. G. 27, fᵒ 15 verso. *Chap. métrop.*

(3) 16 kalen. aprilis 1234. Ego Stephanus de Aguilerio... dono tibi Hermidori priori domus caritatis recipienti nomine ejusdem domus... quamdam terram meam liberam et absolutam que est in territorio de sancto Amantio in qua sunt IIII eminate et dimidia... (Arch. de Vaucl. *Chap. métropolitain* G. 11, tome 4, claux de Saint-Amant nᵒ 2).

(4) 1369 XXIII aprilis. Poncius Boquerii draperius, et Egidius Banalis. mercator, baiuli helemosine caritatis Avinionis, nomine dicte helemosine, donnent à nouvel achept un pré et un bois. (Arch de Vaucl. *hôpital St Bénézet* nᵒ 2294 pièce 22).

(5) 1375. XX septembris. Terra in insula Rodani nuncupata le Mouton sub senhoria elemosine caritatis Avinionis (Ibidem).

de St-Symphorien. Je n'en trouve d'abord nulle trace dans leurs titres. Je vois au contraire, en 1446, une difficulté s'élever entre la ville et les Célestins au sujet de l'Aumône de St-Symphorien qui leur avait été unie (1) ; et je trouve en 1478 que « le cimetière, chapelles et jardins, que Clément VII avait donné pour établissement aux Célestins, étant *in fondo* de religieuses de Ste-Catherine, les pères donnèrent à ces religieuses pour entier dédommagement... florins (*la somme est en blanc*), et leur unirent l'office *Caritatis sancti Symphoriani* (2).

Mais j'ignore quels événements empêchèrent la bulle de Grégoire XI d'être suivie d'un effet utile pour les Repenties.

---

(1) 1446 **XXVII septembre**. Super facto exemptionis et liberacionis pencionis helemosine sancti Simphoriani unite monasterio dominorum fratrum Celestinorum, conclusio quod fiat quictancia ipsis dominis Celestinis per consilium de summa per eos civitati tradenda juxta apunctuata inter eos et concordata, et casu quo dicta exempcio et liberatio revocarentur, ita quod dicti domini Celestini compellerentur ad dictam pensionem solvendam, quod tunc dicta civitas teneatur restituere eisdem domini Celestinis summam mille trecentorum quinquaginta fl. per ipsos dominos Celestinos civitati tradendorum, juxta concordata et apunctuata inter eos et civitatem, unacum dampnis, interesse, expensis per ipsos dominos Selestinos faciendis et sustinendis occasione et tempore recusationis fiende de dicta summa MCCCL. fl.

(Arch. de Vaucl. *fonds de la ville, délib. du conseil*, t. II fᵒ 12).

(2) Bibl. d'Avignon, ms. de Massilian, nᵒ 2381 fᵒ 98.

CHAPITRE V

Après avoir agrandi le monastère, après l'avoir doté de rentes suffisantes pour assurer son existence, Grégoire XI songe à doter les Repenties d'un règlement de vie (1). Le 22 mai 1376 il charge Helias de Sertis, prieur de la Chartreuse de Villeneuve-les-Avignon, Durand André, prévôt de l'église d'Apt, et Guillaumes d'Entregellées, de l'ordre des frères Mineurs, de visiter la maison des Repenties, et de la réformer. Il leur indique quelques-unes des modifications qu'il veut y être introduites, et l'esprit dans lequel doivent être faits les nouveaux statuts de la maison des Repenties (2).

L'un des trois commissaires nommés par le pape ne nous est pas inconnu : c'est Durand André, prévôt de l'église d'Apt; nous l'avons vu remplissant les fonctions de procureur des Repenties. Il devait depuis longtemps s'intéresser à cette œuvre : c'est ce qui nous expliquerait pourquoi le 9 mars 1374, Pierre Baulesii, prêtre attaché au service de Durand André, donne par testament tous ses biens à la maison des Repenties (3).

Les commissaires se mettent à l'œuvre, les statuts sont codifiés, et le 4 juillet le chapitre des Sœurs Repenties étant réuni au grand complet dans le réfectoire, lecture lui est faite de la nouvelle règle sous laquelle il vivra.

Les commissaires exposent ainsi aux Repenties leur but et l'esprit qui les a guidés dans la rédaction de ces statuts :

« Selon le désir du vicaire du Christ, afin que les sœurs Repenties « mènent une vie digne, honnête et régulière, et recueillent les jus-

---

(1) Jusqu'à cette époque, le monastère des Repenties ne suivait aucune règle approuvée par l'église : *nullum ordinem professe*, disent les bulles. Il devait exister un règlement, puisque nous avons trouvé des dignitaires : une rectrice, une prieuresse, une sacristaine, mais nous ignorons qui le leur avait donné : en tout cas il n'avait pas été soumis à l'approbation du Saint-Siège.

(2) Pièce justif. n° XXVIII.

(3) Pièce justif. n° X.

« tes fruits de la pénitence, grâce auxquels elles pourront parvenir à
« la gloire du paradis, qui est le but en vue duquel l'homme a été
« créé: nous, commissaires délégués par l'autorité pontificale, pour
« la gloire et l'honneur de la Ste Trinité, de la glorieuse Vierge
« Marie, mère de Dieu, de la bienheureuse Marie Magdelaine, et
« de toute la cour céleste, et pour la perfection spirituelle des sœurs
« Repenties, après mûre délibération, avec l'assistance de Dieu,
« nous avons ordonné et composé les statuts suivants, divisés en
« chapitres, pour être lesdits statuts perpétuellement observés par
« les sœurs de cette maison.

« Si quelques-unes des sœurs de cette maison redoutent de ployer
« sous le faix de cette nouvelle règle, qu'elles se remémorent et
« méditent ces paroles de l'apôtre : toute discipline pour le présent
« n'est pas un sujet de joie, mais de peine, qui ne donnera que plus
« tard le fruit qu'elle promet. Et ces mots de l'évangile de St-Ma-
« thieu : entrez par la porte étroite, car la route large et spacieuse
« conduit à la perdition, et nombreux sont ceux qui la choisissent :
« au contraire la porte étroite et la route épineuse conduisent à la
« vie éternelle et peu nombreux sont ceux qui les trouvent ».

Après la lecture des statuts faite en langue vulgaire pour qu'ils
puissent être compris par toutes les assistantes, les sœurs, une à
une viennent sur le saint évangile prêter serment entre les mains
des commissaires, et jurer d'observer fidèlement la nouvelle règle
instituée (1). Ensuite les commissaires procèdent à la nomination
des dignitaires prévues par le nouveau règlement.

Voici les dignitaires créées par les commissaires, et le personnel
de la maison en ce moment : Ricane Toquassie, rectrice ; Jeanne de
Valence, ou de Buceux, ou de Buteaux, prioresse et cellerière ;
Berenguète d'Avignon, coadjutrice de la prioresse ; Jehannete de
Paris, sous-prioresse ; Françoise de Grenoble, sacristaine ; Jordane
Granier, sœur donnée, porte-clefs ; Louise de Marseille, réfecto-
rière et panetière ; Marguerite d'Orange, dite des Baux, et Françoise
Torlette, préceptrices, choristes et maitresses chargées d'instruire
les autres sœurs ; Laurence Pezelhe et Jehannete de Grenoble, por-
tières ; Jehannete Juliane, Jehannete la Lombarde, quêteuses ;
Bartholomée de Roquemaure, Marie de Chais, Marguerite Aucelle,

_____
(1) Appendice nº 1.

Marguerite de Pérouse, Rocenête de Marseille, Jehannete de Berine Caterine Barelier, Marguerite Pellicier, Jehannete de Rome, Angeline de Pavie, Marguerite Blayme, Audine de Gimon, Etiennette de Lyon, Mariette de Marseille, Béatrix de Beaucaire, Garsende de Rochefort, Gauzide de Dome, Catherine de St-André, Jehannete Geyre, Peronnette d'Avignon, Pierette d'Alexandrie. Le couvent contenait donc en tout 37 sœurs.

La promulgation des statuts avait eu lieu le 4 juillet 1376 : l'acte notarié contenant les bulles, les statuts et le procès-verbal de la promulgation ne fut libellé que le 13 septembre (1). Pendant cet intervalle, Grégoire XI par trois bulles avait étendu les pouvoirs de commissaires. Ces bulles sont toutes les trois datées du 17 août 1376. La première bulle donne aux commissaires le droit de déléguer leurs pouvoirs de visiteurs et réformateurs des statuts. La seconde bulle leur donne le droit de désigner les confesseurs de la maison des Repenties. La troisième bulle leur donne le droit d'introduire dans la maison des Repenties des religieuses d'un autre ordre pour les instruire, ou bien d'envoyer un certain nombre de religieuses de la maison des Repenties dans un monastère d'un autre ordre pour y perfectionner leur instruction (2).

Conformément aux instructions du pape, les commissaires décident en premier lieu que dorénavant l'œuvre portera le nom de « Maison de Sœurs Repenties de sainte Marie Magdeleine des Miracles. » Quant aux Repenties, elles s'appelleront de leur nom propre, *comme sœur Jehanne, sœur Marguerite, etc., ainsi des aultres.*

Le second chapitre détermine les conditions d'admission aux Repenties : n'y seront reçues *fors seulement jeunes femmes de l'éage de 25 ans, qui en leur jeunesse auront estées lubriques, et qui par leur beaulté et formosité pourroient encore estre par fragillité mondaine promptes et inclinées à volupté mondaine, et induire et attirer à ce totallement les hommes.* La maison de Ste Marie Magdelaine ne doit pas être un lieu de retraites pour les vieilles courtisanes sans ressources qui ne trouvent plus à trafiquer de leurs charmes, mais une maison de pénitence pour les jeunes et belles pécheresses vraiment repentantes.

---

(1) Ibidem.
(2) Pièces justif. n° *XXXVI, XXXVII, XXXVIII.*

Les statuts de 1376 ne limitent pas le nombre de pécheresses qui pourront être reçues aux Repenties. Ce nombre, dans la seconde moitié du XIV⁰ siècle atteignit le chiffre de 40. La traduction française du XV⁰ siècle stipule au contraire que le nombre des Repenties ne devra pas dépasser 15. Cette règle ne fut pas observée longtemps puisque nous voyons au XVI⁰ siècle la maison des Repenties renfermer jusqu'à 21 pénitentes

La pécheresse se présente à la maison des Repenties, amenée généralement par une pieuse personne comme dame Siffrède Trelhone, qui laissa plus tard par testament toute sa fortune à l'Aumône de la fusterie(1), dame Bertrande Garniere, dame Ninette, *del Caval Negre*, ou dame *Ricardona de Carmighan*, charitables et notables patronesses de la même Aumône. Elle commence par faire sa probation sous forme d'une retraite de huit à dix jours, séparée de la communauté. Si elle persiste dans sa vocation, son admission est prononcée du consentement et bon vouloir des gouvernante et prioresse de la plus grande partie des sœurs.

La cérémonie de réception se passe dans la chapelle du monastère. La pénitente se met à genoux devant la gouvernante et lui renouvelle sa demande d'admission. La gouvernante la reçoit alors en lui disant : « *De l'auctorité de mon office et du consentement de la prioresse et de la plus grant partie ou de toutes les seurs de ceste maison, je te reçois pour chamberière (in ancilam), et seur de ceste communauté, et te assemble et fais participante à la compaignie, congrégation et assemblée d'icelles.* » Elle lui donne ainsi que les autres sœurs, le baiser de paix. On la revêt alors du costume de la maison ; ainsi vêtue la récipiendaire assiste à la messe du St-Esprit avec toute la communauté. Après la messe, on chante le *Veni Creator* ; ensuite la nouvelle sœur fait le vœu d'obéissance, pauvreté et chasteté en ces termes : *Moy seur N..., promectz à Dieu, à la glorieuse Vierge Marie, à saincte Marie Magdelaine, à tous les saincts de paradis, et à vous, mères spirituelles, les gouvernante et prioresse de ceste maison, garder obédience et mon corps en chasteté avec ferme propoz et bonne volanté de demourer toute ma vie en la compagnie des seurs, ensemble à garder et observer de tout mon pouvoir les statutz et ordonnances de ce couvent, faictz et à faire par mes supérieurs, tant comme je vivray.*

(1) Testament du 31 janvier 1387, in. arch, de Vaucl., Aumône de la Fusterie.

La nouvelle sœur est ensuite confiée *à aulcune seur qui soit saige, discrete et prudente* pour l'instruire de ses devoirs.

Les pécheresses jeunes et belles *(juvenes et formose)*, qui étaient reçues aux Repenties, apportaient avec elles généralement de riches atours : *joyaulx, bagues, argent et vestements.* Le règlement stipule qu'*il en sera reservé seulement le nécéssaire pour l'entrée de la péni-tente à la disposition des gouvernante et prioresse :* le reste sera ap-pliqué au service de l'infirmerie.

La maison des Repenties pouvait-elle recevoir des femmes mariées ou des religieuses d'un autre couvent ? Les statuts de 1376 et la traduction du XVe siècle sont prohibitifs à cet égard (1). Mais au XVIe siècle le règlement avait été modifié, puisque nous voyons la copie des statuts de 1539 autoriser la maison des Repenties à recevoir des femmes mariées et des religieuses d'un autre ordre. (2)

Le troisième chapitre institue les dignitaires de la maison et détermine leurs fonctions.

A la tête de l'œuvre se trouve la *gubernatrix,* la *gouvernante* : elle sera *prinse de l'une desdictes seurs ou bien des autres femmez séculiéres.* A elle appartient la totale *disposition et administration de la maison.* Elle aura sous ses ordres pour la seconder dans la partie purement administrative de ses fonctions *deux procureuses,* qui détiendront avec elles les clefs de la *caisse commune.*

Si la gouvernante est prise en dehors de la communauté, elle doit en entrant en charge faire donation de tous ses biens à la maison des Repenties, et en adopter l'habit et les règles. En tout cas la nomi-nation de la gouvernante sera soumise à l'approbation de l'évêque qui pourra également la déposer sur la plainte des sœurs, s'il trou-ve son administration défectueuse.

Les procureuses seront toujours prises parmi les sœurs de la communauté.

La *prioresse* est plus spécialement chargée de la discipline inté-rieure de la maison : elle n'est pas élue à la vie, comme la gouver-nante, mais à temps ; elle pourra être prorogée dans ses fonctions,

---

(1) Pour les religieuses d'un autre ordre, nous avons vu qu'une bulle de Grégoi-re XI autorisait les commissaires à les introduire momentanément aux Repenties, mais seulement pour travailler au perfectionnement de l'instruction des pécheresses.

(2) *Moniales vero et maritate recipi etiam valeant et possint.*

elle pourra aussi être déposée par l'évêque. Elle sera assistée par une *subprioresse* qui la remplacera en cas d'absence.

La *sacristaine* sonne la cloche du lever et des offices, et s'occupe de tout ce qui concerne la chapelle.

La *cellerière* s'occupe de la cave ; elle devra être prudente, sobre, tempérée et fidèle. Au XV⁰ siècle chaque sœur avait droit à une *feullette* (1) de vin par jour.

La *panetière* ou *réfectorière* a l'administration du pain, et fait le service du réfectoire. Au XV⁰ siècle, les sœurs avaient droit pour leur pitance journalière à un *patat tournois*, la gouvernante et la prioresse à un liard (2).

L'infirmerie reçut en dotation les revenus de la chapellenie de N.-D. d'Espérance : un médecin sera attaché au service du couvent avec des gages à l'année. L'*infirmière*, outre les soins aux malades, a dans son rôle l'approvisionnement de la pharmacie : elle aura donc à acheter les amandes, l'avenat, l'orge, les prunes sèches, le vin de pommes grenades, les huiles et les eaux nécessaires.

Les *choristes*, ou *magistre cantus*, chantent et dirigent l'office, elles sont en plus chargées de l'instruction des sœurs ignorantes.

La cuisine est faite à tour de rôle par deux sœurs prises parmi celles qui n'ont pas de charge.

La *clavigera* ou *porte-clefs* remettra tous les soirs son trousseau de clefs à la gouvernante ou à la prioresse : celle-ci aura en double la clef du dortoir.

Il y aura deux *portières* : l'une du côté extérieur, l'autre du côté intérieur de la seconde porte : elles surveilleront tout ce qui sort ou rentre par la roue ou tour.

Les quêteuses seront deux sœurs vieilles et fidèles : elles ne pourront servir de moyen de communication entre les personnes étrangères et les sœurs sous peine d'excommunication et de prison.

Le dernier fonctionnaire de la maison est le portier : il se tiendra à la porte extérieure ou première porte : il sera *vieil, discret et fidèle* : c'est lui qui ira au marché acheter la pitance de la communauté. Il ne pourra franchir la clôture qu'accompagné de la gouvernante ou de la prioresse.

(1) La *fueto, fulheto*, ou *felheto* valait 3/4 de litre.

(2) C'était le *patat* de France valant au XV⁰ siècle deux deniers ; quant au *liard* il valait le 1/4 d'un sou ou trois deniers.

Le quatrième chapitre règle la qualité des vêtements et la conversation des sœurs.

L'uniforme de la maison est une robe blanche, un manteau ou cape de drap noir et un voile. Ces vêtements seront sans fourrures ni plumes, mais *en la manière d'honnestes femmes veusves*.

La conversation et la vie des sœurs sera *humble, honnéte, louable, pacifique, pleine de charité et de modestie, non voluptueuse, non superbe, vagabonde ne ocieuse*. En dehors des offices, les sœurs se livreront à des travaux manuels pour leurs besoins et ceux de la communauté. Celles qui montreront des dispositions, vacqueront *aux leçons de la saincte escripture, le matin après la messe jusqu'à heure de tierce, et de l'heure de nonnes jusqu'à l'heure de vespres.*

Les sœurs ne doivent pas franchir la clôture du monastère sous peine de prison. La gouvernante sera autorisée à sortir quand les affaires de la communauté l'exigeront : dans ce cas elle sera accompagnée d'une sœur *discrète et mature*, ou d'une sœur donnée, et du procureur de la maison. Les sœurs données et les quêteuses pourront sortir avec licence de la prioresse ou de la gouvernante. Quant aux autres sœurs elle ne pourront franchir la clôture sans autorisation de l'évêque.

Le cinquième chapitre règle les offices auxquels les sœurs devront assister, il détermine les prières que devront réciter les sœurs données et celles qui, *ignorant les lectres*, ne peuvent chanter l'office.

Le sixième chapitre traite du jeûne et abstinence, de la vie commune et manière de dormir.

Les sœurs feront deux repas par jour, en silence, durant lesquels *sera leu continuellement quelqz leçon de la saincte escripture : et apres disner iront deux à deux en l'église rendre grace en chantant humblement et dévotement.*

Elles mangeront *de la chair et modérément* les dimanches et fêtes, lundis, mardis et jeudis : le mercredi, vendredi et samedi, du poisson, et à défaut, du fromage et des œufs.

Les sœurs dormiront *vestues d'une robe et sur le solier : indute cum tunica et sole*, dit le texte latin qui me parait ici avoir été infidèlement traduit ; *vétues d'une tunique et seules dans leur couche*, croirais-je devoir traduire. *Et si elles dorment nues et deux ensemble* ajoute le règlement, *elles encourront les peynes cy dessoubz escriptes.*

Le septième chapitre traite *du silence, et en quel temps et comment et avec quelles personnes les sœurs parleront et des personnes qui pourront entrer à elles.*

A la grille du couvent les sœurs ne pourront parler aux hommes de leur parenté qu'en présence de la gouvernante ou de la prioresse. *Quant à parler aux hommes avec lesquelz elles auront autres-foy heu familiareté et conversation, et qu'elles feront spécialement venir à la petite grille où elles ont acoustume se confesser, ceste manière de parler leur interdisons et deffendons totallement sur peyne d'excomunication et de manger du pain et de l'eau au soulier du réfectoire.*

Mais si celui qui les mande à la grille est *notable et honneste et qu'il le fasse pour le salut de leurs âmes ou pour faire quelqz aulmosne,* il pourra leur parler en présence de la gouvernante ou de la prioresse, ou de deux sœurs *honnestes et bien approuvées.*

Femmes nobles, meures et honnestes, pourront entrer dans le couvent, veoir lesdites seurs pour leur consolation les jours de dimanches et festes commandées et les autres jours s'il est nécessaire.

Le chapitre VIII traite des *confesseurs* et des *chapitres* que doivent tenir la gouvernante et la prioresse.

Les confesseurs sont les seuls hommes qui pourront franchir la clôture des Repenties : ils seront nommés par les commissaires, et les pouvoirs de ceux-ci expirés, par l'évêque. Ils seront logés à côté du monastère des Repenties, probablement dans les locaux de l'église de N.-D. des Miracles dont ils pouvaient être en même temps chapelains. Ils auront un salaire annuel qui sera fixé par la gouvernante.

La disposition concernant le logement des confesseurs a disparu dans le règlement du XVe siècle.

La gouvernante tiendra *chapitre* toutes les semaines le vendredi, la prioresse le lundi et le samedi : les sœurs diront *leurs coulpes et faultes si aulcunes en ont commises pour lesquelles leur sera imposée pénitence.*

Le chapitre IX traite *des peynes aux seurs qui ne observeront les choses cy dessoubz escriptes* : les peines sont la privation de vin, le pain sec, la prison et les fers. Cette dernière peine ne peut être prononcée que par l'official.

Le dernier et dixième chapitre détermine les fonctions des deux procureurs : ils s'occuperont de la gestion des biens de la maison.

L'un d'entre eux sera prêtre et aidera le chapelain dans la célébration des offices.

Outre le portier, les sœurs pourront avoir d'autres serviteurs pour l'entretien du jardin et de la maison.

Tous les soirs le chapelain, après complies, fermera à clef, de l'extérieur, la première porte du couvent.

Tels sont brièvement résumés les règlements de la maison des Repenties élaborés par les commissaires (1) ; il est certain qu'à part quelques innovations ou modifications, la plupart indiquées par Grégoire XI dans sa bulle du 22 mai 1376, Hélias de Sertis, Durand André et Guillaume d'Entregellées ne firent que codifier les anciennes coutumes selon lesquelles était régie la maison des Repenties.

(1) Vide ces règlements *in-extenso*, appendice n° 1.

CHAPITRE VI

Le 27 juillet 1376 Grégoire XI donnait à la maison des Repenties
son jardin dit de la Pinhote (1). Du même jour un autre bulle chargeait l'archevêque d'Aix, les évêques de Nîmes et de Maguelonne
d'effectuer l'union de ce jardin à la maison des Repenties. (2)

Cette donation souleva un gros procès. Le jardin, dit de la Pinhote
contenant environ six éminées et quart, était situé à côté de l'église
de N.--D. des Miracles. A l'entrée du jardin se trouvait une
petite maison. Ce jardin avec ses dépendances relevait de l'évêché
d'Avignon et du privilège de la vigne vispale : il était loué comme
terre à blé ou à vigne. Le cardinal de Colonna convertit ce jardin
en terrain potager et fruitier : quand il mourut en 1348, le pape
Clément VI affecta ce jardin à l'aumône de la Pinhote (3) qui y

(1) Pièce justif. n° XXXIV.

(2) Pièce justif. n° XXXV.

(3) R. episcopus Avin. habet ibidem quemdam magnum et pulcrum ortum sive
viridarium cum quadam domo in introitu ipsius, quem tenet nunc ab episcopatu
Avin. de voluntate D. N. pape, domus Pinhote ejusdem D. N. pape pro provisione
caulium et aliarum herbarum necessariarum pro usu et cibo pauperum ad dictam
domum confluentium. (Arch. de Vaucl. chap. métrop. série G., n°117, f° 38, ex
anno 1366).

L'Aumône de la Pinhote fut fondée par Jean XXII en 1316. L'Aumône siégea
d'abord près du portail Boquier, dans une maison louée à un nommé Vitellus
Tauri, pour le prix d'une livre viennoise par mois. Quatre mois après sa fondation,
elle fut transportée à côté du cimetière des juifs sur la place Pignotte. Est-ce
la place qui donna son nom à l'Aumône où l'Aumône son nom à la place ? Nescio.
Ce nouveau local comprenait un *deambulatorium*, un cloître sans doute ; la
coquina cuisine ; une *buticularia*, pièce à renfermer le bois ; une panèterie, *panateria* ; une chambre pour enfermer les étoffes, *camera ubi panni reponuntur* ;
un portique où se faisait la distribution des pains, *porticus ubi panis numeratur*
un enclos *sive cancel* et des portiques où s'asseyaient les pauvres pour prendre
leur repas, *cancelli et portici ubi pauperes comedunt*.

A la tête de la Pinhote se trouvait un administrateur prenant le titre de *admi-
nistrator hospitii elemosine Pinhote domini nostri pape*, secondé par deux

cultivait le jardinage dont elle avait besoin pour la nourriture des pauvres : c'est de là qu'il tirait son nom.

Mais le fidèle *clavaire* de l'évêché veillait à la conservation des biens de la mense épiscopale. Il avait sur le cœur la partie du jardin que détenaient les Repenties : elle leur avait été donnée par l'évê-

auxiliaires. L'administrateur qui dirigea cette Aumône pendant tout le temps du pontificat de Jean XXII (1316-1333) était Géraud de la Tremolière : ses deux auxiliaires étaient deux moines cisterciens, Pierre Sicard et Bérenger Galhard. Ils avaient sous leurs ordres dix serviteurs recevant comme salaire cinq sous viennois par mois.

Administrateurs et serviteurs étaient logés, nourris et blanchis aux frais de l'Aumône ; s'ils étaient malade on leur fournissait le médecin et les remèdes. En cas de décès les funérailles étaient faites au compte de l'Aumône.

En plus des dix serviteurs, l'Aumône employait une foule d'ouvriers boulangers, couturiers, lavandières, marchands de souliers, vivandiers. Le rôle des serviteurs consistait à faire la cuisine, faire les distributions aux pauvres, veiller à l'entretien de la maison et des magasins. Un tel personnel suppose une affluence considérable de pauvres.

Les fonctions des administrateurs ou aumôniers étaient de gérer les fonds attribués à l'Aumône. Ils recevaient du camérier et du trésorier l'argent nécessaire à leurs dépenses ; ils en donnaient quittance par devant notaire en présence de deux témoins spécifiant l'usage qu'ils devaient faire des sommes à eux versées. Ils tenaient leurs livres de comptes notant les achats au jour le jour : ces comptes, mis au net, étaient présentés à la fin de chaque exercice financier aux clercs de la chambre qui les vérifiaient et les approuvaient. L'Aumône fournissait aux pauvres non seulement des aliments mais aussi des vêtements. L'ensemble des dépenses de chaque semaine variait entre un minimum de 10 livres viennoises et un maximum de 37.

L'œuvre de la Pinhote fonctionna durant tout le séjour des papes à Avignon.

En 1344, l'Aumône de la Pinhote s'agrandit par l'achat d'un immeuble voisin appartenant à Jean Vincent, chanvrier, immeuble payé 40 florins au propriétaire, et 5 sous viennois de cense annuelle au monastère de St-Véran.

Clément VII en 1378 fit restaurer la maison de la Pinhote qui menaçait ruine ; d'autres restaurations furent faites en 1389, 1391 et 1393.

Que devient la *caritat de la Pinhota* au XVme siècle ? Elle disparait. Que deviennent ses biens ? Je n'ai, pour m'éclairer, que ces deux textes : 1° En 1422 dans les comptes du trésorier des frères Mineurs (Arch. de Vaucl. Cordeliers, H 31, f° 252) je lis : *Item recepi a dominis sindicis de helemosina de la Pinhota* fl. I. 2°. En 1433, le cardinal de Foix donna à l'œuvre du pont les revenus inutilisés des œuvres de charité en souffrance ; dans l'enquête que firent les commissaires nommés à cet effet je trouve noté : *In causa pontis contra Celestinos XIIII decembris 1433. Comparuit predictus procurator et peciit citari dictos Celestinos ad portandum L fl. quos tenentur dare anno quolibet pro elemosina Pinhote. Et dictus commissarius citari decrevit ad priman diem.* (Arch. de Vaucl., fonds de l'hôpital de St-Bénézet, minutes de Pierre Bailli, f° 86 verso). Je crois pouvoir en déque Anglic Grimoard et la propriété ne leur en avait jamais été contestée, malgré les objurgations et l'insistance du fidèle clavaire. Depuis lors l'évêché d'Avignon avait changé de titulaire, et Faydit le successeur de Grimoard, sans doute n'avait pas envers les Repenties les mêmes sentiments de générosité que son prédécesseur. A peine l'union est-elle prononcée, qu'il adresse une réclamation au pape.

Le 12 mars 1377 Grégoire XI délègue Jean de Blandiac, cardinal de Sabine, pour juger *sommairement* (*summarie et de plano sine strepitu et figura judicii*) le procès pendant entre l'évêque d'Avignon et la maison des Repenties au sujet de la possession de ce jardin. (1)

Le procès se plaide devant le cardinal juge le 17 décembre 1377. Le procureur des Repenties ne pouvait apporter comme titre de propriété que la bulle de donation de Grégoire XI, dont la partie adverse demandait l'annulation. Le procureur de l'évêché produit ses pièces : le jardin donné par le pape aux Repenties est inféodé à la mense épiscopale (*tenetur sub dominio domini episcopi et sue ecclesie Avinionensis*). Bien plus, il est sous la servitude de la *vigne vispale*. Cette servitude, qui se fondait tant sur les privilèges accordés par les empereurs que sur la coutume antique, voulait que si le propriétaire du terrain inféodé ainsi par l'évêque venait à mourir, ou à perdre son fief pour toute autre cause, sans avoir de descen-

---

duire que les biens de l'Aumône de la Pinhote au commencement du XVme siècle avaient été distribués ou attribués aux monastères ou à certains monastères de la ville.

En 1450, le 5 janvier, Nicolas V donne la Pinhote à Alain de Coetivi évêque d'Avignon ; il s'agissait probablement de la maison de la Pinhote et du cimetière des juifs, contigu à la Pinhote, et sur lequel fut plus tard construite la maison des Repenties de Ste-Marie l'Egyptienne.

En 1453 la maison de la Pinhote servait de lieu d'examen pour les malades suspects de lèpre (Arch. d'Avignon notaires de la ville, BB n° 5 f° 237). En 1468 la mense épiscopale loue la maison de la Pinhote au prix de quatre florins par an, à charge pour le locataire de recevoir les redevances que les juifs payaient à l'évêché pour droit de sépulture et d'en rendre bon compte au mandataire de l'évêque (Notes brèves de Guillaume Maurel, f° 49, minutes de Mme Autiq, notaire à Avignon).

J'ai rédigé cette notice d'après : Mollat, *Jean XXII fut-il avare ?* in Revue d'histoire ecclesiastique, Louvain 1905, VI n° 1, et les documents recueillis par moi dans les fonds des archives de Vaucluse que j'ai explorées.

(1) Pièce justif. n° XL.

dants en droite ligne, fils ou petits-fils, aptes à lui succéder, le terrain inféodé fit retour à l'évêché sans que les collatéraux aient rien à réclamer, ou du moins les collatéraux ne pouvaient posséder ce terrain qu'en payant de nouveaux droits d'inféodation.

Les derniers propriétaires de ce jardin furent Pons et Hugues Jean, et Raymond Didié : depuis leur mort, faute d'héritiers directs ce jardin avait fait retour à la mense épiscopale qui ne l'avait jamais de nouveau inféodé à personne. L'Aumône ou maison de la Pinhote, après le cardinal de Colonna, avait joui de l'usufruit de ce jardin par un accord intervenu entre l'évêque et le pape, mais la mense épiscopale ne s'était jamais dessaisie de la propriété ou du droit d'inféodation de ce jardin.

Il était évident que Grégoire XI avait outrepassé ses droits : il avait donné à la maison des Repenties ce qui ne lui appartenait pas. Le cardinal juge ne put que faire droit à la demande de l'évêque et annuler la donation. (1)

Le 28 janvier 1378 a lieu la cérémonie de remise en possession du jardin de la Pinhote à la mense épiscopale. En présence du mandataire du cardinal juge, le mandataire de l'évêque se transporte au jardin en question, il fait jouer la clef dans la serrure, ferme et ouvre la porte, fouille la terre avec un bâton, et se promène dans l'immeuble. Ensuite le représentant du cardinal juge fait inhibition à Jeanne de Bourgogne, gardienne du jardin et à tous présents ou absents, de ne livrer à autre qu'à l'évêque les fruits et revenus de ce jardin. (2)

Nous n'avons pas retrouvé la suite de l'histoire du jardin de la Pinhote. Le jardin redevait à l'évêché une cense annuelle de 12 émines d'annone. Les Repenties pour conserver la jouissance de cet immeuble payèrent-elles cette cense ? C'est douteux, car nous n'en avons trouvé trace ni dans le fonds de l'évêché, ni dans le fonds des Repenties. Il est plus que probable que les Repenties désinté-ressèrent l'évêque, à moins qu'une largesse ultérieure de celui-ci ne leur ait abandonné la jouissance de ce jardin.

L'existence de la maison des Repenties se continue ensuite sans incidents autre que quelques procès de peu d'importance : tel celui

(1) Pièce justif. n° XI.
(2) Pièce justif. n° XLIII.

qu'elle fut obliger d'intenter, en 1378, à Pierre Lartessuch qui refusait de payer une cense de six sols et 8 huit deniers, qu'il devait comme copropriétaire de l'ancien immeuble de l'hôpital de Rostain Chaix uni à la maison des Repenties en 1375. (1)

Tous les actes que nous rencontrons ensuite ne sont que des pièces concernant l'administration de leurs biens : ventes, reconnaissances, ou constitutions de procureurs pour défendre leurs droits en justice. (2).

(1) Pièce justif. n° XLIV.

(2) Pièce justif. n° XLV à LX. Nous aurions pu multiplier ces pièces : nous en avons seulement rapporté que quelques unes intéressant Avignon. Nous avons négligé entre'autres toutes celles concernant Lisles-sur-Sorgues où les Repenties avaient de nombreuses propriétés : mais l'histoire de Lisles est du domaine des recherches historiques de notre distingué confrère le docteur Laval.

CHAPITRE VII

LA MAISON DES REPENTIES AU XVme SIÈCLE. LE PROCÈS ENTRE LA COMMUNAUTÉ DE LISLES ET LA MAISON DES REPENTIES. LES AVENTURES DE CATHERINE DE LIZE.

Jusque vers 1383 la maison des Repenties fut gouvernée par Ricane Torcassie, originaire de Carpentras (1). Elle mourut laissant l'œuvre en pleine prospérité, et fut remplacée dans ses fonctions par Jeanne de Butheaux ou de Bucheaux ou de Buthens. Dans les dernières années de la vie de Ricane Torcassie, Jeanne de Butheaux lui avait servi de coadjutrice. Guillemette de Serres lui succéda en 1397 : Jehannete de Valence en 1402 : Aycarde Abrassanine en 1406 : Henriette Dupont vers 1416 ; la vieille Bartholomée de Roquemaure occupe passagèrement le rectorat en 1419.

La maison des Repenties parait avoir traversé sans désastres la période troublée et les guerres qui dévastèrent Avignon à la fin du XIVe et au commencement du XVe siècle. Le nombre des pénitentes a singulièrement baissé au cours de ces événements : nous sommes loin du collège de 40 sœurs rangées sous l'autorité de Ricane Torcassie : dans tout le XVe siècle, le personnel de la maison ne dépasse pas le chiffre de 12 sœurs. Mais il faut faire entrer en ligne de compte le départ des papes d'Avignon, la diminution de la population et la réduction de la richesse publique qui furent les conséquences de cette exode. Le résultat immédiat fut la diminution du nombre des prostituées dans Avignon, et par conséquent la diminution des vocations amenant les pécheresses aux Repenties.

Les ressources de la maison des Repenties avaient également subi une diminution notable : les aumônes étaient moins abon-

(1) Pièce justif. nº XLV.

dantes, les legs étaient plus rares. C'est probablement à cette époque que la raréfaction des revenus fit introduire dans le règlement une close délimitant à un maximum de quinze le nombre des pénitentes que pourrait renfermer le monastère.

Un autre fait nous montre la pénurie dans laquelle se trouvait cette œuvre vers le milieu du XV⁰ siècle. La toiture du dortoir construit par Grégoire XI tombait en ruine vers 1440. Faute de ressources suffisantes pour le réparer, les Repenties s'adressent aux juspatrons de l'œuvre, aux syndics de la ville, qui le 20 juin 1440, font payer un mandat de 30 florins d'or à Etienne Durand, fustier, pour les dépenses qu'il a faites en réparant la toiture du dortoir de la maison des Repenties des Miracles (1). Les syndics prélèvent cette somme sur les fonds légués à la ville par Jean Teyssère pour être distribués en bonnes œuvres.

Vers 1420 Jacomète du Devans prend la direction de l'œuvre des Repenties, et la conserve jusqu'à sa mort survenue une dizaine d'années plus tard. Sous son rectorat se passe un événement touchant directement la vie de la maison : c'est, en 1424, l'union du chapitre de N. D. des Miracles au chapitre de St-Agricol, et l'installation, dans les locaux du chapitre des Miracles, de l'ordre de la Rédemption des captifs de N.-D. de la Merci. Or, on sait que dans les améliorations apportées par Grégoire XI au monastère des Repenties, figurait la construction d'une aile faisant communiquer par une grille l'oratoire ou chapelle des Repenties avec l'église de N.-D. des Miracles, de façon que, sans être vues, les sœurs puissent assister aux cérémonies religieuses qui se célébraient dans l'église de N. D. des Miracles. Jusques vers 1480 les religieux de la Merci vivent modestement aux Miracles. En 1480, leur maison est dans un tel état de décadence, que le légat, Julien de la Rovère à la demande des consuls, supprime la commanderie de la Merci par l'union de leur œuvre avec le couvent des Frères de la Trinité. Mais les frères de la Merci appellent en cour de Rome qui les maintient dans la commanderie de N. D. des Miracles. Le dernier commandeur de la Merci à Avignon, un aventurier laïque, vers 1550, fait de sa commanderie un lieu de débauche et le rendez-vous des hérétiques : il meurt vers 1574, sans que personne puisse dire

(2) Pièce justif. n⁰ LXVIII.

où ce triste personnage avait fini ses jours. Il est évident qu'avant cette époque toute communication avait dû être interceptée entre le monastère des Repenties et l'église de N. D. des Miracles. Les services religieux de la maison des Repenties se faisaient dans la chapelle du couvent. La facilité que leur donna Grégoire XI d'assister aux cérémonies de N. D. des Miracles, n'était qu'une amélioration apportée à leur existence, mais jamais l'église de N. D. des Miracles ne fut une dépendance du monastère des Repenties dont les offices religieux eurent toujours lieu dans l'oratoire ou chapelle qui se trouvait à l'intérieur de leur couvent, en entrant accolé à l'église des Miracles (1).

Aydeline des Fontanilles ou des Fontaines prend le rectorat de la maison des Repenties en 1429 : elle l'occupe jusque vers 1458. Avant de devenir rectrice, Aydeline des Fontaines avait rempli les fonctions de prioresse. Elle appartenait à une famille pauvre : par la sagesse de sa direction elle s'était acquis la bienveillance des autorités communales d'Avignon : le 2 mai 1439, les syndics font délivrer par le clavaire de la ville une somme de cinq florins *à pauvre et honnête fille Jehannette des Fontaines, sœur germaine de la dame rectrice de la bienheureuse Marie des Miracles, pour faciliter son mariage. (2)*.

En 1438, a l'instigation de Jean Frayreschier, notaire de la cour spirituelle de l'évêché, Aydeline des Fontaines avait vendu le droit de directe et le droit d'inféodation que le monastère des Repenties possédait sur l'auberge du Chapeau-Rouge dans la rue de la grande Fusterie. Dans cette vente, le fripon de notaire s'était arrangé de telle façon que la propriété de cette hôtellerie lui appartenait, sous condition de payer une modique cense aux Repenties. Une fois l'acte passé, Aydeline de Fontanilles s'aperçut qu'elle avait été

---

(1) En 1377 Jean Veyssere est remboursé par la communauté des Repenties d'une somme de cent florins d'or qu'il avait déboursés pour une des sœurs, Jordane Garnier : l'acte se passe par devant notaire dans la chapelle de la bienheureuse Marie Magdelaine devant le clédis de fer de la dite chapelle *(in capella beate Marie Magdalenes et ante cledam ferream predicte capelle)* pièce justif. n° XLI.

Le 2 mars 1384, une reconnaissance de vigne en faveur de la maison des Repenties a lieu *in introytu capelle dicti colegii ;* pièce justif. n° LI.

Le 3 février 1416, une autre reconnaissance est passée *in capella interiori ejusdem domus ;* pièce justif. LXII.

(2) Pièce justif. n° LXVII.

trompée par Jean Frayreschier, et que le couvent avait fait une affaire désastreuse. Mais dans l'acte de vente elle avait, comme toujours en pareil cas, prêté serment sur les saints évangiles (*sacrosanctis evangeliis manu corporaliter tactis*) : en conscience, elle n'osait pas demander en justice l'annulation de cette vente avant d'avoir été relevée de son serment. Elle s'adressa donc à l'évêque qui fit droit à sa demande, et le 8 octobre 1440 la releva de son serment. (1).

Le pape Nicolas V (1447-1455) donne à la maison des Repenties d'Avignon des témoignages de sa bienveillance; par une bulle du 31 mai 1450, il mande à Alain de Coetivy, évêque d'Avignon, d'attribuer aux Repenties pour achever la construction de leur monastère et édifier les officines qui leurs sont nécessaires tous les legs faits à des personnes incertaines (2).

La maison des Repenties était terminée depuis longtemps, et elle n'avait pas besoin d'agrandissement puisque le nombre des pénitentes, loin d'augmenter, avait diminué. Les Repenties s'étaient sans doute adressées au pape pour avoir de lui des subsides en vue des réparations que nécessitait la vétusté de leur immeuble ; et le bulliste paresseux n'a trouvé rien de mieux que de copier mot à mot la première partie de la bulle de Grégoire XI du 26 mars 1374 (pièce justificative n° XI), par laquelle ce pape chargeait Jean Sabatier d'affecter à la maison des Repenties les legs faits à des œuvres incertaines et les legs non exécutés.

Dans une seconde bulle du 30 juin 1450, Nicolas V vient encore au secours des Repenties qui avaient sur les bras un vieux procès avec la communauté de Lisles. En raison des possessions de la maison des Repenties à Lisles, les consuls de cette ville voulaient faire contribuer le monastère à la reconstruction et à l'entretien des remparts, tours, fossés, routes etc. Cette affaire litigieuse avait commencé peu après la guerre des Catalans. Les Repenties plaidèrent, perdirent leur procès et furent condamnées à contribuer à l'entretien des Remparts et du territoire de Lisles. Pour s'exonérer de cette servitude, le 11 août 1426, elles transigent avec la communauté à qui elles abandonnent les fonds de cinq florins de cense

(1) Pièce justif. n° LXIX.
(2) Pièce justif. n° LXX.

annuelle, moyennant quoi, elles ne seront plus importunées à ce sujet (1).

Mais quelques 25 ans plus tard le procès recommence. Les Repenties adressent une supplique au pape lui remontrant qu'elles ont été volées en cette affaire ; que les censes abandonnées par elles à la communauté de Lisles sont trop considérables ; et elles en demandent la restitution. Nicolas V commet encore à Alain de Coetivy le soin d'examiner les conventions intervenues entre les Repenties et la communauté de Lisles, et de les casser s'il y a lieu (2). Alain de Coetivy délègue ses pouvoirs à Nicolas de Frassanges, docteur en décrets, qui faisant droit à la demande des Repenties annule les conventions de 1426, et condamne la communauté de Lisles à restituer les censes qu'on lui avait abandonnées. La communauté de Lisles fait appel de ce jugement en cour de Rome. Le pape commet Pierre de Subreville, chanoine de Narbonne demeurant à Avignon, pour juger de l'appel. Les Repenties opposent un vice de procédure : l'appel de la communauté de Lisles n'a pas été fait dans les délais légaux : le jugement de Nicolas de Frassanges avait déjà acquis force de chose jugée, et la commission donnée à Pierre de Subréville est sans valeur et nulle en droit. Pierre de Subréville rejette les conclusions du procureur des Repenties et déclare sa commission valable. Les Repenties appellent de cette déclaration au cardinal légat, qui, le 7 septembre 1457, charge le prévot de l'église de Vaison, le prévot de l'église de Forcalquier et l'official d'Avignon, de juger en dernier appel, le différend pendant, entre la communauté de Lisles et la maison des Repenties (3). Le jugement est prononcé le 14 avril 1464, il fait droit aux réclamations des

---

(1) 1426 XI août. Une sentence antérieure d'*Anthonii Vironis et Jordani Bricii* asserebat dictum monasterium debere contribuere una cum universitate predicta in reparationibus et constructionibus murorum, turrium, poncium, verdestarum, vallatorum, portalium, itinerum, viarum publicarum et omnium aliorum concernentium deffensionem universitatis Insule... et hoc tociens quotiens reparationes... fiende forent. Les Repenties objectent qu'elles ont été exemptées de pareilles contributions par les priviléges accordés à leur monastère par les souverains pontifes. La transaction à l'amiable est acceptée par *Jacometa de Devezio*, rectrix. (Arch. de Vaucl. série II. *Visitandines de Saint Georges*, liasse n° 11).

(2) Pièce justificative n° LXXI.

(3) Pièce justif n° LXXII.

Repenties et condamne définitivement la communauté de Lisles à leur rembourser la valeur des censes abandonnées en 1426 (1).

En 1458, Agnès Fabresse prend la direction de la maison des Repenties : sous son rectorat nous n'avons qu'un incident à signaler. Un habitant d'Avignon, Louis Genet, avait quitté la ville laissant sa femme Etiennette sans ressources. Agnès Fabresse la recueillit à la maison des Repenties. Mais au retour du mari, Agnès Fabresse lui réclame le prix de la pension de sa femme : le mari se fait tirer l'oreille et finit cependant, sinon par payer, du moins par promettre de payer les 40 florins qu'on lui réclame (2).

En 1474, Marie Danisete succède à Agnes Fabresse.

En 1476, il y avait comme rectrice, Catherine de Lize. L'histoire de cette Catherine de Lize est assez romanesque. En 1444, un chirurgien-barbier d'Avignon, au nom prédestiné de Jean Maupin, originaire de Châlons-sur-Marne, épousait Catherine de Lize. Le mari, qui était un modèle de tous les vices, après avoir mangé tout ce qu'il possédait, dissipa au jeu, à la boisson et à la débauche les biens de sa femme, jusqu'à ses meubles, joyaux et robes. Après quoi, complètement ruiné, et sans ressources, en 1459 il prit le parti de disparaître abandonnant sa femme. Que devint Catherine de Lize pendant l'absence de son mari ? Il est probable, qu'entraînée d'abord par les mauvais exemples qu'elle avait reçus, elle n'imita que de très loin la vertu des matrones romaines et s'adonna surtout au jeu de dame rabattue. Mais un beau jour la grâce, peut-être aussi l'âge aidant, opéra en elle : depuis 12 ans, son pendard de mari n'avait plus donné signe de vie, elle était en droit se croire veuve : dédaignant alors les joies et les vanités de la terre, elle prit le parti de se consacrer à Dieu, et fut admise dans la maison des Repenties. Sa conversion était sincère, elle devint une bonne religieuse, et en 1476, nous la trouvons à la tête de l'œuvre. Mais sur ces entrefaites, Jean Maupin a la malencontreuse idée de reparaître à Avignon. Scandale ! Que va-t-il faire ? Va-t-il réclamer sa femme ? C'est son droit. Il fut plus magnanime, et le 12 août 1476, par devant notaire, considérant que depuis longues années il est absent, qu'il est maintenant vieux, sans ressources, incapable de

(1) Arch. de Vaucl. série H Visitandines de Saint Georges liasse no 30.
(2) Pièce justif. no LXXIII.

gagner de quoi nourrir sa femme, que d'autre part, dame Catherine est dans une situation des plus honorables, et qu'elle à su se faire estimer de tous ceux qui l'approchent, Jean Maupin consent à ce que Catherine de Lize reste à la maison des Repenties et y termine paisiblement ses jours (1). Ainsi fut fait, et Catherine de Lize continua ses fonctions de rectrice des Repenties ; elle fut remplacée par Annette ou Magdelaine de Lestang entre 1481 et 1484.

---

(1) Pièce justif. n° LXXV.

CHAPITRE VIII

Projet d'union de la maison des Repenties au chapitre de l'église de St Agricol. Décadence de la maison des Repenties a la fin du XVᵐᵉ siècle. Pour relever la maison des Repenties les consuls mettent a sa tête une religieuse de St Véran. La maison des Repenties au XVIᵐᵉ siècle jusqu'a son transfert dans l'hopital St Michel de N. D. de la Major.

Autant le rectorat d'Agnès Fabresse (1458-1474) avait été heureux pour la maison des Repenties, autant l'administration des trois rectrices qui lui succédèrent, Marie Danisette, Catherine de Lize, et Annette de Lestang (1474-1489) fut préjudiciable à la prospérité de l'œuvre. Voyant la décadence du monastère, le chapitre de l'église de Saint Agricol demande au souverain pontife l'union de la maison des Repenties à leur chapitre qui possédait déjà les bâtiments et l'église de Notre-Dame des Miracles, contigus aux Repenties, et loués par eux aux frères de la Merci. Cette prétention cause un grand émoi : les consuls se rappellent fort à propos qu'ils ont de temps immémorial le juspatronat de l'œuvre des Repenties, et le 4 février 1475 le conseil de ville se refuse à faire aucune démarche en faveur de l'union projetée : non seulement il n'appuyera pas la demande du chapitre de Saint-Agricol, mais il s'y opposera de toutes ses forces. Il en résulta une longue instance, dans laquelle la ville eut gain de cause, et le 19 décembre 1477, nous voyons le trésorier de la communauté payer un mandat de deux florins à Pierre de Tulhe qui dans cette affaire avait occupé pour la ville en cour de l'officialité (1).

S'il était conservé, le couvent des Repenties n'en était pas moins en pleine décadence. En 1489, la maison ne renfermait plus que la rectrice et une religieuse. Le conseil de ville s'émeut de cet état de chose, et adresse une supplique au légat. Il lui représente que les

(1) Pièces justif. LXXIX et LXXVI.

consuls comme patrons et protecteurs du monastère des Repenties considèrent comme un devoir pour eux de veiller à sa conservation. Or la mauvaise administration des dernières rectrices à conduit cette œuvre à une ruine imminente : il n'y a plus eu de nouvelles professes : bien plus la méchanceté et la perversité des mêmes rectrices ont fait quitter le monastère aux sœurs ayant déjà fait leur profession. L'administration temporelle elle aussi a été déplorable : les biens du monastère ont été perdus, ses rentes dissipées ; une des dernières rectrices, (son nom ne figure pas dans l'original de la pièce), avec deux ou trois religieuses ont complètement *dévoré* l'avoir du monastère, et quand il n'y a plus eu d'argent en caisse, elles ont vendu ou mis en gage les meubles et objets précieux appartenant à la communauté. Maintenant cette rectrice coupable terrassée par la maladie, gît paralysée dans son lit, incapable de subvenir à ses besoins, et encore moins apte à s'occuper des affaires de la maison (1).

Ces détails nous permettent de dévoiler le nom de la rectrice coupable : c'était Annette de Lestang.

En conséquence, continue la requête, les consuls se sont mis à la recherche d'une religieuse capable de relever le monastère de ses ruines et de diriger saintement les sœurs placées sous ses ordres dans les voies tracées par leur fondateur. Ils ont trouvé cette religieuse dans la personne de Marguerite de Lestrade, sœur du monastère de Saint Véran (2). Ils demandent donc au légat, avec l'assentiment de l'Archevêque d'Avignon et de la supérieure de Saint Véran, de vouloir bien autoriser sœur Marguerite de Lestrade à quitter le monastère de Saint Véran pour venir prendre la direction du monastère des Miracles.

(1) Pièce justif. n° LXXIX.

(2) Le monastère de Saint-Véran, ordre de Saint-Benoit, en 1481 comprenait le personnel suivant : Jaumeta de Montefalcone, abbatissa ; Glaudia Patris, procuratrix ; Margarita Gaseta, sacristana ; Margarita de Lestrade, Catherine Malesan, Constancia Gentona, Anna Gentona. (Brèves de Bonifacius de Blengeriis 3 janvier 1481, minutes de Mᵉ Antiq, notaire à Avignon).

Marguerite de Lestrade avait une sœur *Raymunda de Strata* mariée à noble Vère de Médicis, marchand florentin habitant à Avignon. Cette Raymonde teste le 17 avril 1484, léguant deux florins à sa sœur : elle avait deux fils, Christophe et Pierre (*Testamentum nobilis Raymunde de Strata, relicte condam nobilis Veri de Medicis, mercatoris Florentini, habitatoris Avinionis* : notes étendues de Johannes Morelli, fᵒ 336, minutes de Mᵉ Antiq, notaire à Avignon.)

Le 27 juillet 1489, le légat accède à la demande des consuls, et le surlendemain 28 juillet, sœur Marguerite de Lestrade est installée en grande pompe comme rectrice du monastère des Repenties. Mais le monastère étant sans ressources, les frais de cette fête furent à la charge de la ville, et le 15 août, le conseil de ville approuve la dépense faite par les consuls, le 28 juillet, jour où fut déposée l'ancienne rectrice des Repenties et mise à sa place noble Marguerite de Lestrade (1).

En entrant en charge la nouvelle rectrice demanda qu'on fît inventorier le mobilier qui restait dans la maison des Repenties. Cet inventaire est fait par devant notaire le 30 juillet (2). Comme argent liquide, nous trouvons dans deux bourses de cuir deux onces d'argent, trois écus et quatre florins.

Comme objet d'art, nous voyons, portés dans cet inventaire un retable en bois doré sur lequel sont peintes à l'extérieur deux violettes sur fond rouge, et à l'intérieur, au sommet, une annonciation, à gauche, un crucifiment, à droite, Saint-Pierre et Saint-Jean, au milieu la Vierge et l'enfant Jésus, en bas, Sainte-Catherine et Saint-Jacques, avec ces mots au-dessous: Mère de Dieu, souvenez-vous de moi.

Le trésor du monastère se trouve dans la chambre de la rectrice qui était située en dessus de la porte d'entrée. Le notaire y note à droite, à côté de la fenêtre, un placard contenant une caisse qui renfermait les objets précieux suivants :

1° Une image de la bienheureuse Marie-Magdelaine en argent doré de deux palmes et demi de haut (environ 0 m. 75) avec des armoiries, des roses et des patenôtres de corail.

2° Une croix dorée avec le crucifix, dont le pied contient des fragments de la Sainte Epine et de la Sainte Croix.

3° Un reliquaire en argent en forme de lune contenant des reliques de Saint-Vincent.

4° Un reliquaire en argent contenant des reliques de Saint-Blaise.

5° Un petit rétable en bois couvert de soie verte avec des desseins et des reliques.

(1) Pièce justif. n° LXXXI.
(2) Pièce justif. n° LXXX.

6° Un autre petit rétable carré de bois rouge contenant des reliques.

7° Un coffret contenant d'autres reliques.

8° Une paix en ivoire avec des sculptures représentant le crucifiment, la Vierge Marie et Saint Jean.

Le notaire note ensuite comme manquant au trésor du couvent : un collier de perles, des patenôtres d'argent doré, avec un cœur doré, et un calice d'argent doré. Ce sont sans doute les joyaux que sœur Annette de Lestang avait vendus ou mis en gage pour subvenir à ses besoins.

Sœur Marguerite de Lestrade ainsi intronisée en remplacement de Sœur Annette de Lestang (1) travaille à relever la maison de ses ruines : le 25 juin 1490 elle fait choix d'un procureur qui l'aide à mettre en ordre le temporel du couvent : c'est Claude de Canebio, prêtre originaire du diocèse de Lyon et fixé à Avignon. Ses honoraires sont fixés à 15 florins par an : en même temps qu'il s'occupera de la gestion du patrimoine du couvent, il remplira les fonctions d'aumônier (2).

Marguerite de Lestrade préside peu de temps aux destinées des Repenties : la maladie sans doute l'obligea à résilier ses fonctions en 1494 ; elle n'en continua pas moins à vivre dans la maison à la prospérité de laquelle elle s'était dévouée et où elle mourut après 1502, remplissant encore les fonctions de procuratrice.

Sous le rectorat de Marguerite de Lestrade nous n'avons à signaler que l'incident suivant : en Avril 1490, se présentent à la maison des

---

(1) Sœur Annette, ou Agnes, ou Marguerite de Lestang, malgré sa déposition, continue sa vie religieuse aux Repenties où elle existait encore en 1494 (Pièce justif. n° LXXXIII).

(1) Anno domini 1490 et die XXVII junii... venerabilis vir Claudius de Canebio, presbiter diocesis Lugdunensis, habitator Avinionis, locavit se et operas suas domine Margarite de Strata, rectrici monialium beate Marie de Miraculis, ad et per totum annum continuum et completum, incipiendum die prima mensis jullii proxime futuri ; et hoc precio et nomine precii inter ipsos'conventi, videlicet XV fl. monete Avinione currentis, quos promisit dicta domina Margarita, rectrix, eidem domino Claudio solvere et realiter expedire de die in diem prout illos lucratus fuerit. Et dictus dominus Claudius promisit eidem domine rectrici et monasterio in divinis et aliis prophanis licitis et honestis servire, census, redditus et proventus dicti monasterii colligere, utilia dicti monasterii procurare etc

Actum Avinione in dicto monasterio....

(Brèves de Johannes de Ulmo suo loco, minutes de M° Antiq, notaire à Avignon).

Repenties Jean de Chynol, et sa femme Hyppolite Marie ; venant de Naples et de Rome, ils ont fait un long voyage, et pour leur sanctification demandent à être admis à la maison des Repenties. Si le règlement de la maison des Repenties à la fin du xve siècle, autorisait la réception dans le couvent des femmes mariées, il n'avait pas prévu le cas où le mari lui aussi demanderait à entrer dans la vie religieuse. Sœur Marguerite de Lestrade ne pouvait donc satisfaire à cette étrange demande ; mais ne voulant pas se priver du dévouement de deux fidèles serviteurs, ni décourager leur zèle, la rectrice trouve un moyen terme. Le monastère possédait à Lisles-de-Venisse des biens assez considérables et une maison. Pleine de confiance en l'honnêteté de François de Chynol et de sa femme, considérant qu'ils peuvent vivre des ressources qu'ils possèdent, les Repenties les installent dans leur maison de Lisles où ils s'occuperont de la gestion des biens du monastère. Le contrat est passé le 7 Avril 1490, il stipule que Jean de Chynol et sa femme auront à Lisles le vivre et le couvert aux frais du monastère des Repenties ; ils devront également être pourvus par le couvent de vêtements décents et conformes à leur condition ; et cela, leur vie durant. En retour, Jean de Chynol et sa femme géreront les biens que le monastère possède à Lisles, et donneront aux Repenties en toute propriété une somme de 200 florins (1).

A Marguerite de Lestrade succéda en 1494 Anne de la Roe : elle régit le monastère jusqu'en 1513 : le nombre des professes sous son rectorat s'élève à huit.

Les finances de la maison des Repenties étaient peu prospères et nous voyons qu'elle a de plus en plus recours à la charité du trésor public. En 1498 le conseil de ville vote 50 florins aux Repenties pour réparer leur escalier (2).

Pour assurer leur droit de juspatronat, chaque année *il estoit de costume que messieurs les consulz alient visiter le couvent des Miracles des femmes Repenties et de y fère disner aux despens de la ville.* En 1520, les consuls décident de supprimer ce dîner, et d'affecter aux besoins du couvent les dix florins qu'il coûtait annuellement (3).

A cette époque les constructions faites pas Gasbert du Val, Anglic

(1) Pièce justif. n° LXXXII.
(2) Pièce justif. LXXXV.
(3) Pièce justif. n° LXXXVI.

Grimoard et le pape Grégoire XI, menaçaient ruine. Le conseil, le 20 Juillet 1520, délègue le viguier pour visiter les bâtiments des Repenties et prendre, après en avoir référé au conseil, les mesures de conservation que nécessite leur état (1). En 1521, il élève à 20 florins l'aumône annuelle de 10 florins ; en 1527, il vote aux Repenties une allocation de 50 florins pour réparations ; le 15 Juin 1532 à l'occasion de la fête de Dieu, il leur fait don de dix florins : en 1535 autre allocation de 25 florins pour réparer leur promenoir.

En 1536, le conseil supprima le banquet que ses membres s'offraient chaque année (au frais des contribuables) pendant le carnaval ; sur l'économie ainsi réalisée il vote 40 florins aux Repenties.

En 1541, de la part des *nonnains Repenties des Miracles* est présentée une requête *demandant l'aumosne pour Dieu pour se trouver en grosse nécessité*, le conseil leur vote 15 florins. Il leur donne deux salmées de blé en 1543 ; 50 florins en 1544 pour réparer un corridor, plus six salmées de blé. En 1546, il leur fait de grandes avances de blé : c'était sans doute une année de disette (2).

Cette même année 1546 le conseil fait entrer deux femmes aux Repenties, et à cette occasion il paye au couvent *quatre couvertes blanches* (3).

Au commencement du xvie siècle Avignon fut à son tour infecté par le mal vénérien. Pour éviter que la maison des Repenties ne soit transformée en hôpital, il fut décidé que les pécheresses, infectées par la maladie, ne pourraient y être reçues qu'après avoir été traitées et guéries. C'est ce qui résulte d'une délibération du conseil de ville du 23 Juin 1555, dans laquelle est admise une dépense de 11 florins *faite par MM. les consuls pour faire guérir du mal vénérien une fille qui désire se retirer dans la maison des Repenties* (4).

Nous voyons ensuite le conseil continuer aux Repenties ses aumô-

---

(1) Pièce justif. n° LXXXVII.
(2) Pièces justif. n° LXXXVIII à XCIX.
(3) Pièce justif. n° C.
(4) Les avariés étaient soignés à l'hôpital St-Marthe par les frictions mercurielles si je m'en rapporte aux documents suivants :
1547 octobre. Payé pour dix livres sain vieulx pour fère les ongnementz des vérolléz de l'espital : florin I, gros 3.
1547 dézembre. Pour 6 livres sain vieulz pour fère les ongnementz des vérolléz : gros 9. (Comptes de l'hôpital Ste-Marthe de 1547, Barthélemy Condole, recteur, in Arch. de Vaucl. fonds de la ville, GG., hôpitaux 591).

nes en blé et en argent jusqu'en 1577, ce qui nous indique que les rentes du monastère étaient insuffisantes pour assurer son existence. Le nombre des Repenties avait d'ailleurs sensiblement augmenté : sous le rectorat de Marguerite Martine (1519-1529) le nombre des professes ne dépassait pas huit : il s'accroît sous le rectorat de Catherine Calvier (1529-1547) ; il est de douze en 1530 ; à son apogée, en 1534, le monastère renferme 21 pénitentes.

Jeanne de la Croix succède en 1547 à Catherine Calvier ; elle a 16 professes sous ses ordres. Jeanne de Pons en 1560 prend la direction des 11 Sœurs composant la maison. Sous le rectorat de Jeanne de Pons, en 1566, Pierre de Rici, coseigneur de Lagnes, fonde *en l'église de la Marye Magdeleine des Miracles* un service funèbre, pour lequel il fait don au couvent d'une pension annuelle de 35 florins (1).

Marie Cartière prend le rectorat en 1575 : deux ans plus tard, la maison des Repenties de Sainte-Marie-Magdeleine ou de Notre-Dame des Miracles disparaissait pour revivre sous une nouvelle forme dans l'hôpital Saint-Michel de la Major, et prendre le nom de *couvent des religieuses de Saint Georges.*

----

(1) Pièce justif. n° CV.

L'Hôpital Saint Michel
D'après le Plan d'Avignon de 1572

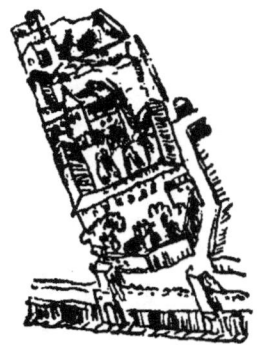

L'Hôpital Saint Michel
Transformé en couvent des Pénitentes de Saint Georges
D'après le plan d'Avignon de 1671

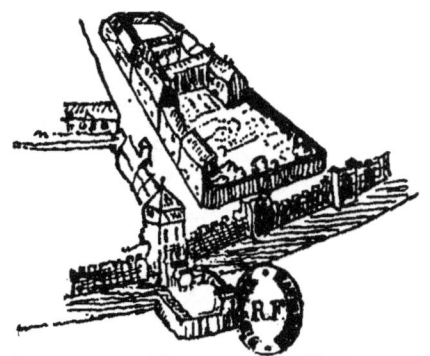

L'Ancien Couvent des Repenties de N. D. des Miracles
D'après le plan d'Avignon de 1671

Planche II

DEUXIÈME PARTIE

Les Pénitentes ou Religieuses de Saint Georges

(1577-1643)

CHAPITRE PREMIER

Installation des Minimes a l'église de N. D. des Miracles. Transfert des Repenties a l'hôpital de Saint-Michel transformé en monastère de Saint-Georges.

En 1575, le cardinal Georges d'Armagnac, légat du Saint Siège, avait appelé à Avignon les Pères Minimes de Saint François de Paule et leur avait affecté l'ancien couvent des Frères de la Merci. Mais trop à l'étroit dans les anciens édicules de la chapelle et du chapitre de Notre-Dame des Miracles, les Minimes demandèrent à s'agrandir. Le cardinal jeta son dévolu sur le monastère des Repenties qui n'était séparé que par un mur de l'ancienne commanderie de la Merci. Pour éloigner les Repenties de leur couvent, le cardinal invoque la solitude du lieu qu'elles habitent, solitude qui les expose aux entreprises des hommes et leur permet trop facilement de sortir de leur cloître. Ce reproche était-il mérité ? Quand on veut noyer son chien on dit qu'il a la gale.

Le pape consulté accéda à la demande du cardinal légat, et assigna aux Repenties pour nouvelle demeure l'ancien palais du prince de Salerne, près du collège d'Annecy. Mais le palais du prince de Salerne, saisi par le fisc, sur ces entrefaites ayant été restitué à ses propriétaires, le transfert des Repenties ne put avoir lieu.

Le cardinal songe alors à l'hôpital Saint-Michel. Cet hôpital avait été fondé dans la seconde moitié du xiv⁰ siècle par les confrères de la riche Aumône de Notre-Dame de la Major pour loger les pèlerins qu'attirait à Avignon la présence des papes. Le nombre des pèlerins ayant notablement diminué depuis le retour de la cour pontificale à Rome, l'Aumône de la Major, qui possédait un autre hôpital affecté au même usage en face de l'église des Augustins, n'utilisait plus à grand chose son hôpital Saint Michel.

Le 7 Juillet 1577, les membres de l'Aumône de la Major, réunis dans la chapelle de Saint-Jean Baptiste de l'église des Augustins, par l'entremise de François Bérard de Labdane, leur avocat et en même temps l'avocat de la légation d'Avignon, sont mis au courant de la demande du cardinal d'Armagnac. Considérant que le transfert des Repenties à l'hôpital Saint-Michel est effectué pour la plus grande gloire de Dieu, les confrères de la Major accèdent aux désirs du cardinal légat, et lui donnent en toute propriété l'hôpital Saint-Michel avec son jardin et ses dépendances (1).

Le cardinal d'Armagnac transfère immédiatement les Repenties à l'hôpital Saint-Michel ; mais il s'aperçoit que les bâtiments de cet hôpital sont insuffisants : de ses deniers personnels, le 17 Février 1578, il achète à M. François de Rolland, au prix de 1300 écus, une maison et jardin contigus à l'hôpital, et en fait don à la maison des Repenties (2).

La rectrice de la maison des Repenties était alors Marie Cartière; la prioresse, Catherine Serre ; la sous-prioresse, Catherine Corbete ; elles avaient sous leurs ordres sept sœurs : Catherine d'Aix, Jeanne Pelissier, Magdeleine de la Vergne, Perinette Subtilete, Toinete Somete, Catherine Calvier et Marthe Lymone. Le 2 Décembre 1580, les frères Minimes étaient définitivement installés dans l'ancien monastère des Repenties de Notre-Dame des Miracles : en reconnaissance *du bon vouloir et amittié qu'ils ont les dévots confrères de*

---

(1) L'hôpital St-Michel était situé *parroche St-Disdier, rue des Corps Saintz et au-devant le couvent des frères religieux Célestins, tirant ladite rue des Corps Saintz au portail St-Michel.* (Pièce justif. n° CVIII).

Le monastère de St Georges, après son agrandissement occupait la plus grande partie de l'île 57, entre la porte St Michel et les rues St Michel, Roleur et Cocagne.

(2) 1578 XVII février. Noble François de Rollandz, Sr de Réauville vend au cardinal d'Armaignac une sienne mayson et logis dudict Sr de Reauville, où pend l'enseigne de la masse, avec son jardin en la paroisse St-Didier et rue du portail St-Michel, confrontant d'une part ladicte rue, d'aultre les lices, d'aultres l'hospital et l'église St-Michel, d'aultres la rue publicque allant aux muralhes sive esdictes lices au prix de 1300 écus. (Arch. de Vaucl. *Visitandines de St-Georges*, série II. n° 11, et n° 1 terrier de 1651 p. 11).

Nostre-Dame la Majeur envers lesditz religieux Minimes, suyvant le don fait par lesditz confrères à Mgr illustrissime cardinal d'Armagnac d'un hospital appelé Saint-Michel, dans lequel hospital ledit Sgr Cardinal a faict et construict un monastère de povres nonains reppanties, et de l'habitacion où par devant solloient demeurer lesdites povres nonains reppanties par ledit Sgr cardinal donnée aux frères religieux Minimes, les frères Minimes promettent aux confrères de la Major de célébrer deux fois par an, à leur intention, le jour de la troisième fête de Noël et le jour de la troisième fête de Pâques, une Grand Messe à diacre et sous-diacre, *à charge que lesdits frères religieux et leurs successeurs seront tenus appeler ou faire appeler les maistres de ladite confrérie et cambellans deux ou trois jours devant la célébration desdites messes* (1).

Enfin, Grégoire XIII, par une bulle du 3 Décembre 1582, approuve tous les changements faits par le cardinal d'Armagnac. Le pape décide que l'hôpital Saint-Michel est supprimé de fait et de nom. Le local de cet ancien hôpital, avec ses annexes, tels que église et jardins, sera la propriété de l'abbesse et des nonnains repenties, vivant selon la règle de Saint Augustin. Il érige cette maison, jadis dite hôpital de Saint-Michel, en monastère, sous le titre de *monastère de Saint-Georges,* et lui transfère les privilèges et indulgences dont jouissait l'ancien monastère des Repenties de Notre-Dame des Miracles.

C'est à partir de cette époque que les Repenties prirent le nom de *religieuses de Saint Georges* (3).

---

(1) Pièce justif. nº CIX.

(2) Pièce justif. nº CX.

(3) On trouve dans les notes manuscrites de l'historiographe Massilian (Bibliothèque d'Avignon, ms nº 2381 fº 108) la notice suivante sur l'*hospitale sancti Georgii.*

« Le 2 août 1469, Louis Doria, noble génois, fonde l'église et le couvent des frères Mineurs de l'Observance. Ce fut l'endroit où auparavant était l'hôpital Saint Georges des veuves. On voit encore dans la partie inférieure de l'église la statue de St-Georges à cheval ; et dans la chapelle de (*en blanc*), on voit le tableau de la chapelle de l'hôpital Saint Georges, ainsi qu'on peut en juger par les deux veuves qu'on voit à genoux au bas du tableau. »

Cet hôpital n'a jamais existé : le tableau représentant les deux veuves devait se trouver dans la chapelle de l'ancien hôpital St-Michel devenu le monastère de St-Georges, ou bien était resté dans l'ancienne chapelle des Repenties au Miracles, et quant aux personnages que Massilian prend pour deux veuves, c'étaient deux Repenties, qui, d'après le règlement de 1376 portaient le costume des veuves.

CHAPITRE II

LE RÈGLEMENT DU MONASTÈRE DE SAINT-GEORGES : COMMENT ÉTAIENT ADMISES LES REPENTIES ; COMMENT ELLES POUVAIENT SORTIR. LES AVENTURES DE FRANÇOISE DES ACHARDS. DONS FAITS PAR LA VILLE AU MONASTÈRE DE SAINT-GEORGES.

En transférant les Repenties à Saint-Michel, le cardinal d'Armagnac ne changea pas en fait le but de la maison ni sa réglementation fondamentale. Ce qui entraîna sa décadence rapide de cette œuvre, c'est qu'elle ne subit pas une transformation conforme aux changements de mœurs.

La prise d'habit, ou l'admission de la pénitente, à gardé à peu près son antique cérémonial :

Les parents, ou des femmes de bien, présentent et conduisent les pécheresses au monastère et payent leur pension pendant qu'elles font leur probation. Cette innovation avait pour but d'éviter que des filles, atteintes du mal vénérien, ne viennent se faire soigner gratuitement aux Repenties, puis, une fois guéries, quittent la maison sous prétexte qu'elles n'ont pas la vocation. Leur probation faite les pénitentes sont admises définitivement.

« Et comme les filhes sont résolues et persistent à estre religieu-
« ses, ung jour de feste, le prestre du couvent se prépare à la mes-
« se ; la filhe demeure dans le cœur bas de l'église avec ses perrin
« et merrine. La messe dicte, elle reçoit le précieulx corps de Nos-
« tre Seigneur, et puis le prestre l'interroge si elle veult estre reli-
« gieuse, et lui remonstre l'austérité de la règle du monastère. Elle
« persévérant en sa dévotion, le prestre luy donne sa bénédiction, et
« toutes les religieuses la viennent quérir en procession en luy disent:
« Veni sponsa Christi ; luy donnant d'eau benoicte, et une religieuse
« luy baille un crucifix à porter, et en compagnie de sa mérine la con-
« duisent au chœurs haultes dudict monastère, et le prestre avec le
« perrin vient à la tribune et clédis hault dudict chœur. Et l'abbaisse
« lui baille l'habit; et ainsi vestue les religieuses chantent: Veni crea-

« tor spiritus etc. Et la religieuse dit par troys fois l'oraison : suscipe
« me domine secundum etc. Et après se met à genous devant mada-
« me, met ses mains jointes dans les mains de madame, et là faict
« sa profession qu'elle dit comme est escript ».

Voici le texte de cette profession :

« Moi seur N, prometz à Dieu, à la glorieuse Vierge Marie, à la
« Marie-Magdaleyne, et à tous les sainctz et sainctes du Paradis, à
« vous mère régente de ce monastère, tout le temps de ma vie de
« observer et garder les statutz et ordonnances de céans, faictz et à
« fère, vivant en obédience de mon povre corps, chasteté et perpé-
« tuelle clausture (1) ».

A quoi la mère abesse répondait : « Ma fille, si voules observer et
« garder ce que maintenent aves promis, je vous prometz la vie
« éternelle, au nom du Père, du Filz et du sainct Spérit.

« Puys toutes ensemble chantent : te deum laudamus etc., et
« après, la prieuresse la meyne féliciter à toutes les religieuses, et
« luy bayle son lieu, et despuys sont tenues pour vrayes religieu-
« ses (2) ».

Telle était la mode d'admission des Repenties et le cérémonial de
la profession. Nous allons voir maintenant comment on pouvait
sortir du monastère : c'est Françoise des Achards qui nous servira
d'exemple.

Le 30 Mai 1590, le capitaine Pierre de Ribion, d'Arles, se présente
devant le vicaire général de l'archevêché d'Avignon, il lui raconte *qu'il auroit contracté mariage avec une femme se disant vesve,
du lieu de Bagnolz, se faisant nommer Françoise des Achardz, et
habité par icelle comme mariés environ deux années, et que dernièrement, au temps du jubilé, il auroyt eu notice que la dite Françoise, sa
femme, avoyt esté religieuse professe du monastère de la Magdelaine,
autrement de sainct Georges, de la présente cité, et que ne voulant
ledict exposant comectre sacrilège avec la dicte Francoyse, l'auroyt
rejectée de luy, pour vivre en sûreté de sa conscience jusqu'à ce que
soyt éclairci si la dicte Françoise a esté religieuse.*

Sur l'exposition de cette plainte, une enquête est ouverte par le
vicaire général, assisté de l'advocat et du procureur général de

---

(1) Cette formule diffère peu de celle des statuts de 1376.
(2) Pièce justif. CXI.

l'archevêché. Il résulte de cette enquête qu'en 1566 *fut menée audict monastère une pauvre filhe nommée Francoyse Simone, de Roquemaure, par des femmes de bien d'Avignon.* Le 28 Septembre elle prit l'habit et fit profession comme les autres religieuses : *son parin fut M. de Jamais et sa merène Madame de Ventabran.*

La nouvelle repentie manquait de persévérance : en 1573 *elle passa par dessus les murailhes et s'en alla dudit monastère.* Contrite et repentante elle y revient quelques temps après. Mais décidément elle n'avait pas la vocation religieuse : en 1580, elle demande à sortir, légalement cette fois. Elle fait intervenir une de ses protectrices, Madame de Lédenon, auprès du cardinal d'Armagnac. Le cardinal délègue Jehan Nicolay, auditeur de la rote du palais apostolique d'Avignon. Celui-ci se transporte au couvent de Saint-Georges et interroge la demanderesse. Françoise Simone lui répond *n'avoyr oncques heu voluncté, comme n'avoyt d'estre religieuse, et qu'elle ne pouvoit supporter la règle si esttroicte et nécessités dudict monastère, et qu'elle y estoit entrée par constraincte et qu'elle estoit délibérée d'en sortir.* L'auditeur de la rote demande alors à l'abbesse *si ladicte d'Achard* (entre-temps, elle avait ramassé, où, nous l'ignorons, le nom d'Achard ou des Achardz) *estoit professe et si y avoit aucun empeschement de la sortir dudict monastère.* La vénérable dame Cartière répond : *avoir cogneu, ladite d'Achard dans le commencement qu'elle entra audict monastère, n'avoyt l'intention d'estre religieuse, ains avoyt tousiours demandé son congé : qu'elle n'avoyt faict aucune profession, comme aussi l'on n'avoit point accoustumé d'en faire, pour les religieuses qui entrent, ains seulement chargoint l'habit et n'auroyt commis audict monastère aulcune chose indigne à une bonne et honneste religieuse.*

Sur quoi l'auditeur de la rote autorisa Françoise Simone, dite des Achardz, à quitter le monastère des Repenties (1).

A travers les détails de ce procès, Françoise des Achardz nous apparaît sous les traits d'une aventurière. Qu'était-elle devenue depuis le jour où elle avait quitté le couvent jusqu'à l'époque où elle épousa le capitaine Ribion ? Glissons et n'appuyons pas. En 1589, pendant le carême, de passage à Avignon, elle éprouva le désir de

(1) Pièce justif. nº CXI.

revoir son ancien monastère et ses anciennes compagnes. Elle **va**
à Saint Georges, entre dans l'église ; à travers les grilles elle aperçoit sœurs Jehanne Rolande et Jehanne Dame, *religieuses du monastère âgées d'environ 36 ans.* Elle était en *habit mondain* et leur
raconte son mariage à Arles. A quoi les sœurs lui répliquèrent :
« *Qu'avez-vous faict, ne pensez-vous pas à vostre âme de venir estre·
mariée ? Ne vous voudroit pas mieux servir Dieu en ung monastère ?* »
Et Françoise leur répondit : « *demeures-y, si veules, car je ne veux
estre religieuse* ». La sentence de l'auditeur de la rote l'innocentait
pleinement : nous n'avons pas la fin de cette histoire, mais il est
probable que le capitaine Ribion fut condamné à reprendre sa femme et déchargé de la crainte de commettre un sacrilège.

Cette procédure nous montre que les Repenties n'étaient pas re-
tenues au couvent contre leur gré : elles avaient les voies légales
pour en sortir. Elle nous apprend aussi que les Repenties en
entrant au couvent apportaient une dot : elle était minime, si nous
en jugeons par le chiffre de celle de Françoise des Achards qui ne
s'élevait qu'à 27 florins. Cette dot était sans doute payée par les
personnes charitables qui amenaient la fille aux Repenties.

Les pécheresses n'étaient admises comme sœurs qu'après une
probation d'environ deux ans : elles prenaient alors l'habit et faisaient leur profession, mais sans prononcer des vœux religieux.
Nous ignorons après quel laps de temps et dans quelles circonstan-
ces elles pouvaient prononcer des vœux définitifs.

La transformation que subit le couvent des Repenties à la fin
du XVIᵉ siècle l'enlève à la tutelle de la ville pour le placer sous
l'autorité plus immédiate de l'archevêque. Mais la ville ne se désin-
téresse pas de cette œuvre charitable et continue à la secourir dans
ses besoins. Le monastère de Saint Georges est compris dans les
couvents auxquels *il est de coustume à Noël que la ville fasse une
aulmosne de bois, blé et drap* (1). Le 16 Juin 1593, la mère régente
du monastère de Saint Georges présente *une requeste aux consuls
pour avoir quelque aumosne attendu leur povreté :* on leur donne
dix écus de 3 livres. On leur donne encore semblable aumône
en 1594 et en 1600 (2).

(1) Pièce justif. nᵒ CXII.
(2) Pièces justif. nᵒ CXIII à CXV.

En 1617, le conseil de ville *est prié par Mgr l'Archevesque et plusieurs notables personnes de vouloir contribuer quelque aumosne pour la réparation d'un puytz fabriqué d'une esponge que les dames religieuses du monastère de Saint Georges vouloint faire audict monastère pour éviter la corruption de l'eau dudit puitz laquelle leur cause toute l'année des maladies* (1). Le conseil accorde une subvention de 25 écus.

———————

(1) Pièce justif. n° CXVI.

CHAPITRE III

Au début du xvime siècle il est certain que le monastère des Pénitentes de Saint Georges avait sensiblement dévié de son but primitif. Est-ce faute de prosélytisme parmi les pécheresses que la vie religieuse n'attirait ou ne retenait plus ? Est-ce faute de direction des gouvernantes, ou faute de zèle parmi les personnes charitables recrutant dans le troupeau de la prostitution les brebis égarées aptes à se repentir ? Je n'en sais rien, mais nous voyons le monastère perdre progressivement son caractère charitable et démocratique, s'il est permis d'appliquer ce terme à une pareille période. Les sœurs de Saint Georges au xviime siècle se recrutent surtout parmi la bourgeoisie et la noblesse : elles apportent des dots variant de mille à dix huit cents livres, et la constitution de ces dots exige la présence d'un notaire qui libelle un contrat de réception. Ainsi sont reçues : le 29 Janvier 1608, Anne de Bérardy, âgée de moins de 25 ans, fille de François Bérardi, greffier civil et criminel : le 30 Janvier 1618, Louyse de Vade, fille de Nicolas de Vade, garde pour le roi du grenier à sel d'Avignon et de Tarascon ; le 13 Avril 1628, Marguerite de Roys, fille de Pierre de Roys, juge royal et lieutenant criminel en la ville et viguerie de Beaucaire (1).

Si nous parcourons les listes des Repenties au xvime–xviime siècle, nous voyons apparaître parmi les religieuses les noms de la noblesse du Comtat : Magdeleine de la Vergne, Françoise de Fortia, Gasparde et Catherine de Sade, Marguerite de Thomas, Catherine de Jocas, Ysabeau de Joannis, Honorade de Vincens-Bidon etc. (2).

A Saint Georges il ne reste bientôt de l'ancienne institution des Repenties que quelques places de religieuses réservées aux filles pauvres et sans dot voulant entrer en religion : le monastère et

---

(1) Archives de Vaucluse, série H. Visitandines de Saint Georges, liasse n° 9.
(2) Appendice n° 1.

l'œuvre des Repenties n'existaient plus en fait à Avignon à la fin du xvime siècle.

Au milieu du xviime siècle une nouvelle transformation s'opère qui nous montre encore mieux combien éloignée de son but primitif était l'ancienne œuvre des Repenties des Miracles transférée à Saint Georges : c'est la transformation du monastère des Augustines de Saint Georges en monastère de la Visitation. Voici l'histoire de cette révolution tirée de la volumineuse procédure de cette mémorable affaire (1).

Le monastère de Saint Georges se composait en 1642 de douze religieuses : Catherine de Sade, régente ou abbesse, Isabeau de Joannis, Madelaine Rousselle, Anne de Fabry, sœur Parelle, Antoinette Amielle, Marguerite Martine, Marguerite Juliane ou de Juliany, Louise de Vàde, Honorée de Bidon, Marguerite de Roys, et Marguerite de Thomas. La communauté nous apparaît comme divisée en deux camps: le premier, composé de l'abbesse, d'Isabeau de Joannis, de Madelaine Rousselle, d'Anne de Fabry, et de sœur Parelle : le second, comprenant les sept autres sœurs.

Le 13 Avril 1641, sœurs Anthoinette Amielle, Marguerite Martine, Marguerite Julliane, Louise de Vade, Honorée de Bidon et Marguerite de Roys, religieuses du monastère de Sainte Marie-Magdelaine autrement de Saint Georges, exposent au vice-légat par l'entremise de François d'Honorat, leur avocat et procureur, que depuis des années elles vivent sous la règle instituée par le pape Grégoire XI et réformée par le cardinal d'Armagnac ; elles expriment le désir d'embrasser telle règle plus sévère que le Saint Siège voudra bien leur désigner. Dans ce but elles ont déjà fait parvenir une supplique à la Sacrée Congrégation à Rome ; mais il est récemment venu à leur connaissance qu'à l'instigation de leur abbesse, le vicaire général de l'archevéché veut introduire dans le monastère de Saint Georges des sœurs dites de la Miséricorde, ordre récemment fondé à Aix. Le procureur des Dames de Saint Georges demande au vice-légat de s'opposer aux prétentions du vicaire général de l'archevéché.

Le 15 Avril, le vice-légat fait inhibition au vicaire général de

____

(1) Ce volume de procédure est conservé aux Archives de Vaucluse, série II. Visitandines de Saint Georges, n° 4.

troubler les religieuses de Saint Georges dans la possession de leur monastère et l'observation de leur règle, et en particulier il lui interdit d'introduire dans leur couvent les religieuses de la Miséricorde. La même défense est faite à M. de Salvador, auditeur de la rote, et procureur général de la mense archiépiscopale, Catherine de Sade, abbesse du monastère de Saint Georges, et à leurs notaires et procureurs.

Le 17 Avril, Joseph de Salvador, au nom du vicaire général, fait appel de cette sentence au Saint-Siège.

En même temps se rappelant un peu tardivement que l'autorité consulaire d'Avignon était de fondation la protectrice obligée de Saint Georges, les sœurs sus nommées adressent une supplique aux consuls leur réclamant leur protection et leur appui, dans cette affaire. Le 21 Avril, à l'instigation des consuls, le conseil de ville décide de soutenir de tout son pouvoir les sœurs de Saint Georges dans leur lutte contre les religieuses de la Miséricorde (1).

Le 6 Mai, par devant Scipion d'Alleman, vicaire général de l'archevêché se présentent « noble Pompé des Henriques, sieur Dufleman, cousin de sœur Honnoré de Bidon, et M. Georges de Vade, frère de sœur Louise de Vade, au nom desdicts sœurs Amielle, Martine, Julliane et de Royx, religieuses professes dudict monastère de saincte Magdelaine autrefois sainct Georges ». Ils lui exposent « que les dictes sœurs mues de dévotion désirant se réformer et prendre une règle plus estroicte, ont choisi et embrassé la règle et constitution des dames religieuses de la Visitation, le tout soubz le bon plaisir du sainct Siège ». Elles prient le vicaire général de se rendre à leur monastère pour autoriser cette transformation.

Mais pendant que le procès traîne en longueur, le 9 Juillet, sur les quatre heures du matin, le vicaire général « en compagnie de

(1) 1641 XXXI apvril. A esté remonstré par le sieur assesseur que seroyt venu à la cognoissance de Mrs les consuls que les dames religieuses soubz le tiltre et nom de la Miséricorde veulent s'establyr en ceste ville et prendre maison en icelle, ce que seroyt grandement à charge de la ville attendu qu'elles vivent d'aumônes n'ayant rien de propre, et mesmes qu'elles veullent déposséder de leur monastère les dames religieuse de Saint Georges de ceste ville, lesquelle ont obtenu inhibition de Mgr illustrissime vice légat.

A esté conclud adhérer à la manutention et inhibition des dites dames de Saint Georges et à l'esclusion des dames de la Miséricorde.

(Arch. de la ville délibérations du conseil, t. VI, fo 64).

plusieurs laics et prebstres, en nombre de 17, entre lesquelz y estoient le cabiscol de la Magdalene, le frère Claude prebstre de l'église de Sainte Anne, le R. père recteur du noviliat de Sainct Jean, le père corecteur des Minimes, avec leur frère laiz, le père de Vento, M. Félix, advocat de la partie adverse, M. de Salvador père, advocat fiscal avec son filz vice-advocat fiscal » fait enfoncer les portes du monastère et s'empare des clefs. « La dicte dame de Bidon se voulant informer du subjet de leurs procédures et violances, ledict seigneur vicaire fist mettre en prison ladicte dame de Bidon, la moitié dépouillée par ledict cabiscol, ayant esté ladicte dame de Bidon livrée ez mains dudict cabiscol par ledict sieur de Salvador père, qui l'avoit premier saisie par les épaules et luy avoit déchiré son voile ; et sur ces entrefaictes ledict sieur de Salvador filz auroit injurié ladicte dame de Bidon en luy disant qu'elle estoit une coquine. Et s'estantz toutz les susnommés rendu mestres de leur dict couvent, se mirent à manger et boire dans ledict monastère, fors ledict sieur vicaire, et usarent de grandes violances et menaces, ayant mis toutes les portes à bas. Et après s'estre retirés touz les susnommés en secret avec sœur Catherine de Sade, et Isabeau de Joannis, seroient séjournés lesdictz hommes en nombre de dix sept avec ledict sieur vicaire, puis quatre heures du matin jusques à deux heures après midi. Sur le midi arrivèrent audict monastère cinq filles provensales apellées de la Miséricorde ». Le vicaire les installa dans le couvent dont il leur donna l'administration et les clefs.

Ainsi, avec la complicité des deux sœurs, Catherine de Sade et Isabeau de Joannis, par un coup de force furent momentanément introduites les religieuses de la Miséricorde dans le couvent de Saint Georges.

Le 11 Juillet, le vicaire général retourne au couvent et sur le refus des sœurs de Saint Georges d'adhérer à la règle de la Miséricorde, il fait incarcérer sœur Martine, et défend aux autres sœurs de communiquer avec leur procureur.

Le 29 Octobre 1641, les sœurs Antoinette Amielle, Marguerite Martine, Marguerite Julliane, Louyse de Vade, Honorée de Bidon et Marguerite de Roys renouvellent devant l'archevêque leur intention formelle d'adopter la règle de la Visitation. Le même jour, sœur Marguerite de Thomas, détenue, j'ignore pour quelle cause, dans la prison du monastère joint ses instances à celles des sœurs prénommées (1).

Le 30 Avril 1342, les sept fidèles religieuses de Saint Georges exposent au nouveau vicaire général de l'archevêché qu'elles ont ouï dire qu'un prétendu traité avait été fait en leur nom et à leur insu par les autres religieuses du monastère, réduites au nombre de quatre par le décès d'une d'elles, sœur Parelle. Elles protestent contre ce soit-disant traité *auquel elles ne sont point consentantes.* Le couvent, disent-elles, est fort pauvre « n'ayant plus hault de douze mille escus de liquide, oultre le bastiment ; sur quoi il fault entretenir l'esglise, les charges du bien, faire l'aumosne aux pauvres, payer les prebstres, procureurs, médecins, et servantes, entretenir les religieuses en santé et en maladie. Néantmoins pour vivre en paix, et attendu que les dictes quatre religieuses mettent tout le couvent en désordre, et pour pouvoir embrasser plus tost la règle du bienheureux père de Salles » elles offrent aux quatre dissidentes mille écus de trois livres pièce pour acheter une maison, plus qua-

---

(1) En 1603 le 29 avril, je trouve un appel du jugement par contumace qui avait condamné à 2500 florins d'amende Marc Antoine des Laurens, accusé d'avoir eu des relations charnelles avec Gasparde de Sade et deux religieuses de Saint Georges. Après trois mois de séjour dans les prisons du palais apostolique, Marc Antoine des Laurens s'évada et disparut d'Avignon. Par ses relations, il obtint ensuite un bref évoquant de nouveau cette affaire devant l'évêque d'Uzès. L'official d'Avignon fit alors appel à minima s'opposant à l'exécution de ce bref : quodquidem breve est valde obrepticium et surrepticium, nam in eo de sola fornicatione et carnali cognitione Gasparde de Sadone, mulieris Avinionensis, per dictum impetrantem habita fit narratio, subticuit enim orator quamdam aliam causam criminalem de qua in dicto brevi legitime constat, ipsum duas virgines moniales intra claustra monialium monasterii S. Georgii Avinionensis stuprasse, et deflorasse, et pluries, sepius et infinitis vicibus circa intempestam noctem dicta claustra, apertis per eum januis falsis clavibus ingrediendo cum dictis duabus monialibus rem habuisse, quod nefandum et scelestissimum delictum sponte confessus est, et de eisdem convictus reperitur una cum quodam suo socio ejusdem farine et generis. (Arch. de Vaucl., chambre apost., B. n° 559, f° 103-113). J'ignore l'issue du procès, quant à Marc Antoine des Laurens ; quant aux religieuses coupables, il est certain qu'elles furent sévèrement punies, car dans ces cas l'Officialité partait du principe : Qui bene amat bene castigat. Sœur de Thomas serait-elle une des délinquantes ? Je le suppose et je crois qu'elle aurait été condamnée à la prison perpétuelle, qu'elle subissait encore en 1643. En 1587, à la suite d'une affaire analogue, le couvent de Sainte Praxède d'Avignon fut supprimé par l'Officialité et les religieuses coupables condamnées à la prison perpétuelle. (Arch. de Vaucl. série G. Archevêché, n° 120, f° 81).

tre mille écus en argent et une pension viagère à fixer par le Saint-
Siège.

Les dissidentes durent refuser ces offres. Mais le 18 Juillet 1642,
la Sacrée Congrégation rend sa sentence et décide que le monastère
de Saint Georges embrassera la règle qui sera adoptée par la majo-
rité des sœurs le composant : quant au *cinq religieuses provensales*
de la Miséricorde introduites par le vicaire général, elles sont ren-
voyée dans leur couvent respectif.

Le 21 Août 1642, le prothonotaire de Vento, vicaire subdélégué de
l'archevêché, se rend au monastère de Saint Georges, rassemble
les religieuses et leur donne communication du décret du Sacré
Collège. Les sept sœurs Antoinette Amielle, Marguerite Martine,
Marguerite Julliane, Louise de Vade, Honorée de Bidon, Marguerite
de Roys et sœur Thomasse (*celle-ci détenue depuis de longues années
dans une prison audict monastère et séparée du corps desdictes religieuses*) déclarent vouloir embrasser la règle de la Visitation. Les
sœurs dissidentes, Madeleine Rousselle, Isabeau de Joannis, Anne
de Fabry et Catherine de Sade (*celle-ci détenue dans le lict de maladie corporelle*) ajournent leur réponse et demandant copie de la
décision du Sacré Collège.

Le 29 Août le protonotaire de Vento revient au couvent : les quatre dissidentes déclarent ne pouvoir accepter la règle de la Visitation qui demande une *continuelle élévation d'esprit à Dieu qui est
au dessus de leurs forces*. Elles offrent de se départir des poursuites
qu'elles ont faites pour l'introduction de la règle de la Miséricorde,
à condition que les autres sœurs renonceront à l'ordre de la Visitation. Elles choisiront alors toutes ensemble une autre règle : mais
elles font remarquer que si le monastère de Saint Georges est affecté de sept cents écus de rentes cette somme est destinée de par la
fondation *à donner moyen aux pauvres filles d'Avignon d'éviter l'occasion de se perdre se faisant religieuses* ; donc l'ordre qui sera choisi devra s'engager à continuer cette fondation.

Le 31 août les sept sœurs fidèles déclarent persister dans leur
désir d'adhérer à la règle de la Visitation.

Les dissidentes réduites au nombre de trois par le décès de Catherine de Sade, en appellent à la Sacrée Congrégation. Celle-ci,
par son décret du 8 octobre, donne aux religieuses de St-Georges le
délai d'un mois, à dater du jour de l'intimation, pour s'accorder

entre elles. Ce délai passé, le vicaire général introduira dans le monastère de St-Georges l'ordre de la Visitation, et y mettra deux religieuses pour gouverner la nouvelle communauté. Quant aux dissidentes, elles pourront aller dans le monastère de leur choix, emportant leur dot ou bien une pension viagère de 30 écus.

Le 21 octobre le prothonotaire de Vento, délégué du vicaire général, se rend à St-Georges pour intimer aux religieuses le décret de la Sacrée Congrégation. Les trois dissidentes font des difficultés pour se présenter devant lui : elles exigent que leur comparution ait lieu en dehors de la présence des autres sœurs : à l'intimation du décret elles répondent par un appel au pape.

Le 17 novembre, sur réquisition des sœurs fidèles, le vice-légat donne ordre au prothonotaire de Vento de ne pas tenir compte de l'appel des dissidentes, et de passer à l'exécution du décret de la Sacrée Congrégation.

Le 22 novembre, accompagné des Consuls, de l'assesseur et autres personnages, le prothonotaire procède à l'exécution du décret du Sacré Collège. Il entre dans le couvent, il rassemble les sœurs, leur expose la mission qu'il vient remplir. A sa réquisition, les sœurs fidèles lui remettent les clefs qu'elles détiennent. Les sœurs dissidentes se refusent à rendre les clefs qu'elles ont *attendu qu'elles sont appellantes.*

Après quoi le prothonotaire ordonne à son greffier d'aller au monastère de la Visitation intimer à sœur Anne Louise de Marin, et à sœur Marie Argentine de Mayen, deux des plus anciennes religieuses, de se rendre au monastère de St-Georges avec une sœur converse pour les servir *et ce tout incontinent et dans une carosse fermée en compagnie de dames d'honneur ou de leurs parentes informées dudit ordre.*

« Icelle dame de Marin, ensemble avec ladicte révérende mère de Mayen, son assistante, suivies d'une sœur converse seroient sorties hors ledict monastère, et entrées dans un carosse illec destiné pour ledit effaict en compagnie d'illustre et généreuse dame Anne de Simiane, vesve à feu hault et puissant seigneur monsieur le Baron de la Coste, baron de Chateauneuf, illustre et généreuse dame Alexandre de Siroque, vesve à feu messire Pierre Puget, seigneur de Chastuel, illustre et généreuse dame Blanche de Varadier, vesve de M. Bauchon, gentilhomme vivant de la ville d'Arles, illus-

tre et généreuse dame Anne de Galliens de Castelet, femme d'illustre seigneur messire André de Montagu dudict Avignon. Et après
avoir faict fermer une des portières dudict carosse, auroient prins
le droict chemin dudict monastère de St-Georges, suivies de moy
dict notaire en un aultre carosse, et de plusieurs aultres dames de
la ville aussy en d'aultres carosses, et passé par la rue de la Corre-
terie des chevaux, aultrement rue Philonarde, de là au devant de
l'église des frères mineurs conventuels, à la rue des lices, au portal du Corps Sainct, tirant vers l'esglise des R. pères Célestins, et
de là audict monastère sainct Georges, à droicte voye ; où arrivés,
ledict sieur de Vento provicaire informé de leur arrivée seroit allé
au devant de la porte de l'esglise dudict monastère, en laquelle
esglise seroit entré, et apres luy et de son mandement lesdictes ré-
vérendes dames de Marin et de Mayen, religieuses de saincte Marie,
suivies de leur sœur converse et de leur compagnie, avec grand
applaudissement de beaucoup de monde y assistantz, ou apres
avoir faict leurs dévotions et adoration du sainct sacrement exposé
sur le maistre autel de ladicte esglise, mondict sieur le réveren-
dissime provicaire auroit enjoint à ladicte réverande mère de Marin et à ladicte dame de Mayen, son assistante, et leur converse de
le suivre pas à pas. Et ce faisant les auroit conduictes jusques à la
dicte porte qui va en ladicte salle basse dudict monastère sainct
Georges servant d'entrée dans icelluy monastère : où à la réquisition desdictes sœurs Amielle, Martine, Juliane, de Vade, de Bidon,
et de Roys, illec presentes, estantz à genoux à terre, ayant chascune un cierge ardant de cire blanche en main, au devant d'un crucifix exposé sur un maistre autel qu'elles avoient dressé en icelle
salle basse, et à la réquisition aussy desditz seigneurs consulz et
assesseur, en leur présence et assistance desdictz sieurs advocat et
autres sus nommés, et de grande quantité de dames et de damoi-
selles et aultres personnes honorables, le reverendissime provicaire de Vento, ensuite du pouvoir à lui baillé, a introduit l'institut de
ladicte Visitation de saincte Marie dans ledict monastère sainct
Georges, conformément à l'ordre de la sacrée congrégation ..

« Ladicte révérende mére de Marin, estant entrée dans ledict monastére les clefz en main, auroit remis les clefz de ladicte porte à
ladicte sœur de Mayen, son assistante, laquelle auroit par mandement dudict sieur vicaire fermé ladicte porte servant d'entrée dans

ledict couvent pour empescher que la foule du monde ne pressa quelqu'un de la compagnie à entrer dedans. Et à l'instant ledictes sœurs Amielle, Martin, Julliane, Devade, de Bidon, et de Roys s'estant toutes mises à genoux au devant de la dicte révérende mère de Marin, la recognoissantz pour leur mère et supérieure et après avoir reçue sa bénédiction avec un grand contentement d'elles et de tous les assistantz, icelles religieuses se seroient mises à chanter le *te deum* et seroient montées à leur chœur hault qui respond à ladicte esglise avec ladicte révérende mère de Mayen, son assistante et sœur converse, avec leurs cierges ardantz de cire blanche en mains, où ayant esté placé ladicte révérende mère de Marin comme leur supérieure à la place ordinaire de la supérieure de leur dict monastère dans ledict chœur, ont continué de chanter le *te deum, veni creator* et aultres beaux himnes et cantiques de dévotion... Puis à l'instant on auroit commencé à dire et célébrer la saincte messe pendant laquelle lesdictes religieuses auroient continué leurs heures de dévotion ».

Cependant malgré l'intronisation des sœurs de la Visitation dans le monastère, sœur Isabeau de Joannis refusait de rendre les clefs *du cabinet dans lequel sont toutes les clefz de la lingerie, papier et argent et les clefz de la prison en laquelle est dettenue sœur Thomasse.* Le 25 novembre Pierre Turcat, chanoine de Notre Dame, délégué par l'autorité archiépiscopale, se transporte au monastère de St Georges : sœur Isabeau de Joannis refuse de rendre les clefs, elle insulte la supérieure, elle se moque du chanoine Turcat et le menace de son ressentiment. Le chanoine Turcat fait alors enfoncer les portes par un serrurier, et changer les serrures. Les trois sœurs dissidentes, irréductibles, répondent à cet acte d'autorité par un appel et protestation au vicaire général de l'archevêché, puis un pourvoi en cour de Rome, pourvoi qui est rejeté par décret de la Sacrée Congrégation du 6 février 1643. A la suite du rejet de leur pourvoi, le 4 mai 1643, les religieuses dissidentes de St Georges font une transaction avec la supérieure du nouveau couvent de la Visitation. La supérieure de la Visitation donnera au monastère où se transporteront les trois sœurs dissidentes de l'ex-couvent de St-Georges ou de Ste Magdelaine deux mille écus de trois livres, payables huit cents écus desque lesdictes sœurs auront quitté le monastère de la Visitation : le payement des douze cents écus restants sera fait par une cession de pension de 63 écus.

Le 9 juin 1643, un bref du pape consacrait et approuvait la transformation du monastère de la Madeleine dit de St Georges en monastère de la Visitation.

Ainsi disparut, après environ quatre siècles d'existence, la première maison des Repenties fondée à Avignon par l'évêque Zoen.

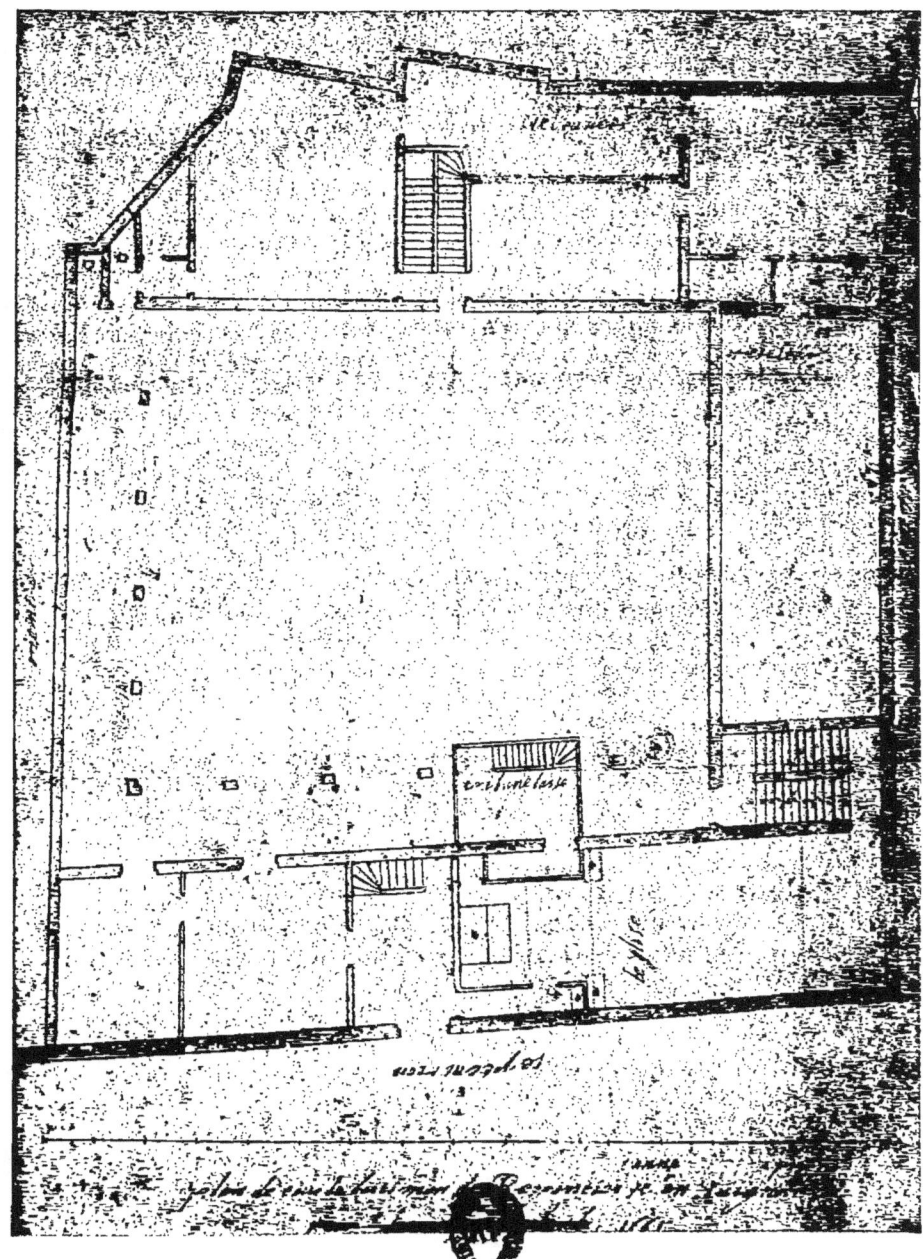

PLAN DE LA MAISON DE SAINTE MARIE L'ÉGYPTIENNE DE LA PLACE PIGNOTTE
EN 1661

TROISIÈME PARTIE

La Maison des Repenties de Sainte Marie l'Egyptienne

(1627-1770)

CHAPITRE I

Fondation de la maison des Repenties de Sainte Marie l'Egyptienne. Règlements de cette œuvre.

Au xvıᵉ siècle, la débauche dans Avignon ne connaissait plus de limites. La soldatesque introduite dans la ville pour arrêter l'invasion des hordes huguenotes, ne respectait rien. En 1590, dans une supplique adressée aux consuls, les *honestes dames* d'Avignon exposent que *l'impudicité s'extandoit jusques à gaster et séduyre les filles de dix ans mandiant leur pain* (1). D'autre part, l'ancienne maison des Repenties de Sainte-Marie Magdelaine ou des Miracles, transférée par le cardinal d'Armagnac à la porte Saint-Michel et mise sous la règle de Saint Augustin avec le titre de couvent des religieuses de Saint Georges, avait dévié de son but initial, et ne répondait d'ailleurs plus aux besoins du moment. Aussi, quand le 18 Mars 1589, Jacques Féraudi prêtre et chanoine de l'église Saint Pierre, lègue une pension de 14 écus pour être distribuée *aux pauvres filles à marier qui voudront se réduire du péché*, il charge de cette mission, non pas les religieuses de la maison de Saint Georges, mais ses

_____

(1) Arch. de Vaucl. fonds de la ville, délibérations du conseil, 28 avril 1590 t. XVII fᵒ 22.

exécuteurs testamentaires et le recteur du collège des Jésuites (1).

Vers 1626, quelques âmes charitables eurent l'idée de fonder une nouvelle maison de retraite pour les pécheresses pénitentes. Le 9 mai, 1626, Gilles de Tonduty, chanoine de Notre-Dame des Doms, nous dit dans son testament *qu'étant venu à sa notice que quelques personnes pieuses veulent faire dresser et ériger en ceste ville une maison pour retirer les femmes repanties*, il veut contribuer à cette bonne œuvre et leur donne un capital de 20 écus de 60 sols (2).

En Juillet 1627, cette bonne pensée fut mise en exécution. Les *dames vertueuses et dévotes d'Avignon, désireuses du salut des âmes et ayant déjà veu par de longues années que les pauvres filles engouffrées dans le bourbier de l'impudicité, touchées du Saint-Esprit de quitter ce vice abominable se seroint jetées entre leurs bras*, obtinrent de l'archevêque par l'entremise des Jésuites, l'autorisation de mettre leur projet à exécution. Elles louèrent une petite maison dans la paroisse Saint Genies, sur la place Pie, et trois mois après, la nouvelle œuvre avait reçu déjà *cinq filles gouvernées par une dévote et honorable matrone, âgée de 60 ans, vivant fort purement, et religieusement, assistées des charités extraordinaires des citoyens et visitées par des dames dévotes et de qualité, lesquelles tous les jours les incitent à la vertu et pénitence*. Fières de leur premier succès, les zélées fondatrices demandent à Mgr Philonardi, archevêque d'Avignon, d'autoriser par une approbation écrite, la maison nouvellement fondée, et de la mettre *soubz le titre et à l'honneur de Sainte Marie Egyptienne*.

L'archevêque fait visiter la nouvelle maison des Repenties par son vicaire général, et le 17 Septembre 1627 il donne l'autorisation demandée (3). En même temps il charge deux Jésuites : *Claude Boniel, recteur, et Estienne Guyon,* de dresser les statuts de la maison de Sainte Marie Egyptienne (4).

La maison des Repenties de Sainte Marie-Magdelaine ou des

(1) Arch. de Vaucl. série H. bon Pasteur, liasse nº 18.

(2) Ibidem, liasse nº 15.

(3) Pièce justif. nº CXVIII.

(4) En 1627, dit Chossat (Les Jésuites et leur œuvre à Avignon, 1896, in-8, p. 156) le *père Guyon releva la maison des Repenties sous le titre de Sainte Marie l'Egyptienne*. Ceci nous montre que Chossat connaissait bien mal l'histoire d'Avignon.

Miracles était un monastère où les pécheresses se vouaient à Dieu
et embrassaient la vie religieuse. Tout autre sera la maison de
Sainte Marie l'Egyptienne : les pécheresses qui y rentreront ne
prendront pas l'habit monacal et elles ne feront aucun vœu de religion : elles y seront reçues *pour estre instruictes en la vie chrestienne*. Entrées de leur bon gré, elles y resteront tant que les directeurs
le trouveront utile. Quand ils jugeront la conversion des pécheresses accomplie, les directeurs les feront sortir de la maison soit pour
les diriger sur un couvent, soit pour les marier, soit pour les placer
comme fille de service, selon les aptitudes qui leur auront été re-
connues (1).

La maison de Sainte Marie l'Egyptienne sera gouvernée, tant au
spirituel qu'au temporel, par quinze personnes : trois ecclésiastiques
et douze séculières. Ces quinze membre du conseil dirigeant éliront
deux recteurs, dont l'un, chaque année, sera soumis à la réélection,
*laissant toujours un vieux qui sçaura les affaires et instruira le nou-
veau*. Les recteurs s'occuperont de la gestion des biens de la maison et de sa police intérieure. Ils auront sous leurs ordres un dépositaire ou trésorier. Le recteur nouveau remplira les fonctions de
secrétaire (2).

Les Repenties seront gouvernées par une mère supérieure *qui ne
fera chose aucune qu'après avoir imploré l'ayde divin et selon le conseil du père spirituel avec lequel elle conférera au moins une fois*

---

(1) Vide Statuts de Sainte Marie l'Egyptienne, appendice III articles 2 et 3.

Je me figure à l'heure actuelle le geste de répulsion d'une dame du *grand monde* à qui on offrirait pour femme de chambre un ex-pensionnaire de maison publique. Serait-ce la charité qui nous fait défaut, ou bien sommes-nous atteint d'une
hypertrophie douloureuse de pudibonderie ? Je me borne à constater qu'au XVIIᵐᵉ
siècle la charité était plus humble et plus fervente : elle agissait et agissait sans
fracas. Actuellement la charité laïcisée se transforme et devient un altruisme de
parade : la femme du monde joue à la charité, quand elle est laide ou d'un certain
âge, comme autrefois elle jouait à la poupée ; par désœuvrement et snobisme. Aussi
assistons-nous à une multiplication extra ordinaire d'œuvres *ostentatoires* dites
d'humanité. Au XIVᵐᵉ siècle, on avait à Avignon, la monomanie de fonder des
hôpitaux inutiles à cause de leur trop grand nombre ; actuellement on fonde des
œuvres d'assistance diverses d'une utilité plus ou moins contestable. Seulement
tandis que les fondateurs d'hôpitaux du XIVᵐᵉ siècle les dotaient de leurs propres
biens, les fondatrices d'œuvres d'assistance aujourd'hui sont plus pratiques et
s'adressent surtout à la bourse des autres pour soutenir et faire vivre leur peu in-
téressantes institutions.

(2) Appendice III, articles 40 à 47.

la semaine. Elle aura la police intérieure de la maison, tiendra les
portes et fenêtres extérieures closes, nommera aux offices de la
maison : *cuisinière, despensière, réfectorière, lingère,* etc. Elle sera
assistée dans ses fonctions par une compagne qui ne fera rien que
par sa direction (1).

La réception des Pénitentes à Sainte Marie l'Egyptienne est cal-
quée sur la réception des sœurs des Miracles. La pécheresse ne sera
reçue que sur sa demande formelle : donc la nouvelle maison des
Repenties, pas plus que l'ancienne, n'était destinée à abriter les
prostituées condamnées à la réclusion par l'autorité. Celles atteintes de folie, celles qui auraient quelque mal contagieux, celles que
l'on considérerait comme incorrigibles ne seront pas admises. Les
femmes mariées ne pourront être reçues qu'après délibération du
conseil. On ne recevra *ni celles qui seroyent enceintes, ni celles qui
allaicteroyent enfans :* aussi avant d'être reçue, la pécheresse sera
visitée par une matrone ou sage-femme (2).

La cérémonie de réception se fera à la chapelle : introduite par
les dames charitables qui se sont intéressées à elle, la pénitente est
reçue à la porte par les recteurs qui la conduisent devant l'autel où
elle entend l'exortation de l'aumônier. Ensuite on la revêt de l'uniforme de la maison, et on chante le *Te Deum.* La pénitente reçoit
alors à genoux, le voile, des mains de la supérieure, et est introduite dans la maison où elle promet obéissance à ses supérieurs
sans prononcer aucun vœu (3).

Les rapports des sœurs entre elles, la charité, l'humilité, la chasteté, etc., qui devront régner dans le couvent, sont longuement
détaillés (4). L'emploi du temps des Repenties, minutieusement
décrit, nous montre une vie bien ascétique où la prière, le travail
et la méditation rempliront entièrement la journée (5).

---

(1) Appendice III, articles 21 à 30.
(2) Appendice III, articles 31 à 36.
(3) Appendice III, article 37.
(4) Appendice III, articles 3 à 21.
(5) Appendice III, articles 38, 39.

CHAPITRE II

FONDATIONS INCORPORÉES A LA MAISON DE SAINTE MARIE L'EGYPTIENNE.
CONSTRUCTION D'UNE MAISON A LA PLACE PIGNOTTE. LE REFUGE DE
NOTRE-DAME DE LA VICTOIRE. RÈGLEMENTS DES VICE-LEGATS ET DU
VICAIRE DE L'ARCHEVÉCHÉ CONTRE L'INCONDUITE DES FILLES SORTANT
DE LA MAISON DES REPENTIES. INDULGENCES ACCORDÉES PAR LE PAPE.

Les Jésuites étaient intervenus dans la fondation de la nouvelle
œuvre des Repenties comme exécuteurs du testament de Jacques
Féraudi, qui, en 1589, avait laissé une rente de 14 écus pour *aider à
réduire les pauvres filles du péché.* Dès que la maison de Sainte
Marie l'Egyptienne fut fondée, cette rente lui fut incorporée, et les
jésuites se désintéressèrent de l'œuvre.

D'autres fondations lui furent ensuite incorporées ; entre autres
celle de Jean Tissot. Jean Tissot, dit Guyon, en 1614 par testament
avait donné aux pauvres tous ses biens. Ce legs n'ayant pas reçu
d'application, le pape Urbain VIII, en 1629, par une bulle du 11 Juin,
affecte cet héritage aux Repenties (1).

Les donations privées ne firent pas défaut à cette œuvre renais-
sant de ses cendres : en particulier citons en 1650, M. de Roddes
qui par donation entre vifs lui assure un capital de 1200 livres.

L'œuvre prospérant, les Repenties se trouvèrent trop à l'étroit
dans leur petite maison de la paroisse Saint Genies. Le 20 Avril 1632,
maître Coulin Angiran, fustier, et Jean Dragonet, masson, vendent à
nobles Rodolphe Robert, docteur es droits, et Paul de Joannis,
bourgeois, recteurs de la maison des pénitentes de Sainte Marie
Egyptienne, une partie de la place appelée de la Pignotte, relevant
de la directe de la mense archiépiscopale. C'était l'ancien cimetière
des juifs : il mesurait 36 mètres de longueur sur 29 mètres de largeur (2).

(1) Arch. de Vaucl., série II bon Pasteur, liasse 15.
(2) Pièces justif. CXIX et CXXIII.

C'est sur ce terrain que fut construite la dernière maison des Repenties, dont les bâtiments existent encore.

L'entrée de la maison était sur la place Pignotte, on pénétrait dans un vestibule orné de quelques tableaux, dont l'un représentait Sainte Marie l'Egyptienne, et meublé d'une crédance, d'un canapé et d'une chaise en bois blanc. A gauche était un salon ou parloir de 6 mètres sur 6, il était pauvrement meublé d'un confessional et 12 chaises et deux fauteuils en saule garnis de paille : il communiquait avec un autre salon de 5 mètres sur 6. A droite était la chapelle, mesurant 17 mètres sur 6 ; à côté de l'autel, à gauche en entrant, se trouvait la grille des deux tribunes haute et basse, dans lesquelles les Repenties assistaient aux offices. Les bâtiments entouraient les trois côtés, nord, couchant et midi, d'un jardin mesurant environ 24 mètres sur 20.

Le corps de logis parallèle à la rue Four de la terre, comprenait le réfectoire de 15 mètres sur 6 : la cuisine et les dépenses occupaient le corps de logis irrégulier au fond du jardin. Dans le jardin, un puit, muni d'une pompe, fournissait l'eau nécessaire à la communauté. Au premier étage étaient le dortoir et les salles de travail en dessus de la cuisine et du réfectoire, avec la chambre de la mère. Les greniers étaient vastes, puisque la ville y loge en 1748, 500 salmées de blé. Dans la grande salle, nous trouvons les instruments de travail des filles qui passaient leur temps à dévider de la soie ; ce matériel comprend *onze tours d'Espagne à dévider la soie, huit escouladous, trois devidoirs à doubler la soie,* deux coffres en noyer pour contenir la soie brute et dévidée.

Dans la maison de la place Pie qu'abandonnait l'œuvre des Repenties s'installa le refuge de Madame de Ranfaing plus tard appelé de Notre-Dame de la Victoire (1). Cette œuvre avait pris naissance à Nancy en 1634. Le but de la congrégation fondée par madame de Ranfaing ou sœur Marie-Elisabeth de la Croix de Jésus était *la réduction des pauvres âmes que la nécessité, la légèreté d'esprit, les compagnies dangereuses ou la mauvaise éducation ont jetées dans le désordre d'une vie licentieuse ou impudique.* Sa fondatrice

---

(1) Le premier jour du mois de Novembre 1634, les deux premières novices furent « receues et tirées » dans la maison de la place Pie.

(Arch. de Vaucl. série II. Refuge de Notre-Dame de la Victoire, n° 23).

fut appelée à Avignon par Mgr Philonardi, et y installa son œuvre le 5 Juin 1634. Madame de Ranfaing prennait aux Repenties de Sainte Marie l'Egyptienne leur ancienne maison, et leur empruntait aussi les premières pénitentes qui entrèrent dans le Refuge : « Le 5 Juin 1634, nostre monastère ayant pris son commencement à la maison de la Pignotte, nostre révérende mère fondatrice ayant voulu faire la séparation des religieuses avec les filles du refuge, fist le choix de huict filles d'entre celles quy pour lors y estoient, sçavoir de trois pour estre religieuse converses, et de cinq pour le cartier du Refuge nommés cy après et receues gratis par charité (1). »

Les pénitentes qui passaient ainsi de la maison de Sainte Marie l'Egyptienne dans le refuge de Madame de Ranfaing sont les suivantes :

« L'an 1634 et le premier du mois de Novembre, fut receue pour le cartier des filles du refuge, Catherine Terre, native d'Avignon, prise à la maison de la Pignotte, âgée de 25 ans. En 1644, elle fut envoyée à Tholose avec l'habit de converse.

Le jour que dessus fut encore tirée de la maison de la Pignotte Catherine Bonnelle, native de Taveau : en 1648, elle fut envoyée à Tholose avec l'habit de converse.

Le jour que dessus fut encore tirée de la maison de la Pignotte Anne Avonne, native d'Avignon, âgée de 16 ans, fille d'un boulanger de cette ville : elle est décédée en 1683.

Le jour que dessus fut encore tirée de la maison de la Pignotte Marguerite Destré, native d'Aignons (?) en Dauphiné, fille d'un huguenot du même lieu, âgée de 20 ans, décédée en 1644.

Le même jour que dessus fut encore tirée de la maison de la Pignotte, Dauphine Terre, native de Piolenc, âgée de 18 ans, décédée en 1636 (2) ».

Les trois autres filles, tirées de la maison de la Pignotte ne sont pas inscrites. Le 30 Décembre la maison commençait à recevoir des filles de la ville : « le 30 Décembre entra au cartier du refuge Jeanne Gracière, âgée de 26 ans, elle y fust amenée par le sieur Blisson, son frère (3) ».

(1) Ibidem, n° 38.
(2) Ibidem, n° 21.
(3) Ibidem, n° 21.

Il y avait dans l'institution de Madame de Ranfaing deux parties distinctes : le noviciat et le refuge ; (1) le noviciat était ouvert aux jeunes filles du monde qui se vouaient à la vie religieuse et à l'éducation des filles pénitentes du refuge que l'on amendait pour en faire des religieuses.

L'œuvre de Madame de Ranfaing restera peu de temps à la place Pie : le 20 Mai 1635, la fondatrice achète rue Calade, un jardin appartenant à M. de Donis, seigneur de Goult ; le 19 Septembre, Diane de Gérard d'Aubres, veuve de Gaspard de Brancas, vend à Paul de Joannis et Rodolphe Robert, *recteurs de la maison des pauvres Repenties de Notre-Dame du Refuge alias Sainte Marie Egyptienne* un jardin de l'héritage du sieur Aubres son frère, contigu au précédent (2). Le notaire dans cet acte donne aux religieuses de Madame de Ranfaing le nom de l'œuvre à laquelle elles succédaient dans la maison de la place Pie : les religieuses de Madame de Ranfaing s'appelèrent d'abord religieuses de Notre-Dame du Refuge ; en 1676, elles prirent le nom de religieuses de Notre-Dame de la Victoire. Leur couvent construit dans les jardins achetés en 1635 est devenu actuellement la Grande Providence.

Dans la pratique, les recteurs de Sainte Marie l'Egyptienne se heurtèrent à de nombreuses difficultés pour gouverner leur troupeau indocile. Beaucoup de courtisanes, épuisées ou sans emploi, demandaient à entrer aux Repenties : une fois leur santé remise, ou le beau temps revenu, elles demandaient à sortir ou se faisaient expulser. Les recteurs décidèrent alors qu'avant de rentrer aux Repenties les pécheresses seraient averties qu'elles ne pourraient en sortir avant un délai de trois ans, et devraient souscrire à cet engagement.

Mais en 1640, avait été introduite *une pernicieuse invention pour avant ledit temps de trois années les tirer de ceste maison de refuge par moien de l'exploration de leurs volontés que leurs amoureux con-*

---

(1) Après nostre arrivée à Avignon qui fut le 5 de Juin 1634, nous demeurasmes avec toutes les filles que nous trouvasmes en la maison sans faire séparation du refuge, à raison que le lieu n'estoit pas commode pour faire cette séparation jusqu'au premier jour de Novembre, jour auquel on receut trois novices au noviciat qui furent choisies entre celles que nous trouvasmes en la maison et le reste fut tout envoyé au Refuge. (Arch. de Vaucl. série H. Refuge de Notre-Dame de la Victoire n° 22).

(2) Arch. de Vaucl. série H. Refuge de Notre-Dame de la Victoire, n° 28.

*cubins procurent, poussés par le démon, après qu'elles sont un peu re-
mises en santé et en son premier embompoint.*

Les recteurs demandèrent alors au vice-légat de mettre fin à ces
abus, *et de faire sortir hors de la ville les estrangères incorrigibles
et relapses qui après ledit terme de trois années, estant logées en service ou en mariage, retourneront dans leur mauvaise vie.*

Le 18 Mars 1640, Frédéric Sforça, accédant à la demande des
recteurs, décide que pour quelque cause que ce soit les pénitentes
ne pourront quitter le refuge avant un séjour de trois ans ; quant
au bannissement des incorrigibles récidivant dans la débauche, le
vice-légat l'accorde seulement pour celles qui sont étrangères à la
ville et non mariées (1). Cette ordonnance fut approuvée et rééditée
par tous les successeurs de Frédéric Sforça en la vice-légation
d'Avignon (2).

Le remède fut insuffisant. Contraintes à rester trois années dans
la maison, certaines pécheresses pour en sortir plus tôt imaginè-
rent de se rendre insupportables à la communauté *ne voulant travailler pour ayder à les nourrir, dissipant les besoignes.* Par l'inter-
médiaire des dames charitables, si les recteurs les plaçaient en
service, *en recognoissance se remetent dans le libertinage tenant
chambre, faisant mil désordres, estant elles protégées par des persones sensueles et lubriques.*

Sur cet exposé le vicaire général de l'archevêché ordonna *que
tele sorte de méchantes femes incorrigibles estant congédiéez, et logées
par les soins desdites dames [charitables], quitant le service sans le
congé des dites dames et recteurs, seront remises en la maison de pénitence en un lieu séparé des bones et puis rasées, disciplinées et bannies
de la ville à peine de foet* (3).

Cette règlementation sévère paraît avoir mis fin aux désordres
contre lesquels luttaient les recteurs.

Cependant le nombre des pénitentes augmentant, les ressources
de la maison s'épuisaient. Pour inciter les personnes pieuses à faire
profiter de leurs largesses cette œuvre de charité, le V des calen-
des de Novembre (28 Octobre) 1645, le pape Innocent X accorde
aux membres et aux bienfaiteurs de la maison de Sainte Marie

(1) Pièce justif. n° CXX.
(2) Pièce justif. n° CXXII.
(3) Pièce justif. n° CXXI.

l'Egyptienne une indulgence plénière le jour de la conversion de Saint Paul, et indulgence de 7 années aux fêtes de Sainte Marie l'Egyptienne (2 Avril), Sainte Marie Magdelaine, la nativité et l'assomption de la Sainte-Vierge (1).

_____

(1) Arch. de Vaucl., série H. bon Pasteur, liasse 16.

CHAPITRE III

Nouvelle réglementation de la maison de Sainte Marie l'Egyptienne : articles additionnels de 1651. Fondation des œuvres du Bon Pasteur, des Recluses, et des Filles de la Garde.

En 1627, deux pères jésuites avaient été chargés par l'archevêque d'élaborer le règlement de la nouvelle maison des Repenties. Ces statuts furent rapidement jugés inapplicables dans la pratique, et durent être réformés quelques années plus tard. Imbus des principes constitutionnels de leur ordre, et pleins des souvenirs de leur noviciat, ces bons pères jésuites avaient fait à ces malheureuses Repenties un règlement grotesque, eu égard à leur condition, et au but de la maison. Ils les avaient bourrées d'oraisons jaculatoires, de conférences, de lectures spirituelles, d'examens de conscience, de méditations, exercices chers à Ignace de Loyola, mais qui dans l'espèce donnèrent des résultats déplorables.

La réforme des statuts de la maison de Sainte Marie Egyptienne, opérée avant 1651, se continue par quelque adjonctions postérieures. Elle porte uniquement sur la partie la plus essentielle, sur le règlement de vie des Pénitentes. On modifie l'emploi de leur temps, on remplace les exercices spirituels et les méditations des jésuites par des hymnes, des cantiques, des Noëls plus en rapport avec la mentalité des sujets. On règlemente jusque dans ses moindres détails la discipline de la maison, l'administration et la direction de l'œuvre restant telle qu'elle avait été instituée par Mgr Philonardi (1).

On supprime la cérémonie d'admission et la pseudo-prise d'habit, qui était restée comme un souvenir de l'ancien monastère des Repenties de Notre-Dame des Miracles, et n'avait plus sa raison

(1) Appendice n° III.

d'être du moment où la nouvelle institution n'avait pas le même but, s'appliquant à transformer les pécheresses, non pas en non-nains, mais seulement en femmes aptes à se conduire honnêtement dans le monde. Les articles additionnels du nouveau règlement portent d'abord sur les pénitences ordonnées par le grand vicaire de l'archevéché : les fautes légères entraînent des pénitences banales ; les fautes graves seront punies selon les cas du jeûne, au pain et à l'eau, des verges ou de la prison.

Vient ensuite un chapitre *pour remédier aux affections particu-lières et amourettes.* Il était en effet fort à craindre que sortant de leur vie de luxure pour vivre dans la continence, ces filles ne s'adonnassent rapidement au saphisme. Cet écueil avait été prévu au xive siècle par les statuts de la maison de Notre-Dame des Miracles, qui tachèrent de prévenir ces désordres par une sage régle-mentation dont se sont inspirée les rédacteurs des statuts de la maison de Sainte Marie l'Egyptienne. Les filles ne devront jamais aller deux par deux, ni coucher ensemble, ni se rendre aucun ser-vice particulier. Celles qui seront soupçonnées de ce vice, seront séparées et particulièrement surveillées.

Une dernière adjonction concerne l'office des tourières : elle a surtout pour but d'éviter que par leur entremise les Repenties ne communiquent avec l'extérieur (1).

Le 6 Janvier 1651, Mgr de Marinis, archevêque d'Avignon, donne à la maison des Repenties de Sainte Marie l'Egyptienne des arti-cles additionnels qui modifient profondément la physionomie de cette œuvre. Il ordonne que dorénavant cette maison servira de refuge, non seulement aux femmes de mauvaise vie qui y viennent volontairement *mais encore qu'on y pourra recevoir de nostre autho-rité toutes celles, tant mariées que non mariées, qui servent de concu-bines et mènent une vie scandaleuse, qui sont cause et causent dans la ville des désordres par leur libertinage, aux fins qu'on les puisse réduire à leur devoir* (2). De ce fait, la maison de Sainte Marie l'Egyptienne devenait une maison de correction et de détention.

Elle ne garda pas longtemps ce caractère : en 1702, Jean de Madon, seigneur de Chateaublanc, fondait à Avignon la maison du

(1) Appendice n° III.
(2) Appendice n° III.

Bon Pasteur et des Recluses, destinée à l'internement des prostituées amenées par leur famille ou condamnées par la justice. Et
même antérieurement à la fondation du Bon Pasteur, la maison de
Sainte Marie l'Egyptienne avait repris son caractère de refuge
volontaire, puisque le règlement du Bon Pasteur, fait en 1707, pré-
voit le cas où on lui unirait *la gabie* antérieurement établie à l'Aumône Générale pour y enfermer les *maquerelles et les incorrigibles*.

Notons au cours du xviiᵉ siècle l'institution à Avignon d'une œuvre
charitable ayant des similitudes avec Sainte Marie l'Egyptienne : la
maison des filles de la garde fut fondée en 1672 ; elle était destinée
à recueillir passagèrement les filles de service sans maitre pour
éviter qu'elles ne tombent dans la prostitution.

CHAPITRE IV

Ainsi organisée, et sortie des embarras causés par la nature vicieuse de certaines de ses pensionnaires, la maison de Ste Marie l'Egyptienne coule une existence tranquille. Elle fut dirigée à ses débuts par sœur Françoise Thérèse de Combet, native d'Avignon. Toute sa vie la sœur de Combet s'était adonnée à la pratique des bonnes œuvres. Après avoir gouverné longtemps les Repenties de Ste Marie l'Egyptienne, quand la maladie l'obligea à résilier ses fonctions, elle demanda aux recteurs la grâce de finir le reste de ses jours dans cette maison, leur offrant pour cela 300 écus, payables après son décès.

Le 22 juillet 1659, les recteurs acceptent *sans se charger de l'entretien d'une des filles à son service et de la glace qui se trouvera toutes les années dans la glacière qui a été construite à sa considération dans ladite maison pour soulager son infirmité* (1).

La maison de Ste Marie l'Egyptienne a peu de rentes, elle vit surtout des charités qu'on lui fait sous différentes formes. Notons parmi ses bienfaiteurs *Pierre Louvet, maistre apothicaire*, qui le 28 mars 1670, promet *au vénérable et dévot couvent des Repenties de les servir de médicamens en temps de maladie ordonnés par son médecin et chirurgien gratis pro deo* (2).

En 1680, la maison des Repenties a besoin d'acheter la mitoyenneté d'un mur pour le faire surélever. Le propriétaire Louis Meisen, marchand de soie, lui cède cette mitoyenneté sans indemnité pécuniaire *à condition que les recteurs de ladite maison des Repenties seront tenus de faire cellébrer tous les ans à chaque jour et feste de St Louis son patron, une messe basse à l'intention dudit Meisen, et à la fin d'icelle de faire donner la bénédiction du très saint Sacrement ;*

(1) Arch. de Vaucl., série II, Bon Pasteur, liasse no 15.
(2) Ibidem, liasse 17.

et auparavant de dire ladite messe seront tenus faire advertir lesdits sieurs Meisen et les siens pour y assister si bon leur semble (1).

Au début les pécheresses étaient reçues gratuitement dans la maison de Ste Marie l'Egyptienne ; l'insuffisance des ressources obligea d'exiger d'elles un droit d'entrée et une pension. En 1718 le droit d'entrée était de 25 écus ou 75 livres. Des fondations avaient été faites par des âmes charitables pour venir en aide aux Repenties qui ne pourraient pas payer le droit d'entrée : le 29 janvier 1735 les recteurs reçoivent *sœur St Louis qui s'appelle Jeanne Philiberte, de Vevai (Suisse), pour la réception de laquelle on applique la fondation.*

Les filles originaires d'Avignon sont reçues sans pension : *le 4 novembre 1760 la nommée Marie G. a été receue sous le nom de sœur St Charles. Le 1 Juin 1760 la nommée* (en blanc) *a été receue sous les auspices de son excellence le vice-légat : on lui a donné le nom de sœur Grégoire. Les deux susdites filles étant natives d'Avignon le bureau les a receues sans pension.*

Pour les étrangères le prix de la pension est variable : *sœur de tous les saints, reçue le 31 octobre 1734, doit payer à la maison cinq livres par mois, payables de trois mois en trois mois par anticipation, que M. Delorme, marchand libraire, s'est chargé de payer pendant tout le temps que ladite fille restera dans la maison... ladite fille est sortie au milieu du mois de mai 1734.* Exceptionnellement, le 21 juillet 1748, la pension sera de huit livres par mois pour une fille d'Arles qui prend le nom de sœur Marguerite : le taux élevé de cette pension vient de ce qu'on lui applique la fondation pour l'exempter du droit d'entrée.

La pension est généralement garantie ou payée par les personnes charitables amenant la pécheresse à la maison : c'est madame de Malijau qui se charge de payer la pension de Jeanne Philiberte de Vevai : le 6 novembre 1735, M. de Limon répond de la pension de sœur Marie Egyptienne : le 16 mars 1734, M. de Lamartinière répond de la pension de sœur Honorée, etc.

Les femmes mariées sont exceptionnellement reçues aux Repenties : *sœur Ste Cécile reçue en mars 1749 ; elle est fille du cocher de madame de Caumont, mariée à Cavaillon avec un cordonnier qui la maltraitait : elle a payé le droit d'entrée 75 livres.*

(1) Pièce justif. n° CXXIV.

La durée du séjour des pécheresses à la maison des Repenties est d'environ deux ans. Mais certaines y séjournent plus longtemps : sœur Ste Honorée, entrée le 16 mars 1734, sort le 24 juillet 1749 ; sœur St Augustin, entrée le 31 octobre 1743, sort le 16 juillet 1753 : mais ces cas sont rares. D'autres fois c'est la maladie qui retient ces filles à la maison : telle sœur Marie Egyptienne, qui entrée le 6 novembre 1733, y meurt le 27 juin 1741.

Les expulsions de la maison de Ste Marie l'Egyptienne ne sont pas fréquentes : et même dans ces cas les recteurs ne sont pas impitoyables et n'hésitent pas à rouvrir l'asile à l'expulsée repentante : *sœur St André, qui s'appelle Suzanne Reynaud, fille de Jean Reynaud, savetier de Venterol en Dauphiné, reçue le 15 décembre sous la pension de 4 livres par mois... ladite fille a été expulsée de la maison par délibération de l'assemblée le 22 mars 1736 : elle a été de nouveau reçue le 1 février 1737 : elle est sortie le 18 juin 1741* (1).

Quoique la maison de Ste Marie l'Egyptienne ne soit pas un couvent et n'ait pas pour but de faire des Repenties de sujets aptes à entrer en religion, nous voyons que, comme aux Miracles, les pécheresses en entrant quittaient leur nom de famille pour prendre un nom de religion. Les recteurs seuls connaissaient le nom de famille : les pécheresses ne se connaissaient entre elles que par leur nom de religion.

Les Repenties emportaient généralement de la maison de Ste Marie l'Egyptienne un heureux souvenir, et le manifestaient quelquefois par des donations : le 28 janvier 1735, Marie Leyrisse, dite sœur Thérèse, en reconnaissance des bons services qu'elle y a reçus donne à la maison en la quittant un capital de 200 livres (2).

Les légats d'Avignon continuent à donner à la maison des Repenties les marques de leur affection. Entre la maison de Ste Marie l'Egyptienne et le premier monastère du couvent de la Visitation, existait et existe encore une petite place que les habitants du quartier avaient convertie en jeu de boules. Or il paraît que les joueurs malheureux ne se gênaient pas pour proférer à haute voix des paroles et des interpellations qui n'avaient rien d'ascétique. Importunée par ce tumulte, scandalisée par ces jurements, la supérieure

---

(1) Arch. de Vaucl. série H, Bon Pasteur n° 11, passim.
(2) Arch. de Vaucl. série H, Bon Pasteur, liasse n° 15.

de la maison des Repenties, par l'entremise de ses recteurs, adressa une supplique au vice-légat. Celui-ci fit droit aux réclamations des plaignants, et par ordonnance du 6 juillet 1707 défendit de jouer aux boules dans la place qui est devant l'église et la maison des Repenties *à cause des cris, paroles sales et indécentes des joueurs* (1).

En 1748, la ville manquant de place pour loger les provisions de blé qu'elle avait faite, emprunte aux Repenties leurs greniers qui purent contenir 500 salmées. Elle leur paye pour cela une indemnité de 100 livres. L'année suivante, ayant fait la même réquisition, elle leur donne 200 livres *tant pour le loyer que pour le domage souffert* (2).

_____

(1) Arch. de Vaucluse, liasse 16.
(2) Pièce justif. nᵒ CXXV.

CHAPITRE V

Visite Pastorale de Mgr de Manzi aux Repenties en 1761. Union de la maison des Repenties au Bon Pasteur par édit du roi de 1770.

Le 11 Juin 1761, faisant sa visite pastorale, Mgr François de Manzi, archevêque d'Avignon, se transporte à la maison des Repenties : *il y célèbre la messe où communièrent la mère et toutes les filles de la maison*. Il visite ensuite l'immeuble : « la salle de travail est grande et spacieuse, bien aérée ; on ne permet aux filles d'autre travail que celui de dévider la soie, parce que tout autre ouvrage attirerait trop d'étrangers dans la maison ». Les filles de la maison des Repenties étaient alors au nombre de 17, non compris la mère et la tourière (1).

La prospérité de la maison des Repenties diminua rapidement : une dizaine d'années après la visite de Mgr de Manzi *on n'y trouvait plus que trois personnes qui aient été reçues* suivant *les règles de la fondation* (2). C'est ce que constate Louis XV, dans un édit rendu pendant la troisième occupation temporaire du Comtat Venaissin par la France. Le même édit constate que la maison du Bon Pasteur et des Recluses renfermait deux parties : 1° le Bon Pasteur proprement dit, destiné aux personnes qui y sont enfermées en vertu de l'autorité paternelle appuyée du consentement des magistrats ; 2° le Refuge, contenant les femmes et filles condamnées par autorité de Justice. Mais dans le Bon Pasteur douze places doivent être réservées à des femmes ou des filles que, de leur seule volonté, le repentir retient dans cet asile. En conséquence, considérant que rien n'est plus contraire aux principes d'une bonne administration que la multiplication des œuvres qui ont un même objet, considérant aussi que l'œuvre du Bon Pasteur est des Recluses, appauvrie

(1) Arch. de Vaucl., série II. bon Pasteur, liasse n° 16.
(2) Pièce justif. n° CXXVI.

par le grand nombre des sujets dont elle a été chargée, manque de ressources pour reconstruire une partie de ses bâtiments dont la ruine est imminente, Louis XV unit la maison des Repenties de Sainte Marie l'Egyptienne à l'œuvre du Bon Pasteur et des Recluses, à charge pour celle-ci d'acquitter toutes les fondations dont était grevée la maison des Repenties (1).

Cette union fut immédiatement effectuée, et le personnel très réduit de Sainte Marie l'Egyptienne fut transféré au Bon Pasteur. Le 16 Février 1770, les deux derniers recteurs des Repenties, Charles de Belis de Royas, abbé de la Tour, chanoine de l'église métropolitaine d'Avignon, et Joseph Alexandre Ignace de Cases Fresquières, procédèrent, en compagnie de Jean de Barthélemy, recteur du Bon Pasteur, à l'inventaire des meubles de la cidevant maison des Repenties de la place Pignotte.

Cet inventaire (2) nous revèle un mobilier des plus pauvres.

Sur l'autel de la chapelle était un rétable de bois sculpté, peint blanc et or, dont le tableau représente Sainte Marie l'Egyptienne : les chandeliers sont en léton. Comme œuvres d'art nous n'avons à signaler qu'un Christ en ivoire, un tableau « avec sa bordure dorée de cinq pans sur quatre, représentant la Sainte Famille, original de M. Mignard ; et quatre tableaux avec leur bordure de bois peint en noir, de cinq pans sur six, originaux de M. de Guilhermis ».

La salle la plus riche, servant de bureau à MM. les Recteurs contient une table, quatre fauteuils, deux chaises et un canapé de bois blanc ; aux murs, sont suspendus trois estampes représentant le Christ, les épousailles de la Vierge avec Saint Joseph, l'adoration des mages ; trois tableaux représentant la présentation de la Sainte Vierge, l'adoration du Saint Sacrement et la Vierge ; celui-ci, d'après Lucas Jordan.

Dans le jardin, sous une niche de rocaille, nous trouvons une statue de Sainte Magdelaine, *original de Chevrier*. Dans le vestibule nous rencontrons *une vierge d'après Barroche* ; des tableaux de peu de valeur dans la salle de travail, l'un représentant M. de Joannis, bienfaiteur de la maison ; dans le vestibule, un autre portrait de bienfaiteur, M. de Guyon.

---

(1) Pièce justif. nᵒ CXXVI.
(2) Pièce justif. nᵒ CXXVII.

La chambre de la mère n'est pas plus luxueusement meublée ; elle ne contient que deux coffres en bois de noyer. Le dortoir est éclairé la nuit, par un fanal de verre qui pend au milieu : il ne renferme que sept lits, ce qui nous indique que le nombre des Repenties avait singulièrement décru depuis la visite de Mgr de Manzi en 1761.

Le 19 Juin 1770, eut lieu le transfert dans la chapelle du bon Pasteur des cendres et ossements des morts qui se trouvaient dans les deux caveaux de la maison de la Pignotte (1).

Les Recteurs du Bon Pasteur n'ayant pu utiliser la maison de Sainte Marie l'Egyptienne décidèrent de la vendre. L'estime fut faite par M. Franque, architecte de la ville (2). M. Rougier Jean-Jacques, négociant en soie et fabricant d'étoffes se porta acquéreur aux prix d'une vingtaine de mille livres dont il acquita une partie le 3 Juin 1771 (3).

---

(1) Arch. de Vaucl. série H. bon Pasteur, n° 8 f° 69.

(2) Pièce justif. n° CXXVIII.

(3) Pièce justif. n° CXXIX. L'ancienne maison de Sainte Marie l'Egyptienne occupait le n° 6 de la place Pignotte, île 70 ; elle est actuellement la propriété du docteur Cassin, descendant de l'acquéreur.

APPENDICES

APPENDICE I. — Les statuts de la maison des Sœurs Repenties de Ste Marie Magdelaine ou de N. D. des Miracles.

Il nous reste trois exemplaires des statuts de la maison des Repenties. Le premier est l'original inséré dans l'acte notarié du 14 septembre 1376, ou procès-verbal contenant la remise des statuts de la maison des Repenties de N. D. des Miracles par les commissaires que Grégoire XI avait députés à cet effet, les bulles données à ce sujet, le texte des statuts, le serment des sœurs d'y adhérer et de les observer, et la nomination des dignitaires de la maison ainsi réformée (1). Cet acte est contenu dans un rouleau de parchemin mesurant 49 cent. en largeur sur 3 mètres 75 de longueur, il est conservé aux archives départementales du Vaucluse, série H, Visitandines de St Georges, liasse 10.

Le second exemplaire est une traduction française dont l'original se trouve à la bibliothèque Méjanes d'Aix, n° 292 du catalogue des manuscrits. Ce n'est certainement pas une copie de traduction en langue vulgaire qui fut lue aux sœurs Repenties assemblées le 4 juillet 1376. Notre texte est une traduction française de la fin du XVme siècle : il dut être rédigé pour la commodité et l'instruction des sœurs peu familiarisées avec la langue latine et pour remplacer l'ancien texte en langue vulgaire un peu démodée. La transcription que nous en donnons a été faite sous les yeux de M. Aude, bibliothécaire de la Méjanes, et collationnée par lui ; nous ne saurions trop le remercier de son obligeance.

Le troisième exemplaire est une copie faite en 1539 par Anthoine Robert, prêtre, chanoine de l'église collégiale de St-Didier, et procureur du monastère des Repenties. Ce texte est inséré dans un volume dont voici le titre : *Sequitur terrerium seu designatio possessionum servilium, necnon sensuum, servitiorum, reddituum, et emolumentorum venerabilis et devoti monasterii beate Marie Magdalenes, alias de Miraculis, civitatis Avinionensis, existentium tam in presenti civitate et territorio Avinionensi, quam in locis et territoriis ville Insule Venayssini diocesis Cavalicensis, et de Novis diocesis Avinionensis, ac de Thoro,*

(1) Pièce justif. n° XXXIX.

compositum per me Anthonium Roberti, presbiterum, canonicum ecclesie collegiate sancti Desiderii dicte civitatis Avinionensis, procuratoremque dicti monasterii, et pro ejus ac sororum ejusdem utilitate et commodo conditum sub anno domini millesimo quingentesimo trigesimo nono : il occupe les folios 3 à 8· Ce volume, sur papier, de 30 cent. sur 40, est conservé aux archives départementales de Vaucluse, série H, Visitandines de St Georges, nº 16. Cette copie des statuts de 1376 est ainsi intitulée :

SEQUUNTUR STATUTA ET LAUDABILES CONSUETUDINES VENERABILIS CONVENTUS BEATE MARIE MAGDALENES, ALIAS DE MIRACULIS, PRESENTIS CIVITATIS AVINIONIS, PER S. N. D. GREGORIUM, DIVINA PROVIDENTIA PAPAM UNDECIMUM, PER VISITATIONEM, REFORMATIONEM, ORDINATIONEM, CORRECTIONEM HONESTARUM MULIERUM SORORUM REPENTITARUM DOMUS BEATE MARIE DE MIRACULIS AVINIONIS, REVERENDIS PATRIBUS DOMINIS HELIE DE SERTIS, PRIORI MONASTERII VALIS BENEDICTIONIS DE VILLANOVA, PER PRIOREM SOLITI GUBERNARI, ET DURANTI ANDREE, PREPOSITO ECCLESIE APTENSIS, AC GUILHERMO DE INTRAGELIS ORDINIS FRATRUM MINORUM PROFESSORI, COMMISSARIIS AD HEC SPECIALITER DEPUTATIS PROUT DE DICTIS LITTERIS APOSTOLICIS, COMMISSIONE, STATUTIS, PRIVILEGIIS ET REFORMATIONE PREDICTIS CONSTAT INSTRUMENTO PUBLICO CUM INSERTIONIBUS EORUMDEM SUMPTO ET RECEPTO PER MAGISTRUM PETRUM FABRI, CIVEM ET HABITATOREM AVINIONENSEM, SUB ANNO DOMINI MILLESIMO SEPTUAGESIMO SEXTO ET DIE QUARTADECIMA MENSIS SEPTEMBRIS, FACTA, CONDITA ET ORDINATA, IN IPSOQUE INSTRUMENTO SUMPTA ET RECEPTA, IN QUIBUSQUIDEM STATUTIS CONTINENTUR ET DESCRIBUNTUR SEQUENTIA.

Nous reproduisons in extenso le texte des statuts de 1376 et le texte de la traduction française du XVᵐᵉ siècle. Pour la copie de 1537, nous indiquerons seulement en note les passages où ce texte diffère de l'original de 1376.

CAPITULUM PRIMUM

DE NOMINATIONE LOCI ET IPSARUM REPENTITARUM

Et primo statuimus et ordinamus, auctoritate apostolica nobis attributa, quod prefatus locus amodo vocetur Domus sororum repentitarum beate Magdalene de Miraculis, et quod dicte repentite vocentur sorores, et propriis nominibus, utpote soror Johanna, soror Margareta, et sic de aliis.

CAPITULUM SECUNDUM

QUALITER ET QUE MULIERES IN CONSORTIUM DICTARUM SORORUM RECIPI DEBEANT.

Item statuimus et ordinamus quod de cetero mulieres peccatrices juvenes que sint infra etatem viginti quinque annorum, et formose, que secundum fragilitatem humanam magis videntur esse prompte ad lapsum carnis, et illaqueantes animas hominum, duntaxat recipiantur, de consensu gubernatricis, priorisse et majoris ac sanioris partis dictarum sororum, ipsis prius probatis per octo vel decem dies utrum bono spiritu moveantur et sint parate portare jugum et disciplinam aliarum sororum. De quibus infra predictum tempus informentur et alias inducantur ad penitentiam et correctionem morum per confessores et cappellanum curatum dictarum sororum et gubernatricem et priorissam. Et si sic instructe perseveraverint instantes, (1) tunc infra claustrum admittantur.

Et coram gubernatrice, priorissa et aliis sororibus humiliter flexis genibus postulent et requirant se recepi in ancillas earumdem, et tunc prebeatur eis assensus per gubernatricem vel priorissam, in absentia ejusdem dicendo : Auctoritate mei officii, et de consensu priorisse et majoris partis vel omnium sororum istius domus, recipio te, vel vos, in ancillam et sororem istius communitatis, et aggrego te, vel vos, consortio earumdem. Et deinde recipiatur per omnes ad osculum oris, exutisque vestibus laicalibus, per gubernatricem et priorissam vestimentis novis, ut alie sorores, induantur et velen-

---

(1) La copie de 1539 porte : *et si sic perseveraverint instructe et instantes erint, tunc...*

tur. Quo facto, dicatur missa de spiritu sancto : qua finita incipiatur
ympnus : Veni creator spiritus, per cantatrices. Quo finito, dicatur
per sacerdotem qui celebravit [missam] (1) versus : Confirma hoc
deus etc., et orationes de spiritu sancto, de beata Maria virgine,
et Maria Magdalene. Quibus peractis tales sic recepte promittant
servire perpetuo in omnibus gubernatrici et priorisse, obedientiam
in licitis et honestis, castitatem et stabilitatem per hunc modum :

Ego soror talis promitto deo, et sancte semper virgini Marie, et
beate Marie Magdalene, et omnibus sanctis, et vobis matribus spiritualibus gubernatrici et priorisse istius domus, servare obedientiam et mei corporis castitatem, et stabilitatem in consortio sororum istius conventus, et statuta et ordinaciones factas et faciendas.
per meos superiores quamdiu vixero in humanis.

Infraque eandem diem assignetur sibi pro magistra aliqua sororum sciens, et sapiens, et discreta, que ipsam doceat et informet
in moribus, et virtutibus, scientia et observantia regulari.

De jocalibus autem, peccuniis et vestibus talium, retineant sibi
tantummodo necessaria pro ingressu suo, juxta dispositionem predictarum gubernatricis et priorisse de consilio suorum confessoris
et cappellani curati. Reliqua vero omnia infirmarie applicentur.

Moniales vero et maritate recipi non valeant, neque possint (2) in
ipsarum consortium agregari. Et omnes cum recipientur donent se
et sua prout in aliis monasteriis est fieri consuetum.

CAPITULUM TERCIUM

DE OFFICIIS IPSARUM SORORUM

[PRIMO DE GUBERNATRICE] (3)

Item statuimus et ordinamus quod sit semper ibi una gubernatrix que assumatur aut de ipsis sororibus, aut de aliis secularibus,
que sit prudens, sapiens et honesta, bone vite et bone fame, atque
circunspecta in rebus temporalibus, ad quam spectet administracio
et dispensacio dicte domus, ac provisio debita et honesta circa vitam communem predictarum sororum juxta facultates et redditus

---

(1) Ce mot manque dans l'original de 1376.

(2) Version de la copie de 1539 : *Moniales vero et maritate recipi etiam valeant
et possint.*

(3) Les sous-titres entre crochets n'existent que dans la copie de 1539.

ipsarum. Cui teneantur omnes obedire in omnibus licitis et honestis.

Eique adjungantur due sorores discrete et fideles, que sint procuratrices dictarum sororum : de quarum consilio, et priorisse ac subpriorisse, predicta gubernatrix se habeat in omnibus que spectant ad officium suum. Habeantque ipsa et dicte procuratrices unam capsam communem cum tribus clavibus, quarum quelibet teneat et habeat suam, in qua ponantur omnes redditus peccuniarii dicte domus, ita quod de receptis et expensis prefate gubernatrix et procuratrices teneantur reddere rationem quater in anno : videlicet, in mensibus januarii, aprilis, julii et octobris; ac etiam de fructibus vinearum, et serviciis annone, seu alterius grani, et helemosinis quibuscumque obvenientibus eisdem prefatis priorisse et subpriorisse, et quatuor aliis sororibus discretis, presentibus ipsarum cappellano curato et procuratore dicte domus qui erit ad premissa exercenda specialiter deputatus.

Volumus autem et ordinamus quod si prenominata gubernatrix assumatur extra communitatem dictarum sororum, quod det se et sua monasterio et dictis sororibus, sitque eis conformis in habitu et in vita. Cujus electio fiet semper sicut debet fieri de jure, et etiam confirmatio per reverendum patrem in Christo dominum episcopum Avinionensem. Et si contingeret ipsam gubernatricem non esse sufficientem ad communem utilitatem regiminis dictarum sororum, possit deponi in suo officio, et alia sibi subrogari juxta dispositionem dicti domini episcopi et ad requisitionem ipsarum sororum.

Procuratrices vero eligantur per easdem ad tempus prout majori parti ipsarum videbitur expedire. Et quod semper assumantur officiales que sint de corpore domus seu conventus, et nequaquam de extra communitatem ipsarum sororum.

[DE OFFICIO PRIORISSE.]

Item statuimus et ordinamus quod sit ibi priorissa ex eisdem sororibus, cujus officium sit sorores ordinare, corrigere ac punire : dicte que sorores teneantur eidem obedire. Cui predicta gubernatrix teneatur prebere in officio suo consilium, auxilium et favorem. Cujus officium duret ad terminum. Si vero laudabiliter se habuerit in suo officio, possit in eodem remanere juxta voluntatem et assensum ipsius gubernatricis et conventus. Et eligatur semper per gubernatricem et majorem partem conventus ipsarum sororum. Si vero esset inutilis et minus sufficiens, possit deponi et alia sibi subrogari de consilio tamen et assensu prefati domini episcopi ad quem spectat jure ordinario cura et correctio dictarum sororum.

Et quod dicta priorissa teneatur quolibet sero, in principio noctis, respicere et scrutari cellas singulas sororum cum subpriorissa. Si vero altera ipsarum non posset intendere, loco illius clavigera subrogetur.

[DE SUBPRIORISSA.]

Item statuimus et ordinamus quod predicte gubernatrix et priorissa instituant subpriorissam cum consilio quatuor sororum discretarum ad hoc et alia officia ordinanda specialiter electarum, que in absentia ejusdem priorisse gerat vices suas.

[DE SACRISTANA ET EJUS OFFICIO.]

Item sacristanam sororem devotam et discretam, cujus officium sit campanam pulsare in omnibus horis, sorores excitare et vocare in matutinis, prima et hora nona tempore estatis, custodire libros et alia ornamenta ecclesie cum inventario, et quotiescumque fuerit requisita, teneatur reddere racionem, illuminare ecclesiam et facere omnia et singula que spectant ad officium sacristie. Si vero sint aliqua jocalia preciosa, illa custodiantur juxta disposilionem predictarum gubernatricis et priorisse. Ipsa vero recipiat candellas et oblaciones pecunie pro oneribus sui officii subportandis, de quibus omnibus reddat debitam racionem sicut predicta gubernatrix, et si non sufficerent, teneatur dicta gubernatrix ea supplere.

[DE CELLAYRARIA.]

Item instituant aliquam dictarum sororum prudentem, temperatam, et fidelem, que habeat curam et administracionem vini juxta ordinacionem predictarum gubernatricis, priorisse et sororum ; que vocetur amodo cellayraria : stetque in officio illo juxta voluntatem et dispositionem premissarum.

[DE PANATERIA.]

Simili modo faciant de una alia sorore que habeat curam et administrationem panis. Et illa faciat diligenter refectorium, voceturque refectoraria alias panateria. Ambeque serviant et administrent sororibus in prandio et in cena.

[DE INFIRMARIA.]

Item ordinamus et assignamus pro communi subventione et adjutorio infirmarum sororum, omnes et singulos proventius cappelle beate Marie de Sponsa (1) ; quos recipiant et teneant priorissa et sub priorissa, ac expendant modo licito et honesto pro dictis sororibus infirmis juxta necessitatem et consilium medici ipsarum. Qui medicus habeatur pensionarius annuatim, et solvatur eidem per predictas priorissam et subpriorissam, que habeant unam capsam cum duabus clavibus, in qua predicti proventus et alie helemosine que darentur infirmarie per easdem fideliter conserventur : faciant que provisiones necessarias veluti de amigdalis, avenaco, ordeo, prunis siccis, vino malorum granatorum, oleorum et aquarum et aliorum prout eis videbitur expedire ac consulet medicus earum. Que conserventur in loco tuto et opportuno dicte infirmarie. Habeant que unam sororem electam sicut predicitur de cellayraria, que paret et serviat infirmis, cui assignentur predicta tempore necessitatis, que vocetur infirmaria. Et ubi essent plures infirme, provideatur de aliis sororibus juxta necessitatem ipsarum : dicteque infirme non intrent infirmariam donec prius fuerint confesse.

[DE COQUINA.]

Item coquinam conventus faciant due sorores per singulas ebdomadas per ordinem successive. Excludantur autem et sint exempte omnes et singule sorores habentes officia distincta, et due cantatrices principales que habent facere et ordinare officium divinum.

[DE CLAVIGERA.]

Item sit una clavigera que teneat claves portarum sicut eidem ordinabitur per predictas, et quolibet sero restituat et assignet dictas claves gubernatrici, vel priorisse in absencia ejusdem : dictaque priorissa super hoc habeat specialem curam, et claves duplicatas pro portis dormitorii quas teneat semper secum.

[DE PORTARIIS.]

Item due portarie una ab intus et altera extra, que faciant suum officium diligenter et sapienter, que sint auditrices illarum personarum que venient ad rotam, videantque quicquid intromittetur vel extrahetur per dictam rotam. De quibus omnibus faciant rela-

(1) Sic pour *Speransa.*

cionem fideliter predicte priorisse sub pena carceris. Sint que indifferentes ad communem consolationem predictarum sororum.

[DE QUESTERIIS.]

Item due questerie sorores antique fideles et secure que fideliter et integraliter assignent helemosinas quas reperient gubernatrici, et serviant communiter et indifferenter sororibus in necessitatibus earum. De emendis vero et vendendis ultra valorem duodecim denariorum habeant licentiam a priorissa. Literas autem, aut verba, alia nec jocalia, seu alia donaria non possint nec debeant alicui persone, cujuscumque condicionis existat, portare ex parte dictarum sororum, sine licencia dicte priorisse, nec ex parte aliarum personarum dictis sororibus, nisi prius eidem priorisse manifestaverint, sub pena excomunicacionis , et nichilominus carceri mancipentur juxta arbitrium ejusdem priorisse.

[DE PORTA PRIMA.]

Item in porta prima sit unus homo antiquus, discretus et fidelis qui emat pittantias pro communitate sororum, et assistat venientibus et intrantibus primam portam, veniatque ad rotam quociens opus fuerit pro serviciis communibus ipsarum possitque intrare portam claustri, et alia loca licita et honesta, prout necessitas exigerit, ad arbitrium gubernatricis et priorisse, quarum altera cum una alia sorore sit semper presens, qui non trahat intus moram, nec comedat, nec bibat, sed ut citius poterit exeat extra.

CAPITULUM QUARTUM

DE QUALITATE VESTIUM ET CONVERSACIONE IPSARUM
[DE QUALITATE VESTIUM]

Item statuimus et ordinamus quod vestes ipsarum sororum sint uniformes et honeste, videlicet non stricte, nec nodulate, sintque de panno albo non delicato nec precioso : clamides vero de panno nigro sine forraturis pennarum albarum delicatarum et animalium silvestrium tam in vestibus quam in mantellis ; sintque velate ad modum viduarum honestarum velaminibus mediocribus et honestis omni pretiositate et curiositate rejectis, ut per honestatem extrinsecam reluceat earum puritas intrinseca. Sitque exemplaris ipsarum vita, ad quorum observantiam coga[n]tur per prefatas gubernatricem et priorissam per penas quascumque contra inobe-

dientes et rebelles. Et nichilominus ipso facto sint private premissis que omnia infirmarie applicentur. Et predicta firmiter observentur.

Volumus etiam et ordinamus quod si pannus detur dictis sororibus vel ematur per easdem non possint, nec debeant facere fieri predictas vestes, donec prius ostenderint prefatis gubernatrici et
priorisse de quarum assensu et judicio faciant et habeant predicta.
De velaminibus autem et calciamentis ipsarum idem judicium
habeatur.

Super quibus ad'mplendis et observandis conscientias dictarum
gubernatricis et priorisse oneramus.

[DE CONVERSATIONE ET VITA.]

Conversacio itaque et vita dictarum sororum sit humilis, et honesta, laudabilis, et exemplaris, pacifica, caritativa, et modesta, non
voluptuosa, non superba, non vaga, non ociosa, sed mutuo se
exerceant ad veram penitentiam peragendam in laudibus divinis
persolvendis, in vigiliis et oracionibus, in abstinenciis et laboribus
manualibus licitis et honestis pro neccessitatibus ipsarum supportandis; quibus minime intendant horis divino officio deputatis. Ille
autem que sunt disposite ad addiscendum vacent lectionibus de
mane dicta missa usque horam terciam, et ab hora nona usque
horam vesperorum.

[DE NON EXEUNDO EXTRA.]

Item statuimus et ordinamus quod priorissa et alie sorores non
exeant portam claustri juxta rotam absque licentia nostra speciali
habita et obtenta sub pena excomunicacionis ; et nichilominus contrarium facientes carceri mancipentur per unum mensem. Si vero
clausuram dicte domus exierint ipso facto sint excomunicate, per-
petuoque carceri mancipentur. Ista autem remittimus temperanda
domino episcopo, et gubernatrici, atque priorisse.

Concedimus autem gubernatrici ut possit exire predictas portas
et clausuram pro negotiis dicte domus que sine sua presentia possint minime exepediri, juxta arbitrium et consilium procuratoris et
cappellani curati ipsarum, et predictarum priorisse, subpriorisse,
procuratricum et sororum discretarum. Ducat tamen secum aliquam sororem antiquam et maturam vel donatam et procuratorem
vel cappellanum curatum ; et in absentia sua vel alio impedimento
occurente magno et notabili, priorissa possit facere idem. Donate

vero et questerie possint exire et ire ad loca licita et honesta juxta arbitrium ipsius gubernatricis vel priorisse in absentia ejusdem. Alie autem sorores non suspecte vel antique, si necessitas occurerit possint etiam exire juxta voluntatem et judicium domini episcopi predicti.

CAPITULUM QUINTUM

DE OFFICIO DIVINO ET DISCIPLINA PSALLENDI.

[DE OFFICIO DIVINO.]

Sorores, cum fuerint sufficienter edocte, faciant divinum officium secundum usum sancte romane ecclesie quod dicant devote et distincie, faciendo pausam debitam in medio versus et in fine sine risu et quachinacione ac dissolutione quacumque. Ad quod persolvendum conveniant omnes in ecclesia horis et temporibus ordinatis, pulsacionibus campane prius factis per sacristanam, exceptis infirmis et aliis sororibus que tunc temporis essent occupate necessario in officiis eisdem injunctis.

Missam conventualem dicant semper diebus ferialibus et in simplicibus festis in ortu solis post primam immmediate. Diebus autem dominicis et festis solemnibus, dicatur hora tercie que dicatur ante missam, et sexta post missam. Temporibus autem jejuniorum dicatur semper nona ante prandium. Aliis vero diebus, a Paschate usque exaltationem sancte Crucis, dicatur post dormicionem : a dicto festo usque Pascha post prandium, exceptis diebus jejuniorum.

Vespere dicantur hora competenti, et completorium in occasu solis. Et missa dicatur semper cantando, vespere, completorium et alie hore, diebus dominicis et festivis. Aliis autem temporibus dicantur plane, devote tamen et distincte, et officium beate Marie et mortuorum. In fine horarum dicant semper, post Pater noster, Salve regina submissa voce, versus Ora pro nobis etc., orationem Interveniat pro nobis etc., et orationem De angelis pro pace, et pro domino nostro papa.

Post matutinas, missam et vesperos tantum post quos dicatur semper cantando antiphona de Maria Magdalena : O apostolonum apostola ; cum oratione sequenti. Et post completorium, Salve regina, versus Ave maria etc., Oratio Omnipotens sempiterne deus qui gloriose virginis Marie etc., diebus festivis et sabativis ; aliis autem diebus, Ave regina celorum : et a Pascha usque Ascensionem, Regina celi letare etc.

[DE NON EXEUNDO ECCLESIAM.]

Sorores quando sunt in officio non exeant ecclesiam sine licencia priorisse vel subpriorisse : ille autem que sine causa legitima absentes fuerint, vel non venerint hora debita, puniantur per eandem.

OFFICIUM SOROBUM IGNORANTIUM

Sorores vero donate et que ignorant litteras, dicant pro matutinis viginti quinque pater noster, et totidem Ave Maria. Pro missa totidem. Et pro vesperis duodecim. Pro omnibus autem horis aliis, septem pater noster cum ave maria.

[HORE ILLARUM QUE NON SUNT EDOCTE AD OFFICIUM.]

Ille autem sorores qui nondum sunt plene edocte ad faciendum officium predictum, teneantur dicere officium beate Marie et defunctorum ; et post matutinam et completorium septem psalmos cum letaniis et orationibus sequentibus : vacareque post dictas horas orationi et devotioni per spacium unius hore ; et vesperos diebus dominicis et festivis prout melius sciverint ordinare, predictasque A. beate Marie in omnibus horis et ad Magnificat ac beate Marie Magdalene minime ommittendo.

[DE MISSIS DICENDIS.]

Item ordinamus quod qualibet septimana dicatur una missa de mortuis cum nota, videlicet die lune, si non occurat festum solemne, et una alia die opportuna de beata Maria Magdelena : et altera die de nostra domina juxta ordinationem cappelani curati sororum earumdem, excepto tempore quadragesimali quo dicantur vel omittentur juxta dispositionem ejusdem. Et quod observentur ordinationes facte per eos qui bona sua dimiserunt et dederunt personis hujus monasterii, prout constat in scriptis in libro anniversorium.

[DE INCLINATIONIBUS.]

De inclinationibus autem capitis et genuflexionibus, et quando sedebunt, vel stabunt erecte vel prostrate, in divino officio et in missa, informentur secundum ordinationem Romanam per cappellanum curatum predictum.

CAPITULUM SEXTUM

DE JEJUNIO ET ABSTINENTIA ET VITA COMMUNI ET MODO DORMIENDI.

[DE JEJUNIO ET VITA.]

Sorores omnes jejunent et observent jejunia per ecclesiam ordinata. Et adventum domini, atque feria sexta, in cibis quadragesimalibus, et in vigilia beati Michaelis archangeli. In vigilia autem beate Marie Virginis, et beate Marie Magdalene, atque die veneris sancta, in pane et aqua. In feria vero quarta et die sabbati, abstineant omnino a carnibus. Cum debilibus autem et infirmis, atque etiam aliis, prout qualitas requiret temporis et etatis, et rerum penuriis possint dispensare gubernatrix et priorissa super predictis juxta consciencias earumdem.

[DE MODO COMEDENDI.]

Aliis itaque temporibus comedant dicte sorores tantum bis in die, videlicet in prandio et in cena, ordinate, et cum silentio, ac in refectorio et quod sit ibi lectio continue. Et post refectionem vadant ad ecclesiam combinate, gratias referendo, et cantando humiliter et devote.

Mensam benedicat semper illa soror que incipit officium in ecclesia et gracias reddat in fine. In cena vero reddantur gracie in refectorio, juxta ordinationem ecclesie romane.

Et provideant quoque dictis sororibus predicte gubernatrix et procuratrices, ut supradictum est, singulariter de pane et vino et coquina sufficienter, et de carnibus pittanciam moderatam diebus dominicis et festis solemnibus, et feria secunda, et tertia et quinta. Sed feria quarta, sexta, et sabato, de piscibus, vel in defectu piscium, de caseo vel ovis, juxta facultates dicte domus et cum consilio discretarum sororum.

Sorores vero sint contente tali vita sobria et honesta. Et quid residuum fuerit et remanserit eisdem, sum[p]tis predictis reffectionibus, totum reservetur et levetur per cellayrariam et refectoriam. Nullaque sibi aliquid appropriet vel retineat sub pena inferius annotanda. Et super hoc habeat curam solicitam gubernatrix predicta et in absentia ejus priorissa.

Caveantque dicte sorores ab ebrietatibus, et superfuitatibus et inordinationibus quibuscumque. Et quod nullo modo comedant vel bibant in dormitorio. Et ille que contrarium fecerint graviter puniantur. Comedant autem predicte sorores diebus jejuniorum hora nona, et faciant collationenr in reffectorio post primam pulsacionem completorii. Aliis vero temporibus comedant in prandio dicta sexta, et cenent post vesperos. Ille vero que habent officia possint cenare post completorium si fuerint occupate.

[DE DORMITIONE.]

Dormiant quoque predicte sorores indute una tunica, et sole, prout videbitur gubernatrici et priorisse, juxta morem monasterii aliarum dominarum. Si vero nude et combinate jacuerint, incurrant penas infra designandas.

CAPITULUM SEPTIMUM.

DE SILENCIO, ET QUIBUS TEMPORIBUS, ET QUALITER, ET CUM QUIBUS PERSONIS SORORES LOQUENTUR , ET DE INGRESSU PERSONARUM QUARUMCUMQUE AD EAS.

[DE SILENTIO ET COLLOQUIO.]

Abstineant autem dicte sorores ab omnibus verbis illicitis et inhonestis, a blasfemiis et obprobriis, a murmuracionibus et detractionibus, a mendatiis, perjuriis, et juramentis et injuriis, atque clamoribus et rumoribus quibuscumque. Teneantque silentium semper ab hora completorii, facto signo campane per sacristanam, usque horam prime pulsationis diei sequentis, juxta arbitrium gubernatricis et priorisse. In choro dum dicetur divinum officium, in refectorio, in prandio, et in cena. Et a Pascha usque exaltationem sancte Crucis, facto signo ut supra, post prandium usque nonam. Aliis autem locis et temporibus possint loqui ad invicem licite et honeste.

Ad rotam vero et cratam majorem cum mulieribus honestis et cappellano curato, ac portaria : ad dictam cratam cum confessoribus ipsarum, atque hominibus eisdem consanguinitate (1) conjunctis, et nunciis eorumdem, presentibus tamen et audientibus gubernatrice, vel priorissa, et non aliis sub pena inferius annotanda.

[CUM QUIBUS LOQUI LICET VEL NON.]

Colloquia quoque cum aliis hominibus quibuscumque, et singulariter cum illis cum quibus hactenus habuerint familiaritates, quos

---

(1) Le texte porte : *Consanguinetatis.*

speciales vocant et ad cratas parvas ubi confitentur eisdem interdicimus et prohibemus omnino sub pena excomunicacionis et panis
et aque in solo refectorii. Ista tamen remittimus discretioni gubernatricis et priorisse quarum conscientias oneramus. Si vero esset
homo notabilis et honestus, qui ex devocione, pro salute animarum
ipsarum, aut pro helemosina facienda, vellet habere colloquia
supradicta, concedimus eis, presentibus tamen predictis gubernatrice et priorissa, aut duabus aliis sororibus honestis et approbatis.

Procuratores autem dictarum sororum et alii negociorum ipsarum gestores prossint loqui predictis gubernatrici et priorisse et
procuratricibus, quando necessitas occurret : ipse tamen sint semper associate.

Colloquia quoque premissa ad cratam nullo modo fiant quando
officium divinum dicetur, nec ante missam, neque post solis occasum, nisi occurret necessitas manifesta.

Mulieres autem notabiles, mature et honeste possint intrare et
venire intus ad predictas sorores pro consolacione ipsarum diebus
dominicis et in festis colendis, juxta arbitrium gubernatricis et
priorisse, et aliis diebus si fuerit necesse.

Caveant tamen dicte sorores ne propter hoc omittant officium
divinum, nec incurrant aliquas inordinationos, quam maxime cum
mulieribus lascivis et juvenibus, nec introducant eas in dormitorium
ipsarum, nisi de licentia gubernatricis vel priorisse.

[PROHIBITIO INGRESSUS PRIME PORTE.]

Omnibus vero viris cujuscumque ordinis vel condicionis existant,
interdicimus et prohibemus ingressum prime porte claustri dictarum sororum, nisi de licentia speciali, exceptis confessoribus et
cappellano curato ipsarum, dum necessitas administrationis sacra-
mentorum id exposcet, medicis tempore infirmitatis earumdem,
portario, et aliis certis pro necessitatibus manifestis, prout predictis gubernatrici et priorisse ac cappellano curato verissimiliter
videtur expedire. Quando autem continget aliquem predictorum
intrare, assistant et altera ipsarum, et due sorores antique et discrète.

Confessoresque audiant confessiones sororum infirmarum in
loco patenti et associati. Nullusque predictorum presumat comedere nec bibere inter eas. Contrarium autem facientes quam supra
declaratum est, et gubernatricem, vel priorissam, atque portarias,

si alicui ingressum dederint contra presentem ordinacionem, in hiis scriptis monicione canonica premissa, nunc prout ex tunc, et tunc prout ex nunc, auctoritate apostolica nobis commissa majoris excomunicationis vinculo innodamus: absolucionem autem dicte sententie nobis retinemus seu quibus duxerimus comittendum.

CAPITULUM OCTAVUM

DE CONFESSORIBUS IPSARUM ET CAPITULIS PER GUBERNATRICEM ET PRIORISSAM EISDEM FACIENDIS.

[DE CONFESSORIBUS ET TEMPORE CONFITENDI.]

Item statuimus et ordinamus ut dicte sorores habeant duos presbiteros seculares, discretos, maturos et honestos in confessores, quos ipsis duxerimus ordinandos et non alios. Quibus ac cuilibet ipsorum damus et concedimus licentiam et potestatem audiendi confessiones dictarum sororum et familiarium ipsarum, ac impendendi eisdem beneficium absolucionis de peccatis de quibus confesse fuerint, nisi essent talia de quibus merito esset sedes apostolica consulenda, et administrandi eisdem alia ecclesiastica sacramenta quociens indiguerint. Dicti vero confessores audiant ipsarum confessiones ad cratas parvas a parte exteriori, excepto tempore infirmitatis ipsarum ; qui possint subrogari per duos nostrum, et alii subrogari quotiens nobis videbitur expedire. Finitoque tempore potestatis nostre dicti confessores ordinentur per dominum episcopum supradictum.

[QUANDO CONFITEBUNTUR.]

Teneantur autem dicte sorores confiteri in omnibus magnis solennitatibus, et ubi magna solennitas non occurret, semel in mense.

In adventu quoque domini et in quadragesima, semel qualibet hebdomada ; et sumere cum devotione magna sacramentum preciosum corporis Christi, juxta consilium et ordinacionem supradictorum confessorum, qni instruant et informent ipsas in earumdem confessionibus faciendis et ordinandis, in virtutibus et bonis operibus exercendis, et vitiis extirpandis, inducantque fideliter et discrete ad observantiam omnium premissorum cum humilitate et pascientia ; de quibus omnibus ipsorum conscientiam oneramus.

[DE VICTU ET MANSIONE AC SALARIO CONFESSORUM.]

Prefate quoque gubernatrix et procuratrices teneantur dictis confessoribus providere de victu necessario et honesto. Nos quoque assignamus dictis confessoribus cameras juxta hospitale dictarum sororum in quibus comedant et dormiant, et salarium annuale ipsorum comittimus discrecioni dictarum gubernatricis et sororum. Alter vero dictorum confessorum ad hoc magis ydoneus procuret quicquid poterit pro dicta domo in ipsarum sororum negociis exercendis, ad arbitrium predictarum, et ambo serviant in missis et aliis obsequiis divinis.

[DE CAPITULO TENENDO.]

Predicta quoque gubernatrix teneat capitulum semel qualibet septimana, videlicet feria sexta ante prandium, dictis sororibus, ad quod omnes teneantur convenire ; et priorissa feria secunda et quarta. In quibus capitulis recomendent eisdem vivos et mortuos benefactores suos, specialiter dominum nostrum summum pontificem, dominum episcopum ipsius civitatis, et generaliter statum sancte matris ecclesie, et orecipue statum et veram conversacionem earumdem, et animas omnium fidelium defunctorum, singulariter animas illorum qui fundaverunt locum ipsarum, et a quibus habent victum cotidianum. Pro quibus omnibus orent deum et dicant prout confessores ipsarum instruent eas. Moneant eciam easdem ad cultum divinum debite et devote persolvendum, et ad mutuam dilectionem et pacem habendam, atque ad observantiam prumptam status et conversacionis ipsarum cum patientia et graciarum actione.

Ipseque sorores dicant ibidem culpas suas, si quas comiserint, pro quibus imponantur eis penitencie infra annotande, et in aliis excessibus juxta qualitatem et quantitatem delicti, et secundum condicionem sororum cum misericordia tamen et discretione, per priorissam, ut supra declaratum est, in hiis que spectant ad regimen regulare dictarum sororum.

Si vero dicta priorissa esset negligens et remissa in predictis, incurrat penas aliarum que eo casu injungantur et imponantur per gubernatricem. De quibus omnibus ipsarum consciencias oneramus.

Dicte autem sorores teneantur prefatis gubernatrici et priorisse firmiter obedire, et recordentur quod propter acquisitionem regni celestis ad hec omnia se submiserunt.

CAPITULUM NONUM

DE PENIS DELINQUENTIUM

Et quoniam parum prodesset humilibus humilitas, si contemptus contepnentibus non obesset, idcirco statuimus et ordinamus ut sorores delinquentes pro excessibus infra annotatis incurrant penas infrascriptas.

[ET PRIMO DE ABSTINENTIA VINI.]

Ille namque que non fuerint in officio divino, quas causa racionabilis non excusat, maxime in matutinis, missa, vesperis, completorio, a principio usque in finem, pro qualibet istarum, abstineant in una refectione a vino ; pro defectu autem aliarum horarum, ad arbitrium priorisse.

Item si non venerint ad refectorium hora debita in prandio, et in cena, et in collatione, diebus jejuniorum, et que fregerint silentium horis et locis supradesignatis, eandem penam incurrant. Cum sororibus autem antiquis et que non sunt vitiose, in premissis possit dispensare priorissa, sed vitiose omnino corrigantur.

Ille vero que clamores fecerint, seu verba illicita locis et temporibus premissis dixerint, comedant panem et aquam in terra coram toto conventu. Et ille que de sero non intraverint dormitorium, vel jacuerint nude, et sorores officia habentes, si propter deffectum ipsarum communitas non se poterit ordinare in prandio et in cena, et sacristana, portaria et questerie, si sint negligentes in officiis eis injunctis, similiter predictam penam incurrant.

Ille eciam que aliis injurias seu opprobria irrogaverint, et que comederint seu biberint in cellis dormitorii, et que non sederint in mensis refectorii juxta ordinem eis datum, et que discere noluerint lectiones suas, simili pene vel majori, si casus requirat, se noverint subjacere.

Ille vero que blasfemaverint deum, vel beatam virginem Mariam, et que comiserint furtum, vel jacuerint combinate, vel que se percusserint mutuo, et que alteri falso modo crimen imposuerint, et que rebelles et inobedientes gubernatrici et priorisse extiterint, et que ad cratas locute fuerint aliter quam supra extitit declaratum, et que miserint vel receperint litteras, nisi prius eas priorisse ostenderint, vel dederint, seu acceperint aliqua donaria seu eucenia ultra valorem duodecim denariorum, absque licentia priorisse, et que

de perjurio convicte fuerint, carceri mancipentur ad arbitrium predictarum gubernatricis et priorisse, cum consilio sororum discretarum predictarum.

Omnes alios defectus remmittimus puniendos predictis gubernatrici ac priorisse, et dispensacionem super penis premissis ; que
omnia faciant cum maturo et discreto consilio et in capitulis supradictis.

Nolumus autem predictas sorores ad culpam obligari, nisi in
quantum propria malicia et pertinacia, atque inobediencia eas gra-
varet, sed ad penas predictas. De quibus omnibus conscientias dictarum gubernatricis et priorisse oneramus.

[DE NON PUNIENDO INCONSULTE.]

Item statuimus et ordinamus quod predicte gubernatrix et priorissa, aut alie sorores, nulla via aut modo possint nec valeant aliquam sororum incarcerare, nec in compedibus aut ferris ponere
seu emancipare, nisi prius officiali episcopi consulto et bene infor-
mato, et auditis utriusque partis racionibus, nec etiam predicta gubernatrix et priorissa alias penas possint inferre nisi prius in capitulo omnibus presentibus proferatur et determinetur, ne propter
vindictam vel odiun., .ı alias malivole fieri videatur.

CAPITULUM DECIMUM ET ULTIMUM

DE PROCURATORIBUS ET ALIIS FAMILIARIBUS GUBERNA-TRICIS ET SORORUM PREDICTARUM.

Item volumus et ordinamus ut dicte sorores habeant duos procuratores speciales ad earum negotia exercenda, videlicet unum sacerdotem discretum et fidelem, qui levet et recipiat census, et servicia ac loqueria hospiciorum dictarum sororum, et omnia fideliter
assignet predictis gubernatrici et sororibus procuratricibus presentibus, simul juvetque cappellanum curatum in missis celebrandis,
et procuret omnia alia negocia juxta ordinacionem dictarum gubernatricis, procuratricum et cappellani curati.

Quorum quilibet habeat et percipiat annis singulis a dictis sororibus, preter victum quotidianum, salarium juxta arbitrium gubernatricis, priorisse et procuratricum.

Laudimia quoque et trezena faciant et recipiant dicte gubernatrix
et procuratrices de singulis proprietatibus que teneantur sub domi-

nio earumdem, et immediate faciant sibi fieri recognitionem per
novum emptorem et sic servicia nunquam perdentur.

Habeantque unum librum papireum magnum in quo singula servicia ipsarum cum proprietatibus et confrontationibus conscriban-
tur et unam capsam cum duabus clavibus, quarum gubernatrix
teneat unam, et dictus procurator alteram, in qua dictus liber et
omnia alia instrumenta dictarum sororum conserventur. Que capsa
stet inter duas portas juxta rotam. Et quando continget aliquod
instrumentum inde extrahere, quod idem procurator scribat in predicto libro seu alibi, presentibus dicta gubernatrice, priorissa et
cappellano curato. Et expeditis negociis pro quibus extraxerint,
reponat ibidem.

Item si videatur gubernatrici, priorisse et procuratricibus fore
expediens, quod habeant alterum procuratorem, discreditum, solli-
citum et sufficientem, qui ducat causas et litigia dictarum sororum
cum consilio advocati earumdem ; quibus assignent pensionem
annuam ut melius convenire poterunt cum eisdem.

De portario autem supranominato, uno clerico, et aliis familiari-
bus pro hospitali, ortis et aliis negociis et communibus serviciis
ipsarum sororum ordinent et provideant ut melius poterunt predicte gubernatrix et procuratrices, cum consilio dictorum sacerdotum.
Et quod cappellanus curatus qualibet nocte claudat portam primam cum clave ab extra, et porterie ab intra post completorium
immediate.

Omnes autem alias constitutiones, ordinationes seu statuta cas-
samus, annullamus, et sint cassa, irrita et inania.

Predicta autem omnia et singula per nos ordinata et declarata,
volumus et declaramus, ut habeant et obtineant perpetuam raboris
firmitatem, retinentes nobis plenariam potestatem, juxta tenorem
prefate bulle, addendi, diminuendi, corrigendi, revocandi, innovan-
di, puniendi et faciendi super singulis ordinacionibus premissis et
omnibus et singulis que concernunt visitationem, correctionem, et
salubrem ac laudabilem statum predictarum sororum, tociens
quociens nobis videbitur expedire, et etiam omnem aliam potestatem et auctoritatem in premissis litteris apostolicis nobis concessam, de quibus omnibus solemniter protestamur ; non intendentes
in aliquo derogare juridictioni et potestati ordinarie reverendi in
Christo patris domini episcopi Avinionensis, cui dicte sorores sunt

de jure communi immediate subjecte ; requirentes inde fieri publicum instrumentum per te notarium, in presentia testium etc. (1)

---

(1) Le texte de 1539 contient les adjonctions suivantes :

DE COLLOQUIO.

Item statuimus et ordinamus auctoritate qua supra quod due aut una ipsarum, si due non possint adesse, sint semper presentes in colloquiis per sorores repentitas faciendis, et quod dicta missa major[e], sorores repentite possint loqui ad dictas cratas cum personis honestis usque ad horam prandii et post dormitionem usque ad vesperas.

QUOD NULLUS INTRET.

Idem statuimus et ordinamus ut nullus cujus cumque status, gradus, ordinis vel conditionis existat, intret dictam domum, videlicet portam tertiam dicte domus prope rotam, nisi in casu necessitatis, et quelibet soror non sit ausa vocare aliam nisi suo nomine proprio, videlicet soror Bartholomea de Rupemaura, et sic de aliis.

Et hec sufficiant pro nunc quousque alia ordinentur per nos.

Predictaque capitula et omnia et singula in eis contenta, ut ipse sorores delato mundo et carnis crapula ejecte, in obedientia, paupertate, patienta, simplicitate, verecundia, pace et sapientia spiritus sancti reducte, de bono in melius valeant proficsci, et ferventius in dei amore animentur, pro salute animarum suarum et totius domus doctrina, per te, notarium infrascriptum, in repertorio predicto sororibus infrascriptis presentibus, et ad sonum campane, ut supra dictum est, congregatis, legi et publicari mandamus, et illa in publicam formam poni et transcribi ad perpetuam rei memoriam.

II. — Statuts de la Maison des Repenties de Saincte Marie-Magdelaine ou de Notre-Dame des Miracles.

TRADUCTION FRANÇAISE DU XVᵐᵉ SIÈCLE

S'ENSUIVENT LES STATUTZ ET ORDONNANCES DU PRESENT MONASTE-RE DES SEURS REPENTIES DE SAINCTE MARIE MAGDELAINE DE MIRA-CLES DE CESTE CITE D'AVIGNON, EXTRAICTS DE LEUR PROPRE ORIGI-NAL DE JADIZ, FAICTZ, STATUEZ ET ORDONNEZ PAR VENERABLES ET RELIGIEUSES PERSONNES HELIAS DE SERTIS, PRIEUR DU MONASTERE DE VALLEE DE BENEDICTION DE VILLENEUSVE, DE L'ORDRE DES CHAR-TREUX, DIOCESE DUDICT AVIGNON, DURAND ANDRE, PREVOST DE L'EGLISE D'APT, ET GUILLAUME D'ENTREGELLEES, RELIGIEUX PROFES DE L'ORDRE DES FRERES MINEURS, DEPUTES COMMISSAIRES VISITEURS ET REFORMATEURS DUDICT MONASTERE PAR FEU DE BONNE MEMOIRE PAPE GREGOIRE XI, COMME APPERT PAR QUATRE LETTRS SIVE BULLES APOSTOLICQUE DONNEE AUDIT AVIGNON PAR LEDICT PAPE GREGOIRE, ET PAR INSTRUMENT PUBLIC SUR CE RECEU PAR MESSIRE PIERRE FABRE, NOTAIRE APOSTOLIQUE AUDICT AVIGNON LE XIIIᵉ JOUR DE DE-CEMBRE 1376.

CHAPITRE I

DU NOM DUDICT MONASTÈRE
ET COMMENT LES SŒURS D'ICELLUY S'APPELLERONT.

Premièrement ordonnons et statuons que le lieu dudict monastè-re s'appellera la maison des seurs repenties de saincte Marte-Mag-delaine de Miracles, et que lesdictes Repenties s'apelleront seurs avec leur propre nom comme seur Jehanne, seur Marguerite et ainsi des aultres.

QUELLES FEMMES ET COMMENT ELLES DOYVENT ESTRE RECEUES AUDICT MONASTÈRE.

Item statuons et et ordonnons qui doresenavant ne seront re-ceues audict monastere fors seullement jeune femmes de l'eage de 25 ans, qui en leur jeunesse auront estées lubriques, et que par leur beaulté et formosité pourroient encores estre par fragillité mondaines promptes et inclinées à volupté mondaine, et induire et attirer à ce totallement les hommes. Aussy y pourront estre receues aultres femmes pour seurs en ladicte maison, ainsi que mieulx on advisera selon la faculté et puissance dudict couvent. Et une d'icelles seurs ou aultres suffisante mectre et instituer pour gouvernante de la dicte maison avec les quinze religieuses dudict couvant icy après nommées. Laquelle réception ne se pourra faire sans le consentement et bon vouloir des gouvernante et prioresse et de la plus grant partie desdictes quinze seurs, après avoir premièrement prouvé et expérimenté par huict ou dix jours celle qu'on vouldra recepvoir, pour sçavoir et entendre si à ce faire le bon esprit la meult, et si elle sera entièrement humble et obéissante à porter fais et discipline des aultres seurs ; et que durant le temps de huict ou dix jours on se informera deuement d'elle en la faisant instruire et admonester par le confesseur desdictes seurs et par lesdictes gouvernante et prioresse à faire pénitence et à apprendre bonnes meurs et condicions. Et si alors on la treuve constante et en ferme propos de persévérer ès sainctes exhortations et admonitions qu'on luy aura faictes, qu'elle soit receue et mise au cloistre avec les aultres seurs.

CHAPITRE SECOND

COMMENT LA FEMME QUI VOULDRA ESTRE RECEUE DEMANDERA HUMBLEMENT ET A GENOULX ESTRE RECEUE.

Item que neulle femme estant à genoulx devant la gouvernante et prioresse et les aultres seurs demandera et requerra en grant révérence et humilité estre receue pour chamberière et servante d'icelles ; ce que par ladicte gouvernante, et en son absence par la prioresse, luy sera accordé en disant. De l'auctorité de mon office, et du consentement de la prioresse et de la plus grant partie ou de toutes les seurs de ceste maison, je te reçoy pour chamberière et seur de ceste communaulté, et te assemble et fais participante à la compaignie, congrégation et assemblées d'icelles ». Après cella faict, ladicte femme sera quant et quant receue des aultres seurs par un sainct baiser. Et après estre despoillée des vestementz laiz, sera par ladicte gouvernante et prioresse, ou par toutes deux ensemble, vestue de nouveaulx habiz et voillée comme les aultres seurs. Et après sera dévotement chantée la messe du sainct esperit ;

et ladicte messe finie sera chanté l'hymne *Veni creator spiritus* ; et
à la fin le prebstre qui aura dicte la dicte messe dira le verset : *Confirma hoc Deus* etc... avec les oraisons du sainct esperit, de notre
dame et de la Magdelaine. Et après toutes ces choses faictes et
acomplies, la dicte femme ainsi receue promectra garder perpétuellement en toutes choses licites et honnestes obédience a la gouvernante et prioresse, ensemble chasteté avec bon et ferme propos
de desmourer tant qu'elle vivra audict monastère.

LA PROMESSE QUE FERA LA FEMME QUI SERA RECEUE.

Moy seur N. promectz à Dieu, à la glorieuse Vierge Marie, à
saincte Marie Magdelaine, à tous les saincts de paradis, et à vous
mes mères spirituelles les gouvernante et prioresse de ceste maison
garder obédience et mon corps en chasteté, avec ferme propoz et
bonne volanté de demourer toute ma vie en la compagnie des
seurs, ensemble à garder et observer de tout mon pouvoir les
statutz et ordonnances de ce couvent faictz et à faire par mes supérieurs tant comme je vivray.

A ce jour mesme sera baillé à la dicte femme pour maistresse
aulcunes des seurs qui soit saige, discrète et prudente pour l'instruire, enseigner, informer en bonnes meurs et vertuz de science
et observance régulière.

Et des joyaulx, bagues, argent et vestementz qu'elle aura, soit
retenu seullement ce qui sera nécessaire pour son entrée, à la disposition et volunté desdictes gouvernante et prioresse, ayant sur ce
eu premièrement le conseil, advis et oppinion de leur confesseur et
chappelain. Et le reste soit baillé et applicqué à l'enfermerie dudict
couvent, et tous les travaulx et gains qui se feront par lesdictes
religieuses reccues soit appliquez au commun de la dicte maison.

Toutes manières de nonaines et femmes mariées ne seront et ne
pourront aulcunement estre receues en la compagnie et congrégation desdictes seurs. Quant aux aultres femmes qui vouldront estre
audict couvent, elle se donneront ensemble leurs biens audict couvent, ainsi qu'il est acoustumé de faire aux aultres couventz.

Et au dict couvent ne seront de nombre que quinze religieuses,
et quant une mourra qu'on y mecte une aultre, si la faculté dudict
couvent le porte ; aultrement sera à la discretion desdictes
seurs (1).

(1) Ce paragraphe n'existe pas dans les statuts de 1376.

LE TIERS CHAPPITRE
DES OFFICES DESDICTES SEURS

Item statuons et ordonnons que audict couvent de seurs repenties
soit toujours une gouvernante, prinse et esleue de l'une desdictes
seurs ou bien des aultres femmes séculières, qui soit prudente, saige et honneste, de bonne vie, bonne renommée et conversation,
et que soit vigilante et bien adroicte es choses temporelles ; à laquelle sera et appartiendra la totale disposition et administratton
de la maison, ensemble de la provision deue et honneste qu'il sera
besoing faire touchant la vie commune desdictes seurs selon leur
faculté et revenu. A laquelle gouvernante toutes et chacunes desdictes seront tenues de obeyr en choses toutteffoys licites et honnestes. Et luy seront données pour aides deux des seurs saiges, discrètes et fidelles, qui seront procureuses desdictes seurs ; du conseil
desquelles, et de la prioresse et subprioresse, ladicte gouvernante
usera en toutes choses qui concerneront son office. Et auront lesdictes gouvernantes et procureuses ung coffre, sive caisse commune, avec chacune une clef, en laquelle caisse sera mis tout le revenu pécuniaire de ladicte maison et tous les proffictz, gains, aulmosnes et dons desdictes seurs, en manière que du receu et despendu
lesdictes gouvernantes et procureuses seront tenues rendre compte
et raison quatre foys l'année : c'est assavoir, es moys de janvier,
avril, juillet et octobre ; ensemble du fruict des vignes, loz et rantes d'anonne, ou aultre grain, et des aulmosnes qui seront baillées
pour ladicte maison ausdictes prioresse et subprioresse, présentes
à ladicte reddition quatre des aultres seurs avec le procureur de
ladicte maison que aux choses dessusdictes sera spécialement (1) député.

DE L'ÉLECTION DE LA GOUVERNANTE ; DE LA VIE, HABIT ET CONVERSATION
D'ICELLE, ET DE LA CHARGE QU'ELLE DOIT AVOIR ; ENSEMBLE DES PRO-
CUREUSES DU COUVENT.

Item voulons et ordonnons que si ladicte gouvernante n'est prinse et esleue de la communité desdictes seurs, qu'elle donne soy et
ses biens audict monastère et seurs d'icelluy, et soit avec elles conforme en habit et manière de vivre sainctement. De l'élection de

(1) Le ms. portait *spirituellement* ; on a postérieurement biffé et remplacé par
spécialement.

laquelle soit faict instrument, comme de droict se doit faire, (1) et
après soit confirmée par révérend père en dieu monsieur l'Evesque
d'Avignon. Et s'il advenoit que ladicte gouvernante ne fust suffisante à la commune utillité, régime et administration desdictes seurs,
qu'on la puise déposer et desmectre dudit office de gouvernante, et
en son lieu y en mectre et depputer une aultre à la volunté et disposition de mondict seigneur l'Evesque d'Avignon quand de ce faire
sera requis par lesdictes seurs.

Et quant aux procureuses, qu'elles soient toujours esleues par
lesdictes seurs à exercer ledict office certain temps ainsi que par
l'oppinion et bon advis de la plus grant partie desdictes seurs sera
veu estre nécessaire et expédient. Et que toutes celles qui seront
esleues à aulcun office soyent du corps de ladicte maison et couvent, sans jamais en prendre ne élire une aultre qui ne soit de ladicte communité desdictes seurs.

DE LA PRIORESSE ET DE CE QU'ELLE DOIT FAIRE

Item statuons et ordonnons que audict monastère soit une prioresse esleue et prinse de l'une desdictes seurs ; l'office et charge de
laquelle sera de ordonner, punir et corriger lesdictes seurs, lesquelles seront tenues luy obeir entièrement. Et la gouvernante pour
raison de son office sera tenue luy donner conseil, port (2), aide et
faveur. Et durera l'office de la prioresse jusques à certain temps.
Mais si elle se porte bien et louablement audict office, qu'elle y
puisse demourer juxte la voulanté et consentiment de ladicte gouvernante ensemble du conseil et volunté (3).

De mon dict seigneur l'Evesque d'Avignon auquel appartient de
droict ordinaire la cure et correction desdictes seurs.

Sera tenue aussi ladicte prioresse tous les soirs, au commancement de la nuyct, regarder et visiter soigneusement toutes et
chascunes les chambres desdictes seurs avec la subprioresse en sa
compaignie. Et si l'une d'icelles n'y peult vacquer, soit surrogé en
sa place celle qui porte les clefz du couvent.

---

(1) Le ms. porte: *l'élection de laquelle soit faict instrument et sainctement
comme de droict...*

(2) *Port* (sic) ; postérieurement on a corrigé en marge : *suport.*

(3) Une omission du copiste ou du traducteur dénature ce passage : confer avec
le texte latin : *de officio priorisse,* page 109.

DE L'INSTITUTION DE LA SUBPRIORESSE ET DE SA CHARGE.

·Item statuons et ordonnons que lesdictes gouvernante et prioresse facent et instituent, avec le conseil et advis de quatre seurs qui à cella et aux aultres offices seront ordonnées et spécialement députées, une subprioresse laquelle en l'absence de la prioresse aura autant d'octaurité et pouvoir que ladicte prioresse.

DE L'ÉLECTION DE LA SECRETENE
ET DE LA CHARGE QU'ELLE AURA A FAIRE EN SON OFFICE.

Item la secretene sera esleue d'une et discrète seur ; l'office de laquelle sera sonner la cloche à toutes les heures, réveiller et appeler les seurs à matines, à prime, et à none en temps d'esté ; garder les livres et ornemens de l'église, desquels elle aura l'inventoire pour en rendre compte et raison toutesfoys et quantes qu'elle en sera requise ; allumera aussi les troys lampes et chandelles de l'église, et recevra les chandelles et oblations et offrandes d'argent pour supporter les charges de son dict office dont elle rendra bon compte et raison comme ladicte gouvernante est tenue rendre de son office. Et si lesdictes oblations n'estoient suffisantes pour fournir et supporter les charges de son dict office, et ladicte gouvernante luy aidera. Et généralement fera ladicte secretene tout ce qu'il appartient de faire à tel office que le sien. Vray est que s'il y a en l'église aulcuns joyaulx précieux, ilz seront mis en bonne et seure garde, à la disposition et ordonnance desdictes gouvernantes et prioresse.

DE LA CELEYRIÈRE ET BOTEILLIÈRE.

Item sera institué aulcune desdictes seurs que l'on saura estre prudente, sobre, tempérée et fidelle pour avoir la cure et administration du vin suivant l'ordonnance desdictes gouvernantes, prioresse et seurs ; et sera nommée la celerière, et demourera audict office à la volunté et disposition des dessusdictes (1), et baillera feullette de vin pour chescun jour à chascune religieuse sans plus ; encores sera veu si la faculté dudict couvent le pourra supporter et maintenir.

DE LA RÉFECTORIÈRE SIVE DESPENCIÈRE.

Semblablement feront d'une des aultres seurs, qui aura la cure et administration du pain ; laquelle mectra par ordre le refectoer,

---

(1) La fin de ce paragraphe n'existe pas dans les statuts de 1376.

et s'appellera la réfectorière despencière. Et par ainsi ces deux
seurs en leur office serviront et administreront le disner et soupper aux seurs (1) juxte la faculté dudit couvent, pour chascune
seur la valeur de ung patac tournoys pour pitance, et la régente et
prioresse pour chascune ung liard ; quant au pain sera juxte les
facultés et revenues du couvent et ordonnance de la dicte régente
et prioresse.

DE L'ENFERMIÈRE ET DE CE QU'ELLE AURA A FAIRE

Item ordonnons et assignons pour la commune subvention et aide des seurs qui tumberont en maladie tout le revenu de la chapelle de Notre-Dame de Espéranse ; lequel revenu sera receu et
gardé par la prioresse et subprioresse pour en despendre honnestement et licitement pour lesdictes seurs malades selon la nécessité
et le conseil du médecin d'icelles. Lequel médecin aura pension
annuelle qui luy sera payée par lesdictes prioresse et subprioresse,
lesquelles auront une caisse avec deux clefz, en laquelle sera mis
ledict revenu et aultres aulmosnes et gaing qui seront donnés à
l'enfermerie, affin de le garder et conserver fidellement pour en
faire les provisions nécessaires, assavoir est d'amandes, d'avenat,
d'orge, de prunes seiches, vin de pommes grenades, d'huilles, et
eaues, et aultres choses nécessaires et convenable d'avoir par l'advis et conseil de leur médecin. Lesquelles provisions pour mieulx
les conserver et garder seront mises en ung lieu seur et à ce pro-
pice pour s'en aider et servir en ladicte enfermerie. En laquelle
sera une seur eleue pour servir et administrer les malades ; et pour
ce faire luy seront baillées et délivrées les provisions dessusdictes
quant la nécessité y escherra, et sera appelée l'enfermière. Et si cas
est qu'il y eust plusieurs seurs mallades, lui sera donné aide des
aultres seurs selon la nécessité occurrente.

DE LA CUISINE ET CUISINIÈRE

Item que deux seurs par chacune sepmaine feront la cuisine successivement et par ordre et chacune son tour. Et que de ce faire
soyent exemptes et excluses les seurs qui ont offices distinctz, et les
deux choristes ou chanteresses qui ont à faire, [et] à ordonné l'office divin.

---

(1) Ce qui suit est postérieur aux statuts de 1376.

DE CELLE QUI GARDERA ET PORTERA LES CLEFZ DE JOUR

Item soit député une qui tiendra les clefz des portes, ainsi qu'il luy sera ordonné par lesdictes seurs ; et que tous les soirs elle rende et baille lesdictes clefz à la gouvernante et [en] son absence à la prioresse. Laquelle prioresse aura sur ce spécialement soing et cure ; et les clefz [qui] seront dupliquées, c'est-à-dire qu'il y en aura deux semblables pour les portes du dortoer, la dicte prioresse les tiendra tousjours rière soy.

DES PORTIÈRES

Item deux portières, l'une pour servir dedans, et l'aultre pour servir dehors, qui facent leur office diligemment et saigement ; lesquelles oyront les personnes qui viendront à la roue, et verront ce qu'on mectra dedans ladicte roue, et qu'on en sortira, pour en faire fidelle relation à ladicte prioresse sur peyne de prison. Et seront lesdictes portières indifférentes à la commune consolation desdictes seurs.

DE CELLES QUI RECEPVRONT LES AULMOSNES

Item seront députées deux anciennes et fidelles seurs qui recevront les aulmosnes pour d'icelles rendre et bailler compte à la gouvernante, et serviront communement et indifferemment lesdictes seurs en leurs nécessités. Et soyent bien advisées lesdictes anciennes seurs que, des choses qui faudra vendre ou acheter, ne donner à personne quicunqz soit oultre la valeur de XII deniers qu'elles en ayent licence et permission de la prioresse. De lectres, parolles, joyaulx ni aultres choses qu'il vouldroit donner ou dire de la part desdictes seurs, qu'on ne les puissent ne doyvent porter aulcunes lettres, ne faulx rapportz, ne dire à personne de quelqz estat et condition qu'il soit, sans avoir premièrement licence de ladicte prioresse. Ne de la part aussi d'aultres personnes porter, ne dire ausdictes seurs, sans premièrement les avoir manifestées à ladicte prioresse, sur peyne d'excomuniement. Non obstant lequel excomuniement, qui fera le contraire sera emprisonné à la volanté et arbitre de ladicte régente et prioresse.

DE LA PREMIÈRE PORTE DU COUVENT

A la première porte soit ung homme viel, discret et fidelle qui achète la pitance pour la communité desdictes seurs, et assiste aux venans entrans par la dicte première porte, et viendra à la roue

toutes foys et quantes qui sera besoing pour le commun service desdictes seurs. Et pourra aussi entrer (1) par la porte du cloistre et
aultres licites et honnestes selon la nécessité occurente à l'arbitre
et volunté de la gouvernante et prioresse avec l'une desquelle sera
toujours une seur présente. Lequel homme ne fera dedans aulcune
demoure, ny boira, ne mangera, ains en sortira le plus tost qui
possible sera.

LE QUATRIESME CHAPPITRE.

DE LA QUALITÉ DES VESTEMENS, ET CONVERSATION DESDICTES SEURS.

Item statuons et ordonnons que les robes et vestemens desdictes
seurs soyent uniformes et honnestes, assavoir est non estroictz, ne
difficilles à vestir, de drap blanc non délicat ne précieux. Le manteau ou cappe de drap noir, sans fourrure de panes blanches dé-
liées, ne de bestes saulvaiges ; et ce tant aux robes qui aux man-
teaux, et soyent voylées en la manière d'honnestes femmes veusves. Les voyles soyent médiocres et honnestes sans nulle curiosité
ne précosité. Affin que par l'honnesteté extérieure puisse reluire
leur intrinsèque purité, pour estre exemple de bonne vie. A l'observance desquelles choses soyent contrainctes par ladicte gouvernante et prioresse sur les peynes deues aux désobeissantes et
rebelles. Quoy non obstant soyent privées des choses dessusdictes
pour icelles appliquées à l'enfermerie. Et soyent les choses dessus
mentionnées fermement et inviolablement observées et gardées sus
peyne de prison.

DES VESTEMENTS, DRAPS, VOILLES, SOULIERS ET AULTRES CHOSES QUI
SERONT DONNÉES AUSDICTES SEURS OU BIEN QU'ELLES FERONT ACHE-
TER.

Voulons aussi et ordonnons que si l'on donne quelqz draps à
aulcune desdictes seurs ou bien qu'elle le face acheter, qu'elle n'en
puisse point faire faire nulles robes ne vestementz que premièrement lesdictes gouvernantes et prioresse ne l'ayent veu, pour avoir
sur ce leur vouloir et consentiment si ladicte seur en fera faire lesdictz habillemens ou non. Le semblable feront chescune desdictes

_____

(1) Le ms. porte : *entour* au lieu d'*entrer*.

seurs, tant des toiles que de leurs souliers. Pour l'acompliment et observance desquelles choses nous en chargerons la conscience desdictes gouvernante et prioresse.

DE LA CONVERSATION ET MANIÈRE DE VIVRE DESDICTS SEURS

La conversation et vie desdictes seurs soit humble et honneste, louable et de bon exemple, pacifique, pleine de charité et modestie, non voluptueuse, non superbe, vagante ne ocieuse. Ains mutuellement se exercitent à faire vraye pénitence en louenges divins, en vigilles, oraisons, abstinences et labeurs manuels licites et honnestes pour subvenir à leurs nécessités et besoing du commun et icelles supporter, sans toutes foys laisser pour ce les heures députées à l'office divin. Celles néantmoins qui sont disposées pour apprendre, vacquent aux leçons de saincte escripture de matin après la messe jusques à heure de tierce, et de l'heure de nonne jusques à l'heure de vespres.

DE NE SORTIR HORS LA PORTE ET CLOSTURE DU COUVENT ET DE LA PEYNE DE CELLES QUI FERONT LE CONTRAIRE.

Item statuons et ordonnons que la prioresse et aultres seurs ne sortent point hors la porte du cloistre près de la roue sans avoir nostre spécialle licence, sur peine d'excomuniement, et qui fera le contraire, d'estre mys en prison l'espace d'ung moys. Si ladicte prioresse ou seurs sortent hors de la croistre (*sic*) de ladicte maison et couvent, soyent excomuniées et mises en prison perpétuelle. Remectant toutes foys ceste peyne pour estre modérée à Monseigneur l'Evesque d'Avignon et à la gouvernante et prioresse.

Bien donnons licence à ladicte gouvernante de sortir hors les dictes portes et clostures pour les négoces et affaires de ladicte maison, et mesmement pour ceulx qui sans sa présence ne peuvent estre bonnement expédiées conduictz ne parachivés, et ce à l'arbitre et conseil du procureur et procureuses desdictes gouvernantes et prioresse ensemble des seurs qu'on cognoistra estre discretes, ayant en sa compaignie une sœur morigée et mature ou une donnée dudict couvent avec le procureur. Et en son absence ou aultre empeschement notable et de conséquence, la prioresse le pourra faire le semblable. Les femmes qui se seront données et les quistantes pourront sortir et aller ès lieux licites et honnestes à l'arbitre et volunté de ladicte gouvernante et en son absence de ladicte prioresse. Les aultres seurs non suspectes ou qui sont desja meures et anciennes, si la nécessité se offre, pourront aussi sortir moyennant le bon plaisir et volunté de Monseigneur l'arcevesqz d'Avignon et non aultrement.

LE CINQUIESME CHAPPITRE

TOUCHANT L'OFFICE DIVIN ET DISCIPLINE DE CHANTER

Quant les seurs seront seuffisamment aprinses et endoctrinées facent le divin office à l'usaige de l'église de Romme, lequel elles diront dévotement et distinctement, faisant deuement les pauses au millieu du,verset et à la fin, et ce sans rire aulcunement, ne faire mine ou dissolution folle. Pour lequel office faire toutes les seurs viendront à l'église au temps et heure ordonnée après que la cloche aura esté sonnée par la secretene. Et de ce seront exemptes les seurs mallades et celles qui seront occupées es offices qui leur auront esté commis et baillés.

DE LA MESSE CONVENTUELLE

La Messe conventuelle se dira les jours fériés et aux simples festes, à soleil levant, incontinent après prime ; et les jours des dimenches et festes solennelles, après qu'on aura dict tierce, et sexte après la messe. Au temps de jeune, nonne se dira toujours devant disner. Et despuis pasques jusques à la exaltation de saincte croix, se dira après qu'on aura dormi. Et de ladicte feste de saincte croix jusques à pasques, se dira après disner excepté les jours de jeune.

Vespres se diront à heure compétente et complies à soleil couchant. La messe ensemble vespres complies et les aultres heures, les dimenches et festes, se diront toujours à haulte voix et en chantent ; les aultres jours, se diront planièrement, devotement et distinctement, et l'office de nostre Dame et de mors. Et à la fin des heures diront toujours, après *Pater noster, Salve regina* à voix basse, et le verset *Ora pro nobis* etc., avec l'oraison *Interveniat* etc., ensemble l'oraison des anges pour la paix et pour nostre sainct père le pape. Après matines la messe et vespres tant seulement se dira tousjours en chantant l'antiphone de la Marie-Magdelaine, *O apostolorum apostola* avec l'oraison suivante ; et les jours de festes et du sabmedi, après complies se dira *Salve Regina*, le verset *Ave Maria* etc., l'oraison *omnipotens sempiterne deus qui gloriose virginis matres Maria,* etc. Les aultres jours on dira *Ave regina celorum,* et despuis Pasques jusques à l'Ascension *Regina cœli letare* etc.

DE NE SORTIR HORS DE L'ÉGLISE QUAND L'OFFICE SE DIRA.

Quant les seurs seront à l'office ne sortiront point de l'église sans la licence de la prioresse et subprioresse. Et celles qui sans cause légitime seront absentes et ne viendront à l'office à heure deue, seront punies par ladicte prioresse ou subprioresse.

DE CE QUE AURONT A DIRE LES SEURS QUI NE SCAURONT LIRE, ET DE CELLES QUI NE SERONT A L'HEURE SOUFFISANTE A FAIRE L'OFFICE.

Les seurs qui seront données audict couvent, et [celles qui] ignoreront les lectres, diront pour matines xxv *pater noster* et aultant *ave maria ;* pour la messe, aultant ; et pour vespres, douze ; et pour toutes les aultres heures sept *pater noster* et aultant *ave maria.*

Et les seurs qui ne seront encores souffisantes à faire l'office seront tenues dire l'office nostre dame et de mors, et après matines et complies, les sept pseaulmes avec les letanies et oraisons après suivantes ; et après lesdictes heures, vacquer en dévotion et oraison l'espace d'une heure. Et les jours de dimanches et festes le mieulx qu'elles sçauront faire ordonneront l'office de Noste-Dame à toutes les heures et *ad magnificat,* sans oublier les heures de la Magdelaine.

QUELLES MESSES SE DIRONT DURANT LA SEPMAINE ET DE OBSERVER L'ORDONNANCE DU LIVRE DES ANNIVERSAIRES.

Item chascune sepmaine le jour du lundi, si ce jour n'est feste solennelle, se dira une messe de mors à note ; et ung aultre jour opportune, se dira une messe de la Marie-Magdeleine ; et ung aultre jour en suivant, de Nostre-Dame selon l'ordonnance du confesseur desdictes seurs; excepté en temps de caresme que lesdictes messes se diront ou se laisseront à la disposition des confesseur ou procureur. Et que en tout se observe les ordonnances [faites] per ceulx qui ont laissé leurs personnes et biens en ce monastère, ainsi qu'il est contenu au livre des anniversaires.

DES CÉRÉMONIES QUE AURONT A FAIRE LES SEURS AU SERVICE DIVIN.

Les inclinations de la teste et genuflections que les seurs doyvent faire, et quand doyvent estre assises, droictes ou inclinées devant le divin office et la messe, soyent aprinses et informées selon l'ordonnance romaine par leur confesseur.

LE VI CHAPPITRE

EST DU JEUNE, ABSTINENCE, VIE COMMUNE
ET MANIERE DE DORMIR.

Toutes les seurs jeuneront et observeront les jeunes ordonnés par l'église. L'avent, le vendredi et la vigile sainct Michel archange, jeuneront avec viande de caresme. Les vigiles de Nostre-Dame, de la Marie-Magdelaine, et le vendredi sainct, jeuneront en pain et eaue. Le mercredi, et vendredi, le sabmedi se abstiendront totallement de ma[n]ger chair. Toutesfoys avec celles qui seront débiles et malades, et que la qualité du temps et l'eage les excusera, sera sur cela dispensée par la gouvernante et prioresse à la charge de leur conscience.

Les aultres jours, lesdictes mangeront seulement deux foys le jour, c'est assavoir à disner et à soupper au refectouer avec silence sans aulcune parolle. Durant lesquelz disner et soupper sera leu continuellement quelqz leçon de la saincte escripture. Et après le disner iront deux à deux en l'église rendre graces en chantant humblement et dévotement.

DE LA BÉNÉDICTION ET ACTION DE GRACE TANT AU DISNER QUE AU SOUPPER.

La seur qui sera ebdomadière et qui aura commancé l'office en l'église donnera la bénédiction à la table au commancement du repas et rendra graces à la fin ; au soupper graces se rendront au refectouer suivant l'ordonnance romaine.

DES PROVISIONS QU'AURONT A FAIRE LES GOUVERNANTE ET PROCUREUSES, TANT POUR LE DYMANCHE FESTES SOLENNELLES QUE POUR AULCUNS JOURS DE LA SEPMAINE.

Les Gouvernante et procureuses, ainsi que dict est dessus, pourvoyeront ausdictes seurs de pain et de vin, et moderement de chair pour leur pitance des dymanches et festes solennelles ensemble du lundi, mardi et jeudi ; et pour le mercredi, vendredi et sabmedi, de poisson ; et en deffault dudict poisson, de froumaige et d'œufz selon la faculté et puissance dudict couvent ; à tout le moins un patac pour religieuse ; et pour la régente et prioresse, ung liard pour chascune ; le tout avec le conseil des seurs discrètes et régente et prioresse.

DU CONTENTEMENT QUE AURONT LES SEURS DE LEUR BOYRE ET MANGER, DE NE APPROPRIER (1) POUR ICELLES NULLE VICTUAILLE, DE ÉVITER SURTOUT SURPERFLUITÉ DE BOYRE ET DE MANGER, ET AUSSI DE NE BOIRE ET NE MANGER AU DORTOER SIVE DORMITOIRE, SUR PEYNE D'EXCOMUNIMENT.

De telle vie sobre, honneste et modérée se contenteront lesdictes seurs. Et de ce que restera de leur repas, sera gardé et levé par la cèlerière ou despencière. Et nulle seur ne se appropriera, ne retiendra aulcune chose que luy soit donnée pour manger sur la peyne cy dessoubz escripte. Et de ce, ladicte gouvernante aura la cure et solicitude, et en son absence la prioresse.

Et sur toutes choses lesdictes seurs éviteront ébriété, superfluité et vie desordonnée, et se garderont de boyre, ne manger au dortouer ni à leurs chambres. Et celles qui feront le contraire seront griesvement punies, oultre l'excommuniement.

DES JOURS DE JEUNE.

Les jours de jeune lesdictes seurs disneront à heure de nonne, et feront collation au refectouer après la première sonnée de complies ; et aultre temps disneront après qu'on aura dict sexte, et soupperont après vespres. Et celles qui auront office, si elles seront occupées, pourront soupper après complies.

COMMENT ET EN QUEL LIEU LES SEURS DORMIRONT.

Lesdictes seurs dormiront vestues d'une robbe et sur le solier, ainsi qu'il sera advisé par la gouvernante et prioresse, à la coustume des aultres dames du monastère. Et si elles dorment nues et deux ensemble, encourront les peynes cy dessoubz escriptes.

LE VII CHAPPITRE

EST DE TENIR SILENCE ; ET EN QUEL TEMPS, ET COMMENT, ET AVEC QUELLES PERSONNES LES SEURS PARLERONT ET DES PERSONNES QUI POURRONT ENTRER A ELLES.

Les dictes seurs se abstiendront de toutes parolles illicites et deshonnestes, de blasphèmes, d'opprobes, de murmurations, détractions, mensonges, parjures, juremens, injures, crieries et rumeurs quelzconques ; ains tiendront tousjours silence depuis l'heure de complies et faict le signe de la cloche par la sacretaine

---

(1) Le ms. porte : *Apper*. On a écrit plus tard en surcharge : *Aproprier*.

jusques à la première heure qu'on retournera sonner la cloche le jour ensuivant, à l'arbitre de la gouvernante et prioresse. Tiendront pareillement silence au cueur quand on dira le divin office ; au refectouer en disnant et souppant ; et despuis pasques jusques à l'exaltation de la croix faict le signe de ladicte cloche après disner jusques à nonne. Aux aultres lieux et temps pourront parler ensemble licitement et honnestement.

A la roue toutesfoys et à la grant grille pourront parler aux honnestes femmes ; pareillement avec leur confesseur, leur procureur, avec la portière, aussi avec homme de leur parentaige et affinité, et aux messaigiers qui leurs seront envoyés, présent à ce et oyant la gouvernante ou la prioresse ; et non point aultrement. Et sur ce la peyne cy dessoubz escripte et déclairée.

Du parler avec aultres hommes quilz qu'ilz soyent et mesmement à ceux avec lesquelz auront aultreffoys heu familiarité et conversation et qu'elles feront spécialement venir à la petite grille où elles ont acoustume se confesser : ceste manière de parler leur interdisons et deffendons totellement sur peyne d'excomunication, et de manger du pain et d'eaue au soulier du réfectouer ; remettant toutesfoys à la discrétion et sur la conscience de la gouvernante et de la prioresse. Si d'avanture aussi l'homme qui vouldra parler avec lesdictes seurs est notable et honneste, et qui par dévotion et salut de leurs âmes, ou pour faire quelqz aulmosne, leur vouldra parler, cela advenant, pourront parler, présentes à ce, comme dict est, les gouvernante et prioresse, ou deux aultres seurs honnestes et bien approuvées. Toutesfoys le procureur desdictes seurs et aultres gentz qui auront charge de leur affaire pourront parler à la dicte gouvernante et prioresse et à leurs procureuses, quand la nécessité y escherra, pourveu qu'elles soyent tousjours accompaignées.

Si ne voullons nous que telle collocution et parler ne se faisce point à la grille quand le divin service se dira, ne devant la messe, ne après soleil couché, se ce n'est par une grande et manifeste nécessité.

Femmes nobles, meures et honnestes pourront entrer et veoir lesdictes seurs pour leur consolation, et mesmement les jours des dimanches et festes commandées, à l'arbitre et volunté de ladicte gouvernante et prioresse, et les aultres jours aussi s'il est nécessaire.

Se doivent bien garde lesdictes seurs que, pour parler ainsi, l'office divin ne se laisse aulcunement, ny ne facent aulcune chose désordonnée, et mesmement avec femmes lascives et jeunes, et qu'elles ne les facent point entrer en leur dortouer sans licence de la gouvernante ou de la prioresse.

Quant aux hommes de quelqz ordre, estat et condition qu'ilz soyent, il leur est inhibé et deffendu l'entrée de la première porte du cloistre desdictes seurs sans spéciale licence de ceulx à qui il appartient donner telle permission, excepté le confesseur d'icelles quand la néoessité escherra de leur administrer le sainct sacrement, et à leur médecin quand seront malades, et aultres gentz pour leur manifestes nécessités, ainsi comme lesdictes gouvernante et prioresse verront estre expédient et nécessaire. Et quand il adviendra que aulcuns des dessusdictz entre dedans, que ladicte gouvernante et prioresse y soient ensemble deux seurs anciennes et discrètes.

Les confesseurs oyront les confessions des seurs malades en lieu patent et publicque, et accompaignés. Et que nul des dessusdictz présume ne ingère manger ne boyre avec elles sur les peynes desja diotes. Et s'il advient qu'elles donnent entrée à quelcun contre la présente ordonnance, après avoir estées deuement admonestées par ces présentes, maintenant comme pour lors, et lors comme pour maintenant, de l'auctorité apostolicque sont excomuniées d'excomunication majeure, réservant l'absolution de ladicte excomunication à ceulx qui auront pouvoir de la donner.

CHAPPITRE VIII

DES CONFESSEURS DESDICTES SEURS
ET DE CE QU'ILZ AURONT A FAIRE ENVERS LESDICTES SEURS

Item que lesdictes seurs ayent deux prestres séculiers discretz, saiges, meurs et honnestes pour confesseurs, ainsi que par nous leur sera ordonné et baillé, et non point d'aultres. Lesquelz confesseurs et ung chascun d'eulx auront licence, auctorité et puissance d'ouyr leurs confessions ensemble de leurs familiers, et de leur donner le bénéfice d'absolution des péchés qu'elles auront confessés, pourvu qu'ilz ne soyent telz qu'ilz soient réservés au sainct siège apostolicque ; et aussi de leur administrer les sacrementz ecclésiastiques toutesfoys et quantes qu'il en sera besoing. Et ouyront iceulx confesseurs lesdictes confessions à la petite grille par dehors, ormis et excepté quant lesdictes seurs seront malades. Et fini le temps de nostre puissance lesdictz confesseurs seront ordonnés par Monseigneur l'Arcevesqz d'Avignon.

Et seront tenues lesdictes seurs se confesser à toutes les festes solennelles, et [où] ne [se] ront nulle feste solennelle une fois le moys.

DE L'ADVENT ET DU CARESME

En l'advent et en caresme se confesseront une foys la sepmaine ; et avec grande et mure dévotion recepvoir le précieux sacrement de nostre Seigneur Dieu Jhesucrist selon l'ordonnance et conseil desdictz confesseurs, lesquelz instruiront et informeront lesdictes seurs en leurs dictes confessions en louables vérités et bonnes œuvres, et à ce exercer, et extirper toutz vices et péchés, les induisant fidellement et discrètement à observer et acomplir les choses contenues en les présens statutz et ordonnances avec toute humilité et patience. Lesquelles choses remectons à la charge et snr la conscience desdictz confesseurs.

DU CHAPPITRE ; COMMENT ET QUAND IL SE TIENDRA ; ET DES SPÉCIALES CHOSES QU'ON Y TRACTERA.

Item ladicte gouvernante tiendra chappitre toutes les sepmaines, c'est assavoir le vendredi avant que lesdictes seurs disnent ; auquel chappitre toutes lesdictes seurs seront tenues de comparoistre et venir. Et la prioresse tiendra ledict chappitre le lundi (1) et le mercredi. A tous lesquelz chappitres feront recommandations pour leurs bienfacteurs vivans et trépassés, et spécialement pour nostre sainct père le Pape, pour Monsieur d'Avignon, et généralement pour tout l'estat de Saincte Mère Eglise, et principalement pour l'estat et bonne conversation desdictes seurs ; aussi pour les âmes des trépassés, et singulièrement pour les âmes de ceulx qui ont fondé ledict lieu de Miracles, et pour ceulx qui leur donnent leur vie quothidienne. Pour tous lesquels prieront Dieu ainsi comme mieulx pourront et seront instruictes par leur confesseur qui les admonestera à bien deuement et dévotement faire le service divin, et à avoir mutuelle délection et paix entre elles, et à estre promptes

(1) Il semble qu'on ait corrigé ensuite : *Samedi.*

et diligentes à observer leur estat et conversation en bonne patience et action de graces.

. Lesquelles seurs diront là leurs coulpes et faultes, si aulcunes en auront commises ; pour lesquelles fautes et coulpes leur sera imposée et enjoincte les pénitences cy dessoubz escriptes et notées ; et aux aultres excès jouxte la qualité et quantité des délictz et selon la condition de la seur qui aura faicte et commise telle faulte, avec miséricorde et discrétion, ainsi que par la prioresse sera advisé, comme il est cy dessus déclairé, et ce en cela qui touche et appartient au régime régulier desdictes seurs.

Et si ladicte prioresse estoit négligente à leur donner lesdictes pénitences et trop facile à pardonner, que en ce cas ladicte prioresse porte les mesmes pénitences que seurs qui auroient commises telles faultes devroient porter ; et lui seront enjoinctes et imposées par la gouvernante. De toutes lesquelles choses nous enchargeons les consciences desdictes gouvernante et prioresse, auxquelles lesdictes seurs seront entièrement obéissantes, ayant mémoire et souvenance que pour acquérir le royaulme céleste elles se sont à toutes choses soubmises.

CHAPPITRE IX

DES PEYNES AUX SEURS QUI NE OBSERVERONT LES CHOSES CY DESSOUBZ ESCRIPTES.

Nous statuons et ordonnons que les seurs défaillantes pour les excès cy dessoubz nottés et escriptz encoriront les peynes cy après desclairées et escriptes.

POUR QUELLE CAUSE LES SEURS SERONT PUNIES DE [NE] BOYRE VIN A UNG REPAS.

Celles qui ne seront à l'office divin sans avoir juste et raisonnable cause, et mesmement à matines, la messe, vespres et complies, depuis le commancement jusques à la fin ; pour chascune desdictes heures se abstiendront de boyre vin et pitance pour chascune heure en ung repas. Et qui ne sera aux aultres heures, sera puny à l'arbitre de la prioresse de semblable peyne.

Item qui ne viendra au refectouer à heure deue pour disner et soupper, et aux jours de jeune à collation, et qui rompront le silence aux heures et lieux dessus désignés, incourriront semblable peyne. Toutesfoys avec les seurs anciennes et qui ne sont point vicieuses la prioresse pourra dispenser. Mais quant aux vicieuses, fault qu'elles soyent totallement corrigées et punyes sans dilation.

POUR QUELLE CAUSE LES SEURS MANGERONT DU PAIN ET BOIRONT DE L'EAUE ASSIZE EN TERRE DEVANT LES AULTRES SEURS.

Item celles qui crieront, et diront parolles illicites au temps et lieux dessusdictz, mangeront du pain et boyront de l'eaue en terre, devant toutes les seurs du couvent : celles qui au soir n'entreront au dortouer ou qui se coucheront nues ; et les seurs ayant offices si par leur deffault la communité ne se peult ordonner au disner et au soupper ; si la secretene, la portière et la quistante sont négligentes en leur office, incouriront semblables peynes. Celles aussi qui diront injures et obprobes aux aultres seurs, et qui mangeront et boyront aux chambres du dormitoire, et qui ne se asserront au refectouer le lon de leur ordre et place qu'on leur aura donné ; et celles qui ne vouldront apprendre ne dire leurs leçons, incourront semblable peyne, ou plus grande si le cas le requiert.

POUR QUELLES CAUSES LES SEURS SERONT EMPRISONNÉES.

Item celles qui blasphèmeront Dieu et la glorieuse Vierge Marie, et qui commectront larrecin, ou coucheront deux ensemble, et useront de familiarités, et qui se frapperont l'une et l'aultre, et qui faulcement imposeront quelqz crime l'une sur l'aultre, et seront rebelles et désobéissantes à la gouvernante et prioresse, et qui à la grille parleront aultrement qu'il est cy dessus déclairé, et qui envoieront ou recevront lectres avant que la prioresse les aye veues, ou donneront ou prendront aulcuns dons oultre la valeur de douze deniers sans la licence de la régente et prioresse, et qui seront convaincus d'estre parjures, seront emprisonnées à l'arbitre de ladicte gouvernante et prioresse avec le conseil des seurs discrètes dessusdictes. Ne voulant toutesfoys obliger lesdictes seurs à coulpe, sinon que en tant que leur propre malice, pertinacité et inobédience les induira à ce. De toutes lesquelles choses dessusdictes nous en chargeront les consciences desdictes gouvernante et prioresse.

DE EMPRISONNER, METTRE FERS ES PIEDS, ÉMANCIPER ET DONNER P[EYNE] AUX SEURS.

Item que lesdictes gouvernante et prioresse ou les aultres seurs en nulle façon et manière ne puissent emprisonner aulcune seur, ne mectre fers aux piedz, ou émanciper, sans premièrement en informer l'official de Monsieur l'Evesqz d'Avignon, pour avoir sur ce son conseil et advis, et pour ouyr les raisons de l'une et l'aultre partie. Aussi lesdictes gouvernante et prioresse ne pourront bailler aulcune peyne ausdictes seurs, que ce ne soit en chappitre, pour en la présence de toutes ordonner et déterminer de toutes peynes, pour donner à cognoistre qu'on ne faict point par vengence et hayne ou aultre malviolence.

CHAPPITRE X ET DARNIER.
DU PROCUREUR ET AULTRES SERVITEURS DE LADICTE GOUVERNANTE ET SEURS DESSUSDICTES.

Item que lesdictes seurs ayent deux procureurs spéciaulx pour donner ordre à leurs affaires : est assavoir ung qui soit prestre, discret et fidelle, qui lève et reçoyve les censes et services, ensemble les louages des maisons desdictes seurs, et le tout assigne et rende fidellement à ladicte gouvernante, les procureuses desdictes seurs présentes. Lequel procureur aidera à célébrer par son tour et dira les messes, et procurera tous les aultres affaires suivant l'ordonnance desdictes gouvernante et procureuses. Lequel procureur oultre la vie aura gaiges suivant l'ordonnance desdictes gouvernantes, prioresse et procureuses. Et quant au loz, ventes et trezenes, lesdictes gouvernante et procureurs les feront et recevront des propriétés qui se tiennent et viennent desdictes seurs et couvent et de ce en feront faire recougnoissance par le nouveau acheteur ; et ainsi faisant les droictz et services dudict couvent ne se perdra jamais.

Et pour ce faire auront ung grand livre de papier auquel tous les services, propriétés et confrontacions se escripront. Et auront une capse, sive ung coffre, avec deux clefz, desquelles l'une tiendra ladicte gouvernante, et l'aultre ledict procureur ; en laquelle capse ou coffre sera ledit livre et tous les instrumentz desdictes seurs pour iceulx conserver et garder. Et sera mis ledict coffre entre deux portes près de la roue. Et quand il sera besoing et nécessaire en tirer quelqz instrument, que ledict procureur l'escripve dedans ledict livre ou aillieur présens ladicte gouvernante et prioresse ; et après avoir faict et expédié ce pourquoy ledict instrument aura été mis hors ledict coffre, qu'il y soit retourné.

D'AVOIR AULTRE PROCUREUR POUR LA SOLLICI[TA]TION DES PROCÈS :

Item si lesdictes gouvernante et prioresse et procureuses cougnoissent et voyent qu'il soit expédient avoir aultre procureur, discret solliciteur et suffisant, qui meyne et conduise les causes et procès desdictes sœurs avec le conseil de leur advocat, qu'elles le praignent, et luy assignent pension annuelle ainsi que mieux pourront faire avecques luy.

Toutes aultres constitucions, ordonnances et statutz soyent cassés, irrités, anullés et de nul effect et valeur. Les choses dessusdictes et une chascune d'icelles demeureront et seront à jamais bonnes, valables et efficaces, sans toutesfoys déroger, ne préjudicer à la jurisdiction, auctorité et puissance ordinaire de révérend père en Dieu Monseigneur l'arcevesqz d'Avignon, auquel lesdictes seurs sont de droict commun immédiatement subjectes.

APPENDICE II

1347.— Garcenda de Moriers, gubernatrix et procuratrix.

1370.— Ricana Thortoysse, de Carpentoracte, gubernatrix.

1374.— Ricana Thortachie, rectrix ; Johanna de Bucely, gubernatrix ; Alasacia Dinensis ; Ludovica de Macilha ; Francisca de Grenao, sacristana ; Angelina de Pavia ; Johanneta Juliane ; Johanneta de Gravan ; Johanneta Floride, de Romanis ; Katerina Posche ; Mondeta vel Margarita Pellicie ; Tyburgis de Monte Adhemario ; Katerina de Costa sancti Andree ; Gaufrida de Doma ; Bartholomea de Roquamaura ; Marita Sanche ; Alasacia de Trebos ; Alasacia Garine ; Peyroneta de Avinione ; Katerina de Sancto Porciano ; Audina de Gimonte ; Aynarda de Romanis ; Johanneta de Parisius ; Garcendis de Ruppefortis ; Rosseneta de Massilhia ; Stephaneta de Chasselan ; Beatrix de Bellocadro ; Margarita de Perusio ; Margarita de Aurayca ; Sera de Sala ; Johanneta de Grinolho ; Margarita Blaynnis ; Berengueta de Avinione ; Maneta de Massilia ; Jordana Garniere ; Peroneta de Alexandria ; Francisa Torleta ; Maria Chays ; Margarita Aucella ; Johanneta de Valencia ; Johanneta de Vanna.

1375.— Ricana Torcayse, rectrix ; Johanna de Buceux, priorissa....

1376.— Ricana Torcassie, rectrix (2) ; Johanna de Valentia, priorissa et cellararia ; Berengueta de Avinione, coadjutrix priorisse ; Johanneta de Parisius, subpriorissa ; Francisca de Grenor, sacristana ; Jordana Garnieyra, donata, clavigera ; Ludovica de Massilia, refectoria et panateria ; Margarita de Aurenga, alias de Baucio,

---

(1) Nous avons dressé cette liste d'après les actes authentiques se trouvant soit aux archives de Vaucluse dans le fonds des Visitandines de Saint Georges, soit dans les minutes des notaires à Avignon explorées par nous.

(2) Cette année-là on trouve aussi portée comme *rectrix*, Johanna de Buscellis.

Francisca Torleta, precentorisse, cantatrices et magistre ad docendum alias sorores ; Laurentia Pezelha, Johanneta de Grenor, porterie ; Johanneta Juliane, Johanneta La Lombarde questarie ; Bartholomea de Ruppemaura, Maria de Chais, Margarita Aucella, Margarita de Perusio, Roceneta de Massilia, Johanneta de Berina, Catherina Barrelieyra, Margarita Pellicieyra, Johanneta de Romans, Sereta de Sala, Giburs de Montelimar, Inarda de Romans, Angelina de Pavia, Margarita Blaynnis, Audina de Gimon, Steveneta de Leo, Marieta de Massilia, Beatrix de Bellocadro, Garsens de Rocafort, Gauzida de Doma, Catherina de Costa sancti Andree, Johanneta Geyra de Vauro, Peyroneta de Avinione, Pierra de Alexandria.

1377. — Richana Torchatia rectrix ; Francisca de Granollo, priorissa ; Johanna de Butellis, procuratrix...

1378. — Richana Torchayssa, gubernatrix ; Johanna de Buscelli, procuratrix ; Francisca Torleta, priorissa ; Francisca de Graynholo, sacristana...

1381. — Johanna de Bucens, rectrix ; Bartholomea de Rocamaura, priorissa ; Francisca de Gratianopoli, sacristana...

1382. — Ricana Tortoysse et Johanna de Buceaux, gubernatrices.

1384. — Johanna de Buteriis, vel de Buceaux, rectrix ; Francisca Gratianopolitana, sacristana ; Johanna Juliane, quistaria ; Maria de Charita, porteria...

1385. — Johanna de Bucens, rectrix ; Francisca de Gratianopoli, receptrix ; Stephaneta de Luguduno, porteria...

1388. — Johanna de Butheaux, gubernatrix ; Francisca de Greno, sacristana ; Bartholomea de Ruppemaura, priorissa ; Rosseneta de Massilia, Joanna de Valentia, Sareta de Sala, Johanna de Romanis, Margarita Pelisserie, Margarita de Aurayca, Johanna de Greno, Beatrix de Bellocadro, Caterina de Costa, Elisia de Alvernia, Andrineta de Avinione, Jacometa de Avinione, Margarita Blennis, Johanna de Britania, Catherina Viviande.

1396. — Johanna de Butens, rectrix ; Francisca de Grinhols, sacristana ; Bartholomea de Ruppemaura, Margarita de Baucio, Rixendeta de Marcilia, Ludovica de Marcilia, Luqua de Villari, Ysabela de Camera, Maria Daydini, Helisia de Vernio, Sareta de Sale, Johanneta de Grinhel, Jacometa de Avinione, Johanneta de Valentia.

1397. — Guillema de Ferris vel de Serris, glandatensis diocesis, rectrix ; Johanna de Valencia, prioressa ; Bartholomea de Ruppe-maura, sacristana...

1400.— Guillelma de Serris, rectrix ; Lucia de Villaribus, Margot Blaynnis....

1402.— Johanneta de Valencia, priorissa, rectrix et gubernatrix.

1404.— Johanneta de Valencia, rectrix ; Johanneta de Masano, Margarita de Baucio, Beatrix de Bellocadro, Elisona de Alvernhia, Ludovica de Massilia, Guillemeta de Bedoyno, Johanneta Giraudi, Catherina Bone, Catherina de Cecilia, Margarita la Bastida, Falco-neta Picone.

1406.— Aycarda Abrassanina, rectrix ; Johanna de Valentia, Bartholomea de Ruppemaura, Jacinta de Mazano, Beatrix de Bello-cadro, Falcona Picone, Guillemeta de Bedoyno, Ludovica Cathala-ne, Catherina Bone, Margarita de Baucio.

1416.— Henrieta de Ponte, rectrix....

1419.— XVI octobris.— Bartholomea de Ruppemaura, rectrix ; Margarita de Baucio, Elysia Ebressarde, Jacoba de Masano, Falcona Picone, Anthonietta Johanne, Guimeta de Bedoyno, Johanna Grichaude, sacristana ; Catherina Bone, precentrix, et procuratrix ; Catherina Ceciliane, Catherina la Ligioysa.

1420.— III januarii.— Jacometa du Deves vel de Deffens, rectrix ; Bartholomea de Ruppemaura, Margarita de Baucio, Helisia Am-bessarde, de Alvernia, Jacometa de Masano, Catherina Ceciliana, Falcona Picone, Anthonieta Johanne, Catherina Bone, Guillemetta de Bedoyno, Johanneta Grichaude, Gileta Deri, Aydelina de Fonta-nellis, Helisia Colle, Catherina la Rossella.

1425.— Jacometa du Devens, rectrix ; Hedelina de Fontanellis, priorissa ; Catherina Bone, Jacoba de Masano, Guillemeta de Be-doyno, Falcona Picone, Helisia Colle, Margarita de Marchia alias Domerche, Johanneta Grichaude, Katerina de Sicilia, Katerina d'Auvergnes.

1428. — Jaquineta de Demano, rectrix ; Catherina Bone de Cecilia, Johanneta Grichaude, Francona Picone, Guillemeta de Bedoyno, Odelina de Fontanellis, Jaumeta Jorgelleta, Bernarda Brossande.

1429.— Aydelina de Fontanellis, rectrix ; Johanna Grichaude, sacristana ; Guillemeta de Bedoyno, Falcona Picone, Bernarda Bressauda, Heliseta Cole, Margarita de Marchas, Pasquina de Senis, Juliana Ampolla.

1434.— Aydelina de Fontanellis, rectrix ; Margarita Cloquine, priorissa ; Falcona Picone, porteria ; Bernarda Bressona...

1439.— Aydelina de Fontanellis, rectrix ; Henriqueta Dondayne, sacristana ; Falcona Picone,; Bernarda Brossande, cabiscola ; Guillelmeta Boucicaude, Perineta Bergiera, Margarita de Marcha, Dulcia de Lescluse.

1450.— Edelina de Fontanellis, rectrix ; Margareta Clochine, priorissa ; Falcona Picone, porteria ; Guillelmeta Bossicaude ; Cola vel Nicola du Cheyna alias de Quercu ; Anthonieta Morisse ; Agnesia Fabresse.

1454.— Edelina de Fontaine, rectrix ; Margareta Cloquine, priorissa, Guilhemeta Boucicaude, Colecta du Cheine, Anthonieta Maurisa, Agnesia Fabressa.

1458. — Agnesia Fabresse, rectrix ; Jacoba Boucicaude, priorissa ; Edelina de Fontanelis, Catherine Sauze, Anthoneta Maurisie, Gabriella Borelle, Margarita Docete, Margareta Cortoyse, Johanna Risolete.

1462. — Agnes Fabrissa, rectrix ; Dulcia de Laclusa, priorissa, Guillermeta Bocicaude, Catherina Sauze, Guigona Vielha, Margarita Cortoysa, Gabriela Baurela, Maria Danisote.

1468. — Agnesia Fabresse, rectrix ; Catherina Sause, priorissa ; Guilhemeta Bocicaude, Guigone Vielhe, Gabriella Boyrella, Johanna Debremont, vel de Bramont, Catherina Jamarde, Margarita Sorbiera, Anthonieta Maurise, Maria Danisote.

1474, — Maria Daniseta, rectrix ; Guillemeta Bossicaude, Gabriella Bourela, Johanna Dabrimon, Catherina Jamarde, Tephana Garnela, Daumeta Arnauda.

1476, — Catherina de Lisa, rectrix, Guilhermeta Borsiquauda, prioressa, Gabriella Borrella, procuratrix, Johanna Dablimond, Katherina Jornade, Dominica Arnauda, Tiffana Garniella.

1481. — Katerina de Lysa, rectrix ; Agnesia de Lestang, Stephana Garnella, Anna de la Rua, Elyenos Gordona, Glaudia Cartiera, Angellina Jordana, Katerina de Geneva.

1484. — Anneta de Stangno rectrix, Claudia Cartiera, Anthonietta Servella, Spiritua Digneta, Francesca de Furno.

1487. — Anneta de Lestan rectrix, Magdalena Combe, Glodia Cartiere.

1489. — Margarita de Lestrade rectrix, Anneta de Lestan, Glodia Cartiere, Marguerita Barbiere, Margarita de Bellecombe.

1490. — Margarita de Lestrade, rectrix, Claudia Cartiere, Magdalena de Longue Conbe vel de Lassecumbe.

1494. — Anna de la Roe, rectrix....

1498. — Anna de la Roa, rectrix ; Guigona Vielha, priorissa ; Margarita de Lestrade, Johanna Lisese, Perinetta de la Fontayne, Thonieta Daurelle, Ysabella Juliane, Margarita Gelia.

1502. — Anna de la Roa, rectrix ; Margarita de Astrata, procuratrix ; Perinetta de la Fontayne, Anthonietta Dorelle, Ysabella Juliane, Guigona Vielha, Jaqueta Picarda.

1505. — Anna de la Roa, rectrix ; Jaqueta Picarda, vice-rectrix ; Peroneta de la Fonteine, Francesia Monerie, Margarita Martine, Perona Feste, Johanna Olive, Catherina Blanque.

1508. — Anna de la Roa, rectrix, Guygone Vielhe, priorissa, Marguerita Reyne, Perrinetta de la Fontayne, Benedicta de Lamboys, Francisca Monniere.

1513. — Jacqueta Picarde, vice-rectrix, Perrineta de la Fontayne, Francisca Monniere, Margarita Raynerii, Johanna Olive, Peronnetta Feste.

1516. — Francesia Monnier, priorissa, Perrineta de la Fontayne, Margarita Martine, Johanna Olive, Perrineta Feste, Renée Rosse.

1519. — Margarita Martine, rectrix, Perrina Teste, priorissa, Perrineta de la Fontayne, Johanna Olive, sacristana, Thoneta Arduchine, Gonina Pitance, Glaudia Boniere, Catherina Craniere, Stephaneta Lombarte.

1524. — Margarita Martine, rectrix, Perrineta Feste, priorissa, Gonina Pictarissa, Catherina Corniere, Stephana Lombarte, Michaela Firmerie, Maria Bodine.

1529. — Catherina Arniere (*sic*) rectrix, Thoneta Daride, Thierena Lombarte, Margarita Raymunde.

1530. — Catherina Calviere, rectrix, Margarita Guignarde, subrectrix, Paula Bastide, Steveneta Biere, Annetta Lamberte, Catherina Claremonde, Catherina Corbete, Johanna de Cruce, Andrineta Sorelle, Angela Valere, Johanna Perrine, Claudia, Sorele.

1534. — Catherina Calviere, rectrix, Margarita Guignarde, subrectrix, Paula Baptiste, Stephana Bidie, Steveneta Ballade, Anna Lamberte, Catherina Corbela, Johanna de Cruce, Andrineta Sorelle, Angela Valere, Johanna Perrine, Claudia Sorelle.

1539. — Catherina Calviere, rectrix, Johanna de Cruce, priorissa, Margarita Guynarde, subpriorissa, Alienora Benedicti, porteria, Paula Baptiste, Ysabella Roche, Catherina Gorbeto, Anna Imberte, Andrineta Sorrele, Johanna Provynhe, Catherina de Claremondé, Johanna Perrine, Margarita Bisco, Claudia Sorrelhe, Sperita Carrelhe.

1544. — Catherina Calviere, rectrix, Margarita Guinarde, priorissa, Johanna Provyne, subpriorissa, Drineta Sorrelhe, Angelica Valerie, Johanna Perrine, Glaudia Sorrelhe, Sperita Carralhe, Margarita Bisco, Clara Choppe, Johanna Rosse, Agneta Tanoyere, Magdalena de la Verge, Ysabella de Cruce, Maria Anseline, Johanna Pelisserie, Johanna Samilhnese, Magdalena Dardeto, Thonina Motone, Ludovica Bleyne, Francesca Moline.

1547. — Johanna de Cruce, rectrix, Spirita Carrelle, priorissa, Drineta Sorelle, subpriorissa, Margarita Guinarde, porteria, Catherina Corbete, Johanna Provina, Claudia Surella, Margarita Bisco, Maria Cartiera, Johanna Ponse, Michaella Landiere.

1551. — Johanna de Cruce, rectrix, Spirita Carrelle, priorissa, Drineta Sorelle, subpriorissa, Margarita, Guinarde, porteria, Catherina Corbete, Johanna Provina, Claudia Surella, Margarita Bisco, Maria Cartiera, Johanna Ponse, Michaella Landiere.

1551. — Johanna de Cruce, rectrix, Catherina Corbete, priorissa, Johanna Provyne, subpriorissa, Margarita Sorelle, Margarita Bisque, Francesia Molline, Catherina Serre, Ysabellis Roche, Agnesia Janoydort, Johanna Ponse, Magdalena de la Verge, Margarita Fimande, Perineta Subtilete, Thoneta Romette, Ludovica Bleyne, Glaudia Larme.

1560. — Johanna Ponse, rectrix, Maria Cartiere, priorissa, Catherina Corbete subpriorissa, Catherina Serre, Agnesia Janoydor, Ysabella Roche, porteria, Catherina Cathe, Magdalena de la Vergne, Catherina Columbe, Francesia Moline, Johanna Pelissier.

1566. — Johanna Ponce, rectrix, Maria Cartiere, priorissa, Catherina Corbete, subpriorissa, Claudia Sorelle, Ysabellis Roque, porteria, Catherina Serre, Catherina d'Aix, Francesia Moline, Martha Limone, Perinetta Subtillete.

1575. — Maria Cartiere, abatissa, Catherina Serre, priorissa,

Catherina Corbete, subpriorissa, Catherina d'Aix, Johanna Pelellere, Magdalena de la Vergne, Perineta Sotilhete, Toneta Somete, Chaterina Calverie, Martha Limone.

1582. — Marie Cartiere, rectrice, Catherine Corbete, subprioresse, Catherine d'Aix, Jeanne Pelissier, Magdelene de la Vergne, Marthe Lymene, Perinete Subtilete.

1589. — Marie Cartiere, régente, Catherine Serre, prioresse, Catherine Corbette, subprioresse, Aimée Genevieyre, Catherine Catte, d'Aix, Françoise Columbete, Jeanne Pellissiere, Catherine Clonne, Jeanne Dame.

1594. — Magdelaine de la Vergne, rectrice, Catherine Serre, Eymée Janoyère, Jeanne Pelicier, Françoise Collombete, Catherine Clarette, Jeanne Laugier.

1599. — Catherine Serre, régente, Jeanne Gentille, prieuresse, Jeanne Pelissier, Ayme Geneviere, Jeanne Richarde, Françoise Columbete, Jeanne Verdune, Catherine Clarette, Catherine Oulonne, Françoise de Fourtias, Françoise Parelle, Jeanne Langele, Anthoinette Milhe.

1606. — Françoise Columbete, régente, Jeanne Gentille, prieuresse, Catherine Serre, Jeanne Pelissier, Catherine Clarette, Jehanne Langelle, Jehanne Richarde, Jehanne Verdune, Françoise Fortiasse, Anthoinette Amielle, Gasparde et Catherine de Sade.

1610. — Françoise Columbete, régente, Jeanne Gentille prieuresse, Catherine Clarete, Jeanne Langelle, Jeanne Richarde, Jeanne Verdune, Françoise de Fortia, Thoinette Amielle, Gasparde et Catherine de Sade, Marguerite Martine, Catherine Tavernier, Anne de Ribardy, Magdeleine Rosselle, Marguerite Juliane.

1615. — Françoise Columbete, régente, Jeanne Gentille, prieuresse, Catherine Clarette, Jeanne Langelle, Jeanne Verdune, Francoyse de Fortia, Anthoinette Amielle, Gasparde de Sade, Catherine de Sade, Marguerite Martine.

1620. — Jeanne Verdune, régente, Catherine Clarette, Françoise de Fortia, procuratrice, Anthoinette Amielle, Gasparde de Sade, Catherine de Sade, procuratrice, Marguerite Martine, Anne de Berardi, Marguerite Julienne, Marguerite de Thomas, Catherine de Jocas, Ysabeau de Joannis, Ysabeau de Vade.

1625. — Jeanne Verdune, régente, Catherine Clarette, Françoise de Fortia, procuratrice, Anthoinette Amielle, Catherine de Sade, procuratrice, Marguerite Martine, Anne de Berardy, Marguerite de Juliany, Marguerite de Thomas, Catherine de Jocas, Ysabeau de Joannis, Loyse de Vade, Honorade de Vincens de Bidon.

1629. — Catherine de Sade, régente, Catherine de Blegier, Jeanne Verdune, Françoise de Fortia, procuratrice, Anthoinette Amielle, procuratrice, Marguerite Martine, Anne de Berardy, Marguerite Juliane, Marguerite de Thomas, Catherine de Joannis, Isabeau de Joannis, Loyse de Vade, Honorade de Vincens de Bidon.

1635. — Catherine de Sade, régente, Catherine de Blegier, Anthoinette Amielle, Marguerite Julliane, Ysabeau de Joannis, Catherine de Jocas,procuratrice, Louise de Vade, Honorade de Vincens de Bidon, Marguerite du Roys, Marguerite Martine, Anne de Fabry.

1640. — Catherine de Sade, régente, Anthoinette Amielle, Marguerite Martine, Marguerite Juliane, Catherine de Jocas, Ysabeau de Joannis, procuratrices, Marguerite de Roix, Anne de Fabry.

APPENDICE III

Les Statuts de la Maison des Repenties de Sainte Marie l'Égyptienne.

Les statuts de la maison de Sainte Marie l'Egyptienne sont l'œuvre de deux jésuites, les pères Boniel et Guyon. Le père Claude Boniel s'intitule en 1627 recteur du collège de la compagnie de Jésus. Il fut l'introducteur à Avignon vers 1623 des filles de Saint-François de Salles ou religieuses de la Visitation : il était à ce moment recteur du noviciat de Saint-Louis (1).

Ainsi que nous l'avons dit, pour réglementer l'institution naissante des Repenties de Sainte Marie l'Egyptienne, Mgr Philonardi s'adressa aux Jésuites en tant qu'exécuteurs testamentaires de Jacques Feraudi, qui en 1589 avait laissé une rente annuelle pour aider les filles qui voudraient se racheter du péché.

Il nous reste l'original de ce règlement, écrit de la main du notaire mais signé au bas de chaque page par les deux père Jésuites.

Les statuts édictés par les pères Boniel et Guyon étaient tellement peu pratiques, qu'on dût les réformer quelques années après et les compléter. Nous ignorons la date exacte de cette transformation : elle est antérieure à 1651. Nous reproduisons ce nouveau règlement en entier, sauf les 36 premiers paragraphes qui sont identiques à ceux de 1627.

Enfin, en 1651, Mgr de Marini donna quelques articles additionnels que nous reproduisons également.

I. — LES STATUTS DE 1627

Reigles et constitutions que doibvent observer les seurs pénitentes de Sainte Marie Aegyptiene, dressées par l'authorité de l'illustrissime et reverendissime seigneur Monseigneur Marius Philonardi, archevesque et vice-légat d'Avignon, en l'année 1627.

Marius Philonardi, par la grâce de dieu et du St Siège apostolique, archevesque et vicelégat d'Avignon, voulant prescrire une reigle stable, et des constitutions permanentes selon le debvoir de nostre charge pastorale pour l'heureux gouvernement tant du temporel que du spirituel en la maison de Ste Marie Aegyptiene, érigée

(1) Chossat, *Les Jésuites à Avignon*, p. 181.

de nostre authorité en la présente ville, là où les pauvres femmes qui ont perdu leur chasteté, sortant du miserable estat de péché, avec dessein d'en faire pénitence seront retirées, nous avons faict les reigles soubscriptes, lesquelles ordonnons estre inviolablement observées selon leur forme et teneur en façon qu'elles ne puissent estre changées ni altérées soubs quelque prétexte que ce soit, nous réservant néantmoins et à nos successseurs la déclaration, augmentation, interprétation, limitation et altération d'icelles.

1.— Premièrement que telle maison sera à perpétuité immédiatement soubs nostre jurisdiction et des archevesques noz successeurs.

2.— Que telle maison ne puisse jamais estre changée en monastère de personnes qui fassent veux de religion, et que celles qui y sont déjia receues, et s'y recevront à l'advenir, ne puissent prendre en icelle maison habitz de religieuses, ni moins faire aucun vœu de religion : ains que telle maison soit pour femmes séculières receues en icelle pour estre retirées du péché, et occasion d'iceluy, et estre instruictes en la vie chrestienne pour le salut de leurs ames. Et pourront lesdictes femmes estre congédiées de ladicte maison ou pour chastiment ou pour leur plus grand bien, suivant la volonté des supérieurs comme sera dit plus bas.

3.— Toutes celles qui voudront vivre en cette dévote maison dressée soubs le tiltre des pénitentes de Ste Marie Egyptienne, pour la plus grande gloire de dieu, et salut de leurs ames, faire pénitence de leurs péchéz passéz, qu'ellent entendent que la fin de cette maison n'est pour estre religieuses, ains seulement pour avoir moyen de vivre en bonnes chrestiennes, reserrées soubs la conduicte et obéissance d'une ou deux matrones, de leur bon gré et propre volonté, sans estre nullement forcées de ce faire, et en intention de demeurer là tant et si longtemps qu'il plaira aux recteurs de ladicte maison, lesquels selon leur charitable soing les en retireront quand ils jugeront estre expédient, soit pour les mettre en religion ou pour les marier et les loger en part qu'elles puisse faire leur salut.

4.— A l'entrée de ladicte maison, chacune fera confession générale de toute sa vie passée, et recevra le tres St Sacrement de l'autel, et en apres continueront de se confesser et communier tous les huict jours, et les festes de N.-Seigneur et de N.-Dame, des Apostres, et de Ste Marie Egyptienne et de Ste Marie Magdelaine ; le tout selon la direction du confesseur, notamment quant à la communion plus ou moins souvent. Tous les matins feront la prière, à dieu, et le soir avec l'examen de conscience, toutes ensemble devant l'oratoire domestique.

5.— Au commencement de leurs actions elles dresseront leur cœur à dieu faisant toutes leurs œuvres à son honneur et gloire, et s'entretiendront durant la journée de la vie, mort et Passion de N.-Seigneur, de la mort, du jugement, du paradys, de l'enfer, des bénéfices receus, vivants en la présence de dieu, et s'exerceans aux oraisons jaculatoires.

6.— La concorde, charité et union sera tellement gardée entre elles, que non seulement elles ne contesteront de parolles l'une l'autre, voire ne diront pas le moindre mot qui puisse offenser en quelque façon la charité.

7.— Elles obéiront avec grand promptitude et sans aucune excuse ni murmuration à la Mère supérieure, et pour ce ne feront chose aucune, ni ne parleront à personne de dehors sans congé, et ce en présence de la supérieure ou de celle qu'elle aura député pour le faire.

8.— Aucune n'aura rien ni ne tiendra caché sans congé ; si elle porte en entrant meubles, argent, ou choses semblables, le tout sera mis en inventaire et fermé par la supérieure en une chambre pour lui estre rendu en cas qu'elle vint à sortir. Elle ne donnera ou prendra chose aucune de la maison ou de dehors, ni pour soy ni pour les autres.

9.— La chasteté sera très exactement gardée, et pour ce ne parleront ni entendront parler en façon du monde de ce qui est contre la pureté, et garderont une grande modestie des yeux notamment à la messe, sermon et à l'église.

10.— En leurs tentations et quand elles sçauront celles des autres, elles advertiront incontinent le confesseur ou la supérieure afin qu'ilz y mettent remède.

11.— Quand elles feront quelques fautes soit en l'observation des reigles ou en autre chose, non seulement elles seront contentes d'être reprinses et de faire la pénitence que la supérieure leur donnera, voire elles s'accuseront elles mesmes de leurs fautes, et en demanderont des pénitences. S'il advenoit qu'elles répugnassent ou refusassent de faire telles pénitences que la supérieure leur enjoindra pour quelque défaut quel qu'il soit, messieurs les recteurs en estans advertis leur fairont faire le chastiment tant rigoureux et sévère qu'ilz adviseront.

12.— Elles employéront très soigneusement le temps au travail, fuyant l'oisiveté comme source de tous maux.

13.— En mangeant elles garderont la modestie en toutes choses, donnant la bénédiction avant le repas, et faisant l'action de grace apres avec dévotion et révérence.

14.— Elles ne boiront ni ne mangeront hors de temps, ni n'auront envers elles chose aucune pour ce faire.

15.— Elles obéiront au son de la cloche quittant promptement ce qu'elles font pour faire à quoy elles sont appelées.

16.— Personne ne commande ni ne reprene les autres sans congé : mais si elles ont remarqué quelque faute qu'elles en advertissent comme dessus.

17.— Estant levées, feront leurs licts et tiendront leurs chambres et tout ce qu'elles auront quoique de peu d'importance et valeur avec grande netteté.

18.— Personne ne dira à ceux du dehors ce qui se passe dans la maison.

19.— Quand elles seront malades elles obéiront avec la mesme promptitude que si elles se portoyent bien monstrants leur patience et humilité en toutes choses.

20.— Encores qu'il soit louable et nécessaire aux pénitentes de faire des pénitences, jeusnes, macérations et austéritéz córporelles, toutesfois n'estantz prinses avec discrétion nuisent plus qu'elles ne profitent, elles n'en feront aucune sans la permission du père spirituel qui verra le besoing, ferveur et santé de chacune.

21.— Oultre les jeusnes commandéz de l'église, elles jeusneront tous les vendredys de l'année, et les mercredys de l'advent, les veilles de Ste Marie Egyptienne et de Ste Marie Magdelaine, ne fust que quelqu'un d'iceux arrivast quelque feste solennelle de N. Seigneur, de N.-Dame, ou d'autres saincts qui portent vigile. Feront la discipline une fois par sepmaine au jour que semblera plus convenable à la supérieure, et ce ensemblement en un mesme lieu durant le temps que la supérieure récitera le de profundis. Des autres pénitences corporelles, comme cilices, ceintures et semblables mortifications, elles en useront selon comme elles seront inspirées de dieu avec l'approbation du père confesseur et se souviendront de faire grand cas de teles pénitences comme très propres pour obtenir pardont de leurs péchéz et satisfaire pour iceux, et tenir le corps subject à l'esprit et à l'imitation de leur patrone Ste Marie Egyptienne.

REIGLES DE LA MÈRE SUPÉRIEURE

(2) La mère supérieure considérant combien est chose très agréable à la divine majesté la conversion des âmes pour lesquelles Jésus Christ a répandu si abondamment son précieux sang, elle s'employera avec toutes les entrailles de charité à elle possible, à ce que telles âmes qui dieu luy a baillées en charge vivent chrestiennement, et pour ce ne fera chose aucune qu'après avoir implore l'ayde divin et selon le conseil du père spirituel avec lequel elle conférera du moins une fois la sepmaine touchant le bien et advancement spirituel desdictes âmes converties à Dieu.

(22) Elle aura un grandissime soing de tous les lieux, fenestre et portes par lesquelles on peut sortir ou regarder dehors la maison, et à cest effect visitera souvent lesdicts lieux, et tiendra les clefs des portes enves soy tant de jour que de nuict, à ce que personne n'entre en ladicte maison sans son sceu et permission des supérieurs.

(23) Quand pour la maladie des pénitentes il sera besoing que le confesseur, médecin, chirurgien ou autres entrent en la maison pour porter les provisions ou choses semblables, la supérieure les accompagnera toujours jusques à ce qu'ilz soyent dehors la maison avec une des seurs ou les deux qu'elle aura députées pour ce faire : si toutesfois le confesseur entendoit quelque malade, la porte de la chambre demeurera tousiours ouverte à ce qu'on les puisse voir et non les entendre (1).

(24) Elle tiendra très estroîctement serré notamment le parloir et la sacristie, la despence, et cave, mettant ordre que rien ne manque ni à la cuisine ni au réfectoire et que rien aussy ne se gaste par sa faute.

(25) Elle donnera les offices de la maison à chacune comme de cuisinière, despencière, réfectorière, lingière, et de sonner les cloches en son temps pour les exercices tant spirituels que corporels.

(26) Elle aura un grand soing qu'elles employent très soigneuse-

---

(1) Ce paragraphe est biffé, sans indication aucune en marge, dans l'original de 1627 : il ne figure pas dans les statuts de 1651.

ment le temps au travail estant l'oisiveté mère de tous les vices.

(27) Elle enjoindra des pénitences avec toute la charité à elle possible à celles qui feront des manquemens en l'observation des reigles et à l'obéissance ; si quelqu'une refusoit de faire telles pénitences, elle en advertira les recteurs, affin qu'ilz y mettent ordre promptement chastiant très sévèrement telles désobéissances.

(28) Quand quelque pénitente entrera en la maison elle fera un inventaire de tout ce qui pourra servir à son usage ou de la maison, et le fermera dans une chambre à cet effect, affinque là il soit conservé pour le luy rendre quand elle sortiroit de la maison.

REIGLES POUR LA COMPAGNE DE LA SUPÉRIEURE

(29) Elle obéira très exactement à la mère supérieure et ne fera rien que par sa direction.

(30) Quand elle verra quelque manquement, qu'elle en advertisse ou le père directeur ou la supérieure et puis leur en laisse tout le soing.

CONDITIONS REQUISES AUX PÉNITENTES POUR ESTRE RECEUES EN LA MAISON DE SAINTE MARIE AEGYPTIENNE

(31) Premièrement il faut qu'elles ayent une bonne volonté et soyent bien résolues de quitter leur vie passée, et qu'elles ne soyent nullement forcées de ce faire.

(32) Sécondement qu'elles ne pensent qu'à servir dieu et laisser le soing d'elles mesmes à messieurs les recteurs et directeurs, lesquels, quand ilz jugeront expédient, ou les mettront en religion ou les marieront ou les logeront en part qu'elles puissent vivre chrestiennement.

(33) Troisiesmement qu'elles soyent vrayement pénitentes ayantz perdu la chasteté, et ne suffit qu'elles soyent en danger de la perdre par sollicitation, légèreté ou pauvreté.

(34) Quatriesmement non seulement celles qui seroyent attaintes de folie, et celles qui auroyent quelque mal contagieux ne pourront estre receues, non pas mesmes celles qu'on jugera estre trop terribles, ou par trop de légèreté incapables de communauté.

(35) Cinquiesmement on ne recevra celles qui seroyent enceintes, ni qui allaicteroyent enfans et pour ce avant qu'entrer en ladicte maison elles seront visitées par des matrones à ce députées.

(36) Sixiesmement encores qu'il ne soit trop expédient de recevoir celles qui sont mariées, néantmoins arrivent des cas desquelz

on ne sçauroit les refuser, et pour ce sera à la congrégation d'en déterminer aux cas particuliers, comme aussy en ce que sera de l'aage de celles qui désireront se convertir.

LA MÉTHODE QU'ON GARDERA A LA RÉCEPTION DES PÉNITENTES

(37) Premièrement elle est conduicte dans la chapelle de Sainte Marie Aegyptienne par des honestes dames ou demoiselles : à la porte de la chapelle se trouvent messieurs les recteurs qui la conduisent devant l'autel ou après avoir prié Dieu la font asseoir pour entendre l'exortation, quand elle se fera ; à la fin de laquelle on la fera retirer à l'escart pour l'habiller d'un habit semblable aux autres ; puis s'en retourne devant l'autel et on chante un Te Deum Laudamus.

Le Te Deum Laudamus dit, la pénitente se jette à genoux aux piéds de la mère supérieure laquelle luy met un voile sur la teste ; par le trélis disposé pour cet effet dans la closture, l'introduit (?) dans la maison, et après l'embrasse, et le mesme les autre pénitentes. Et alors prenant ledit voile pour le plus grand mérite et dévotion, promet à Mess. les recteurs et supérieurs d'estre obéissante et observer les règles et constitutions tant qu'elle demeurera et ladite maison, sans que toutesfois ladite promesse la puisse obliger par veu, ains seulement à faire les pénitences enjointes pour les manquements contre lesdictes règles et constitutions.

L'ORDRE ET DISTRIBUTION DE CE QUE DOIBVENT FAIRE LES PÉNITENTES DE SAINTE MARIE L'AEGYPTIENNE LES JOURS OUVRIERS.

(38) Elles se lèveront à cinq heures, la demy après estre levées elles diront toutes ensemble devant l'oratoire domestique l'exercice quotidien, une selon son tour commençant et les autres respondants, après lequel elles vaqueront à leurs petites nécessités. A six heures elles seront au travail.

A sept heures elles entendront la messe et y réciteront le chapellet pour les bienfacteurs.

A sept heures et demy elles se repmettront au travail jusques au disner.

A dix heures et demy elles disneront toutes ensemble en une table commune assistans toutes à la bénédiction d'icelle par celle qui sera advertie de la donner, escoutant avec silence la lecture, et personne ne sortira de table qu'après que la supérieure aura faict signe, et diront dévotement les graces toutes ensemble.

Despuis le disné jusque à midy, elles s'employeront en travaillant à des conférences spirituelles de ce qu'elles auront ouy aux sermons, à la lecture spirituelle, et à discourir des grâces qu'elles ont receues de Dieu de les avoir retiré du mauvais estat où elles estoyent plongées.

A midy diront la salutation angélique et les litanies de la Vierge toutes ensemble.

Après les litanies on leur lira un livre spirituel et feront leur travail jusques à deux heures.

A deux heures diront les vespres et autres prières qu'on advisera.

A trois heures elles reprendront leur travail jusques à six heures et demy ; toutesfois à cinq heures celles qu'on jugera propres pourront faire demy heure de méditation.

A six heures et demy elles souperont gardant le mesme qu'au disné. Aux jours de jeunes, elles feront collation à sept heures, et jusques à huict heures feront le mesme qu'après disné.

A huict heures garderont le silence jusques à sept heures du matin, toutesfois en ce temps, la veille de la communion, on leur apprendra de se préparer à la communion et à rendre grâces après icelle. A neuf heures diront les litanies de saincts et feront l'examen de leur conscience et puis se mettront au lict modestement, sans parler, pensants qu'elles vont se mettre au sépulcre ; et que chacune aye son lict.

L'ORDRE POUR LES DIMANCHES ET FESTES.

(39) Elles se lèveront à cinq heures et à la demy après diront exercice quotidien.

A sept heures entendront la messe.

A huict heures elles entendront lire la vie de quelque sainct ou saincte ou quelque autre livre dévot.

A neuf heures diront le chapellet pour les bienfacteurs, et jusques à dix heures et demy s'entretiendront en conférence spirituelle.

A dix heures et demy disneront et feront le mesme jusques à midy que les jours ouvriers.

A midy feront le mesme que les jours ouvriers jusques à une heure.

A une heure on fera l'exhortation ou la doctrine chestienne par le père spirituel ou par la supérieure, ou des conférences spirituelles.

A deux heures elles diront vespres et autres prières qu'on advissera.

Depuis vespres jusques à cinq heures, elles feront ce que la mère supérieure leur ordonnera.

A cinq heures diront le chapellet pour les bienfacteurs, après lequel celles qu'on jugera propres pourront faire une demy heure de méditation.

A six heures et demy elles souperont.

Depuis sept heures jusques à neuf, feront ce que la mère leur ordonnera n'oubliant ce qui a esté dict de la communion.

A neuf heures le mesme que les jours ouvriers.

DU GOUVERNEMENT EN GÉNÉRAL DES MESSIEURS DE LA CONGRÉGATION DE SAINTE MARIE ÆGYPTIENNE.

(40) Affinque la maison de Sainte Marie Aegyptienne soit avec fruict et utilité gouvernée tant au spirituel què temporel, nous ordonnons qu'elle sera régie par quinze personnes : sçavoir par trois ecclésiastiques, et le reste par des personnes séculières, tous de vie exemplaire et irréprochable, qui composeront une congrégation, et seront approuvéz de nous et de noz succésseurs.

(41) De tous ceux qui seront admis en la susdite congrégation en une assemblée générale qu'on fera tous les ans, on fera choix pour la première fois de deux recteurs, d'un dépositaire ; et depuis les suivantes en une semblable assemblée on changera le plus vieux des recteurs, et en sera esleu un autre à sa place, laissant tousiours un vieux qui sçaura les affaires et instruira le nouveau, par l'advis desquels se résouldront toutes les affaires des pénitentes, en telle sorte qu'aucun d'eux ne puisse ni recepvoir, ni renvoyer lesdictes pénitentes, changer ou innover chose aucune sans qu'il ayt esté résolu par tous deux.

(42) Le plus vieux des recteurs tiendra enves soy l'inventaire de tous les instruments, contracts et pensions des biens desdictes pénitentes, et tiendra les clefs des troncs et boittes des aumosnes, assistant, quand le dépositaire ouvrira lesdicts troncs et boites.

(43) Les recteurs maintiendront en tout et partout l'authorité de la supérieure en ce qui touche lesdictes pénitentes, et pour ce quand elle les advertira des désordres, désobéissances ou autres manquements d'icelles auxquels elle n'aura pas remédié, ilz se transpor-

teront en ladicte maison et chastieront les désobéissantes et délinquantes comme ceux qui ont l'authorité de le faire.

(44) Les deux recteurs visiteront ladicte maison des pénitentes
toutes les sepmaines, une fois ou plus quand il sera besoing pour
pourvoir à leur nécessitez, obvier, aux désordres et aultres que besoing sera, et à faute d'un recteur, un des messieurs pourra servir
de compagnon.

(45) L'ofice du dépositaire sera de recevoir toutes les rantes,
aumosnes, légats et toutes les sommes des deniers que Messieurs
les recteurs luy fairont mettre en main, et s'en chargeront dans un
livre à ce destiné et le deschargeront par mesme moyen de toute
la despence. Le dépositaire sera changé tous les ans, et rendra
compte en présence des recteurs ou d'un de Messieurs de la dicte
companie à ce député.

(46) Le plus vieux de Messieurs les recteurs tiendra un contrôle
tant du receu que des beliects et mandats pour la despence de la
maison que autres despenses qu'il conviendra faire.

(47) Le nouveau recteur aura un livre dans lequel il couchera
toutes les conclusions des assemblées ; il escrira les noms et sur-
nom, pays et qualitéz desdictes pénitentes à leur entrée dans ladicte
maison, et tiendra compte de la sortie d'icelles et de ce qu'elles seront devenues. Il escrira aussy tout ce qui passera de remarquable
en ladicte maison, le bon ou le mauvais succez d'icelle, leurs con-
versions signalées et tout ce qui pourra servir à l'histoire de cette
maison.

Claude BÉNIEL, recteur du collège de la compagnie de Jésus ;
Estienne GUYON, de la compagnie de Jésus.

II. — LES STATUTS RÉFORMÉS
ANTÉRIEUREMENT A 1651

[Les 36 premiers § sont identiques à ceux de 1627.]

ORDRE POUR LES PÉNITENTES DE SAINTE MARIE ÆGYPTIENNE.

Premièrement l'excitatrice à cinq heures du matin sonnera l'ave
maria, et sonnera apres asses longtems la cloche pour eveiller les
filles ; lesquelles sans délay et sans disputer avec le chevet, se lè-

Origine : Arch. de Vaucl. série H. bon pasteur, registre n° 10.

veront et fairont leurs lits avec diligence, se peigneront, et à la demie des cinqs, diront toutes ensemble les prières accoutumées à l'oratoire domestique ou au cœur avec grande attention, dévotion et révérence : pour l'été.

Pour l'hyvert une heure plus tard.

A six heures du matin précissément seront au travail prenent la besogne que la mère leur donnera sans murmure ny contestation auqune, et c'est au travailloir ensemblement sans mener auqun bruit pour l'été. L'hyvert une heure plus tard.

Elles ne sortiront en aucune façon du travail sans congé de la mère, tous bas, sans abus d'aller à leurs nécessités, et reviendront promptement sans s'écarter par la maison.

En travaillant elles pourront s'entretenir des choses spirituelles, sans bruit, sans contester, ny se quereller, mais elles s'entretiendront de choses bonnes avec modestie.

De tems en tems on faira un peut de lecture, apres laquelle on faira un peu de silence, ou si la mère trouve bon, elles s'entretiendront de ce qu'elles auront ouy dire, ou bien chanteront des hymnes, noels et chansons spirituelles.

Un demy quart d'heure avant le diner, toutes en travaillant pourront se recueillir, et faire comme un petit examen de leurs pansées, parolles et actions.

Au dernier coup de la messe, elles descendront toutes modestement à la galerie proche du cœur, toutes en hate avec modestie et silence, attendant que toutes les sœurs y soient, se préparants à un si haut et si relevé mystère, et descendent au cœur bas disant le de profundis ; la mère prent garde soigneusement qu'il n'y manque auqune des sœurs pas même la cuisinière.

A la messe elles seront éloignées du trelis d'un bon pas, et la mère sera toute la dernière pour pouvoir considérer les actions, gestes et attentions de ses filles.

La messe et les litanies fînies, elles se retireront deux à deux sans parler auqunement ny mener bruit, jusques à ce qu'elle soient éloignées de la galerie pour ne donner mauvaise édification aux personnes qui sont à l'église.

Apres la messe auqune n'aura la hardiesse d'aller à la cuisine ny au refectoir à peine d'être privée de diner.

Lorsqu'elles descendront pour aller au refectoir, et que le dernier coup du diner aura sonné, elles entreront en hate pour donner la bénédiction : elles entreront en table modestement, sans bruit et sans prendre garde aux portions sy elles sont petites ou grosses, ny moins murmurer, ny se plaindre soit de parolles, ou gestes ou signes indécens sous peine qu'elles sortiront de table ou mangeront à terre.

Tout au commencement du diner et pendant le repas, on faira la lecture de bons livres, et toutes écouteront avec grand silence pour pouvoir tirer fruit de la lecture aussi bien que de la viande.

Personne ne sortira de table avant que la supérieure aye donné le signe, et apres le repas elles rendront graces dévotement à dieu, et puis iront à la galerie ou au cœur disant le miserere et les litanies pour les bienfaicteurs, sans se pouvoir escarter de la troupe.

Après les litanies elles fairont ce que la mère ordonnera, apres toutes se rendront au travailloir sans s'écarter auqunement sous quelque prétexte que ce soit : bien pourront demander congé à la mère d'aller à leurs nécessités sans abus ; etent au travail elles fairont soigneusement la besogne que la mère leur ordonnera et aura mis en main sans murmurer, autant le soir que le matin.

Avant le souper elles garderont la même méthode qu'avant le diner. Les jours de festes elles iront à vespres modestement et et s'assembleront comme le matin à la messe étant au cœur, sans bruit pour ne scandaliser ceux qui restent à l'église et fairont le même les jours de bénédiction.

Aux exortations lorsque la mère aura ouvert le trélis, elles seront à genoux bien voilée, et fairont la révérence modestement au saint sacrement et puis au père qui doit faire l'exortation : apres l'ave maria fairont une autre révérence, et s'assiront modestement, et avec grande attention et modestie écouteront la parole de dieu sans dormir, ny bailler, ny regarder çà et là.

Au souper fairont le même qu'au diner.

Apres le souper en été fairont une petite décente récréation ; selon que la mère ordonnera, arrouseront le jardin sans murmurer ny s'excuser, mais obéiront ponctuellement.

Personne ne cueillira ny fruit, ny fleur, ny herbes sans ordre expres de la mère, soubs peine d'une rude pénitence.

La récréation finie, et la cloche ayant sonné, l'on yra à l'examen et auy prières sans s'absenter auqunement, et c'est en présence de la mère.

En hivert apres la petite récréation, on ira au travailloir pour y travailler jusques à l'heure de l'examen et prière.

Après les prières, elles iront toutes doucement et modestement se placer en leurs lits, et chacune au sien sans parler, sans bruit, toujours en scilence jusques au matin.

Durant la nuit la plus zélée des sœurs, si elle est éveillée, prendra garde qu'aucune des sœurs ne descende de son lit pour aller autour des autres pour quelle occasion que ce soit, afin d'empêcher les abus et désordres qni peuvent arriver, soit pour faire peur ou pour s'aller coucher aupres de quelque sœur. Et pour obvier à tels inconvénients, il y aura une lampe laquelle brûlera jusques au jour pour éclairer les mauvaises actions des sœurs vicieuses. Que si quelqu'une est appréhendée en telles actions, quel prétexte qu'elle puisse avoir, elle sera disciplinée et jeunera pain et eau.

Si quelque personne étrangère avec congé des supérieurs vient à la maison, le signal de la cloche ayant adverti, elles se retireront toutes au travailloir sans bruit, modestes et bien voilées, saluant respectueusement semblables personnes sans bouger de leurs places, sans les aborder, ny moins parler à elles sans congé des Messieurs les recteurs ou de la mère ayant ordre d'iceux.

PÉNITENCES POUR LES SŒURS DE SAINTE MARIE ÆGYPTIENNE PAR ORDRE DE MONSIEUR LE GRAND VICAIRE.

Premièrement pour toutes sortes de fautes légères, indécenses et immodesties, lorsqu'elles s'en prendront garde ou que la supérieure le jugera à propos et nécessaire, elles baiseront la terre en quelque part qu'elles se trouvent.

Celle qui ne sera pas levée le matin à l'heure portée par les règles, et ne sera tout au commencement des prières qui se font ensemblement en l'oratoire domestique, pour la première fois baisera trois fois la terre, pour la seconde dira cinq pater les bras en croix, pour la troisième fois sera privée de vin au dîner ou du potage si elle boit de l'eau.

Qui ne sera à la messe au dernier coup de cloche demeurera depuis l'élévation de la sainte hostie jusques à la préface du pater la face contre terre ; et qui ne viendra ou ne sera pas bien voilée en la sainte messe, vêpres, et sermon et exortation, dira le miserere les bras en croix, et pour la seconde elle n'aura point de vin ou de pitance en un repas.

Qui ne sera au travail à l'heure assignée baisera la terre et travaillera un quart d'heure après les autres et n'aura point de pain au déjeuner.

Qui rompra le silence au dortoir, refectoir, et lectures, et aux heures ordonnées par la supérieure n'aura point de portion au diner ou au souper.

Qui mangera sans congé hors des repas sera privée de la portion.

Qui manquera de se rendre aux lieux et aux actions où la cloche l'appellera, tiendra les bras en croix au réfectoir pendant un pater et un ave et baisera la terre : à la seconde fois, n'aura point de portion ou boira de l'eau en un repas.

Qui chantera de chanson profane, ou dansera, sera privée de vin ou de la portion pendant le jour.

Qui parlera des débauches ou péchez passés, dira des paroles sales et malséantes, ou se querellera scandaleusement, dira des injures ou reproches à ses sœurs, prendra la discipline duran un miserere ; et si elle refuse, sera disciplinée par les sœurs à ce commises pour la première fois, et pour la seconde jeunera au pain et à l'eau.

Qui menacera de frapper, de même au pain et à l'eau : qui frappera ira en prison ou aura des verges.

Qui jugera Dieu, ou la foy, ou les saints, dira des blasphèmes, se donnera au diable, prendra la discipline duran un miserere ; si elle refuse sera disciplinée pour la première fois, pour la seconde fois jeunera au pain et à l'eau.

Qui envoiera des messages, lettres ou billets sans congé, jeunera au pain et à l'eau pour la première fois, pour la seconde en prison et la discipline.

Qui n'obéira promptement aux recteurs ou à la mère n'aura point de portion au repas ; la seconde fois jeunera au pain et à l'eau durant un jour.

Qui entrera dans la chambre d'une sœur de jour sans congé de la mère, tiendra les bras en croix au réfectoir, duran un miserere.

Qui aura couché ou se trouvera couchée avec une autre sœur, pour la première fois faira la discipline, pour la seconde au pain et à l'eau.

Qui redira aux personnes du dehors, ou faira dire ce qui se passe et fait dans la maison, n'aura point de pitance ou de vin ce jour-là.

Qui détournera du bien ou de la persévérance quelqune des sœurs, ou se moquera de ses bonnes actions, jeunera un jour.

Qui incitera ou débauchera quelqu'une des sœurs pour demander la sortie et pour échapper, aura la discipline duran un miserere, et sera mise à part de la communauté.

Qui mesprisera par signe, par geste, par actes, par paroles quelqunes de ses sœurs, baisera les pieds à la mère et à toutes les sœurs au refectoir.

Qui dérobera argent, linges, besognes soit à la maison, à la mère ou aux sœurs, ou dissipera les soyes ou autres ouvrages de la maison ou de la ville, jeunera pain et eau.

Qui dira mensonges préjudisciables à la réputation des sœurs par animosité ou par haine, et que tels mensonges seront cause que Mrs les recteurs ou la mère donneroient des pénitences à quelqune des sœurs injustement, faira la pénitence qui aura été imposée pour de semblables calomnies.

Qui vendra soit linges, habits, besognes, soit des siens, soit de la maison, sans congé de Mrs les recteurs, perdra l'argent qu'elle aura donné, outre qu'elle sera obligée à rendre, et jeunera au pain et à l'eau, et pour obvier à telles ventes ou permutation, il a été conclu en l'assemblée du 19 novembre 1651 ce qui s'ensuit :

Savoir que pour les pénitentes qui sont présentement dans la maison de sainte Marie Egiptienne, remettront tous leurs habits, linges, nipes, argent et or, et bagues à messieurs les recteurs presens et à ceux du tems, le tout par inventaire dans un paquet, et le nom des filles écrit sur le paquet, lequel remis et serré dans une garde robe qui est à présent de Mr Joannis ; et pour celles qui seront admises et reçues, avant qu'entrer tout ce qu'elles porteront soit habit, linges, argent, meubles et nipes, seront inventorisés et remises dans la garde robe en présence de Mrs les recteurs ou députés, et en même temps la clef sera remise à la mère pour la garder (1).

_____

(1) Ici d'une autre écriture ont été ajoutés ces deux paragraphes :

Il ne sera jamais permis de laisser coucher dans la maison aucune femme ou fille, soit de la ville ou étrangère, de quelque état ou condition qu'elle soit, et sous

ORDRE POUR REMÉDIER AUX AFFECTIONS PARTICULIÈRES ET AMOURETTES.

Premièrement il est tres expressement deffendu qu'auqune parle en lieu écarté sous quelque prétexte que ce soit.

Quauqune ne parle seule avec une autre, mais du moins seront trois encore non suspectes, autrement seront quatre.

Les malades ne seront servies que par l'infirmière ou par celle que la mère ordonnera pour éviter les services des particulières volontaires qui le pourroient faire par affection particulière.

Ne se trouveront jamais deux ensemble aux lieux communs et nécessaires sous quel prétexte que ce soit : à ces fins il n'y aura qu'un siège à chaqun.

Auqune ne changera ny ne donnera sa portion à une autre sœur.

Auqune ne faira son ouvrage avec une autre, principallement les soubsonnées d'affections particulières.

Auqune ne couchera accompagnée sans permission de la mère, laquelle ne la donnera que pour des raisons très grandes.

Il y aura des surveillantes lesquelles accuseront publiquement celles qui auront manqué publiquement le jour à ce assigné, sçavoir les lundy, mercredy et vendredy, et seront punies selon la grièveté de leurs fautes.

La mère aura soin de séparer continuellement les soubsonnées de semblables affections.

RÈGLEMENT POUR LES TOURRIÈRES DES REPENTIES.

Premièrement elles ne sortiront point sans permission de l'une des mères.

Qu'elles ne sortent point toutes deux en même tems sans une grande nécessité.

Quand elles sortent, qu'elles ferment les portes après elles.

Qu'elles n'achêtent rien ni pour les filles ni pour la maison sans permission de la mère.

Quand elles viennent d'acheter quelque chose, elles en rendront compte à meme tems à la mère, et la chair la fairont peser et réconnoitre comme aussi le poisson et autres danrées.

quelque prétexte que ce puisse être. Ainsi conclu dans l'assemblée du 6 mai 1734 et 2 juillet 1734.

Il est défendu d'aprêter à manger et de doner à manger dans la maison à des étrangers ou des étrangères, soit dans le réfectoir, soit dans les sales d'en bas. Ainsi délibéré dans l'assemblée du 2 juillet 1734.

La plus ancienne des tourrières sera toujours à la première table, et l'autre à la seconde.

Dès que celle qui a soin d'aller quérir le vin l'aura entré dans la maison, elle le remettra à la mère.

Quand elles sont dans la maison, elles s'occuperont toujours à quelque ouvrage ou à faire quelque chose comme la mère le trouvera bon.

Il leur est ores expressément deffendu de ne prendre auqune commission des filles sans la permission de la mère, ny de leur porter ou dire quelque chose du dehors de quelque part qu'il vienne sans la même permission.

Elles ne recevront auqun parent des filles, ny leur fairont point parler sans ladite permission de la mère.

Elles ne descendront point le matin à la porte sans besoin ou qu'on ne frape.

Elles n'iront point au bantier sans porter la taille qu'elles fairont au retour faire reconnoitre à la mère.

Origine : Arch. de Vaucl., série H, bon pasteur n° 16.

III.

ARTICLES ADDITIONNELS DONNÉS PAR Mgr DE MARINIS A LA MAISON DES REPENTIES LE 6 JANVIER 1651.

... Et premièrement nous voulons et ordonnons que les pouvres filles, lesquelles ayants manqué en l'honeur et en la pureté, demanderont humblement et véritablement au sieurs recteurs du temps retraicte dans la dicte maison, pour y servir Dieu et faire pénitence de leurs péchés, y soint charitablement receues pour y demeurer tout autant de temps qu'il sera advisé par les susdictz sieurs recteurs.

Item nous voulons et ordonnons comme dessus que non seulement ladite maison serve de refuge et de retraite aux femmes susdites qui viendront volontairement, mais encore qu'on y pourra recevoir de nostre authorité toutes celles, tant mariées que non mariées, qui servent de concubines et mènent une vie scandaleuse, qui sont cause et causent dans les villes des désordres par leur libertinage, aux fins qu'on les puisse réduire à leur debvoir et les remettre dans le chemin du salut à la plus grande gloire de Dieu. Ayant à ce esté meus pour seconder la pieuse et louable intention de feu M. Louis Dalmas, citoyen d'Avignon, lequel touché de compassion de la pauvreté et misère de ladicte maison des Repenties de Sainte Marie Egiptienne, et pour empescher l'offence de Dieu, à ses derniers mois a légué à la susdite maison la somme de dix mille livres pour le soulagement desdites filles repenties: et pour donner subject aux recteurs qui sont de présens et seront à l'advenir de recepvoir facilement et charitablement telle sorte de filles, tant volontaires, que autres, scandaleuses non volontaires.

Item nous voulons et ordonnons que celles qui auront esté une fois congédiées de ladite maison, tant de la ville que estrangières, si elles retournent au péché ou en leur premier libertinage, ou qu'elles ne donnent bon exemple, que telle sorte de femme relapses, seront rammenées de nostre ordre ou de nos vicaires, à l'instance desdits recteurs, dans ladite maison, pour y estre corrigées, chastiées suivant l'indigence du faict à l'arbitre et jugement desdits sieurs recteurs.

Item nous prohibons et defendons très expressement par ces présentes de changer ou divertir ladite maison des pénitentes de Sainte Marie Egiptienne en aucune communauté ny monastère de religieuses, ainsi entendons et voulons qu'elle serve à perpétuité pour y loger et rettirer, comme dict est, les pouvres filles repenties et non pour aucun autre usage.

Origine : Arch. de Vaucl. série H. bon pasteur, no 16.

APPENDICE IV

SUPPLÉMENT A L'HISTOIRE DES PÉNITENTES
OU RELIGIEUSES DE SAINT GEORGES

LES NOUVEAUX STATUTS DONNÉS AU MONASTÈRE DE SAINT GEORGES
EN 1628

Des documents, provenant de l'Archevêché d'Avignon, et versés aux Archives de Vaucluse pendant l'impression de ce volume, m'ont permis de compléter l'Histoire du monastère de Saint-Georges.

Tant que les Repenties habitèrent le monastère de Notre-Dame des Miracles, leur vie s'écoula paisible et sans scandale. Mais du jour où il est transporté au portail Saint Michel, le monastère des Repenties semble changer d'esprit. Nous avons vu l'histoire de Magdeleine des Achards et de ses fugues (p. 71). Elle n'aurait pas été la seule à quitter le couvent pour convoler en plus ou moins justes noces : c'est ce que constate Mgr Bordini, archevêque d'Avignon, dans sa visite pastorale de 1601 : « les Repenties, nous dit-il, ne font que des vœux temporaires, aussi n'est-ce pas sans scandale qu'on en a vu quitter le couvent pour se marier ». Comme autres renseignements, il ajoute que la supérieure est élue pour trois ans, et non plus à vie comme autrefois, que les sœurs vivent sous la règle de Saint Augustin, qu'elles sont très pauvres, et ne pourraient subsister sans les aumônes qu'elles reçoivent (1).

En 1603 éclata le scandale de Marc Antoine des Laurens (p. 79), à la suite duquel les deux religieuses coupables furent condamnées à la prison perpétuelle. L'une des délinquantes, sœur Françoise Parelle, était encore au couvent en 1613, et depuis

(1) Quintum monasterium est Convertitarum, quas ibi Repentitas vocant. Hae non tria, solemnia emittunt vota, sed duo tantum : inde non sine scandalo aliquorum egressae sunt superioribus annis et nupserunt. Observant tamen clausuram, in communi viventes, et praesidentem habent triennalem cum confessario presbytero saeculari a nobis approbato.

Cuperem eas ad tria vota solemnia redigi, vel saltem cavere ut quae in posterum recipientur id faciant, et sic paulatim omnes vere moniales sint. Habent regulam S. Augustini et horas canonicas recitant. Pauperimae sunt et ex eleemosynis priorum utcumque victitant. Earum ecclesia S. Georgio et beatae Mariae Magdalenae dicata est ab illustrissimo cardinali Arminiaco archiepiscopo et collegato Avenionensi.

L'original de cette visite a été vendu en Italie en 1880.

Je la cite, d'après une transcription faite par M. Duhamel, archiviste départemental, qui avait eu en communication une copie de cette pièce.

dix ans subissait sa sévère pénitence, quand cette année-là, le 11 avril, à l'occasion de sa visite pastorale, Mgr Dulci, archevêque d'Avignon, la gracia (1).

Le besoin d'une réorganisation de la vie claustrale des religieuses de Saint Georges se faisait vivement sentir. Cette nouvelle réglementation est donnée par Mgr Philonardi dans sa visite pastorale en 1628,

Le compte rendu de la visite de l'archevêque d'Avignon, nous donne des détails sur l'état du monastère à cette époque. L'église, à une seule nef, avait été construite par le cardinal d'Armagnac ; ses murs sont couverts de peintures. En dessus de l'autel deux tableaux représentent saint Georges et sainte Magdelaine. A droite nous trouvons un autre autel entretenu par la confrérie de Sainte-Marie-Magdelaine qui, le jour de la fête de sa patronne fait célébrer une messe solennelle.

Ce document nous apprend que c'est en 1606, sans doute pour pallier à l'insuffisance de ses ressources, ou à la pénurie de vocations, que le monastère se transforma, et que, de l'assentiment de Mgr Bordini, il ne fut plus réservé aux seules Repenties et put recevoir des jeunes filles de la ville. Actuellement, ajoute ce texte, les Repenties sont en bien petit nombre. En effet le couvent comprenait à ce moment-là le personnel suivant :

ENTRÉES COMME REPENTIES :

Jeanne Verdune, abbesse, âgée de 66 ans.
Catherine de Claret, 82 ans.
Françoise de Fortia, 72 ans.
Marguerite Martine, 50 ans.
Françoise Parelle, 50 ans.
Magdelaine Rousselle, 50 ans.

ENTRÉES COMME JEUNES FILLES :

Antoinette Amielle, âgée de 62 ans, et entrée depuis 3 ans.
Catherine de Sade, 42 ans.
Anne de Berardi, 35 ans.
Marguerite de Thomas, 28 ans,
Marguerite de Julian, 33 ans.
Catherine de Jocas, 26 ans.
Elisabeth de Joannis, 32 ans.
Louise de Vade, 25 ans.
Honorée de Bidon, 25 ans.

---

(1) 1613, 11 mars. Visitacio monasterii. S. Georgii...
Et presentavit se coram eodem illustrissimo [archiepiscopo] soror Francesia Parrelle, quae eidem dixit qualiter per decretum sive sententiam illustrissimi quondam bonae memoriae Francisci Bordini, archiepiscopi, sui predecessoris, remanserit in carceribus dicti monasterii per plures annos sub penitentia in eadem sententia constituta et descripta, et illustrissimum dominum humiliter requisivit pro ejus felici ingressu ad dictum monasterium, quatenus dignetur velle eamdem relaxare a dictis carceribus et poena. Illustrissimus dominus dictam Parrellam a dictis carceribus [liberavit], ipsamque in pristinum statum remisit, dummodo tamen caste honeste et religiose vivat. (Arch. de Vaucl., arch. 2me versement, visites pastorales de 1610 à 1628 fo 30).

C'est-à-dire six anciennes Repenties sur 15 religieuses. Aussi les charges étant à l'élection, elles sont toutes occupées par des jeunes religieuses, sauf la charge d'abbesse qui exigeait un âge vénérable. Les charges sont : une abbesse, une sacristaine, une préposée au chœur, une portière, deux procuratrices, deux infirmières.

Les revenus du monastère en 1628 s'élevaient à la somme de 365 écus de trois livres. Les stipendiés du couvent étaient le *procureur* qui touchait annuellement 24 écus : l'*advocat*, qui n'avait de fixe que deux écus par an, mais le casuel en plus : le *chapelain* appointé à 22 écus, et deux *servantes* touchant chacune six écus.

L'archevêque commence sa réforme en visitant le jardin. Ce jardin était loué à un cultivateur qui y entrait avec ses aides quand il voulait. Mgr Philonardi, fait appeler le jardinier, et lui annonce que du fait qu'il est entré dans la clôture sans autorisation spéciale il est excommunié. Il lui ordonne d'aller se faire absoudre par le délégué de l'archevêché commis à cet office, et lui défend sous peine des galères de retomber dans de pareils errements. Son bail est annulé, et il est stipulé que dorénavant le jardinier ne pourra entrer dans la clôture sans une licence nominative de l'archevêque.

Mgr Philonardi s'occupe ensuite de la portière. La porte intérieure aura deux serrures dont les clefs seront détenus, l'une par la portière, l'autre par l'abbesse. Sous peine d'excommunication et de prison, la portière et l'abbesse ne doivent laisser entrer personne sans une autorisation signée par l'archevêque. Toute sœur qui mettra les pieds hors de la clôture sera excommuniée d'abord, puis condamnée à telle peine qui sera ordonnée par l'archevêque.

Des deux servantes faisant le service du monastère, une fera le service extérieur, l'autre le service intérieur. Celle-ci, pour la clôture, sera soumise aux mêmes prescriptions que les sœurs.

Les portières seront au nombre de deux, afin qu'il puisse y en avoir constamment une de garde. Toute sœur qui viendra à la porte quand on l'ouvre pour voir celui qui entre ou lui parler, sera condamnée à huit jours de cellule.

La liste des personnes autorisées par leurs fonctions à pénétrer dans le couvent est chaque année arrêtée et signée par l'archevêque (1).

_____

(1) Voici l'autorisation donnée par l'archevêque an 1633 : Nous Marius Philonardi... archevesque d'Avignon, concédons licence aux soubs nommés de pouvoir antrer dans le monastère de Saint Georges d'Avignon, en cas seulement de nécessité et en observant pour lors les conditions cy bas mantionnées :

Que à leur entrée la sœur portière ou autre ayant charge de la mère abbesse, sonne une clochette pour signe à chascune des religieuses de se retirer. Que en entrant ou estant dans la clausure soit accompagné de deux religieuses des plus anciennes à ce depputées. Que aulcun ne s'ingère de faire aultre fonction que celle pour laquelle il est icy destiné. Que personne n'aille rollant par le monastère mais aille droit au lieu prescript. Que personne n'antre avant l'aube du jour, ne demure après l'ave maria du soir. Desquelles heures nous exemptons le médecin chirurgien, en cas seulement de vraye et urgente nécessité, et en tel cas qu'il ly aye continuellement de lumière pour esclairer en alant, demeurant et sortant, en telle manière que s'antande et voye ce que ce faict et dict. Et ayant parachevé les fonctions pour lesquelles les soubsnommés sont antrés, sortent promptement et ne demeurent point dans la clausure pour manger, boire ou faire quelque exercice. Que

L'archevêque réglemente ensuite la vie des religieuses passant successivement en revue :

1° LE PARLOIR. — Les sœurs seront toujours accompagnées au parloir par une sœur respectable qui entendra tout ce qui se dira et verra tout ce qui se verra. Les conversations et visites au parloir ne pourront excéder la durée d'une demie heure.

2° LE CHAPITRE. — Chaque semaine, l'abbesse réunira les sœurs en chapitre, et, entre autres choses, leur donnera lecture du présent règlement.

3° LE CHŒUR. — On devra y garder le silence et y chanter distinctement et dévotement les hymnes et cantiques.

4° LE RÉFECTOIRE. — Les repas doivent être pris en commun, sauf autorisation spéciale de l'abbesse.

5° L'INFIRMERIE. — Le médecin ne doit voir aucune religieuse en dehors de l'infirmerie. L'archevêque affecte au service de l'infirmerie une somme de 40 écus de rente, à prendre : six écus sur les gages du procureur qui passeront de 24 à 18 écus : vingt écus sur la masse commune, et 14 écus sur les fonds provenant du travail des sœurs.

6° LES CELLULES ET LA VIE DES RELIGIEUSES. — Les religieuses avaient chacune leurs effets et linges leur appartenant en propre. L'archevêque décide que la lingerie sera commune à tout le couvent et dirigée par la mère abbesse qui remettra à chaque sœur ce dont elle a besoin.

Dans leurs cellules les sœurs s'occupaient à des travaux de lingerie qui leur étaient apportés par des personnes de la ville. Dorénavant l'abbesse députera deux sœurs âgées pour servir d'intermédiaires entre les personnes apportant ces travaux et le couvent. Ces deux sœurs distribueront ensuite aux autres religieuses les travaux à faire et remettront à l'abbesse tout l'argent que rapporteront ces travaux sans que les religieuses aient à s'ingérer en quoi que ce soit dans tout ce qui concerne ces travaux, leur réception et leur payement.

De même c'est à l'abbesse que dorénavant les parents remettront les pensions viagères qu'ils font à raison des dots des religieuses ou autres dons : l'abbesse en disposera selon les nécessités de la vie religieuse du couvent.

L'abbesse aura dorénavant la clef des cellules et les visitera au moins une fois par mois.

L'archevêque fait ensuite remarquer que le monastère a totalement dévié du but

l'on ne porte aulcune lettre ou message dedans ou dehors le monastère. Que chascun ly aille en propre personne sans pouvoir substituer personne en sa place sans licence signée de nostre main.

Soubs peyne d'excommunication encorable par les contrevants et aultre à nous arbitraire selon la qualité du cas nous reservant absolution.

M. Brunel, médecin ; M. Symiàn, chirurgien ; M. Laurans Rochet, jardinier ; M. Guilhaume Martin, gippier ; M. Gaspard Marçau, fornier, M. Loys de Lauque, serrurier, M. Jacques la Planche, fustier ; M. Antoine Titaud, meunier ; Anne Rousse, lavandière.

Les présentes valables pour le temps d'une année et se dourront au confesseur lequel ayant pris copie la remettra à la mère abbesse.

Donné au palais apostolique le 12 juin 1633.

(Origine archives de Vaucl. archev. 2° versement 1554 diversa monialium f° 205).

en vue duquel il avait été institué : que cette cohabitation de Repenties et de jeunes filles sages n'a produit aucun bon résultat, et ne peut pas en produire. D'autre part le nombre des sœurs n'est pas en rapport avec les ressources du monastère ; donc il interdit de faire aucune réception avant qu'il ait été pris une décision au sujet de ce couvent par les autorités ecclésiastique après mûr examen de la question.

Il termine en rappelant aux sœurs qu'elles n'ont pas le droit de disposer par testament ou autrement, et que, en vertu des constitutions apostoliques, tout ce qu'elles peuvent avoir appartient au couvent et doit après elles lui rester.

L'archevêque avait très sagement vu les défauts de cette institution où il n'y avait plus ni régle, ni autorité, et ses décisions faisaient prévoir la prochaine disparition du monastère ou sa transformation.

Malgré cette sage réglementation, une malencontreuse affaire vint rappeler l'attention sur le couvent de S. Georges.

Il y avait dans ce monastère une religieuse nommée Marguerite de Thomas, originaire de Marseille, qui nous apparaît comme ayant l'esprit mal équilibré. Sœur Marguerite de Thomas commence par avoir, en 1630, une interminable procédure en cour de l'officialité pour refus d'obéissance et injures envers la supérieure, le vicaire général de l'archevêché, et l'archevêque lui-même. Elle avait comme complice dans cette affaire sa sœur mariée à un nommé Jean de Torves, apothicaire, à Avignon (1). Malheureusement elle ne borna pas là ses excentricités.

A peine cette affaire était elle terminée, que sœur Marguerite de Thomas, qui cependant n'était plus une toute jeune fille (elle avait alors 35 ans) cause un scandale bien plus grave :

« Du samedy septiesme de Juillet 1635, sur les dix heures du soir, Mgr le reverendissime, vicaire général, s'estant acheminé au monastère de S. Georges... dame Catherine de Sade, supérieure, a rapporté comme ce jourd'huy, sur les dix heures du matin, sœur Marguerite de Thomas s'est accouchée et deslivrée d'un enfant masle en sa présence et de sœur Anthoinete Amiele, portière, et Catherine Carbonière, sage-femme, et de Jeanne Souchière, servante, dans la chambre en laquelle ladite sœur Thomasse est logée depuis quelque temps par ordre de sadite Seigneurie. Ladite dame supérieure a supplié de vouloir remédier à ce que ledit monastère ne soyt chargé de la despance tant de la couche de ladite sœur Thomasse que nourriture de son enfant. A quoy ledit Sgr vicaire à la dict pourvoir (2) ».

L'enfant est remis aux soins des recteurs de l'Aumône générale. Sœur Marguerite de Thomas est immédiatement mise en prison et son procès commence en cour de l'official. Sœur Marguerite nous apparaît dans cette procédure comme à moitié folle (Un cerveau estropiat, dit la supérieure). Elle commence par déclarer que son complice est un personnage important de la ville, M. Barthélemy de Berton. C'était faux ; le complice était un repris de justice nommé Simon Dupuy, qui prit la fuite au premier son de cloche et alla se faire pendre ailleurs. Quant à M. de Berton, l'année précédente il avait été appelé au couvent par sœur Marguerite qui le

(1) Arch. de Vaucl., Archevêché, 2me versement : 1629 visitationes pastor., fo 273-293.

(2) Arch. de Vaucl., G. archevêché, 2me versement, 1635 sacrilegia ; cette procédure remplit les follos 1 à 367.

pria d'intervenir en faveur de ce chenapan dans une affaire de coups et blessures contre M. Sudre, médecin d'Avignon et ami personnel de M. de Berton. M. de Berton parvint à arranger cette affaire. Depuis lors il n'a vu sœur Marguerite de Thomas qu'une fois : « il lui parla le jour de la Sainte Madelaine 1634, au parloir bas, où elle estoit en compagnie de plusieurs autres religieuses ; le matin de ce jour ayant sceu que Melle de Guilhem, sa maistresse, bailloyt des bouquets pour la confrairie dudit monastère, suyvant la coustume, il y alla pour en prendre ung de ses mains (1).

Le résultat de cette enquète fut la réhabilitation complète de M. de Berton. Quant à sœur Marguerite de Thomas, les juges considérèrent sa responsabilité atténuée par sa faiblesse d'esprit : aussi ne la condamnèrent-ils qu'à dix ans de prison avec jeûne le Vendredi aù pain et à l'eau.

Après cette regrétable histoire, l'autorité ecclésiastique ne chercha qu'une chose : faire disparaître l'institution de S. Georges. Elle décida de la transformer complètement en y introduisant une autre règle. Nous avons vu les difficultés qu'eut l'officialité pour mettre d'accord les religieuses de Saint-Georges dont une partie voulait adopter la Règle de la Visitation, et l'autre la règle des religieuses de la Miséricorde (chapitre III, page 75-84) et comment finit par disparaître les monastères des pénitentes de Saint-Georges en 1643.

Nous donnons ici, in-extenso le compte-rendu de la visite pastorale de Mgr Philonardi en 1628, contenant la nouvelle règlementation qu'il donna au monastère de Saint-Georges avant de le supprimer.

Visitatio ecclesiae et monasterii monialium S. Georgii Avinionensis.

Anno domini 1628 et die XV mensis martii, prefatus illustrissimus (2) suam visitationem monialium continuando, hora circiter octava de mane, accessit ad ecclesiam S. Georgii sororum poenitentium S. Mariae Magdalenes hujus civitatis, in qua missam celebravit, omnibusque in clausura existentibus sanctam Eucharistiam ministravit, ac indulgentiam plenariam a sanctissimo D. N. concessam publicavit. Quibus peractis, visitavit SS. sacramentum quod conservatur intra pixidem argenteam in tabernaculo ligneo deaurato decenti in medio altaris ; in cujus visitatione decrevit ut infra :

Tabernaculi janua accommodetur ut absque aliquo impedimento commode aperiri possit. Pixidis cupa intus deauretur. Provideatur etiam de baldachino quanto citius de aliqua materia decenti pro viribus monasterii.

Et succesive perquirendo de sacro oleo infirmorum, fuit dictum

(1) *Ibidem*, fo 53.

(2) Achiepiscopus Mgr Philonardi.

in dicta ecclesia illud non asservari, sed accipi cum opus sit a parrochia. Provideatur de vasculo pro retinendo sacro oleo infirmorum ; ad hunc effectum extruatur fenestrelia propre altare majus, atque intrinsecus panno serico violaceo circum vestiatur, de ostiolo tuto claudatur.

Altare majus non consecratum bene et decenter ornatum (?) habet petram sacratam, et in eo celebratur singulis diebus a capellano monialium cui pro servicio solvuntur scuta XV.

In eodem altari sunt fundata 8 anniversaria quorum notula infra registratur per extensum.

Petra sacrata tela cerata cooperiatur.

Provideatur de tela stragula ad cooperiendum altare, de extinctoris, de campanula decentiori.

Anniversaria aliaque onera huic ecclesiae suisque altaribus breviter in tabella describantur quae loco patenti appendatur.

Aliud altare, a latere dextro ingredientis ecclesiam collocatum, est de necessariis ornamentis instructum, nulla in eo est fundatio, sed ibi exercetur confraternitas laicorum, qui retinent prope altare capsulam affixam pro eleemosynis colligendis ex devotione fidelium quae in beneficium altaris sororum convertuntur.

Curant dicti confratres in festivitate S. Mariae Magdalenes missam in dicto altari celebrari, illudque decenter semper retineri. Locus ad monialium confessiones audiendas est extructus prope januam' ecclesie a latere dextro ingredientis in parvulo cubiculo. Construatur fenestra lignea in loco confessionalis, quae fenestra claudatur de clave quam confessionarius retineat, nec ullo unquam tempore aperiatur, nisi cum audiendae sint confessiones.

In eodem loco nulli fas sit, sub quocumque proetextu, sorores alloqui, nec illae versa vice cum aliis sermonem habere, sub poena excomunicationis. Confessarius dum sororum confessiones audit sit superlicio et stolla indutus, et illas non audiat ante solis ortum, nec post solis occasum.

Visita sacristiae. — Locus pro sacristia est circumcirca altare majus, non muro clausus, sed serico extrinsecus circumvestitus, et usui tamen est pro sacerdoti capellano qui ibi sacras vestes induit. Sacra ornamenta in eo non asservantur sed intus monasterium a sorore sacrista. Totius vero sacrae supellectilis inventarium intra est registratum.

STATUS ECCLESIAE. — Haec ecclesia ex signis consecrationis in parietibus depictis apparet consecrata. Fuit extructa a bone memorie egregio cardinali de Armeniaco, collegato et archiepiscopo Avinionensi sub nuncupatione S. Georgii.

Unica tamen navis constat, eaque perampla, lucida et devota, tecto fornicato. Altare majus in capite ecclesiae eminentiori loco extructum et decenti pictura cum imaginibus S. Georgii et S. Magdalenes : per tres gradus ad illud ascenditur.

Septum habet ligneum ante se, in cujus medio est janua quae, peractis sacris, sera et clave clauditur a capellano : in summa illius parte est imago crucifixi. A lateribus dicti septi duo sunt extructa altaria.

Pavimentum dictae ecclesiae silicibus stratum, et adaequatum, planum ubique est et equale. Parietes albo opere incrustati : fenestras habent ex nnmero et structura ut lumen quantum ad ipsam ecclesiam illustrandam opus est recipiatur.

Supra januam a dicto loco contra altare majus chorus positus est et inde sorores S. Eucharistiam prospiciunt, et crate magna ferrea munitus est in cujus medio est fenestra alta dimidiato palmo lata, vero integro, perquam sorores sacram communionem recipiunt, et ascenditur illuc per gradus ligneos commodos.

Ad ingressum januae est collocatus fons aquae benedictae.

Janua clauditur hora quinta de sero, et mane aperitur hora septima per ancillas monasterii, et clavis ab abbatissa asservatur.

Eadem die hora post meridiem secunda prefatus illustrissimus ad praedictum monasterium rediit, in cujus ecclesia pias ad deum preces fusit, coassumptis deinde secum R. Laureto de Franchis, vicario generali, necnon domino Turquato, presbitero, et uno de suis capellanis, aliis relictis, januaque monasterii aperta, clausuram ingressus est. Ibique servatis ceremoniis in aliorum monasteriorum visitationes observatis, sororibus ordine praeeuntibus, ad chorum superiorem accessit, ubi recitatis solitis versiculis, dictaque per abbatissam oratione deus humilium, et antiphona. S. Georgii et S. Magdalenes, orationes de eisdem sanctis recitavit, et omnibus genuflexis pontificalem benedictionem impertivit.

Successive sedens in sede in medio chori cum tapeto subtus strato preparato, a singulis sororibus una post aliam juxta earum professionem accedentibus obedientiam et reverentiam per manus osculum recepit. Omnibus deinde ordine in choro suo loco sedere jussit, pia monita dedit quae lingua gallicana bene et impromptu explicavit dominus Turquatus.

Quibus peractis abbatissam de monasterii instituto, regulis, earumque observantia et aliis ad visitationem spectantibus interrogans audivit :

Hoc monasterium erectum esse una cum ecclesia a bone memorie cardinali Armeniaco, translatum est e loco sancti Florini (1) alias de Mercede, et proprie in loco ubi ad presensu commorantur Rev. patres Minimi, in quo antiquitus anno 1376 fuerat fundatum sub titulo domus sororum poenitentium sanctae Mariae Magdalenes de Miraculis.

Monasterii institutum principale versari circa receptionem mulierum adolescentularum quae parum honeste vixerint, et aetatem XXV annorum non excedebant, obque earum formam alios ad inhonesta inducere possent ; alias etiam mulieres juxta monasterii facultates recipi posse : numerum ad quindecim fuisse praefixum ; recipiendas per octo vel decem dies explorari, ac de iis sumi informationes ; persistentes in voluntate poenitentiae admitti.

Admissas vocari sorores, gubernari ab una ex iis quae eligitur in gubernatricem seu priorissam, et electa confirmari debet ab ordinario : alias creari officiales juxta monasterii necessitatem.

Omnes profiteri formula infrascripta : Ego soror N promitto Deo, et gloriosae Virgini Mariae, et S. Magdalenae, et omnibus sanctis paradisi, et tibi matri spirituali gubernatrici et priorissae hujus domus, observare obedientiam, et meum corpus in castitate retinere, et habere propositum ac bonam voluntatem commorandi toto tempore vitae meae in societate sororum hujus domus, et insuper observandi pro posse meo omnia statuta hujus monasterii facta et facienda quamdiu vixero.

Usque ad annum 1606 mulieres ad formam instituti praedicti tantum receptas fuisse, ab eo tempore usque ad praesentem diem de mandato bonae memoriae illustrissimorum dominorum archiepiscoporum Bordini et Dulcis, virgines admissas fuisse ita ut major pars sororum nunc in monasterio degentium sint virgines, et omnes ju-

---

(1) Sic pour *Champflori* : ce sont les notaires du XVIᵉ siècle qui ont inventé ce saint.

venes, quarum natu major non excedit annum XXXV, omnes eadem forma in aetate a sacro concilio Tridentino praescripta professae.

Omnes tam virgines quam repentitas vocem activam et passivam habere, duabus exceptis, et virgines quae sunt in majori numero semper praevalere in electionibus, ideoque monasterii officiales majori de parte ex iis eligi.

Earum cathalogum esse infrascriptum, qui fuit exhibitus tenoris ut infra :

Soror Joanna Verdune, Avenionensis, quae ad presens est abbatissa, aetatis suae annorum 66, in monasterio commorata per 50 annos. Soror Catherina de Claret, Aven., annorum 82, in monasterio 66 : soror Francisca de Fortia, Aven., annorum 72, in monasterio 46 : soror Antonetta Amielle, annorum 62, in monasterio 3 : soror Catherina de Sade Aven., annorum 42, in monasterio 32 : soror Marguarita Martina de Leux in Delphinatu, annorum 50, in monasterio 30 : soror Anna de Berardi ; Aven., annorum 35, in monasterio 19 · soror Marguarita de Jullian, Avenion., annorum 33, in monasterio 17 : soror Marguarita de Thomas, Massiliensis, annorum 28, in monasterio 16 : soror Catherina de Jocas, loci Paternarum, annorum 26, in monasterio 10 : soror Elizabet de Joannis, Aven., annorum 32, in monasterio 12 : soror Aloisia de Vade, Aven., annorum 25, in monasterio 10 : soror Honorata de Bidon, ex Ardeche, annorum 25, in monasterio 9 : soror Francisca Parelle Aven. annorum 70, in monasterio 46 : soror Magdalena Russelle, Massiliensis, annorum 50, in monasterio 29.

Duas ultimas sorores voce activa et passiva perpetuo privatas fuisse. Habitum induere dictas sorores album, et velum semper album deferre, praeterquam in sacramento confessionis et sanctissimae Eucharistiae. Officiales quae a sororibus eliguntur esse infrascriptas : Abbatissam cujus officium erat perpetuum donec ab illustrissimo domino fuit redactum ad triennium : sacristam unam : praefectam chori unam : hostiariam unam : procuratrices monasterii duas : infirmarias duas :

Earum officium..... esse eligi die..... per vota secreta (sic). Anno 1376 quo monasterium fuit fondatum ab Elia Sertis, tunc priore CartusianorumVilanovae, necnon Durando Andrea preposito Ecclesiae Aptensis, et Guilhermo d'Entregeles, tanquam commissariis apostolicis a Gregorio XI deputatis, statuta quaedam confecta fuisse, eaque in carta pergamena intus antiquam capsam in monasterio asservata, nunquam tamen a sororibus lecta nec habita, ideoque non observata, ut etiam apparuit ex responsionibus quas dederunt abbatissa æt sorores ad singula in statuto contenta de quibus sigillatim fuerunt ab illustrissimo interrogata, cujus statuti copia in italicum sermonem versa habetur in fine presentis visitationis (1) :

Dixerunt praeterea sorores prædictae redditus monasterii assendere in pecunia ad scuta 365 soi. 36. In frumento salmatas XXIV quæ ad minimam summam summam semper ad 4 scuta cum dimidio pro qualibet salmata: sunt, scuta 108 : in vino quod singulis annis superest ex earum vineis, scuta 20 : ex fructibus earum horti intus monasterium, scuta 28 : qui certi redditus sunt singulis annis scuta 485 sol. 36. Impensas et onera monasterii esse infrascripta : Pro ministris sex ut infra, scuta 58 : pro cultura vinearum et vindemia, scuta 50 : pro lignis, scuta 60 : pro oleo, scuta 45 : pro sale, scuta 5 : pro candelis, scuta 6 : pro vectura bladi, scuta 3 : pro coctura panis, scuta 15 : pro omnibus minutis expensis in reparationem etiam monasterii ordinarie, scuta 20 : pro mundandis bladis, scutum 1 : quae ascendunt ad scuta 263 et sol. 15 (sic).

Remanere redditus monasterii, deductis omnibus oneribus, in scutis 222 et 21 solidis.

Dederunt praeterea dictae sorores cathalogum inservientium monasterio cum nota mercedis quae singulis solvitur quolibet anno, tenoris ut infra : Dominus Anthonius Pascalis, beneficiatus S. Agricoli, procurator a multis annis, habet annuatim scuta 24 : Dominus Ludovicus Guion, advocatus, habet duo scuta singulis annis praeter mercedem juxta laborem in necessitatibus monasterii impensum : dominus Petrus Finiel, Nemausensis diocesis, capellanus, habet 22 scuta : dominus Olardus Bar, canonicus ecclesiae S. Agricoli, habet singulis annis scuta octo : duae servae habent scuta duodecim dividenda inter ipsas : (in summa) 58 scuta.

Quibus habitis, visitavit sacram supelectilem et locum ubi asservatur, singulas cellas sororum, officinas et omnia loca monasterii, confessionale, collocatorium, rotam, januas et viridarium. Cumque audivisset ex multis annis per acta Chaisii notarii, hortum pro annua pensione scutorum 18 locatum fuisse Francisco (en blanc), qui

---

(1) Je n'ai pas retrouvé cette traduction italienne.

quoties ei videtur solus vel cum familia ingreditur, vel exteros ope-
rarios mittit qui in clausuram et hortum in ea existentem fere singulis diebus absque aliqua licentia ingrediuntur, et per dies integros
commorantur, vocato ad se dicto Francisco, notificavit ipsum et
alios omnes absque licentia in clausuram ingressos in excomunication incidisse, ideoque eis injunxit ut se et alios absolvi faciant a
domino Turquato, theologo ecclesiae metropolitanae, id facultatem
habente. Proecepit sub poena triremium ne amplius in clausuram
predictam ingrediatur vel alios ingredi faciat.

Locationemque horti abrogans, ei injunxit ut suas praetentiones,
si quas habet, deducat coram domino vicario, qui cum interventu
domini, procuratoris fiscalis illum audiat et amicabiliter gratis com-
ponat interesse de hac causa inter ipsum et monasterium interce-
dens.

Abbatissae autem et janitrici præcepit ut suae conscientiae consu-
lant ac deinceps praedictos absque licentia in scriptis in clausuram
non permittant sub poena excomunicationis ipso facto incurrenda
et privationis vocis activae et passivae.

Praeterea in visitatione supradicta decrevit ut infra :

[DE CLAUSURA ET OFFICIO JANITRICIS]. — Janua per quam patet
ingressus ad clausuram duabus disparibus clavibus interius claudatur, quarum unam retineat abbatissa, alteram janitrix ; neque
unquam aperiatur nisi ad eos introducendos qui licentiam ad id
in scriptis obtentam exhibuerunt, sub poena excomunicationis et
carceris, aliisque pro qualitate casuum contra utramque, et quibuscumque aliis prepositis quae aliquem cujuscumque aetatis et sexus,
et si foemina consanguinae vel infans sit, absque scripta licentia intra clausuram admiserit.

Quaecumque quae quavis de causa pedem extra limites clausu-
ræ effere presumpserit, eo ipso in poenam excomunicationis incidisse declaratur, aliisque ex arbitrio poenis sub jaceat.

Abbatissa et janitrix illam illustrissimo domino archiepiscopo
statim deferre, sub poena excommunicationis et suspensionis ab
officio, teneantur.

Ex duabus monasterii ancillis una extra clausuram inserviat, nec
in illam ingrediatur ; altera intra clausuram inserviens, inde non
egrediatur. Casu vero quo egrediatur, in clausuram ingredi non

permittatur, poena excomunicationis proposita et aliis ex arbitrio infligendis contra praemissis.

Janitrici quae una est in monasterio, altera addatur a reverenda abbatissa intra duos dies deputanda, ita ut duas saltem janitrices sint, quarum una impedita vel discedente, altera assistat. Utraque vero non ad januam ociosa sedeat, sed vel oret, legat vel acu pingat.

Exteriorem januam extra clausuram existensem claudat imposterum una ex anciliis quae monasterio extra clausuram inserviat, nec in ea ingrediatur, clavemque retineat de nocte, vel abbatissae consignet cujus cura de mane aperiatur.

Accedens ad januam quando aperitur vel ad loquendum vel ad aspiciendum, claudatur in cellam per octo dies.

Eadem poena plectatur januae præfecta quae id permiserit, vel ad superiorem non detulerit.

Vectores frumenti, leguminum, vini et farinae pro usu monasterii, et quicumque alii in illud ingredi nisi interdiu, confessario, medico atque chirurgo in casibus tamen urgentis necessitatis exceptis, non permittatur poena excommunicationis proposita contra ingredientes et permittentes.

Ad cernendam farinam nemo intret, eadem poena proposita contra ingredientes et permittentes.

Reverenda abbatissa deputet quae in monasterio panem conficere discat intra tres menses ; quibus elapsis cuicumque ingressus ad hunc finem in monasterio prohibetur, eadem poena excommunicationis proposita contra ingredientes et permittentes transácto dicto trimestri a die notificationis presentis decreti decurrendo.

Ad Collocutorium. — Reverenda abbatissa intra diem, sub poena suspensionis ab officio, aliquas ex senioribus et perfectioribus professis deputet in discretas seu auscultatrices, ex quibus una saltem dum in collocutorio quaelibet intra clausuram existens cum exteris loqui permittitur semper intersit et ita assistat ut audiat et videat quidquid ibi dicatur et fiat, praeterquam si cum parentibus primi vel secundi gradus loquatur. Collocutorii locus sit sera occlusus, in quem nulla in clausura existens ingrediatur nisi vocata a reverenda abbatissa, venia illi data, ibique una saltem ex auscultatricibus assistat.

Loquens cum exteris absque scripta facultat eordinarii vel absque una ex auscultatricibus per tres menses privetur facultate loquendi cum exteris omnibus etiam propinquis primi et secundi gradus.

Sorores dum vocantur ad colloquendum cum exteris velum deferant usque ad os, neminem respiciant praesertim si mares sint, quibuscumque loquuntur ; ita denique habitu corporis et verbis se gerant, 'ut modestiam ac verecundiam prae se ferant.

Sit in collocutorio horologium pulveris, neque collocutio permittatur pertrahi ultra dimidiam horam circiter.

Crati ferreae quae extat additur altera introrsus ad invicem distans saltem per duos palmos, vel totam crassitudinem muri, adeo stricta ut puellae manus per foramina transmitti nequeat.

Servetur aedictum ab illustrissimo domino archiepiscopo emanatum anno 1625 sub poenis in eo expressis aliis que pro qualitate casuum imponendis.

Regulares et affines primi et secundi gradus juxta decretum S. D. N. papae Urbani octavi auctoritate editum cum monialibus alloqui sine licencia non permittatur.

In crate in qua est fenestrella pro sanctissima eucharistia ministranda, nemini intra clausaram existenti liceat cum exteris loqui, sub poena privationis accedendi ad cratem per mensem.

Scribens, aut recipiens, aut mittens litteras, ambasciatas vel munera per collocutorium, rotam vel quemvis alium monasterii... locum, inscia abbatissa, eadem poena plectatur et graviori si criminis suspicio adsit et quatenus opus sit ordinarius consulatur.

AD CAPITULUM. — Abbatissa semel saltem in hebdomana regulas presentibus monialibus in capitulo legi faciat, necnon singulis nonialibus singulas regulae copias, quas ipsa exemplari curet, omnino intra tres menses tradat, sub poena suspensionis ab officio, deque traditione in scriptis constare faciat, ut ipsa de adimplemento docere possit et aliis omnis excusationis et subterfugii locus auferatur.

Regulas praedictas in iis quae sanctis constitutionibus apostolicis et concilio Tredentini et provinciaii non adversantur abbatissa observet et ab aliis observari curet. Cum aliqua ocurrerit difficultas confessorium, et si opus erit, illustrissimum dominum archiepiscopum consulat.

Capitulum in hebdomana habeatur diebus in statuts praescriptis, illud abbatissa brevi aliqua oratione incohet, pari modo absolvat,

Soror Catherina de Sade curet aliqua pia exercitia de consilio confessarii et probatis libris sumenda in monasterim inducere, idque per annum curet ; quo elapso, una ex sororibus provectioris aetatis et probatae virtutis singulis annis ad id per superiorum eligatur.

Ad disciplinam regularem asservandam maxime prodest errata commissa congregatis coeteris omnibus recensere, quare singulis hebdomadis semel saltem habeatur capitulum culparum, in quo omnes congregatae quae in officiorum functione vel alias contra domesticae disciplinae regulas commiserint, sigillatim fateantur, et satisfactionem accipiant quam prestent.

AD CHORUM. — Omnes in choro silentium servent, reverenter, distincte ac devote himnis et canticis deum laudent.

Ad chorum non accedentes, vel usque ad finem non permanentes sine causa et licentia, vel parum modeste ac devote se habentes prohibeantur par octo vel plures dies pro modo culpae, arbitrio abbatissae, ad cratem accedere.

AD REFECTORIUM. — Studeant omnes in idem refectorium convenire, nec ulla extra illud comedere audeat sine causa legitima et licentia reverendae abbatissae, quae contrafacientes per unum diem in aqua et pane faciat jejunare.

Ad refectorium non accedens tempore debito, vel suo loco non sedens, vel recedens ante gratiarum actionem, obsonis unius diei, privetur, atque in mensa in postremo loco discumbat.

AD INFIRMARIAM. — Quaecumque intra clausuram existens, quae febri vel alio morbo laboret, quam in infirmaria curare oporteat de concilio medici, in illam etiam in virtute sanctae obedientiae sedere teneatur. Medicus nullam secundo invisat nec invisere permittatur ab abbatissa, nec medicinam praescribat extra infirmariam sub poena excommunicationis : neque confessarius extra illam cujusvis confessiones audiat, sub poena suspensionis a monialium et quorumvis aliorum confessionibus audiendis, in quas ipo facto incurrat.

Eligantur una vel duae moniales sollicitudine, sedulitate et charitate praestantes, quae aegrotantium sororum cum omni studio et pietate curam gerant.

Aegrotantibus autem expensis monasterii suppeditentibus omnes sumptus pro victu alimentis, letutis (*sic*), medicinis et aliis rebus

necessariis ad illorum morbos curandos et valetudinem conse-
quendam [ministrentur]. Ut vero nulla (cogatur) aliunde particu-
lares sumptus sibi facere, dictae infirmariae applicentur sex scuta
ex XXIV quae solvuntur procuratori, cui in futurum decem et octo
scuta pro sua mercede constituuntur ; item XX scuta de massa
communi, monasterii, XIV scuta ex laboribus operum manuum
ipsarum sororum percipienda, quae omnia summam scutorum
quadraginta faciunt ; quae ex nunc et perpetuis futuris temporibus
dictae infirmariae assignata et applicata esse censeantur ; ulterius
infirmariae hunc prout ex tunc applicentur omnis peccuniae supel-
lex et quevis bona, annui redditus, quicumque illi sint, qui tempore
obitus sororum vel alio quovis tempore reperientur. Quod si dicta
quadraginta scuta non sufficiant, abbatissa ex communibus monasterii bonis sororum infirmarum necessitati provideat. Sin autem
aliquando aliquid superest, id totum conservetur in usum et beneficium dicte infirmariae, et non in alios usus convertendum.

AD CELLAS. — Cum regularis vivendi ratio et optimi instituti et
tuta via, qua ad omnem perfectionis gradum ascenditur sit vita
communis, nihilque proprii possidere, nec pecuniam tractare, ne
eam quidem quae in usum cujusque conceditur, donec integre tutam
hanc deo serviendi viam et optimum institutum moniales quae
hactenus contrarium observarunt amplectantur. Permittitur quod
vestes et linteamina quae quaelibet monialis hactenus habuit et
habet pro suo usu retineat, ita tamen ut singulis mensibus ea
omnia abbatissae cedat et renuntiet, et ab ejus manibus vel omnia
vel aliqua ex eis pro abbatissae arbitrio et caritate recipiat, quatenus autem omnibus o???? aequo id animo ac libenter ferat juxta
obedientiae votum et regulas pias profiteant. Reverenda abbatissa
unam, aut ad summum duas moniales maturas ac prudentes laboribus monialium praeficiat, quae ad rotam accipiant quae elabo-
randa sunt, eaque monialibus distribuant, et de rota restituant,
accepta mercede quam abbatissae tradent.

In his nulla alia monialis se ingerat, etiam si ejus occasione a
parentibus aliquid elaborandum mittatur.

Pensiones monialibus a parentibus ultra dotem assignatas recipiat abbatissa, quae ex dicta pecunia, ei moniali cui est assignata,
provideat in ejus religiosis necessitatibus.

Idem faciat de muneribus si quae privatim monialibus mittantur.

Item quoque beneficio eorum quae qualibet monialis acu vel filo pingit quaeque ex supradictis supersint, eroget in communis usus monasterii.

Contrafacientes moniales priventur dicta pecunia quam uti proprium recipiunt et retinuerint, et ulterius pro qualitate casuum plectentur ; in abbatissam quoque, si erit culpabilis, animadvertetur. Abbatissa clavem habeat intra octo dies omnino conficiendam, quae juxta regulam omnium cellas aperiat easque visitet *semel in mense et saepius prout expedire judicaverit*(1).

Cum in hac domo, nec statuti in primeria ejus erectione conditi, nec alterius probatae regulae observantia sit hactenus introducta, sororum in ea admissarum numerus excedat numerum in statuto praefixum, et vires domus eo modo quo illius redditus fuerunt hactenus administrati non sufficiant, attento etiam fructu qui nec percipitur nec speratur ex permistione premissa per admissionem ad habitum in hac domo mulierum inhonestae vitae poenitentium et puellarum contra loci institutum, aliisque justis de causis, nulla in posterum ad habitum admittatur donec super statu hujus domus maturius deliberetur, praesertim circa mulieres poenitentes tantum vel puellas tantum utroque autem casu sub probata regula quae observetur in illam admittendas. Denique praefatus illustrissimus denuntiavit sororibus praefatis monasterii professis quae testamentum faciunt, vel de rebus sibi in usum assignatis, aut aliis ex dictarum rerum seu quoquo modo quaesitis disponunt, mori et decedere proprietarias, illasque censuris et poenis a sacris canonibus et constitutionibus apostolicis contra proprietarios editis et promulgatis subjacere ac obstrictas esse. Ac proinde declaravit omnes et quascumque dispositiones dictarum sororum, tam ultimarum voluntatum quam contractuum inter vivos factas et faciendas, ac in favorem quarumcumque personarum quantumvis privilegiaturum ex nunc prout ex tunc irritas et inanes nulliusque roboris et momenti.

Dictisque sororibus vita functis res omnes praedictas, integram supellectilem, pecunias, jura et quaecumque bona dictarum sororum quocumque nomine nuncupata, ex nunc prout ex tunc, dicto

---

(1) Ces mots en italique sont biffés et remplacés par deux mots illisibles.

monasterio plero jure incorporavit, et perpetuo incorporata esse
decrevit, et insuper pro faciliori executione praesentis decreti
praedictis sororibus sub poena excommunicationis injunxit quod
intra octo dies proximos a tempore publicationis praesentis decreti
computandos, medio juramento declarent coram dominatione sua
illustrissima, aut ejus vicario generali, aut alio ab eadem depu-
tando, penes acta praesentis visitationis et in ejusdem continua-
tione, omnes et singulos annuos redditus, pecunias, res quascumque ac omnia jura sibi ex quocumque titulo et causa, et per quascumque personas in vim contractuum, testamentorum aut scripturarum publicarum seu privatarum debita, cum designatione
nominis notariorum dictarum scripturarum ac dictarum rerum et
jurium debitorum, ut supradictorum omnium vera notitia tempore
obitus dictorum sororum adveniente, praedicta incorporatione in
favorem dicti monasterii in omnibus et per omnia absque ulla
jurium diminutione suum sortiatur effectum. Mandavit tamen
praefatus illustrissimus abbatissae seu praefectae dicti monasterii, quod durante vita duntaxat dictarum sororum, ipsis concedat
usum dictarum rerum et reddituum quos habent in his quae ad
victum, vestitum et reliquam vitae sustentationem pertinent modo
praedictas sorores dictarum rerum et reddituum usu revera, omni-
que fraude cessante indigere per dictam abbatissam dignoscatur,
et ab ejus manu praedicta recipiant.

Supradicta decreta in linguam gallicam translata semel in mense
per abbatissam in capitulo legantur in quo sit eorum copia affixa.
Detur alia copia confessario hujus domus qui illorum observantiam
curet.

Origine : Arch. de Vaucl., G. archevêché, 1558 visites pastorales, fo 566-573 pour
la deuxième partie, et pour le commencement, *ibidem*, 1627 visites pastorales, fo
265-268.

PIÈCES JUSTIFICATIVES

· PIÈCES JUSTIFICATIVES

I

*1347 XIX mai. Achat de vigne et terre fait par Garcende de Mo-
rières, au nom de la maison des Repenties, fondée par feu Gasbert du
Val, avec ses ressources personnelles : ces vigne et terre sont encore
payées avec l'argent du fondateur.*

Notum sit omnibus quod anno domini M° CCC° XLVII et die XIX mensis ma-
dii, existente... in mei... nobiles Argentina et Laura de Luco, sorores, filie condam
nobilis domini Salvatoris du Luco, alias Sordelli, jurisperiti de Avinione, ipse ambe
sorores simul et utraque earum in solidum bona fide... vendiderunt, et pure et per-
fecte venditionis titulo tradiderunt nobili domine Garcendi de Moriers, relicte domini Rostagni de Moriers, militis de Avinione, et michi notario infrascripto ut
persone publice, ibidem presentibus, ementibus, stipulantibus et recipientibus nomine et vice hospitalis domus dominarum Repentitarum seu reductarum ac redu-
cendarum fundati seu fundate, ut dicitur, par R. in Christo patrem dominum dominum Gasbertum, bone memorie, archiepiscopum Narbonensem, prope ecclesiam
beate Marie de Miraculis et propre Rodanum, et de ipsius domini archiepiscopi pecunia, et per nos eidem hospitali seu domui prenominatis, videlicet quamdam
earum vineam sitam in territorio Avinionis prope lausetam sancti Ruffi, fram-
cham, liberam... in qua esse dicuntur undecim eminate... Item quamdam terram...
in territorio appellato Corbes, in qua esse dicuntur decem eminate... precio et precii nomine octingentorum viginti florenorum auri fini de Florentia, quos octoginto
viginti florenos auri predicta domina Gercendis de peccunia dicti domini bone memorie arciepiscopi, sibi per Franciscum Baralhi campsorem de Avinione tradita,
eisdem Argentine et Laure sororibus... solvit tradidit et numerari fecit, sic quod de
ipsis octingentis viginti florenis auri prefate sorores et utraque earum se habuerunt
et tenuerunt plenarie pro pacatis et contentis...

Factum fuit hoc Avinione in hospicio habitacionis R. patris domini Archiepiscopi Benevenen. : testes presentes interfuerunt R. pater dominus Stephanus, divina
gratia archiepiscopus Beneven. predictus ; Franciscus Barallhi, campsor de Avinione ; Jacobus Burgundionis, alias de Porta Aqueria, de Avinione ; et domīnus Si-
cardus Johannini, beneficiatus in ecclesia beate Marie de Miraculis, egoque Anthonius de Valleaqueria.., notarius...

Origine : Arch. de Vaucl., série H. Visitandines de Saint Georges, liasse n° 31.

II

1351 XXVIII mars. Hugues de Sade, procureur des Repenties, demande la délivrance de la clausule d'un testamen en leur faveur.

Notum sit omnibus... quod anno domini Mᵒ CCCᵒ LIᵒ et die XXVIII mensis marcii... constitutus in curia temporali civitatis Avin. pro D. N. papa coram venerabili et circumspecto viro domino Hugone Bianchi, locumtenente nobilis et eminentis viri domini Jacobi Arbaudi, judicis supradicte curie..... Hugo de Sadone procurator..... dominarum Repentitarum de Miraculis de Avinione, dicens quod cum quodam testamentum Petruchii Porchi pistoris, scriptum et signatum.... sit penes magistrum Franciscum Nini notarium,.... quathenus eidem precipiatis ut clausulam tangentem supradictas dominas contentam in dicto testamento extrahat... Quiquidem dominus locumtenens... precepit et injunxit michi Francisco Nini predicto, quatenus clausulam tangentem supradictas dominas Repentitas de Miraculis... extraham, et ipsam extractam tradam et assignen predicto Hugoni nomine quo supra. Cujus quidem clausule dicti testamenti facti per dictum Petruchium Porchi... sub anno Mᵒ CCCᵒ XLVIIIᵒ et die tricesima mensis junii... tenor talis est :

Item lego dominabus Repentitis de Miraculis quodam hospicium meum cum orto situm prope Rodanum confrontatum ab una parte cum Rodano et ab alia parte cum orto domini de Columpna et cum via publica...

... Que scripsi ego Nicholaus Cor notarius dicte curie.

Origine : Arch, de Vaucl., série H. Visitandines de Saint Georges nᵒ 10.

III

1353. XXVI novembre. Reconnaissance en faveur de la maison des Repenties.

Notum sit omnibus quod anno domini millesimo trecentesimo quinquagesimo tercio, et die XXVI mensis novembris, existente domino civitatis Avinionis, sanctissimo in christo patre, domino nostro domino Innocentio, divina providentia papa sexto, in presentia mei notarii et testium subscriptorum, ad hec personaliter vocatorum et rogatorum, Guillelmus Casthanerie, serator, habitator Avinionis, pro se et suos heredes et successores quoslibet, ex sua certa sciencia, et in veritate palam et publica, recognovit Guillelmo Laurentii rectori dominarum Repentitarum Avinionis, presenti et recipienti solempniter pro dictis dominiabus, se tenere et possidere, tenere et possidere velle et debere pro eo nomine quo supra, sub dominio et senhoria, in emphiteosim seu ad accapitum perpetuum, quamdan vineam duarum eminatarum, parum plus vel minus, positam in territorio Avinionis, in loco dicto Ilhas.... quam pro quaquidem vinea servire vult et debet prefato Guillelmo nomine quo supra, annis singulis, in festo beate Marie de medio augusto, quatuor solidos...

Acta fuerunt hec Avinione...

Origine : Arch. de Vaucl., séric H., Visitandines de Saint Georgos, nᵒ 40, pièce en mauvais état.

IV

1354. XXVIII avril et 1355 XXIV avril. Reconnaissances en faveur de la maison des Repenties.

A. — In nomine domini amen. Anno a nativitate ejusdem Mᵒ CCCLIIII... et die XXVIII aprilis... Johannes Ricardi, sarrator fustarum... recognovit Guillelmo Laurentii, canabasserio de Avinone, et sindico Avinion., rectorique et procuratori, ut asseruit, monasterii dominarum Repentitarum prope ecclesiam de Miraculis extra muros Avionis constructi... se tenere in emphiteosim perpetuam et sub directo dominio dicti monasterii quamdam vineam... in loco vocato al Rivans sub censu annuo II sol. et sex den.....:

Actum Avinione... et me Petro Taussanici notario.

B. — Anno a nativitate ejusdem Mᵒ CCCᵒ LVᵒ... et die XXIIII aprilis... Peyroneta uxor Guillelmi Gauterii... recognovit discreto viro Hugoni de Sado, burgensi Avin., nunc sindico civitatis Avin., et rectori dominarum Repentitarum beate Marie de Miraculis... posssidere in emphiteosim perpetuam tres partes indivisas cujusdam hospicii cum medietate pontis qui est supra arcus qui sunt in carreria recta porte Aquerie, quodquidem hospicium cum dicta medietate pontis est situm Avinione in parrochia sancti Stephani versus dictam portam Aqueriam... pro qua servit... XXX sol...

Acta fuerunt hec Avinon... et magistro Nicolao Cor, notario...

Original : Arch. de Vaucl.. série H. Visitandines de Saint Georges, nᵒ 24 et 25.

V

1356. XXIX mars et XIV novembre. Reconnaissances en faveur de la maison des Repenties.

A. — Anno a nativitate ejusdem Mᵒ CCCᵒ LVIᵒ et die XXIX mensis marcii,... Bernardus Girardi de Avinione... confessus fuit... et recognovit Poncio Gaspardi, draperio, de Avinione, syndico civitatis Avinionis ac conservatori monasterii dominarum Repentitarum de Miraculis Avinionis, stipulanti nomine dicti monasterii se tenere... in emphiteosim perpetuam... quadam vineam duarum eminatarum scitam in territorio Avinionis in loco vocato Carniol..... pro qua quidem vinea dictus Bernardus dixit et asseruit se servire et servire tenere et debere eidem Poncio Gaspardi nomine dicti monasterii annis singulis in festo sancti Michaelis sex solidos bonorum turonensium parvorum et antiquorum de cors.....

Acta fuerunt hec Avinione... et me Hugone de Maflesio, notario.

B. — In nomine domini Amen. Notum sit omnibus... quod anno ejusdem Mᵒ CCCᵒ LVIᵒ et die XIV mensis novembris... in presentia mei notarii et testium infrascriptorum... Johannes Milonis, burgensis, Avinionis... vendidit... nobilibus et discretis viris domino Raymundo de Auronis militi, et Hugoni de Sadone, burgensi Avinionis, syndicis dicte civitatis, et tanquam gubernatoribus monasterii dominarum Repentitarum de Miraculis Avinionis, presentibus, ementibus, nomine et vice dicti monasterii stipulantibus solempniter et recipientibus, videlicet sexaginta turonenses argenti boni ponderis domini francorum regis censuales quos eidem Johanni servit... annis singulis in festo sancti Michaelis Raymundus Raynaudi, de Sarriano, habitator Avinionis, pro quadam sua terra quatuor eminatarum... sita in territorio Avinionis citra molendinum de la Roquilha... precio et nomine precii centum viginti florenorum auri magni ponderis signi et cunii cene, quodquidem precium dictorum centum viginti florenorum auri de cena dictus Johannes venditor confessus fuit... habuisse...

Acta fuerunt hec Avinion... et magistro Guillelmo Bernardi... notario...

Origine : Arch. de Vaucl., série H. Visitandines de Saint-Georges, liasse nº 25 bis et 27.

VI

1362. XXIII octobre. Reconnaissance en faveur de la maison des Repenties.

... Anno a nativitate ejusdem Mº CCCº sexagesimo secundo... die XXIII octobris... Bernardus Guardi mensurator sestarii Avinionis, morans ad portale Mahanesii in burgo dicto de Folco. . recognovit se a nobili viro domino Ramundo de Auronis, milite condomino Ronhonacii, juniore, ut sindico et administratore dominarum penitentiarum monasterii beate Marie Magdalenes seu de Miraculis... in emphiteosim perpetuam tenere... quamdam vineam duarum eminatarum sitam in territorio de Corniolis propre peyronum curie marescalli D. N. pape... cum censu octo sol.

... Acta fuerunt hec Avinone in hospicio habitationis dicti domini Ramundi presentibus... dominio Guillelmo Catonis capellano dictarum dominarum... et ego Johannes de Ausilhaco, notarius...

Origine : Arch. de Vaucluse , Visitandines de Saint Georges, 24.

VIbis

1363 XIX janvier. Reconnaissance en faveur de Guillaume Caton, prêtre, procureur des Repenties.

... Anno a nativitate ejusdem Mº CCCº LXIIIº et die XIX mensis januarii... Guillelmus Chastanher, de Vianna, habitator civitatis Avinionis qui moratur in carreria que est subtus salinium... confessus fuit... et recognovit se a nobili et religioso viro Guillelmo Catonis, presbitero et canonico sancti Georgii in Sabaudia prope Chambericum Grascinopol. diocesis, procuratore penitentium monasterii beate Marie Magdalenes de Miraculis Avinion.., recipiente vice et nomine dictarum dominarum... in emphiteosim... tenere suam vineam continentem quatuor eminatas vinee... in loco vulgariter appellato an las ylas... cum censu et servitutibus annuis videlicet pro qualibet eminata quatuor solidorum bonorum turonensium parvorum... solvendorum anno quolibet in festo Assumptionis beate Marie medii augusti... Acta et recitata fuerunt hec Avinione in portali sancti Lazari... et me Amedeo Guicheti notario...

Origine : Arch de Vaucl. série H. Visitandines de Saint Georges, n° 26 ; rouleau contenant toute une série de reconnaissance en faveur des mêmes procureur et couvent, datées du 19 janvier au 1er février. La dernière reconnaissance est passée *in monasterio dictarum dominarum ante capellam dicti monasterii.*

VII

3 juin 1363. La maison des Repenties achète au prix de 250 florins un jardin contigu à l'église de N.-D. des Miracles et au jardin de la Pinhote.

De 1366, réserves faites par le clavaire de l'évêché au sujet d'une partie de ce jardin qui étant soumise à la servitude de la vigne vispale aurait dû à la mort de son propriétaire, décédé sans héritiers directs, faire retour à l'évêché.

Sorores Repentide tenent et tenuerunt diu est, tres anni sunt preteriti et amplius, quemdam ortum situm ante ecclesiam capellanorum beate Marie de Miraculis qui olim fuit domini Guilhelmi de Lugato correctoris litterarum apostolicarum, seu Ranulphi de Lugato clerici Caturcensis diocesis ejus nepotis ; cujusquidem orti certa pars, scilicet a parte orti Pinhote, sive potius dicti domini episcopi tenetur a dicto domino episcopo, et servit ei mediam eminam annone quolibet anno ; et si dicant quod dominus cardinalis eis dedit, certe ipse ignorabat quod dicta pars teneretur ab ipso quia si sciret certus sum quod ipse voluisset habere recommendationem sicut fecit in consimilibus alliis ; nec ita parum eis dedit quia suum non erat, nec hoc facere poterat sine voluntate domini nostri pape et consensu capituli sui. Unde sciendum est quod anno MCCCLXIII, et die V mensis junii, Petrus de Podionsato, notarius publicus Avinionis, recepit notam emptionis facte et contracte per Dominum Arnaldum Leu, commissarium causarum piarum, nomine et vice domus et hospitalis dictarum dominarum sive sororum Repentidarum sancte Magdalene seu de Miraculis de Avinione, a capitulo collegii ecclesie parrochialis sancti Petri Avinionensis, precio CCV florenorum auri boni ponderis, de quodam hospitio et viridario dicti capituli contiguis et sesse tenentibus, ac sitis in parrochia sancti Agricole, ante portam ecclesie beate Marie de Miraculis, confrontatis ab una parte, ut dicitur, cum orto Pinhote, et ab alia cum quodam hospicio domini cardinalis de Ursinis, et ab ala parte cum hospitio et orto domini cardinalis Lemovicensis ; et ab alia parte cum carreria publica, salvo tamen et retento jure et directo dominio et senhoria dominorum directorum dictorum hospicii et viridarii, et censu et servicio consuetis. Cujusquidem viridarii pars illa que confrontatur cum dicto orto qui dicitur esse Pinhote, licet revera sit domini episcopi Avinionis, est similiter ejusdem episcopi vigore et virtute commissi servitutis imperialis privilegii vinee vispalis, per mortem Radulphi de Lugato, laici. caturcensis diocesis, qui sine heredibus legitimis obiit, cujus dicta pars viridarii, dum viveret, esse dicebatur in registro novo annuorum censuum in rubrica censuum stelli superioris sive portus pereriorum clarius expressantur. Et ideo petatur et habeatur trezenum pro dicta parte dominum episcopum contingente, et compellantur dicte sorores dictam partem orti alienare personis a jure non prohibitis et ipsam de manu mortua amovere.

Origine : Arch. de Vaucl., archevèché, G. 9, fo 209 verso.

VIII

1368. XXIV mai. Reconnaissance en faveur de la maison des Repenties.

Anno a nativitate ejusdem Mo CCCo LXVIIIo... et die XXIIII maii...... Johannes Grassi, alias baiuli, ortolanus... recognovit dominis Raymundo de Auronis, militi, et Garnerio de Sado, burgensi, syndicis civitatis Avinionis, ac rectoribus et gubernatoribus dominarum Repentitarum Avionis... possidere sub ipsarum dominarum directo dominio... quamdam terram quinque eminatarum... in loco dicto in Cortbes... pro qua servit... tres sol. et sex den.....
Actum Avinione..... et ego Jacobus Girardi de viridario, notarius.....

Origine : Arch. de Vaucl. Visitandines de Saint-Georges, 24.

IX

1370. VIII novembre. Reconnaissance en faveur de la maison des Repenties.

Anno a nativitate ejusdem Mo CCCo LXXo die octava novembris... Johannes Chauleti, tabernarius, civis Avin., commorans ad Infirmerias,... recognovit domine Ricane Thortoysse, gubernatrici sororum Repentitarum de Miraculis Avin... vineam quatuor eminatarum in territorio Avin., in loco dicto Illas... pro qua servit... pro qualibet eminata quatuor sol.....
Actum Avinione.., et me Bertrando Ruffi notario.

Origine : Arch. de Vaucluse., série H. Visitandines de Saint-Georges, 34.

X

1374. IX mars. Testament en faveur de la maison des Repenties.

... Anno a nativitate ejusdem Mo CCCo LXXIIIIo..... mensis marcii die jovis nona..... noscant omnes..... quod in presentia mei notarii publici et testium infrascriptorum..... rogatorum per venerabilem et discretum virum dominum Petrum Baulesii, presbiterum Ruthen. diocesis, suum faciens testamentum seu suam ultiman voluntatem inter cetera que in ipso testamento: contenta : dixit et fecit in ipso in verbis infrascriptis ea que inferius describuntur. Et primo ipe dominus Petrus suum ultimum testamentum condens sic dixit :

In primis siquidem animam meam...... comendo altissimo creatori... eligens sepulturam...... in ecclesia S. Desiderii.

Item... ordino quod exequie mee fiant per omnia secundum quod domino meo domino Durando Andree, preposito ecclesie Aptensis, executori meo videbitur expedire aut aliis executoribus meis.

Item lego unam domum quam habeo francam..., in carreria per quam itur ad portale S. Michaelis subtus ecclesiam beati Desiderii in qua habitavi et habito nunc de presenti, monasterio sive domui Repentitarum de Avinione vocato Miracles...

Item eisdem repentitis sive sororibus pro anima mea..... lego X fl.

Item Beatrici de Bellocadri, sorori ipsius monasterii de Miracles, lego eciam XXV fl.

Item lego eidem monasterio omnia utensilia domus mee que duxerit nominanda idem dominus Durandus Andree, quecumque sint, eciam si ligna, fena, avena, linteamina, mape, longerie, manutergia, matalacia, culcitra, pulvinaria, lodices, vanne, coperture, cortine, caxa, cofra, tabula, scanna, scutelle ac omnia alia que in coquina existunt, ac omnia illa que in cellario permanent aut existunt eciamsi sit vinum aut bote...

Im omnibus meis aliis bonis... volo heredes meos universales pauperes Christi...

Acta fuerunt hec Avinione in domo habitacionis ipsius domini Durandi, presentibus... Jacobo Emioli presbitero beneficiato in ecclesia Aptensi, Bernardo Mirapissis et Bernardo Bonifilii clericis perpetuis beneficiatis in ecclesia Montisregalis, Carcasson. dioc. et Arnaldo Soyris clerico Ruthen... et Ancelino Senhoret, payrolerio de Nicia, et Colardo de Antaberbis, pecheriorum stagni, magistro de Lengres et Johanne Leerut, ac Johanne Calhat sarralheriis Cameracen. et Geben. diocesibus... et me Bartholomeo Berengas, notario.

Arch. de Vaucl. série H., Visitandines de Saint Georges, n° 10.

XI

1374. XXVI mars. Bulle de Grégoire XI, chargeant Jean Sabatier d'affecter à la maison des Repenties les legs faits à des œuvres pies incertaines et les legs non exécutés.

Gregorius.. dilecto filio Johanni Sabaterii, canonico Agathen., decretorum doctori... Inter sollicitudines varias quibus assidue premimur, illa potissime pulsant et excitant mentem nostram ut persone que voluptatibus seculi abdicatis, deo servire desiderant multiplicentur numero et meritis augeantur, eisque necessariorum copia non desit in seculo quibus celesticia preparantur. Sane pro parte dilectarum in Christo filiarum quarumdam mulierum nullum ordinem professarum commorancium in domo sita juxta ecclesiam beate Marie de Miraculis Avinionis, ac religiose et honeste vivencium in eadem que Repentite vulgariter nuncupantur, nobis nuper exhibita continebat quod, ipse que dudum in seculo permanentes diabolica fraude decepte lubricam vitam duxerint, demum ad cor reverse, et ad deum converse, ac in dicta domo incluse, honestam vitam perpetuo proposuerunt ducere et proponunt ; sed quia necessariorum deffectum nimium pasciantur ipsa domus adhuc non est pro earum oportuna habitacione ordinata totaliter, nec mulieres ipse habent omnes necessarias officinas in quibus deo servire possint, et vitam ducere prelibatam ; quare pro parte ipsarum fuit nobis humiliter supplicatum ut eis super hiis et alias super statu ipsarum et dicte domus de benigninate apostolica (providere) dignaremur.

Nos itaque hujusmodi supplicacionibus inclinati, attendes quod sicut a diversis et fide dignis relacionibus audivimus, sepe dudum in civitate predicta, tam per nonnullos condam cives et incolas ipsius civitatis, quam eciam per eclesiarum et monasteriosum prelatos, et alias personas ecclesiasticas et seculares curiam romanam, que in dicta civitate hactenus resedit, prout residet, de presenti sequentes, qui ex hoc seculo migraverunt, nonnullas peccuniarum summas, ac census, redditus, et proventus, domus, territoria et alias possessiones et bona, mobilia, et immobilia, tam pro male ablatis incertis, quam pro fundandis et instituendis hospitalibus et cappellaniis, ac pro missis celebrandis, incertis ac eciam simpliciter in non certis ecclesiis, aliisque locis, in eorum testamentis ultimis legaverunt, et alia plura et diversa legata incertis personis fecerunt ; et quod hujusmodi, legata facta pro hospitalibus et cappellaniis construendis et dotandis, adeo sunt exhigua seu modica, quod nedum ex singulis ipsis legatis, sed nec ex pluribus eorum simul junctis, hujusmodi hospitalia et cappelanie utiliter et congrue fundari, ac sufficienter dotari possunt ; propterque eorumdem legancium adimplere nequent voluntates, et multi heredes eorumdem testatorum ipsa legata solvere negligunt, in animarum suarum non modicum detrimentum, quodque nonnulla ex hujusmodi censibus, redditibus, proventibus, domibus, territoriis, possesionibus, et bonis a certis superioribus dominis diversis modis tenentur, que ad eadem hospitalia et cappellacias, in ipsorum dominorum prejudicium simpliciter et absque magnis peccuniis pro ipsarum liberacione et afranquisacione nequeunt devenire ; et quod eciam nonnulli ex eisdem testatoribus in suis testamentis pauperes Christi suos heredes instituerunt, et quod eorum voluntates hujusmodi non sunt execucioni debite demandate ; et propterea nos animabus ipsis de oportuno remedio providere, et legata hujusmodi tam provide quam pie in melius comutare paterna diligentia cupientes, discretioni tue, de qua in hiis et aliis plene confidimus, per apostolica scripta committimus, quatenus tu, per te vel alium seu alios, ab hujusmodi pecuniis, censibus, redditibus, domibus, possessionibus, et bonis, sive pro quibuscumque male ablatis, incertis, sive alias sint legata incertis personis, etiam sisint usure (?) incerte, vel alias quovis nomine appellanda, sive pro cappellaniis et hospitalibus fundandis et instituendis ac dotandis, in locis certis vel non certis, vel in hereditatem pauperum Christi olim per cives et incolas dicte civitatis, ac per prelatos, personas ecclesiasticas et seculares prefatos in ipsa civitate, ut prefertur, legata, et hinc ad decem annos leganda ; si ex eis singulis ipsa singula cappellanie et hospitalia congrue, utiliter et comode fundari et dotari nequeant, super quibus tuam conscientiam oneramus et tue disposicioni firmiter stare volumus, sive ipsa legata per procuratorem animarum dicte civitatis, sive per alium, tam auctoritate nostra quam episcopi Avinionensis existentis pro tempore recepta vel recipienda sint, infra terminum prelibatum sive apud exsecutores hujusmodi testamentorum, sive apud alios quoscumque consistant seu consistent, dictam domum sufficienter dotare de quacumque quantitate seu dote tibi videbitur, ac ejus officinas oportunas fieri facere non omitas.

Nos enim tibi hujusmodi census, redditus, et proventus, territoria, domos, possessiones et bona que a dominis quibuscumque quomodocumque tenentur, et eciam alia libera, de quibus tue circumspectioni videbitur, libere, sine aliqua solemnitate juris, permutandi ac vendendi, et alienandi, eorumque precia recipiendi et in dotem dicte domui assignandi et alia faciendi que in premiissis fuerunt oportuna, contradictores... concedimus tenore presentium facultatem...

Datum apud Villamnovam, Avinion. diocesis, XII kalen. aprilis, pontificatus nostri anno quarto.

Origine : Arch. de Vaucl. série H., Visitandines de Saint Georges, n° 10, 26 et 27.

XI bis

1374. XXVII Mars. Approbation par Jean Sabatier, commissaire des causes pies, d'une donation faite en faveur de Jeanne de Buscely, rectrice de la maison des Repenties.

... Anno a nativitate ejusdem M° CCC° LXXIII° die XXVII marcii... notum sit .. quod cum condam Nicholaus Levis Grimaldi de Luca, campsor Avinion.:. propter affectionem erga conventum seu monasterium ecclesie beate Marie de Miraculis civitatis Avinion., dominarum repentitarum in dicto monasterio existencium... cessit... et desemparavit religiose domine Johanne de Buscely gubernatrici dicti monasterii .. recipienti pro dictis dominabus repentitis, scilicet decem fl. auri censuales quos habet annis singulis in et super quodam hospicio... (Suit l'approbation de Jean Sabatier commissaire de causes pies).

Acta fuerunt hec Avinione infra capellam dicte domus seu monasterii, testibus presentibus fratre Johanne de Fulhozio, dicto Juyon, rectore seu gubernatore domus seu hospitalis pauperum orphanorum Pontisfracti Avinion... et me Garnerio de Harreria, notario... Le 19 avril de cette année, Melina, uxor nobilis viri Nicolaï Grimaldi, campsoris de Luca, habitatoris Avinionis, approuve cette donation.

Origine : Arch. de Vaucl., série H., Visitandines de Saint Georges, liasse 10.

XII

1374. XVII Avril. Admission comme sœur donnée, au monastère des Repenties, de Jeanne, veuve de Guilhaume de Paris, bienfaitrice dudit monastère.

... Anno a nativitate ejusdem M° CCC° LXXIIII° et die XVII aprilis... religiose et honeste mulieres repetentite ecclesie sive domus beate Marie de Miraculis Avin., et specialiter discreta mulier domina Ricana Thortachie, non tanquam repentita, sed tamen ut rectrix et guberatrix, ut dixit, dictarum repentitarum... et etiam religiose repentite, Alasacia Dien [ensis], Ludovica de Macilha, Francisca de Grenao, sacrista dicte domus, Angelina de Pavia. Johaneta Juliane, Johaneta de Gravan, Johaneta Floride de Romanis, Katerina Posche, Mondeta Pellicie, Tyburgis de Monteadhemario, Katerina de Costa sancti Andrioli, Gaufrida de Doma, Bartholomea de Roquamaura, Marita Sanche, Alasacia de Trebos, Alasacia Garine, Peyroneta de Avinione, Katerina de Sancto Porciano, Audina de Gimoute, Johaneta de Parisius, Garcendis de Ruppefortis, Rosseneta de Massilhia, Aynarda de Romanis, Stephaneta de Chasselan, pluresque alie religiose repentite... recognoscentes... discretam mulierem Johannam, relictam condam Guillermi de Parisius, habitatoris Avin., eisdem repentitis et conventui dedisse amore dei... in puram elemosinam centum fl. auri, receptos per manus dicte domine Ricane gubernatricis... cum publica scripta manu notarii infrascripti in nota recepta... sub anno Mo CCCo LXXIIIo et die XXV octobris... idcirco prenominate religiose mulieres repentite, attendentes et considerantes bonam affectionem et devotionem quam dicta domina Johanna diu habuit et habet erga dictas religiosas... et propter alia beneplacita et grata servicia per ipsam Johannam eisdem religiosis facta, et que in posterum ab eadem sperant habere... promiserunt et convenerunt eidem domine Johanne de Parisius.., providere de bonis dicte domus de Miraculis in cibo atque potu condecenter in mensa dictarum sororum et in conventu earumdem, sicut uni ex dictis sororibus dicte domus, et eciam de camera sive loco ubi dicta Johanna lectum et pannos suos ponere et ibi requiescere ac dormire possit, nocte dieque, quociens et quandocumque sibi placuerit, quamdiu vitam ducet in humanis ipsam ibidem domino caritatem tenere, et quod ipsa domina Johanna exire et per civitatem Avin. ad suos parentes et affines et ad bona sua tociens quotiens opus fuerit et sibi visum fuerit expedire, libere accedere valeat, petita tamen prius licencia et obtenta prout est fieri consueteum; premissis siquidem omnibus et singulis ita gestis, dicte religiose mulieres repentite, pro se et suis sororibus repentitis, dictam dominam Johannam in sororem dicte domus gratanter receperunt osculo pacis interveniente in signum receptionis... Acta fuerunt hec in capitulo dictarum sororum... et ego Regnerius Amioti presbiter notarius...

Origine : Arch. de Vaucl., série H, Visitandines de Saint Georges, 25.

XIII

1374. V Mai. En vertu de la bulle unissant à la maison des Repenties les œuvres pies incertaines, Jean Sabatier, commissaire délégué à cet effet, lui incorpore un immeuble (1).

... Anno a nativitate ejusdem .Mo. CCCo. LXXIIIIo. et die quinta maii....... cum dominus Gregorius... pape XI per suas patentes litteras. . commiserit... Johanni Sabaterii decretorum doctore vicario et commisario generali in causis piis et testa-

---

(1) 1375 XX Janvier. En vertu de la même bulle, Jean Sabatier unit aux Repenties toute une série d'autres œuvres, parmi lesquelles l'hôpital de *Rostagnus Chaycii*. (Ib. no 10).

mensariis auctoritate apostolica, et domini F(aydit) dei gratia Avinionensis episcopi,... tantum de bonis quam de redditibus... legatis quibuscumque factis Christi pauperibus. . incorporare debeat domui et monasterio dominarum repentitarum beate Marie de Miraculis, donec illa sit et fuerit sufficienter dotata et completa... cujus commisionis in exequtionem dictus dominus Johannes... incorporavit religiose domine Johanne de Bustely, gubernatrici ejusdem domus... quoddam hospicium situm in parrochia Si Stephani, quod detinet magister Bernardus Ferragiar, procurator in romana curia...

Acta fuerunt hec Aviniose... et me Carnerio de Harreria, notario...

Origine : Arch. de Vaucl., série H, Visitandines de Saint Georges, n⁰ 29.

XIV

1374 XX. Octobre. Bulle de Grégoire XI exemptant de décimes la maison des Repenties.

Dilectis in Christo filiabus mulieribus Repentitis vocatis in domo ipsarum, sita juxta ecclesiam beate Marie de Miraculis, commorantibus, salutem... Devotionis vestre integritas qua carnis devictis illecebris per honestatem vite et aliorum bonorum operum exercicia vitam actitatis laudabilem, promeretur ut vos et domum vestrum specialibus privilegiis et favoribus prosequamur. Hinc est quod nos, vestris supplicationibus inclinati, vobis, ut de quibuscumque novalibus, necnon de aliis possessionibus vestris quas propriis sumptibus excolitis vel in posterum coletis, decimas alicui vel aliquibus solvere non teneamini, nec ad id a quoquam compelli possitis invite, generalis concilii vel quibuscumque aliis apostolicis vel provincialibus aut synodalibus constitutionibus contrariis nequaquam obstantibus, auctoritate apostolica de speciali gratia tenore presentium indulgemus.

Nulli ergo... Datum Avinione, XIIII kalen. novembris, pontificatus nostri anno quarto.

Origine : Arch. Vatican. Gregorii XI regestra Avenion., tome XXI, f⁰ 420, in Chaillan. Notices et documents sur la maison des Repenties à Avignon au XIVᵉ siécle, Avignon-Aix 1904, p. 17.

XV

1374. XXVII Octobre. Bulle de Grégoire XI chargeant l'archevéque de Bourges et l'évêque d'Avignon d'affecter à la maison des Repenties les legs faits à des œuvres pies incertaines, tout en conservant les droits de la maison des orphelins.

Gregorius...venerabilibus fratribus Petro archiepiscopo Bicteren., camerario nostro, ac Faydito episcopo Avinionensi, ac dilecto filio Seguino de Anchone archidiacono Xancton. legum doctori... Inter sollicitudines varias quibus cotidie premimur, illa notissime pulsat et excitat mentem nostram...

Cette bulle est, *mutatis mutandis*, la reproduction de la bulle du 16 Mars 1374, vide pièce justificative n° XI.

Per hoc autem, commisionem per nos dudum factam dilectis filiis Jacobo abbati monasterii S. Theofredi, ordinis S. Benedicti, Anicien. diocesis, et Martino de Salva preposito ecclesie Elnensis, decretorum doctoribus, pro constructione ac dotacione domus orphanorum Avinion. faciendis, de hujusmodi peccuniis seu censibus redditibus, proventibus, domibus possessionibus et bonis non intendimus revocare, sed majori, necessitati amplius providere intendentes, volumus quod quod due hujusmodi peccuniarum censuum, reddituum, proventuum, domorum, possessionum et bonorum per vos pro de Miracles, et reliqua tercia pars per prefatos abbatem et Martinum pro orphanorum domibus prelibatis dentur et perpetuo assignentur, donec super hiis aliud ordinandum duxerimus.

Datum Avinione, sexto kalen. novembris, pontificatus nostri anno quarto.

Origine : Arch. de Vaucl. série H. Visitandines de Saint Georges, n° 11.

XVI

1375. XVII Janvier. Bulle de Grégoire XI interdisant d'augmenter la dîme des possessions acquises par le monastère des Repenties.

Dilectis in Christo filiabus gubernatrici et sororibus domus penitentium Repentilarum de Miraculis nuncupatarum Avinion... salutem... Sincere devotionis affectus quem ad nos et romanam geritis ecclesiam, necnon gratum deo obsequium, quod relictis illecebris seculi in honestate vite et fructu penitentie jugiter exhibetis altissimo, promerentur ut vos et domum vestram specialibus favoribus et graciis prosequamur.

Hinc est quod nos, vestris supplicationibus inclinati, vobis auctoritate apostolica, tenore presencium indulgemus, ut coloni, inquilini et emphiteote vestri et dicte domus vestre, presentes et posteri, racione terrarum, vinearum, et aliarum possessionum que a vobis et a domo vestra predicta sub censu annuo et servicio aut directo dominio in civitate seu diocesi Avinionensi impenciarum (sic) tenentur, seu a vobis et predicta domo in dictis civitate aut diocesi in futurum tenebuntur, non teneantur pro decima de fructibus ipsarum terrarum, vinearum, et aliarum possessionem aliquam partem seu quotam solvere deinceps, ultra quam coloni, inquilini et emphiteote predicti pro ipsis terris, vineis et possessionibus aliis solvebant, antequam terre, vinee aut possessiones hujusmodi sub censu seu servicio aut directo dominio vestro et dicte domus tenerentur, et ad id prefati coloni, inquilini et emphiteote a quoquam inviti non valeant coartari : districtius inhibentes episcopo Avinionensi, et rectoribus ecclesiarum civitatis et diocesis predictarum, qui sunt vel erunt pro tempore, in quarum parrochiis hujusmodi terre, vinee, et possessiones consistunt, vel consistent, aut illi vel illis ad quem vel ad quos prefata decima de consuetudine vel de jure deberi poterit, ne racione prefate decime exigende et persolvende prefatos colonos, inquilinos et emphiteotas contra indultum nostrum hujusmodi quomodolibet impedire aut molestare seu vexare presumant, ac decernentes ex nunc iritos et inanes omnes processus et sentencias, quos se u quas per quoscumque quavis auctoritate contra indultum nostrum hujusmodi contra colonos et inquilinos et emphiteotas predictos haberi contigerit seu etiam promulgari. .

Nulli ergo... Datum Avinione XVI kalen. februarii pontificatus nostri anno quinto.

Origine : Arch. de Vaucl. série G. Chapitre Saint Agricol 82, registre des reconnaissances de la maison des Repenties de 1375 ; 3 copies de cette bulle se trouvent aux reconnaissances 12, 13, 15.

XVII

1374. XVII Janvier. Bulle de Grégoire XI enjoignant à l'archevêque d'Aix, à l'évêque de Nîmes et au prévot de l'église d'Avignon de faire restituer à la maison des Repenties les biens dont elle a été dépouillée.

Venerabilibus fratribus... archiepiscopo Aquensi, et episcopo Nemausensi ac dilecto filio preposito ecclesie Avinionensis salutem... Militanti ecclesie licet immerite disponente domino presidentes dignum censemus et debitum, ut personas illas que, humanis abdicatis illecebris, in paupertate spiritus, honestate morum, et rerum penuria virtutum domino servientes ad divine majestatis obsequia trahunt alios per exemplum a pravorum conatibus defensemus, ut persone ipse congruis presidiis communite eo devotius quo quietius pacis famulentur actori.

Sane dilectarum in Christo filiarum gubernatricis et mulierum domus penitentium, repentitarum nuncupatarum de Miraculis Avinionensium, conquestione percepimus quod nonnulli archiepiscopi et episcopi, aliique ecclesiarum prelati, et clerici, ac ecclesiastice persone, tam religiose quam seculares, necnon duces, marchiones, comites, barones, milites, nobiles, et laici, communia civitatum, universitates opidorum, castrorum, villarum, et aliorum locorum, et alie singulares persone civitatum et diocesium et aliarum partium diversarum occuparunt et occupari fecerunt terras, domos, et alias possessiones, jura et jurisdictiones, necnon fructus, census, redditus et proventus dicte domus et nonnulla alia bona mobilia et immobilia, spiritualia et temporalia, ad gubernatricem, mulieres et domum predictas spectantia, et ea detinent indebite occupata, seu ea detinentibus prestant auxilium, consilium vel favorem ; nonnulli etiam civitatum, diocesium, et partium predictarum, qui nomen domini in vacuum recipere non formidant, eisdem gubernatrici et mulieribus super predictis terris, domibus et aliis possessionibus, juribus, jurisdictionibus, fructibus, redditibus, censibus et proventibus eorumdem, et quibuscumque aliis bonis mobilibus et immobilibus, spiritualibus et temporalibus, et aliis rebus ad gubernatricem et mulieres ac domum predictas spectantibus, contra apostolice sedis inducta multiplices molestias et injurias inferunt et jacturas.

Quare pro porte ipsarum gubernatricis et mulierum, fuit nobis humiliter supplicatum. ut cum eis valde reddatur difficile pro singulis querelis ad apostolicam sedem habere recursum, providere ipsis super hoc paterna diligentia curaremus.

Nos igitur, adversus occupatores, detentores, presumptores, molestatores, et injuriatores hujusmodi, illo volentes eisdem gubernatrici et mulieribus remedio subvenire, per quod ipsorum compescatur temeritas, et aliis aditus committendi similia precludatur, discretioni vestre per apostolica scripta mandamus, quatenus vos, vel duo aut unus vestrum, per vos vel alium seu alios, etiam si sint extra loca in quibus deputati estis conservatores et judices prefatis gubernatrici et mulieribus efficacis defensionis presidio assistentes, non permittatis easdem super hiis et quibuslibet aliis bonis et juribus ad gubernatricem et mulieres ac domum predictas spectantibus, ab eisdem vel quibusvis aliis indebite molestari, vel eis contra indulta predicta vel alias gravamina, seu dampna vel injurias irrogari, facturi dictis gubernatrici et mulieribus, cum ab eis vel procuratoribus suis aut eorum aliquo fueritis requisiti, de predictis et aliis personis quibuslibet super restitutione hujusmodi terrarum, domorum, possessionum, jurium, jurisdictionum, fructuum, censuum, reddituum ac proventuum eorumdem et aliorum quorumcumque bonorum, necnon de contra indulta predicta et quibuscumque aliis molestiis, injuriis atque dampnis etc.., non obstantibus ; presentibus post viginti annos minime valituris.

Datum Avinione XVI kalen. februarii anno quinto.

Origine : Arch. Vatic. Gregorii XI regest. Avenion., tom. XXIII, fo 233, in Chaillan, loco citato p. 19-22.

XVIII

1375. XVII Janvier. Bulle de Grégoire XI accordant aux Repenties indulgence plénière in mortis articulo.

Ad futuram rei memoriam. Provenit ex devotionis affectu quem dilecte in Christo filie gubernatrix et mulieres penitentes, Repentite nuncupate, domus de Miraculis Avinionis, ad nos et romanam gerunt ecclesiam, ut petitiones earum presertim illas que salutem animanum ipsarum respiciunt, ad exauditionis gratiam admittamus.

Earundem itaque gubernatricis et mulierum supplicationibus inclinati, eidem gubernatrici et novem ex ipsis mulieribus que ibidem domino diutius serviverunt, ut confessor quem quelibet ipsarum duxerit eligendum, omnium peccatorum suorum de quibus corde contrite et ore confesse fuerint semel tantum in mortis articulo plenam remissionem eisdem in sinceritate fidei, unitate sancte Romane Ecclesie, ac obedientia, et devotione nostra, vel successorum nostrorum romanorum pontificum canonice intrantium persistentibus, auctoritate apostolica consedere valeat, devotioni earum tenore presentium presentium indulgemus. Sic tamen quod idem confessor de hiis de quibus fuerit alteri satisfactio impendenda, eam illis per seipsas, si supervixerint, vel per alios, si tunc transierint, faciendam injungat quam ipse vel illi teneantur facere ut prefertur.

Et ne, quod absit, ipse gubernatrix et mulieres propter hujusmodi gratiam reddantur procliviores ad illicita in posterum committenda, volumus quod [si] ipse ex confidentia remissionis hujusmodi aliqua forte commiterent, quod ad illa predicta remissio eis nullatenus suffragetur.

Et insuper volumus quod per unum annum a tempore quo presens nostra concessio ad earum notitiam pervenerit computandum, singulis sextis feriis, impedimento cessante legitimo, jejunent ; quod si predictis diebus ex precepto ecclesie regulari observantia, injuncta penitentia, voto vel alias, jejunare teneantur, una alia die singularum septimanarum ejusdem anni qua ad jejunandum, ut premittitur, non sint astricte, jejunent. Et si in dicto anno vel aliqua ejus parte essent legitime impedite, anno sequenti vel alias, quamprimum potuerint, modo simili supplere hujusmodi jejunium teneantur. Alioquin nostre concessio nullius sit roboris vel momenti. Nulli ergo... Datum Avinione XVI kalen. februarii pontificatus nostri anno quinto.

Origine : Arch. Vatican. Gregor. XI regest. Avenion., tomus XXIII f⁰ 267, in Chaillan, loco citato, p. 22-23.

XIX

1375. XVII Janvier. Bulle de Grégoire XI accordant des indulgences aux bienfaiteurs de la maison des Repenties.

Universis Christi fidelibus.... salutem... Quoniam, ut ait apostolus, omnes stabimus ante tribunal Christi recepturi prout in corpore gessimus, sive bonum fuerit sive malum, oportet nos diem messionis extreme misericordie operibus prevenire, et eternorum intuitu seminare in terris, quod reddente domino, cum multiplicato fructu recolligere valeamus in celis, firma spe fiduciaque tenentes, quod qui parce seminat, parce metet, et qui seminat in benedictionibus, de benedictionibus metet vitam eternam.

Cum itaque sicut accepimus dilecte in Christo filie gubernatrix et mulieres domus penitentium Repentitarum nuncupatarum de Miraculis Avinionis, non habeant redditus nec proventus sufficientes ex quibus valeant commode sustentari, et propterea ad sustentationem hujusmodi caritativa fidelium subsidia sint plurimum oportuna, universitatem vestram rogamus, monemus, et hortamur in domino in remissionem vobis peccaminum injungentes, quatenus de bonis a deo vobis collatis, ad sustentationem eandem, pias elemosinas et grata caritatis subsidia erogetis, ut per subvencionem vestram hujusmodi predicte gubernatrix et mulieres valeant sustentari, vosque per hec et alia bona que, domino inspirante, feceritis, ad eterne possidetis felicitatis gaudia pervenire.

Nos enim de omnipotentis dei misericordia, et beatorum Petri et Pauli apostolorum, ejus auctoritate confisi, omnibus vere penitentibus et confessis, qui ad sustentationem hujusmodi manus porrexerint adjutrices, centum dies de injunctis penitentiis misericorditer relaxamus ; presentibus post decennium minime valituris. Quas mitti per questuarios districtius inhibemus, eas si secus attemptatum fuerit carere viribus decernentes. Volumus autem quod si alias ad sustentationem hujusmodi manus porrigentibus adjutrices, aut alias inibi pias elemosinas erogantibus, aliqua indulgentia in perpetuum vel ad certum tempus nondum elapsum duratura auctoritate apostolica fuerit concessa, hujusmodi presentes littere nullius existant roboris vel momenti. Datum Avinione XVI kalen. februarii anno quinto.

Origine : Arch. Vatic. Greg. XI regest. Aveni. tom. XXIII f⁰ 297, in Chaillan loco citato p. 24-25.

XX

1375. XVII Janvier. Bulle de Grégoire XI exemptant la maison des Repenties de tous droits de gabelles et péages pour les choses qui lui sont nécessaires.

Dilectis in Christo filiabus gubernatrici et mulieribus domus penitentium Repentitarum nuncupatarum de Miraculis Avinionis salutem... Gratum deo obsequium quod relictis illecebris seculi in honestate vite et fructu penitentie jugiter exibetis altissimo, promeretur ut vos et domum vestram specialibus favoribus et gratiis prosequamur.

Hinc est quod nos vestris supplicacionibus inclinati, vobis tenore presentium auctoritate apostolica indulgemus, ut in civitate Avinionensi et quibuscumque aliis civitatibus, villis, terris ac locis Romane ecclesie in temporalibus subjectis, tam citra quam ultra montes consistentibus, blada, vina, et quecumque alia res et bona ad usum vestrum et aliarum personarum in dicta vestra domo pro tempore degencium duntaxat necessaria emere, ac illa et quecumque alia ex terris et possessionibus ac censibus vestris proveniencia de civitatibus, villis, terris et locis ipsis extrahi, et per civitates, villas, terras et loca predicta ad civitatem ipsam Avinionensem et domum vestram predictam deferri facere absque alicujus pedagii, passagii, imposicionis aut gabelle solutione, aut alia exactione quacumque, libere valeatis. Quodque vos vel persone hujusmodi in dicta domo pro tempore degentes in prediciatis civitatibus, villis, terris, seu locis, ad solvendum fatagia, tallias, collectas, vel imposiciones quascumque, aut alia quecumque onera subeundum, nullatenus compelli possitis ordinacionibut nostris et predecessorum nostrorum romanorum pontificum, necnon statutis, consuetudinibus seu observanciis civitatum, villarum, terrarum ac locorum ipsorum contrariis, juramento, confirmacione apostolica, vel quacumque firmitate alia roboratis, non obstantibus quibuscumque : districtius inhibentes quibuscumque officialibus nostris et dicte romane ecclesie, qui sunt et erunt pro tempore, ne vos aut domum predictam contra indultum nostrum hujusmodi quomodolibet impedire, aut molestare, seu vexare presumant : ac decernentes ex nunc irritos... Nulli ergo...

Datum Avinione XVI kalend. februari pontificatus nostri anno quinto.

Le 3 mars 1375, à la demande de *Ricana Torquassie, gubernatrix istius domus,* vidimus de cette bulle est donné par *Petrus Villani, auditor curie camere apostolice.* Le 7 mai 1461, nouveau vidimus de cette bulle donné par *Olivier Noblet, vicaire général de l'évêché d'Avignon.*

Origine : Arch. de Vaucl. série H. Visitandines de Saint Georges, n° 9 et 10.

XXI

1375. XXXI Janvier. Reconnaissance faite par Jean de Maillac, évêque de Riez, au monastère des Repenties d'Avignon.

In nomine domini amen. Anno nativitatis ejusdem M° CCC° septuagesimo quinto, indictione decima tercia, et die ultima mensis januarii... noverint universi quod personaliter constitutus in mei .. presencia, Reverendus in Christo pater et dominus

dominus Johannes, miseratione divina archiepiscopus Regensis, nomine et vice sue Regensis ecclesie gratis etc. confessus fuit... et publice recognovit venerabili et discreto viro magistro Petro Rogerii, in decretis baccalario, procuratori et procuratorio nomine domus seu monasterii honestarum mulierum sororum repentitarum vulgariter nuncupatarum de Miraculis civitatis Avinionensis... se tenere... in emphittosim perpetuam, sub majori directo dominio et senoria dicte domus seu monasterii, quoddam suum hospicium cum orto et pescario dicto hospicio contiguis, situm Avinione in parrochia S. Agricoli, prope sive retro ecclesiam beate Marie de Miraculis, quod quidem hospicium cum orto et pescario predictis confrontari dicitur ab una part cum itinere publico, et ab alia parte cum hospicio et orto condam Petri et Guillelmi Johannis, et ab alia parte cum orto heredum Lighi Michaelis, et ab alia parte cum liceis publicis : pro quo quidem hospicio, orto et pescario predictis servit et servire tenetur idem dominus Archiepiscopus annis singulis dicte domui seu monasterio sex florenos auri... dempto uno grosso... solvendos annis singulis in festo beate Marie medii Augusti...

Acta fuerunt hec in domo habitacionis dicti domini Archiepiscopi... et me Bernardo de Tartenio notario.

Origine : Arch. de Vaucl., série G. chapitre St Agricol, n° 82, registre des reconnaissances de la maison des Repenties de 1375, f° 1.

XXII

1375. XVII Avril. Achat de cense par la maison des Repenties.

......Anno a nativitate ejusdem M° CCC° LXXV et die XVII aprilis..... Guimetus de Capreriis, fusterius..... vendidit..... venerabili viro Durando Andree, helemosinario D. N. pape procuratorio nomine dominarum repentitarum beate Marie Magdalene de Miraculis... unum fl. auri censualem... super vineam octo emin... in territoro vocato de Leuse... precio XVIII fl.

... Et ego Johannes de Vico, notarius...

Origine : Arch. de Vaucl. Visitandines de Saint Georges, 24.

XXIII

1375. XXVII Avril. Bulle de Grégoire XI exemptant de tous droits de livrée une maison qui avait été donnée aux Repenties par Etienne Denoix, archidiacre de l'église de Toulon.

Dilectis in Christo filiabus gubernatrici et sororibus domus penitentium Repentitarum nuncupatarum de Miraculis Avinionis, salutem...

Sincere devotionis affectus... (*ut in bulle pièce n° XVI*). Vestris itaque supplicationibus inclinati, hospitium situm in civitate Avinionensi, in qua cum romana curia residemus, videlicet in parrochia ecclesie beati Petri, in capite carrerie Payrolarie, subtus palatium nostrum, quod dilectus filius Durandus Andree, prepositus ecclesie Aptensis, elemosinarius noster, ut procurator et procuratorio nomine dilecti filii Stephani de Nuce, archidiaconi ecclesie Tolonensis, cujus erat hospitium predictum, vobis et domui vestre amore dei dedit, confrontatum a parte orientali cum carreria publica et cum platea que est subtus dictum palatium, et a parte occidentali cum alia carreria publica per quam itur versus pontem Rodani, et a parte meridionali cum hospicio habitacionis dilecti filii nobilis viri Ademari de Agrifolio, militis, mareschalli nostri et dicte Romane curie, et cum hospicio Henrici Servalerii ex altera, quod quidem hospicium vestrum hactenus fuit condam Johannis de Narboyrone, et Raymundi de Plaziano, alias Playza, et ejus uxoris, cum omnibus juribus et pertinentiis suis, ingressibus et egressibus suis universis, ab omni servitute cujuscumque librate venerabilium fratrum nostrorum sancte romane ecclesie cardinalium presentium et futurorum, et uso ac privilegio cujuscumque cortesani, etiam familiaris nostri et successorum nostrorum romanorum pontificum, et alia quacumque servitute prorsus eximinus, et etiam liberamus, ita quod dictum vestrum hospitium nunquam deinceps vobis vel alio seu aliis habentibus a vobis seu a dicta domo vestra causam invitus de librata alicujus dictorum cardinalium, vel usu seu privilegio alicujus alterius possit esse vel debeat occasione quacunque, etiam taxationem que super hospitiorum seu domorum pentionibus sive conductionibus in dicta civitate de more consuevit fieri, heabeat seu debeat quoquomodo subire, dummodo inter vos et ipsam domum vel predictos a vobis et ipsa domo vestra causam habentes, et hospites qui hospitium inhabitabunt predictum pro tempore, supradicta pensione, ratione mantionis sive inhabitationis hujusmodi concordia mutua intercedat.

Non obstantibus consuetudine, et observancia contraria dicte curie, et quibuscumque privilegiis, indulgentiis, libertatibus et litteris apostolicis generalibus vel specialibus, quorumcumque tenorum existant, dudum in contrarium eisdem cardinalibus aut cortesanis seu curialibus curiam predictam sequentibus, seu aliis quibuscumque personis super taxationibus faciendis de hospitiis sive domibus que iidem cardinales seu cortesani inhabitant sub quacumque forma vel expressione verborum concessis, vel in posterum concedendis, etiam si caveatur in eis quod cardinales, aut cortesani, seu curiales, vel persone hujusmodi, si expresse de non faciendo taxari dicta hospitia sive domos, esset per eas suis hospitibus facta promissio, et etiam de non veniendo in contrarium specialiter prestitum juramentum, ad promissionum et juramentorum hujusmodi observantiam minime teneantur, per que presentibus non expressa vel totaliter non inserta hujusmodi exemptionis et liberationis nostrarum affectus posset impediri quomodolibet vel differri et de quibus quorumque totis tenoribus habenda esset forsitam in nostris litteris mentio specialis. Nulli ergo ergo...

Datum Avinione V kalen. maii pontificatus nostri anno quinto.

XXIV

1375. XVIII Juin. Bulle de Grégoire XI affectant à la maison des Repenties les legs faits à des œuvres pies incertaines ou les legs non exécutés.

Cette bulle adressée « Dilectis filiabus gubernatrici et sororibus Repentitis nuncupatis domus de Miraculis Avinionis... Datum apud Villamnovam XIIII Kal. Julii anno quinto » est la reproduction *mutatis mutandis* des bulles pièces justif. XI et XV.

Original : Arch. Vatic. Gregorii XI regestra Aven. t. XXV, fol. 312 in-extenso dans Chaillan, loco citato, p. 30-34.

XXV

1375. XV octobre. Reconnaissance en faveur de Pierre Roger, procureur de la maison des Repenties.

Anno 1375, et die XV mensis octobris discretus vir magister Petrus Rogerii, procurator ut dicit domus repentitarum beate Marie de Miraculis Avin., recognovit venerabili et religioso viro domino Odoni Monetarii, preposito ecclesie Avin. presenti etc., quoddam hospiciumquod olimfuitdomini Johannis de Gamachiis quondam, situm in parrochia sancti Petri in carreria furni terre, confrontatdem ab occidente et meridie cum hospicio domini Johannis de Parma scriptoris D.N. pape et a circio cum quaddam transversia que non transit et quod fuit eisdem dominabus vel eorum procuratori predicto remissum per procuratorem animarum civitatis Avin., quod servit dicto preposito et dicte prepositure singulis annis V denarios turonensium solvendorum in festo sancti Michaelis.

Actum Avin.

Origine : Arch. de Vaucl. chap. métrop. G. 81, minutes de Johannes Surrelli.

XXV

1376. XXXjanvier. Bulle de Grégoire XI unissant à la maison des Repenties une des deux chapellenies de N. D. d'Espérance.

Dilectis in Christo filiabus gubernatrici et sororibus Repentitis nuncupatis domus de Miraculis Avinionensis, nullum ordinem professis salutem...

Honesta vita sub qua devotum domino famulatum redditis, promeretur ut super hiis per que indigentie et statui vestris salubriter consulatur, adhibeamus sollicitudinis nostre partes.

Dudum siquidem omnes perpetuas capellanias, ceteraque beneficia ecclesiastica quorumcunque per assecutionem pacificam dignitatum, personatuum, officiorum et beneficiorum aliorum ecclesiasticorum quorumlibet, per nos seu auctoritate nostra collatorum et in antea conferendorum, eisdem tunc vacantia et in posterum vacatura, collationi et dispositioni nostre reservantes, decrevimus ex tunc irritum et inane, si secus super hiis a quoquam quavis auctoritate scienter vel ignorauter contingeret attemptari.

Et deinde pro parte dilecti filii Guillermi de Altovillari, abbatis sancti Felicis in ecclesia Valentin., nobis exposito quod ipse abbatiam sancti Felicis in eadem ecclesia certo modo tunc expresso vacante, sibique ex ordine debitam vigore quarumdam litterarem nostrarum, per quas dignitates sine cura in eadem ecclesia expectabat, infra tempus legitimum acceptaverat, et de ea sibi fecerat provideri canonice, nisi apostolice reservationes obstarent; nos ipsius Guillermo supplicationibus inclinati, apostolica eidem Guillermo auctoritate concessimus, quod collatio et provisio predicte et quecumque inde sequta, perinde a data secundarum litterarum nostrarum, valerent et plenam obtinerent roboris firmitatem, ac si de abbatia predicta nulla per sedem apostolicam specialis reservatio facta foret, et voluimus quod ipse quamprimum tam priorum quam secundarum hujusmodi litterarum nostrarum vigore dicte abbatie foret possessionem pacificam assecutus, perpetuam capellaniam quam idem Guillermus in capella beate Marie de Sperantia Avinionensi tunc temporis obtinebat, quamque ex tunc vacare decrevimus, omnino, prout etiam idem Guillermus ad id se sponte obtulerat, dimittere teneretur, prout in eisdem secundis litteris plenius continetur.

Cum itaque post modum, sicut exhibita nobis pro parte vestra petitio continebat, capellania predicta ex eo vacaveret et vacet ad presens, quod idem Guillermus abbatiam predictam vigore prefatarum litterarum nostrarum sibi collatam extitit, pacifice assecutus vosque in loco predicto, in quo abjectis vanitatibus seculi, divinis obsequiis deputate, multa sicut asseritur, rerum egestate premamini, pro parte vestra fuit nobis humiliter supplicatum, ut capellaniam ipsam vobis et domui vestre pro necesssariorum subsidio, perpetuo unire et incorporare de benignitate apostolica dignaremur.

Nos itaque, attendentes quod nullus preter nos de capellania predicta hac vice disponere potuit neque potest, reservatione et decreto obsistentibus supradictis, ac necessitatibus vestris et dicte domus subvenire cupientes, vestris supplicationibus inclinati, capellaniam ipsam sic vacantem cum omnibus juribus et pertinentiis suis predicte vestre domui tenore presentium auctoritate apostolica perpetuo incorporamus, annectimus et unimus, ita quod liceat vobis ex nunc ejusdem capellanie corporalem possessionem libere apprehendere et perpetuo licite retinere, venerabilis fratris nostri episcopi Avinionensis qui est et qui erit pro tempore, et cujuscumque alterius licentia minime requisita.

Non obstantibus felicis recordationis Urbani pape V predecessoris nostri et aliis constitutionibus apostolicis contrariis quibuscumque, aut si aliquis super provisi onibus...

Proviso quod dicta capella debitis obsequiis non fraudetur, et quod pro animabus fundatorum et institutorum capellanie hujus modi teneamini perpetuo altissimum exorare. Nulli ergo...

Datum Avinione IIII kalen. februarii pontificatus nostri anno sexto.

Origine. Arch. Vatican. Gregor. XI, bullae diversae, tom. CCLXXXIX, fol. 555, d'après Chaillan, loco citato, p 34-37.

XXVII

1376. XV Mai. Bulle de Grégoire XI confirmant la maison des Repenties dans la possession des constructions et donations faites par Gasbert Duval, par Anglic Grimoard et par Grégoire XI lui-même.

Ad perpetuam rei memoriam. Licet ex suscepti regiminis cura universis Christi fidelibus debitores effecti, eos diligere ipsorumque utilitatibus, quantum nobis est possibile, consulere teneamur, quosdam tamen, presertim personas miserabiles, ne multiplicatis earum angustiis pauperiores de pauperioribus efficiantur, et amplius experiri cogantur amore mendicitatis opprobrium, affectu amplectimur speciali, circa quos eos diligentius sollicitudinis persolvimus debitum quomodo pectori noscuntur sincerius inherere.

Sane dudum sicut accepimus venerabilis frater noster Anglicus Albanensis, tunc Avinionensis episcopus, pie considerans quod domus, quam bone memorie Gasbertus, archiepiscopus Narbonensis, apostolice sedis camerarius, pro receptione quarumdam mulierum penitentium Repentitarum vulgariter nuncupatarum juxta ecclesiam beate Marie de Miraculis Avinionensem de bonis suis construi fecerat, attento numero ipsarum mulierum nimis parva et modicat erat, et quod mulieres ipse quasi in carcere persistebant, non habentes aliquod spacium ubi possent aliquando recreari, cimiterium ejusdem ecclesie et quoddam viridarium modicum ejusdem ecclesie que erant inter ipsas ecclesiam atque domum, quadam carreria publica in medio existente, prefatis domui et mulieribus auctoritate ordinaria perpetuo donavit, annexuit, et univit, ac cimiterium et viridarium ac carreriam hujusmodi muro claudi fecit, et pro premissis prefate ecclesie et dilectis filiis collegio perpetuorum capellanorum ipsius ecclesie in recompensationem quamdam vineam in territorio Avinionensis consistentem et septem florenos auri censuales certis feudis in civitate Avinionensis assignari fecit atque dedit auctoritate predicta.

Nosque demum in predicto cimiterio quamdam aliam domum pro dormitorio ipsarum mulierum, cum claustro et quibusdam etiam officinis construi fecimus et conjungi ecclesie prelibate, et infra dictam ecclesiam et in pede ipsius quoddam solarium pro choro ipsarum ad quod per ipsas occultus habetur ingressus, et in quo, more sanctimonialium predicte mulieres horas diurnas et nocturnas dicerent, ac missas et alia divina officia que in eadem ecclesia decantarentur audirent, duasque magnas fenestras in duabus primis capellis ipsius ecclesie correspondentes oratorio et capelle ipsarum mulierum quibus audirentur ipsarum confessiones, et per quas sacrum corpus dominicum recipere possent, construi fecimus et etiam ordinari.

Verum, sicut nobis relatum est, non appareat per instrumenta publica, sive litteras autenticas, aut alia documenta, quod predicta per dictum Albanensem tunc Avinionensem episcopum auctoritate ordinaria facta fuerint, nec quod super ipsis tractatus debitus processerit, nec quod ordo juris fuerit observatus, nec etiam appareat quod de mandato nostro hujusmodi solarium pro choro et usu ipsarum mulierum constructum fuerit, nec quod ibidem dicte mulieres horas canonicas dicere possint ac missas et alia divina officia audire, nec quod dicte fenestre ferrate in capellis predictis facte fuerint ut prefertur; nos quieti dictarum mulierum, ne predictorum occasione in antea inter ipsas et prefatum collegium questio sive dissensio exoriri possit, salubriter providere cupientes, ipsarum mulierum in hac

parte supplicationibus inclinati, premissa omnia prout superius enarrantur per
ipsum Albanensem tunc Avinionensem episcopum, seu alios quoscumque, ut premittitur facta, rata habentes atque grata, ea auctoritate apostolica ex certa sciencia, perinde valere et perpetuo firmitatem habere decernimus, ac si super eis omnibus per ipsum episcopum, vel alios, ut premittitur, factis, instrumenta publica seu
autentice littere confecta fuissent, et super illis tractatus debitus processisset, et
alias ordo juris fuisset debite observatus : ac volumus quod prefate mulieres hujusmodi cimiterium ac viridarium et solarium pro choro ipsarum retinere et dictas
duas capellas in quibus sunt dicte due fenestre ferrate quas eis tenore presentium
concedimus et donamus, habere, et earum possessionem apprehendere, et appre-
hensam tenere, et in eis missam pro libito earum audire, ac facere celebrari, et in
dictis fenestris sacerdoti confiteri, et corpus dominicum recipere, et in prefato
solario horas canonicas diurnas et nocturnas dicere et cantare, missas quoque et
alia divina officia que in dicta ecclesia decantabuntur audire possint.

Non obstantibus predictis defectibus vel aliis quibuscumque. Nulli ergo...
Datum Avinione, id. maii anno sexto.

Origine : Arch. Vatican. Gregor. XI, regesta indultorum, an VI vol. 287 fᵒ 67, in
Chaillan, loco citato p. 37-40.

XXVIII ·

1376, XXII Mai. Bulle de Grégoire XI, chargeant Helias de Ser-
tis, prieur de la chartreuse de Villeneuve, Durand André, prévôt de
l'église d'Apt, et Guillaume d'Antrageles, de l'ordre des Frères Mi-
neurs, de visiter la Maison des Repenties et de lui composer un rè-
glement.

Gregorius episcopus... dilectis filiis... priori monasterii Vallis benedictionis de
Villanova per priorem soliti gubernari, Avinionensis diocesis, et Durando Andree,
preposito ecclesie Aptensis, ac Guillermo de Antragelis, ordinis fratrum minorum
professo, salutem... Animarum salutem pro qua salvator humani generis cujus vices in terris, licet immeriti, gerimus, factus passibilis subire dignatus est acerbis-
simam mortem, piis votis desiderantes ab intimis illarum personarum quietem que
contemptis seculi voluptatibus residuum sui temporis dedicant studio pie vite,
favoribus opportunis prosequamur, ut in via dei nulla senciant adversa prepedia,
sed expedicius currant in stadio ad bravium domini capiendum.

Cum itaque apud ecclesiam beate Marie de Miraculis Avinionensem, certas domos
seu locum ad instar monasterii pro nonnullis mulieribus Repentitis nuncupatis
que hactenus detestabilibus voluptatibus seculi dedite vitam duxerant lubricam,
et demum ad cor reverse, et ad deum converse, sanoque ducte consilio in humilita-
tis spiritu et obediencie vinculo, ac congregacione laudabili in claustro vivere, errata corrigere, de comissis penitenciam agere, et deo puris mentibus in divinorum
obsequiis servire proponunt, fecerimus ampliari et construi ; ipsumque locum pro
hujusmodi mulieribus ordinaverimus sufficienter dotari, et nonnulle ex ipsis mulieribus jam recepte sint et morentur ibidem, que nullum de ordinibus per sedem
apostolicam approbatis professe existunt ; nos ne ipse mulieres tanquam simplices

versutiis hostis bonorum operum labefacte in priores, quod absit, perdicionis laqueos relabantur occurere ac perpetuo statui loci et mulierum earumdem de bono in melius auxiliante divina gratia dirigendo providere devotis et promptis effectibus cupientes, discrecioni vestre, de qua specialem in domino fiduciam obtinemus, presentium tenore comittimus et mandamus quatenus vos, vel duo vestrum, ad dictum locum quem domum Repentitarum volumus appellari personaliter accedentes, ipsam domum visitetis et reformetis quotiens opus eret.

Nos enim vobis aut duobus vestrum statuendi quod ipse mulieres de cetero nuncupentur sorores, aliasque mulieres de quibus vobis videbitur in sorores dicte domus juxta ejus facultates recipiendi et unam ex ipsis sororibus seu aliam ad hoc ydoneam in gubernatricem dicte domus eadem auctoritate instituendi, si et quotiens domum ipsam gubernatrice pro tempore vacare contigerit, officia quoque in ipsa domo creandi et ordinandi, et officiales ad exercenda ipsa officia semel et quotien opus fuerit deputandi, ipsasque gubernatricem et sorores in claustro dicte domus includendi, ac earum exitum de ipso claustro et aliorum quorumcumque introitum ad easdem sub penis de quibus expedire videritis prohibendi et interdicendi, statuendi quoque et ordinandi que et quales alie mulieres in sorores prelibate domus recipi debeant et admitti, corrigendi eciam et puniendi ibidem quecumque correctionis et punicionis misteria pro tempore indigebunt, necnon ordinandi in domo ipsa modum vite et regiminis gubernatricis et sororum predictarum, et alia statuendi, ordinandi, et faciendi que circa premissa oportuna seu necessaria vobis visa fuerint. Super quibus omnibus vestras conscyencias oneramus.

Comissionibus aliis necnon constitutione felicis recordacionis Bonifacii pape VIII, predecessoris nostri, qua cavetur ut nullis nisi dignitate preditis, aut personatum obtentibus, seu cathedralium ecclesiarum canonicis cause auctoritate litterarum apostolice sedis vel legatorus ejus omittantur, ac indulgentia qua, fili Guillelme, ordini tuo dicitur esse concessum, ut persone ipsius ordinis nbn teneantur se intromittere de quibuscumque negociis que ipsis per ejusdem sedis litteras comittuntur, nisi in eis de concessione hujusmodi plena et expressa mencio habeatur, ac privilegiis et litteris apostolicis quibuscumque personis, et ipsi domui sub quacumque forma vel expressione verborum a dicta sede concessis, et aliis constitucionibus quibuscumque contrariis per que effectus presencium impediri valeat quomodolibet vel differi, nequaquam obstantibus, tenore presencium plenam et liberam concedimus auctoritate apostolica facultatem. Presentibus post decem annos minime valituris.

Ceterum volumus quod quilibet vestrum cum comissione vel approbacione aliorum duorum vel unius vestrum minora negocia de quibus vobis videbitur in premissis valeat exercere.

Datum Avinione XI kalen. junii pontificatus nostri anno sexto.

Origine : Arch. de Vaucl. série II. Visilandine de Saint Georges, liasse nº 10.

XXIX

1376. 1ᵉʳ Juin. Bulle de Grégoire XI exemptant de la servitude des livrées cardinalices les immeubles appartenant à la maison des Repenties.

Ad perpetuam rei memoriam. Decens reputamus et debitum ut personas que abdicatis mundanis illecebris pro commissis penitentiam agere et honestam vitam ducere proponunt, specialibus favoribus et gratiis prosequamur.

Sane petitio pro parte dilectarum in Christo filiarum... gubernatricis et sororum domus de Miraculis Avinionensis, Repentitarum nuncupatarum, nullum ordinem professarum, nobis nuper exhibita continebat quod ipse, tam ex largitione auctoritate apostolica eis facta, quam etiam ex concessione quorumdam Christi fidelium, quedam hospicia ad eas justo titulo pertinentia obtinent in civitate Avinionensi, in qua cum Romana curia residemus, quodque tam propter taxationes factas olim per taxatores hospiciorum dicte curie, quam etiam ex eo quod quedam ex dictis hospiciis infra libratas quorumdam sancte romane ecclesie cardinalium esse dicuntur, predicte gubernatrix et sorores de dictis hospiciis multo minora emolumenta percipiunt quam perciperent si hospitia ipsa extra libratas forent et taxata non existerent, ut prefertur.

Nos igitur utilitati gubernatricis et sororum ac domus predictarum favorabiliter intendentes, ac volentes ipsas prosequi speciali gratia et favore, quatuor hospicia que inferius cum suis confrontationibus describuntur, et que ad prefatas gubernatricem et sorores justo titulo pertinere dicuntur, cum eorum pertinentiis, ex nunc auctoritate apostolica, ab omni librata quorumcumque cardinalium predicte romane ecclesie, ac etiam a quacumque taxatione de ipsis hactenes, ut prefertur, facta, totaliter eximimus et perpetuo liberamus ; districtius inhiblentes quibuscumque taxatoribus et etiam assignatoribus hospitiorum dicte curie, qui sunt et erunt pro tempore, ne de taxatione aut assignatione dictorum quatuor hospiciorum, absque speciali licentia romani pontificis pro tempore existentis, se aliquatenus intromittant, ac decernentes ex nunc irritum et inane quicquid in contrarium a quoquam quavis auctoritate contigerit attemptari.

Volumus autem quod predicte gubernatrix et sorores, et ipsarum procuratores, de hujusmodi quatuor hospiciis libere disponere et ordinare possint pro suo libito voluntatis.

Non obstantibus consuetudine et observantia contraria dicte curie, et quibuscumque privilegiis, indulgentiis, libertatibus et litteris apostolicis generalibus vel specialibus quorumcumque tenorum existant dudum in contrarium eisdem cardinalibus aut cortesanis seu curialibus curiam predictam sequentibus, seu aliis quibuscumpue personis super taxationibus faciendis de hospitiis sive domibus que iidem cardinales sive cortisani inhabitant, sub quacumque forma vel expressione verborum concessis, vel in posterum concedendis, etiam si caveatur in eis quod cardinales aut cortisani seu curiales vel personne hujusmodi, si expresse de non faciendo taxari dicta hospicia sive domus et per eos suis hospitibus facta promissio et etiam de non veniendo in contrarium specialiter prestitum juramentum, ad premissionum et juramentorum hujusmodi observantiam minime teneantur, per que presentibus non expressa vel totaliter non inserta hujusmodi exemptionis et liberationis nostrarum effectus posset impediri quomodolibet vel differi, et de quibus quorumque totis tenoribus habenda esset forsan in nostris litteris mentio specialis.

Hospicia vero predicta sunt hec :

Primo videlicet hospicium nuncupatum de Capello Rubeo, situm in parrochia S. Stephani Avinionensi, confrontatum ab una parte cum carreria Magne Fustarie, ab alia cum quadam traversa prope puteum dicte carrerie, et a parte retro cum carieria publica Limacii, et ab alia cum hospicio sive hostalaria Philipoti Dube.

Secundum autem dictorum quatuor hospiciorum est situm in parrochia S. Petri Avinion., et confrontatum a parte orientali cum platea publica et cum quadam traversa que non transit, et ab occidentali cum quodam hospicio dilecti filii Guillermi Cabassole alias de Riali, et a meridie cum quodam hospicio dilecti filii Bernardi de Vinea.

Tertium vero dictorum quatuor hospitiorum situm est in parrochia ecclesie S. Agricoli Avinion., prope portale de Miraculis, habens viridarium, et est confrontatum a duabus partibus cum carreriis publicis vocatis Leciis, et a parte orientali cum viridario dictarum gubernatricis et sororum, et ab alia parte cum viridario Pignote.

Quartum autem dictorum hospiciorum est situm in parrochia ecclesie S. Desiderii Avinion., et fuit olim Guillermi Roberti civis Avinionensis, quod confrontatur a parte orientali cum hospicio dilecti filii Jacobi de Luto, et a meridiana et ab occidentali cum carreriis publicis, et a parte septentrionali cum hospiciis dicti Jacobi et dilecti filii Johannis Raymundi civis Avinionensis.

Nulli ergo...

Datum Avinione kalen. junii anno sexto.

Origine : Arch. Vatic. Gregorii XI reges. vatic. bullae diversae, an. VI vol, 289 f⁰ 600 d'après Chaillan, loco citato, p. 46-50.

XXX

1376. I juin. Bulle de Grégoire XI confirmant l'attribution de l'hôtellerie du Chapeau Rouge faite en faveur de la maison des Repenties, par Jean Sabatier, en vertu des pouvoirs apostoliques à lui délégués,

Dilectis in Christo filiabus... gubernatrici et sororibus Repentitis nuncupatis... salutem... Vestre devotionis sinceritas promeretur ut votis vestris quantum cum deo possumus favorabiliter annuamus

Exhibita siquidem nobis nuper pro parte vestra petitio continebat, quod olim dilectus filius Johannes Sabaterii, sacrista ecclesie Agathensis, ex speciali potestate per nos super hoc sibi tradita, nonnulla possessiones et bona alia immobilia in civitate et diocesi Avinionensibus consistentia, dudum a diversis personis ad certos pios usus relicta ac legata, et quodam hospicium de Capello Rubeo nuncupatum, situm in parrochia ecclesie S. Stephani Avin., in carreria Fustarie, quod olim fuerat ex certis causis camere apostolice confiscatum, cum suis juribus et pertinentiis universis vobis ac domui vestre apostolica auctoritate donavit atque concessit, prout in diversis publicis instrumentis inde confectis dicitur plenius contineri.

Quare pro parte vestra nobis fuit humiliter supplicatum ut donationes et concessiones hujusmodi vobis ac domui vestre predicte confirmare de benigniate apostolica dignaremur.

Nos igitur hujusmodi supplicationibus inclinati, omnes et singulas donationes et concessiones hujusmodi, quas haberi volumus pro expressis, presentibus et singulariter nominatis, ratas habentes et gratas illas auctoritate apostolica confirmamus et presentis scripti patrocinio communimus. Nulli ergo...

Datum Avinione kalen. junii anno sexto.

Origine : Arch. Vatic. Gregorii XI regest. vatic., indultorum, an VI, vol. 287, fo 68, d'après Chaillan, loco citato, p. 50-51.

XXXI

1376. I juin. Bulle de Grégoire XI accordant à la maison des Repenties le privilège de faire juger ses causes sommairement en cour apostolique.

Ad perpetuam rei memoriam. Romani pontificis providencia circumspecta ad ea per que persone sub studio pie vite degentes a pravorum conatibus preserventur et quietius possint altissimo famulari libenter intendit, et illa favoribus prosequitur oportunis. Sane dilectarum in Christo filiarum gubernatricis et sororum repentitarum nuncupatarum domus de Miraculis Avinion., nullum ordinem professarum, supplicacionibus inclinati, tenore presentium statuimus et etiam ordinamus quod quandocumqu et quotienscumque contigerit romanam curiam in civitate nostra Avinionensi, ubi ad presens cum eadem curia residemus, ad quevis alis loca transferri, vicarius noster et successorum nostrorum romanorum pontificum in eadem civitate in temporalibus generalis qui erit pro tempore, si capax ecclesiastice jurisdictionis existet, gubernatricem et sorores ac domum predictas a quibuscumque injuriis ac molestiis auctoritate apostolica tueatur, facturus per se et alios etiam si fuerit extra locum in quo vicarius idem deputatus fuerit conservator et judex eisdem gubernatrici et sororibus, cum ab eis vel earum procuratoribus seu eorum aliquo fuerit requisitus, contra ipsarum injuriatores et molestatores, in hiis videlicet que judicialem requirunt indaginem, summarie, simpliciter et de plano, sine strepitu et figura judicii, in aliis vero prout qualitas eorum exegerit justicie complementum, injuriatores et molestatores hujusmodi, necnon contradictores quoslibet et rebelles, cujuscumque dignitatis, status, gradus, ordinis, vel conditionis extiterint quandocumque et quotienscumque expedierit auctoritate apostolica per censuram ecclesiasticam appelatione postposita compescendo, invocato ad hoc, si opus fuerit, auxilio brachii secularis.

Non obstantibus...

Nulli ergo... Datum Avinione kalen. junii anno sexto.

Origine : Arch. Vatic. Gregorii XI regest. Vat. bullae diversae, an VI, vol. 289, fo 599, d'après Chaillan, loco citato, p. 44-46.

XXXII

1376. XVII juin. Bulle de Grégoire XI autorisant la maison des Repenties à acquérir des censes à Monteux.

Dilectis in Christo filiabus... Sincere devotionis affectus... vestris itaque supplicationibus inclinati, ut in quibuscumque locis et ipsorum territoriis et districtibus nostri comitatus Venayssini in franco allodio non consistentibus centum salmas frumenti seu aliorum bladorum censualium, et summam centum librarum turonensium parvorum, etiam censualium, acquirere, et tam hujus modi census quos in dictis locis vigore presentium acquiretis, quam etiam quatuor saumatas annone censualis que in loco seu territorio de Montiliis dicti comitatus pro tempore colligitur vobis et domui vestre amore dei datas cum directo dominio et potestate laudandi et tresenandi et jure retinendi, possidere et retinere et habere valeatis vobis et domui vestre predicte auctoritate apostolica tenore presentium de speciali gratia indulgemus, districtius inhibentes rectori et quibuscumque aliis officialibus dicti comitatus, qui sunt vel erunt pro tempore, ne vos seu domum vestram predictam contra indultum nostrum hujusmodi quomodolibet molestare, impedire seu perturbare presumant, descernentes ex nunc irritum et inane si secus contra indultum nostrum hujusmodi per quoscumque quavis auctoritate scienter vel ignoranter contigerit in posterum attemptari...

Non obtantibus qui auscumque consuetudinibus... Nulli ergo...

Datum Avinione, XV kalen. julii anno sexto.

Origine : Arch. Vatic. Gregori XI, bullae diversae, tom. CCLXXXVIII, f° 178, d'après Chaillan, loco citato, p. 51-53.

XXXIII

1376. — XXVII Juillet. Bulle de Grégoire XI attribuant aux Repenties les biens de la Charité de Saint Symphorien, à charge pour elles de payer aux administrateurs de la Charité la pension annuelle et habituelle de 50 florins.

Dilectis in Christo filiabus... Sincere devotionis affectus... Cum itaque, sicut accepimus, in civitate nostra Avinionensi, antiquitus per quosdam Christi fideles legata et donata fuerint nonnulla bona immobilia ac census, redditus et proventus, cum jure laudimii, trezeni et investiture, ac aliis juribus et pertinentiis suis ad testatores et donatores qui ea, ut premittitur, legaverunt et donaverunt spectantibus, ut ex eis singulis annis in crastinum festi Resurrectionis dominice quedam elemosina Christi pauperibus civitatis predicte in parrochia S. Simphoriani Avinionensis perpetuo fieret, ac hujusmodi bona, census, redditus et proventus, que elemosina sancte Caritatis parrochie S. Simphoriani communiter nuncupatur, cum hujusmodi eorum juribus et pertinentiis, et trezeni, ac investiture, aliquibus personis laicalibus, sub certa annua pensione, ex qua hujusmodi elemosina in crastinum dicti festi erogatur pauperibus ut prefertur, per administratores hujusmodi elemosine, concedi consueverint, et ad presens, per dilectum filium nobilem virum Guillermun de la Guillerma, domicellum, Caturcensis diocesis, nostrum servientem armorum, sub annua pensione quinquaginta florenorum auri eisdem pauperibus per eosdem administratores, ut prefertur, erogandorum ex concessione apostolica teneantur.

Nos volentes vos et dictam domum favore prosequi gratie specialis, et vestris necessitatibus de alicujus subventionis auxilio providere, vobis et dicte domui, sine prejudicio tamen dicti Guillermi, prefata bona, census, redditus et proventus, cum potestate laudandi, trizenandi, et investiendi, ac aliis juribus et pertinentiis eorum que haberi volumus presentibus pro expressis auctoritate apostolica tenore presentium perpetuo concedimus et donamus, statuentes et ordinantes quod cedente vel decedente dicto Guillermo, vel hujusmodi bona, census, redditus et proventus, cum dictis potestate ac juribus et pertinentiis, quomodolibet dimittente, ipsa bona, census, redditus et proventus sub dicta annua pentione quinquaginta florenorum auri pauperibus, ut prefertur et ut moris est erogandorum, prout est hactenus consuetum, perpetuis temporibus per vos teneantur et possideantur, quodque liceat vobis eorumdem bonorum, censuum, reddituum et proventuum possessionem libere apprehendere, et tenere, diocesani loci vel alicujus alterius super hoc licentia minime requisita.

Constitutionibus... non obstantibus quibuscumque. Nos enim ex nunc irritum... Nulli ergo...

Datum apud Villamnovam Avinionensis diocesis, VI kalen. augusti anno sexto.

Origine : Arch. Vatican. Gregorii XI bullae diversae, t. I. n⁰ 288 f⁰ 122, d'après Chaillan, loco citato p. 53-55.

XXXIV

1376. XXVII Juillet. Bulle de Grégoire XI donnant à la maison des Repenties son jardin dit de la Pinhote.

Dilectis in Christo filiabus gubernatrici et sororibus repentitis nuncupatis domus beate Marie de Miraculis Avin., salutem... Devotionis vestre sinceritas promeretur..... auctoritate apostolica tenore presentuum de speciali gratia perpetuo concedimus et donamus. Nulli ergo... Datum apud Villamnovam... VI Kal. Augusti, anno sexto.

Cette bulle est la reproduction d'une partie de la suivante : pièce XXXV.

Original. Arch. Vatic., Regest., Vatic. Gregorii XI (Bullae diversae) vol. 288, fol. 99, d'après Chaillan, loco citato, p. 56.

XXXV

*1376. XXVII Juillet. Bulle de Grégoire XI chargeant l'archevê-
que d'Aix, les évêques de Nîmes et Maguelone d'unir à la maison des
Repenties le jardin dit de la Pinhotte qu'il possède à côté de l'église
de N.-D. des Miracles.*

Gregorius episcopus servus servorum dei venerabilibus fratribus, archiepiscopo
Aquensi, et Magalonensi et Nemausensi episcopis, salutem et apostolicam benedictionem. Devotionis dilectarum in Christo filiarum gubernatricis et sororum repentitarum nuncupatarum domus beate Marie de Miraculis Avinonensis sinceritas promeretur, ut votis earum, illis presertim que ipsorumet domus predicte necessitatibus de alicujus subventionis auxilio salubriter consulatur, quantum cum deo
possumus, favorabiliter annuamus. Ipsarum itaque gubernatricis et sororum supplicationibus inclinati, ortum nostrum, qui de Pignota communiter nuncupatur,
in civitate nostra Avinonensi, prope ecclesiam de Miraculis consistentem, cum
ejus hospitio eidem orto contiguo, cujusquidem orti confruntationes a parte orientali et occidentali sunt carrerie publice, et a parte meridiei quidam alius ortus
earum, et ab alia parte esse noscuntur duo alii orti qui dilectorum filiorum Francisci de Arecio et Joecti Jacobi civium Avinonensium fore dicuntur; eisdem gubernatrici et sororibus ac ipsarum domui, salvo jure cujuscumque alterius persone,
auctoritate apostolica tenore litterarum nostrarum de speciali gratia perpetuo concessimus et donavimus. Quocirca fraternitati vestre per apostolica scripta mandamus, quatenus vos vel duo aut unus vestrum, per vos vel alium seu alios, dictas
gubernatricem et sorores, vel procuratores ipsarum, earum nomine in corporalem
possessionem orti et hospitii predictorum, ac jurium et pertinenciarum ipsorum
inducatis auctoritate nostra, et defendatis inductas, amoto ab eis quolibet deten-
tore, facientes ipsas vel dictum procuratorem pro eis dictorum orti et hospicii pacifica possessione gaudere, sibique de ipsorum orti et hospicii fructibus redditibus
et provenientibus universis integre responderi, contradictores per censuram ecclesiasticam, appellatione postposita compescendo, non obstantibus si aliquis communiter vel divisim a sede apostolica sit inductum, quod interdici, suspendi vel excomunicari non possint per litteras apostolicas non facientes plenam et expressam
ac de verbo ad verbum de indulto hujusmodi mentionem. Datum apud Villanovam,
Avinonensis diocesis, VI kal. augusti pontificatus nostri anno sexto.

Origine : Arch. de Vauel., archevêché, G. 113, fo 48 et Chaillan loco citato p. 56.

XXXVI

*1376. XVII Août. Bulle de Grégoire XI donnant à Hélias de Ser-
tis, Durand André, et Guillaume d'Antragelles, le droit de déléguer
leur pouvoir de visiteurs et réformateurs des Repenties.*

Gregorius... dilectis filiis priori monasterii Vallis Benedictionis... et Durando Andree... ac Guillelmo de Antragilis... Nuper vobis curam, visitationem et reformatio-

nem domus dilectarum in Christo filiarum gubernatricis et sororum repentitarum Avinion. de Miraculis nuncupate usque ad decem annos ex tunc in posterum sequturos, per alias nostras litteras sub certo modo et forma expressis in ipsis litteris duximus comittendas. Cupientes itaque ut cura, visitatio, et reformatio predicte, per vos vel alium seu alios viros providos deum timentes, et geratur salubriter, et fine laudabili ac utili terminetur, discretioni vestre relinquendi seu committendi prefatas domum et gubernatricem et sorores, elapso prefato decenio, ac eciam infra ipsum quantumque vobis expedire videbitur, sub cura, gubernatione ac visitatione et reformatione venerabilis fratris nostri episcopi Avinion., qui nunc est, seu pro tempore fuerit, vel alterius persone seu aliarum personarum, quam vel quas ad hoc ydoneas reputaveritis, super quo consciencias vestras oneramus, ac concedendi super hoc episcopo, seu personis predictis auctoritate apostolica plenariam facultatem et litteras oportunas, plenam et liberam concedimus tenore presentium potestatem. Datum Avinione XVI kalen. septembris, pontificatus nostri anno sexto.

Original. arch. de Vaucl. série H. Visitandines de Saint Georges, liasse n° 10.

XXXVII

1376. XVII Août. Bulle de Grégoire XI donnant à Helias de Serlis, Durand André et Guillaume d'Entregelles, le droit de désigner les confesseurs de la Maison des Repenties.

Gregorius... priori monasterii Vallis Benedictionis... Durando Andree... et Guillelmo de Antragilis... Cum vobis curam, visitationem, et reformationem domus dilectarum in Christo filiarum gubernatricis et sororum repentitarum Avinion., alias de Miraculis nuncupate, quociens opus erit per alias nostras litteras certis modo et forma in ipsis litteris comprehensis duxerimus commitendas, nos ut predicta eo efficacius exsequi valeatis quo majori fueritis auctoritate muniti, vobis vel duobus vestrum, eligendi et deputandi eisdem gubernatrici et sororibus confessores ydoneos et discretos, presbiteros, cujuscumque ordinis per sedem apostolicam approbati, seu etiam seculares, qui eas instruant et informent, ac per eas servari faciant circa vitam earum laudabilem et observantiam divini cultus, que per vos in domo predicta fuerunt ordinata et ordinabuntur in posterum, eosque removendi, et alios loco eorum pro tempore deputandi, qui quotiens expedierit ipsarum gubernatricis et sororum, ac familiarium suorum, domesticorum, continuorum comensalium, confessionibus diligenter auditis, pro comissis debitam eis absolutionem impendant, et injungat penitentiam salutarem, nisi talia fuerint propter que sedes apostolica esset merito consulenda, eisque administrent ecclesiastica sacramenta ac hujusmodi confessoribus mansionem congruam ac victum honestum ex facultatibus domus ac gubernatricis et sororum predictarum juxta facultates hujusmodi deputandi, contradictores quoscumque auctoritate nostra per censuram ecclesiasticam appellatione postposita compescendi, non obstantibus indulgentiis qua, filii prior et Guillelme, vestris et forsan eligendorum et deputandorum per vos ut premittitur, si regulares fuerint ordinibus dicatur fore ab apostolica sede concessum que persone ipsorum ordinum non teneantur se intromittere de quibuscumque negotiis que

eis per dicte sedis litteras comittuntur, nisi de concessione hujusmodi in eisdem
litteris plena et expressa mensio habeatur, seu si aliquibus communiter vel divisim
a dicta sede sit indultum, quod interdici, suspendi vel excomunicari non possint
per litteras apostolicas non facientes plenam et expressam ac de verbo ad verbum
de indulto hujusmodi mentionem, plenam et liberam concedimus tenere presentium facultatem. Datum Avinione XVI kal. septembris, pontificatus nostri anno
sexto.

Original : Arch. de Vaucl., série H. Visitandimes de Saint Georges, liasse nᵒ 10.

XXXVIII

*1376. XVII Août. Bulle de Grégoire XI donnant à Hélias de Ser-
tis, à Durand André et à Guillaume d'Entregelles, le droit d'introduire dans la maison des Repenties des religieuses d'un autre ordre
pour les instruire, ou d'envoyer dans un monastère d'un autre ordre
des religieuses des Repenties pour y être instruites.*

Gregorius... priori monasterii Vallis Benedictionis... Durando Andree... et Guillelmo de Antragilis... Cum vobis curam, visitationem, et reformationem domus
dilectarum in Christo filiarum gubernatricis et sororum repentitarum Avinon. alias
de Miraculis nuncupate quotiens opus erit per alias nostras litteras certis modo et
forma in ipsis litteris comprehensis duxerimus commitendas, nos cupientes ut in
domo predicta eo majorem fructum circa curam et reformationem predictas facere
valeatis, quo majori fueritis potestate muniti, vobis vel duobus vestrum, tercio ad
id interesse nequeunte, vel se racionabiliter excusante, transferendi unam vel duas
moniales ad hoc ydoneas pro instructione et informacione sororum predictarum
in divinis officiis, ac vita et moribus regularibus et honestis, de quibuscumque
monasterio vel monasteriis cujuscumque ordinis per sedem apostolicam approbati
ad prefatam domum perpetuo vel ad tempus de quo vestre discretioni videbitur,
et eam vel eas inibi recipi, ac de communibus proventibus dictarum domus, gubernatricis et sororum necessaria eis congrue ministrari faciendi, et sincera ipsas in
domino caritate tractari, necnon illas ex eisdem sororibus de quibus eidem vestre
discretioni videbitur ad quecumque monasteria pro instructione et informatione
premissis ad certum tempus duntaxat vestro arbitrio moderandum similiter transferendi et recipi faciendi. Et nichilominus easdem, tam moniales quam sorores,
ad monasteria et domum predictam cum expediens fuerit auctoritate apostolica
reducendi. Contradictores quoscumque (*ut supra*)... Datum Avinione XVI kal. septembris pontificatus nostri anno sexto.

Original : Arch. de Vaucl., série H. Visitandines de Saint Georges, liasse nᵒ 10.

XXXIX

1376. XIV Septembre. Acte notarié de la remise des Statuts de la maison des Repenties de Notre-Dame des Miracles par les commissaires députés par Grégoire XI, contenant les bulles données à ce sujet, le texte des statuts, le serment des Repenties d'y adhérer, et la nomination des dignitaires du nouvel ordre, cette remise des statuts ayant eu lieu en date du 4 Juillet 1376.

In Christi nomine Amen. Noverint universi... quod venerabiles viri dopminus Helias de Sertis, prior monasterii Vallis Benedictionis de Villanova, per priorem soliti gubernari, Avinionensis diocesis, ordinis Chartusiensium, et dominus Durandus Andree, prepositus ecclesie Aptensis, ac frater Guillelmus de Antragelis, ordinis fratrum Minorum professor, comissarii reformatores et visitatores, regulatores ac correctores gubernatricis et sororum domus repentitarum beate Marie Magdalenes, nuncupate de Miraculis Avinionis, constituti intra septa mansionum domus predicte, et infra quamdam domum vocatam refectorium, convocatis ibidem ad sonum parve campanelle, congregatis ad instar capituli, personaliterque etiam constitutis, honestis mulieribus seu sororibus dicte domus infrascriptis, videlicet domina Ricana Torquassie gubernatrice, et sorore Johanna de Valentia tunc priorissa, sorore Francisca de Gratiopolitano, sacristana, et sororibus Francisca Terleta, Laurentia Pezielha, portaria, Bartholomea de Rochamaura, Maria de Chays, Margarita de Perusio, Rixeneta de Massilia, Johaneta de Parisius, Johanneta de Benna, Katherina Barralerie, Margarita Pellicerie, Margarita de Aurayca, Johanneta de Romanis, Sereta de Sala, Tiburge de Montilio Ademarii, Isnarda de Valentia, Johanneta de Grayvol, Angelina de Papia, Margarita Bleymus, Audina de Gimonte, Stephaneta de Lugduno, Berengueta de Avinione, Marieta de Massilia, Beatrice de Bellicadro, Garssende de Rochaforti, Gausita de Doma, Katherina de Costa sancti Andree, Peyroneta de Avinione, Pierra de Alexandria, Jordana Garneria, et Jaumeta de Masano, in presentia testium et mei notarii publici infrascriptorum ad hec specialiter convocatorum et rogatorum : quamquidem papiri cedulam scriptam pro prohemio seu primordio omnium et singulorum in hoc vero et publico instrumento contentorum, et quatuor litteras apostolicas sanas et integras prorsus, ut prima facie apparebat, omni vicio et suspicione carentes, vera bulla plumbea D. N. pape in eisdem litteris nominati cum funiculis canapis more romane curie impendenti bullatas, una cum quodam quaterno papireo scripto statuta et ordinaciones per ipsos dominos visitatores et comissarios ad reformationem et regulationem status gubernatricis, et sororum predictarum domus prefate presentium et futurarum, conditas et factas, in se continente ; necnon et quodam prima facie publicum instrumentum scriptum et signatum, ac in formam publicam manu et signo notarii publici prout in eo legebatur redactum, quorum omnium tenores per ordinem infra describentur. Que munimenta omnia per prius michi notario publico supra et infrascripto realiter tradiderant ad publicandum, saltem substancialiter dictas cedulam, litteras apostolicas, ordinationes et statuta supradicta per eorum organa participantes coram dictis gubernatrice, priorissa, subpriorissa, sacristana et aliis sororibus superius nominatis vulgariter et in lingua materna, alta

voce et intelligibili, me notario publico predicto principia capitulorum dictorum
monimentorum incipiendo, effectualiter exposuerunt et pronunciaverunt eisdem
mulieribus et earum cuilibet ipsas monendo et benigne persuadendo districte auctoritate apostolica mandaverunt, ut omnes et singulas ordinationes ac statuta infrascripta et omnia et singula in eis contenta facerent, servarent, utique cum effectu
adimplerent sub penis et sententiis in eisdem statutis contentis.

Tenores siquidem dicte cedule et quatuor litterarum apostolicarum supradicta-
rum, ac eciam ordinacionum et statutorum predictarum et predictorum, necnon et
publici instrumenti predicti de quibus supra facta est mentio per ordinem statim
subsequentur.

Et primo tenor dicte papiri cedule prohemii seu primordii supradicti talis est :
Ego sum pastor bonus et cognosco oves meas .Jo. Xº. Cum officium boni pastoris
sit cognoscere, pascere, et protegere a lupis rapacibus cum vigili cura et sollicitudine gregem sibi commissum, prout cavetur capitulo preallegato, eapropter S. in
Christo Pater et D. N. dominus Gregorius, divina providentia Papa XI, curam ge-
rens sollicitam gregis dominici, videlicet ovium quas Christus suo precioso san-
guine redemit, et singulariter ovium morbidarum et discipatarum, quales sunt
peccatores et peccatrices quos venit ipse filius dei sanare, ut pius medicus, et vocare ad penitentiam, ut sapiens magister ; cujus exemplo idem dominus noster predictus cupiens et desiderans piis affectibus salutem animarum sororum repentitarum beate Marie Magdalene de Miraculis Avinion., volensque eas pascere salutari-
bus monitis per disciplinam et doctrinam vite claustralis et regularis ac prohibere
et deffendere accessus hominum quorumcumque conditionis et statuum ad easdem,
que ex nimia frequentatione vana et stolida contraxerunt familiaritates et amicitias
cum eisdem, sub specie pietatis disserpentes ipsarum animas, velut lupi, et earum
corpora ad vanitatem et ocium ac crapulam deducendo, misit nobis, priori monasterii Vallis Benedictionis de Villanova Avinion. diocesis, et Durando Andree preposito ecclesie Aptensis, ac fratri Guillelmo de Antregelis, ordinis fratrum minorum
professori, suas litteras apostolicas quas recepimus cum debita reverentia, tenores
que sequuntur per omnia in se continentes.

Item tenor unius predictarum quatuor litterarum apostolicarum sequitur sub hiis
verbis : (pièce justif. nº XXVIII).

Item tenor alterius dictarum quatuor litterarum apostolicarum sequitur, et est
talis : (pièce justif. nº XXXVI).

Item tenor alterius dictarum quatuor litterarum apostolicarum sequitur in hunc
modum : (pièce justif. nº XXXVII).

Item tenor ultime dictarum litterarum apostolicarum sequitur per hec verba :
(pièce justif. nº XXXVIII).

Ut igitur predicte sorores ducant vitam laudabilem et honestam ac regularem,
juxta desiderium predicti vicarii Christi, faciantque dignos fructus penitentie, quibus mediantibus pervenire valeant ad gloriam paradisi, propter quam possidendam
creatus est homo : nos predicti visitatores et reformatores dictarum sororum,
juxta tenorem litterarum predictarum ejusdem D. N. pape, auctoritate cujus fungimur in hac parte, ad laudem et honorem sancte trinitatis, gloriose virginis dei
genitricis Marie, beate Marie Magdalene et tocius curie celestis, atque perfectum
spiritualem dictarum sororum, cum deliberacione matura, favente nobis divina
gracia, facimus et ordinamus statuta infrascripta, per capitula distincta, per predictas sorores et succedentes eisdem in domo predicta perpetuis temporibus obser-
vanda, ad quorum observantiam eas requirimus et artamus auctoritate qua supra

et virtute juramenti, per ipsas prestiti, tenore cujusdam publici instrumenti, cujus copiam in fine dictorum nostrorum staturorum, ymo verius apostolicorum, volumus ex certa sciencia annotari : si que vero predictarum sororum reputant gravem sarcinam predictorum statutorum, hoc cogitent apud semetipsas, quod juxta apostolum omnis disciplina in presenti non est gaudii, sed meroris, fructum ante pactatissimum exercitatis per eam afferet in futurum ; et illud dictum euvangelicum beati Mathei : intrate per angustam portam, quia lata porta et spatiosa via est que ducit ad perdicionem, et multi sunt qui intrant per eam, quare angusta porta et arta via est que ducit ad vitam, et pauci sunt qui inveniunt eam ; opporte igitur ori et et ceteris sensibus et gestibus ac moribus sepem circumdatam per honestatem regularium statutorum a viris et mulieribus deo placere cupientibus non destrui, sed servari, nedum sepem dissipetur seu mordeatur a colubro secundum sententiam sapientis.

(Suit le texte des statuts de la maison des Repenties, vide appendice I, pages 105 à 124.)

Item tenor dicti publici instrumenti de quo supra facta est mentio sequitur et est talis.

In nomine sancte et individue trinitatis, patris et filii et spiritus sancti Amen. Cum per visitationis officium a sacris canonibus introductum, persone ad regularem observanciam inducantur, in bonis operibus stabiliantur, in laudabilibus moribus instruantur, torpentes excitentur, ferventes compescantur, caritas augeatur, rancor extirpetur, virtutes inserantur, vicia evellentur, superflua perscindantur, deffectus suppleantur, st tam persone quam loca in melius dirigantur, ac etiam si que ex personis ipsis effrenes aut discole existant, si non· amore virtutum saltem pene formidine a tortuosiis inviis declinare et in recta salutis via ambulare cogantur, nonnunquam superiores prelati, potissime romanus pontifex, tocius gregis domini pastor, qui super omnes oves sub summi apostolatus cura existentes indefesse vigilant, ac etiam ovem dispersam ut solicitus custos ad caulam omnium aliarum ipsius vocem cognoscentium inducere satagit, predictum visitationis officium oneribus assiduis et curis grandibus occupati, officium ipsum utpote salubre et fructuosum, prout personarum locorum et temporum condicione pensata expedire vident, mandavit per alios exsequendum.

Sane nuper S. in Christo pater et dominus noster dominus Gregorius divina providentia papa XI, visitationem, reformationem, ordinationem et correctionem honestarum mulierum sororum repentitarum domus beate Marie de Miraculis Avinion., nobis Helie de Sertis, priori monasterii. Vallisbenedictionis de Villanova per priorem soliti gubernari Avinionensis diocesis, et Durando Andree preposito ecclesie Aptensis, ac Guillelmo de Antragelis, ordinis fratrum minorum professori, per sua litteras apostolicas ejus vera plumbea cum cordula canapis more romane curie bullatas, sanas et integras et omni prorsus vicio et suspicione carentes, ut prima facie apparebat, comisit ; quarum litterarum apostolicarum tenor sequitur et talis est :

(Vide cette bulle pièce justificative n° XXVIII).

Nos igitur Helias prior, et Durandus prepositus, ac Guillelmus reformatores predicti, tanquam obedientie filii volentes mandatum apostolicum reverenter exsequi, ut tenemur, vigore ipsarum litterarum apostolicarum, domum hujusmodi repentitarum, die ultima mensis, junii anni infrascripti, visitavimus, et repentitis infrascriptis in capitulo ipsius domus ad sonum campane congregatis litteras apostolicas hujusmodi in vulgari explicari fecimus. Quibus perlectis, et per eas ad plenum, prout assuerunt, intellectis, ad instantiam nostram, gratis et spontanea voluntate, tactis sacrosanctis scripturis, quelibet earum singulariter juravit tenere et observare inviolabiliter statuta et ordinaciones que et quas vigore litterarum hujusmodi juste et sancte pro tempore per nos fieri continget. De quibus omnibus et singulis, nos Helyas et Durandus ac Guillelmus, reformatores predicti, peciimus fieri publicum instrumentum per notarium infrascriptum, presentibus ibidem discretis viris dominis Raymundo de Valle, litterarum apostolicarum scriptore, Jacobo Emioli canonico Montisregalis Carcassonensis diocesis, et Petro Tribulandi et Arnaldo de Prato, presbiteris sancti Flori et Montisalbani diocesium, testibus ad hec vocatis specialiter et rogatis. Postmodum vero, anno, indictione, mense die, et loco et pontificatu infrascriptis, nos Helyas, prior et Durandus prepositus, ac Guillelmus, comissarii visitatores et reformatores predicti, ad reformacionem hujusmodi procedere volentes, non de nostris insufficientibus meritis aut nostra imbecillitate sed de illius largitate qui dat verbum euvangelisantibus in virtute multa fiduciam cupientes, ac visitationem nobis comissam in parte exsequi volentes, domum hujusmodi, visitavimus, et inspeximus diligenter modum vivendi ipsarum sororum repentitarum, et quia invenimus dictam domum et ipsas sorores de aliquibus indigere, ad infrascripta statuta et ordinaciones peragenda et peragendas in modum infrascriptum auctoritate apostolica processimus :

In primis siquidem spiritus sancti gratia humiliter implorata, ad hororem dei omnipotentis, et ejus matris Marie semper virginis gloriose, tociusque curie celestis, existentes in refectorio ejusdem domus, vocatis ad sonum campane sororibus infrascriptis presentibus ad hoc et consensientibus, nulla discrepante seu contradicente: Creamus et eligimus auctoritate apostolica in rectricem et gubernatricem ipsarum repentitarum et domus earum honestam et providam mulierem Ricanam Torquassie, tanquam mulierem in spiritualibus providam et in temporalibus circumspectam.

Item creamus et facimus auctoritate qua supra in priorissam et cellarariam sororem Johannam de Valentia, repentitam ; et quoad officium cellararie, in coadjutricem eidem priorisse deputamus auctoritate qua supra sororem Berenguetam de Avinione, mandantes et precipientes eidem Berenguete ut obediat eidem priorisse in omnibus negotiis hujusmodi cellarariam tangentibus.

Item auctoritate qua supra creamus et facimus in subpriorissam sororem Johannetam de Parisius, repentitam.

Item auctoritate qua supra facimus et creamus in sagristanam sororem Franciscam de Grenor, repentitam.

Item auctoritate qua supra in clavigeriam clavium dormitorii et refectorii sororem Jordanam Garnieyra, donatam.

Item auctoritate quad supra creamus et facimus in refectoriam et panateriam sororem Ludovissam de Massilia, repentitam.

Item auctoritate qua supra creamus et facimus in precentorissas, cantatrices et magistras ad docendum alias sorores repentitas Margaritam de Aurenga, alias de Baucio, et Franciscam Torleta, repentitas.

Item auctoritate qua supra creamus et facimus in porterias videlicet, a parte extra sororem Laurenciam Pezelha, et ab infra sororem Johannetam de Grenor, repentitas.

Item auctoritate qua supra creamus et facimus in absculatrices ad cretas parlatorii Ricanam Torquassie, gubernatricem prenominatam, et Franciscam de Grenor, sacristanam, et Margaritam de Perusio, repentitas, ac Jordanam Garniera, donatam.

Et statuimus et ordinamus auctoritate qua supra quod due aut una ipsarum, si due non possint adesse, sint semper presentes in colloquiis per sorores repentitas faciendis, et quod, dicta missa majori, sorores repentite possint loqui ad dictas cretas cum personis honestis usque ad horam prandii, et post dormitionem usque ad vesperos.

Item auctoritate qua supra facimus et creamus ad faciendum questam, tam infra civitatem Avinionensem quam extra, sorores Johannetam Juliana et Johannetam la lombarda, repentitas.

Item auctoritate qua supra statuimus et ordinamus, ut nullus cujuscumque status, gradus, ordinis vel condicionis existat, intret dictam domum, videlicet portam terciam ipsius domus prope rotam, nisi in casu necessitatis, et quod qualibet (*sic*) soror non sit ausa vocare aliam nisi suo nomine proprio, videlicet soror Bartholomea de Ruppemaura et sic de aliis.

Et hec sufficiant pro nunc quousque alia per nos ordinentur.

Predictaque capitula et omnia et singula in eis contenta, ut ipse sorores de luto mundi et carnis crapula ejecte, in obediencia, paupertate, paciencia, simplicitate, verecundia, pace et sapientia spiritus sancti redacte, de bono in melius valeant proficisci, et ferventius in dei amore animentur pro salute animarum suarum et totius domus doctrina, per te notarium infrascriptum in refectorio predicto, sororibus infrascriptis presentibus, ad sonum campane, ut supradictum est, congregatis, legi et publicari mandavimus, et in illam publicam formam poni et transcribi ad perpetuam rei memoriam.

Quarum quidem sororum repentitarum nomina sunt hec : primo Ricana Torcassie rectrix, et gubernatrix : Johanna de Valentia priorissa : Francisca de Grenor, sacristana : Francisca Terleta, Bartholomea de Ruppemaura, Maria de Chais, Margarita Aucella, Margarita de Perusio, Roceneta de Massilia, Johanneta de Parisius, Johanneta de Berina, Catherina Barrelieyra, Margarita Pellicieyra, Margarita de Aurenga, Johanneta de Romas, Ludovissa de Massilia, Sereta de Sala, Giburs du Montilimar, Inarda de Romas, Johanneta de Grinor, Angelina de Pavia, Margarita Blaymus, Audina de Gimon, Steveneta de Leo, Berengueta de Avinione, Marieta de Massilia, Beatrix de Bellocadri, Garsens de Rocafort, Gauzida de Doma, Catherina de Costa sancti Andree, Johanneta Geyra de Vauro, Peyroneta de Avinione, Pierra de Alexandria, Jordana Garnieyra, ipsius monasterii sorores repentite. De quibus quidem capitulis, statutis et ordinacionibus, et aliis omnibus et singulis suprascriptis iidem domini comissarii petierunt fieri publicum instrumentum per me notarium infrascriptum.

Lecte, publicate et recitate fuerunt predicte constitutiones et statuta in Avinione in refectorio domus ipsarum sororum repentitarum anno a nativitate domini M° CCC° LXXVI°, indictione XIIII, mensis julii die quarta, pontificatus S. in Christo patris et D. N, domini Gregorii divina providentia pape XI, anno sexto, presentibus discretis viris dominis Raymundo de Valle (*ut supra*), et me Bartholomeo Berengas, clerico, Ruthenensis diocesis, publico auctoritate apostolica notario et ipsorum dominorum comissariorum scriba...

Et premissis omnibus et singulis, ut predicta sunt, per ordinem sic peractis, prefati domini visitatores, reformatores et commissarii, volentes ac decernertes ea robur et efficaciam obtinere, de omnibus et singulis... pecierunt per me notarium publicum... fieri unum et plura, publicum et publica instrumentum et instrumenta.

Acta gesta... et recitata fuerunt hec in dicta civitate Avinion. infra dictum refectorium in principio presentis instrumenti descriptum, anno a nativitate domini Mᵒ CCCᵒ LXXVIᵒ die XIIII mensis septembris, pontificatus S. in Christo patris et D. N. domini Gregorii... pape XI anno sexto, presentibus et audientibus venerabili viro domino Raymundo Fabri, licentiato in decretis, officiali Avinion., et religiosis viris fratre Petro de Serano ordinis sancti Francisci, et dompno Johanne Martini, monacho dicti monasterii Vallisbenedictionis de Villanova, domino Jacobo Arditi rectore beate Marie de Rognis Aquensis diocesis, domino Vincentio Bermundi, bachalario in legibus, canonico Ebredunensi, domino Arnaldo de Prato, rectore ecclesie sancti Johannis de Calquasaco Montisalbani diocesis, domino Petro Tribulandi, cappellano ecclesie sancti Petri de Vitriaco, et Petro Berengas, canonico Montisregalis Carcasson. dioc., ac domino Christoforo Giraudi de Vaqueriis, presbitero Aptensis dioc. testibus... et me Petro Fabri... notario.

Origine : Arch. de Vaucl., série H. Visitandines de Saint Georges, nᵒ 10.

XL.

1377. XII mars. Bulle de Grégoire XI commettant le cardinal Jean de Blandiac pour juger le différend qui s'était élevé entre l'évêque d'Avignon et la Maison des Repenties, au sujet de la possession d'un jardin contigu à leur maison, dit de la Pinhote, qui leur avait été donné par le pape.

XVII décembre. Sentence du cardinal maintenant l'évêque dans la possession de ce jardin comme étant soumis à la servitude de la vigne vispale. Définition de cette servitude.

In nomine domini Amen. Insuper ex parte sanctissimi... Gregorii... pape undecimi... quasdam litteras apostolicas... nobis Johanni... episcopo Sabiniensi sancte romane ecclesie cardinali in civitati Avinionis commoranti presentatas... recepimus, quarum tenor talis est :

Gregorius, episcopus servus servorum dei, venerabili fratri Johanni episcopo Sabiniensi Avinioni commoranti salutem et apostolicam benedictionem. Exibita nobis pro parte venerabilis fratris nostri Faydici, episcopi Avinionensis petitio continebat quod olim nos quemdam ortum qui Pignotta communiter nuncupabatur, cum hospicio eidem orto contiguo in civitate Avin., prope portam de Miraculis consistente, et quiquidem ortus cum eodem hospicio tunc per gubernatorem domus elemosine apostolice que Pinhota nuncupatur tenebatur, et possidebatur, dilectis in christo filiabus gubernatrici et sororibus repentitis nuncupatis domus beate Marie de Miraculis Avinion., salvo tamen jure cujuscumque alicujus personne, per nostras litteras concessimus prout in eis plenius continetur ; cum autem, sicut eadem petitio subjungebat, prefatus ortus cum dicto hospicio ad mensam episcopalem Avinion. justo titulo pertinere noscatur, pro parte dicti episcopi fuit nobis humiliter supplicatum, ut causam quam idem episcopus contra easdem gubernatricem et sorores, super hujusmodi orto et hospicio, movere intendit, alicui probo viro in partibus illis commictere de benignitate apostolica dignaremur. Nos itaque hujusmodi supplicationibus inclinati, fraternitati tue per apostolica scripta mandamus, vocatis que fuerint evocanda, et auditis hincinde propositis, quod justum fuit summarie et de plano sine strepitu et figura judicii ac sola facti veritate inspecta, appelatione remota, decernas, faciens quod decernetur per censuram ecclesiasticam firmiter observari, testes autem qui fuerint nominati si gratia, odio vel timore subtraxerint censura simili appelatione cessante, compellas veritate testimonium prohibere, non obstante, si prefatis gubernatrici et sororibus vel quibusvis aliis communiter vel divisim a sede apostolica sit inductum, quod interdici, suspendi vel excommunicari aut ad judicium evocari non possint, per litteras apostolicas non facientes plenam et expressam ac de verbo ad verbum de indulto hujusmodi mentionem. Datum Rome apud sanctum petrum IV idiis martii pontificatus nostri anno septimo.

Quarum quidem litterarum apostolicarum seu mandati apostolici virtute, nos Johannes episcopus cardinalis judex commissarius antecedens in causis hujusmodi rite procedentes ad discreti viri magistri Johannis Rogerii, prefati domini episcopi procuratoris, prout de hoc nobis constat, instanciam, discretos viros magistros Hugonem de Molendino, fiscalem camere apostolice, ac Petrum Rogerii dictarum dominarum gubernatricis et sororum ex adverso principalium procuratores, prout de hoc nobis etiam extitit facta fides, ad dicendum et opponendum quicquid dicere et opponere velent contra hujusmodi litteras apostolicas, per nostrum porterium juratum citari mandamus et fecimus ad certum terminum comptentem. In quo termino per prefatum magistrum Hugonem procuratorem fiscalem jurisdictione sua in nos tamquam in judicem suum competentem sponte prorogata, et dicti magistri Petri Rogerii procuratoris non competenti contumacia per prefatum magistrum Johannem ex adverso procuratorem accusata, ipsoque per venerabilem et religiosum virum dominum Sanaricum Christiani, decretorum doctorem, priorem sancti Oriencii Auxitanensis, auditorem nostrum, ac loco nostri ad jura reddenda, contumace reputato, idem dominus Sanaricus eumdem magistrum Petrum procuratorem ad producendum omnia et singula jura quibus ipse partes hincinde uti et se munire vellent in hac causa per dictum nostrum porterium citari mandavit ad certum terminum... Quo adveniente termino coram prefato domino Sanarico auditore nostro prefato, magistris Hugone de Molendino et Johanne Rogerii procuratoribus predictis... dictus magister Johannes Rogerii procurator... quamdam cedulam produxit que in effectum continebat quod dictus ortus sive viridarium, de quo in litteris apostolicis nobis directis fit mentio, teneri consuevit et tenetur sub dominio et 'senhoria dicti domini episcopi et sue ecclesie Avinion (1)... quiquidem ortus fuit Poncii et Hugo-

---

(1) Historique du jardin dit de la Pinhote d'après le terrier de l'évêché de 1366).
Reverendus in Christo pater dominus episcopus Avinonensis supradictus habet ibidem prope dictam ecclesiam beate Maria de Miraculis quendam magnum et pulcrum ortum sive viridarium cum quadam domo in introitu ipsius, sex eminatas et quartam partem alterius eminate terre parum plus vel minus continentem, confrontatum a circio cum proxime supradictis domibus et orto sive viridario prefate Thomassie et etiam cum quibusdam viridario et logua sive curte predicti Johannis Nuti de Campis, ab oriente cum dicta carreria publica de Miraculis, ab occidente cum dictis muris novis via publica in medio, a meridie cum viridario seu orto immediate subscripto et cum quodam alio orto seu viridario heredum, ut dicitur Petruchiii et Andree Porchi pistoris quondam domus Pinhote

nis Johannis et Raimundi Desiderii quondam, et tenebatur, ac tenetur sub servicio vinee vispalis, quod quidem cum hujusmodi servitus habetur, tam ex privilegio imperiali quam ex consuetudine approbata, quod si feodaliter per episcopum seu ecclesiam Avinion. investiti mori seu alio casu feodum amictere contingit, et in recta linea descendentes, ut sunt filii et filie vel hiis geniti defuerint, ex latere venientes, velud fratres, patrui sive alii ex transversa linea constituti eadem feoda nullatenus obtinere valeant absque dicti domini episcopi benefica largitione ; propter obitum dictorum dominorum utilium utile dominium dicti orti fuit et est directo consolidatum subjungebatur, et in eadem cedula quod bone memorie dominus Petrus de Agrifolio olim episcopus Avinion. mediatus predecessor episcopi moderni fuit in possessione pacifica dicti orti continue quamdiu vixit... quequidem donatio apostolica dictis sororibus de dicto orto facta nullum debet habere effectum quia camera apostolica nullum jus habuit nec habere potuit in orto predicto nisi quamdiu dominus noster papa episcopatum ad manum suam tenet, sed proviso ecclesie Avin. de episcopo camera apostolica nullum jus pretendere potest se habere in dicto orto... conclusio cedule sequitur sub hiis verbis : Petit igitur dictus procurator... declarari predictum ortum sive viridarium cum juribus et pertinenciis suis ad dominum Avinion. episcopum et ejus ecclesiam pertinere, donationemque predictam fuisse et esse subrepticiam... nullamque fore... Quaquidem cedula oblata et dicto magistro petro ex adverso non comparante... Nos Johannes cardinalis judex... declaramus predictum ortum sive viridarium cum juribus et pertinentiis ad dictum dominum episcopum et ejus ecclesiam pertinuisse et pertinere.

In quorum omnium testimonium... sub anno a nativitate domini MCCCLXXVII°, die XVIIa mensis decembris.

Et ego Johannes de Bosco... notarius... meis consuetis signo et nomine roboravi.

Origine : Arch. de Vaucl. Archevêché G 4, 54.

quemquidem ortum seu viridarium tenet nunc ab episcopatu Avinionensi de voluntate domini nostri pape domus ejusdem domini nostri, pro provisione caulium et aliarum herbarum necessariarum pro usu et cibo pauperum ad dictam domum confluentium et cujusquidem orti sive viridarii una pars scilicet circionalis olim fuit heredum Raymundi et Guillelmi Desiderii fratrum quondam burgensium de Avinione que serviebat pro censu annuo dicto domino episcopo octo eminas annone bone et receptibilis et alia pars fuit videlicet a parte meridiei Hugonis et Pontii Johannis fratrum quondam que similiter dabat et serviebat anno quolibet predicto domino Avinionensi episcopo quator eminas et mediam eminam annone bone et receptibilis prout patet per ipsorum recognitiones contentas in quodam cartulario notarum receptarum per magistrum Germanum Sicardum notarium quondam de recognitionibus feudorum dicti domini episcopi et in regestris censuum annuorum : quasquidem duas partes dominus cardinalis de Columpna quondam dum vivebat univit et conjunxit, deinde fecit ibi fieri ortum et viridarium, et ipso defuncto dominus papa Clemens sextus seu ejus camerarius de mandato ipsius ordinavit quod predicta domus Pinhote teneret ipsum ortum et ex tunc eum tenuit et excoli fecit usque nunc, qui predicto Avinionensi episcopo venit in commissum propter dictam servitutem prefati imperialis privilegii vinee vispalis per mortem heredum predictorum emphiteotarum qui sine liberis ex suis corporibus legitime procreatis ab hoc seculo migraverunt. (Arch. de Vaucl. archevêché, G 10, f° 74).

XLI

1377. Quittance faite à Jean Teyssere par les sœurs de la maison des Repenties.

Anno M° CCC° septuagesimo septimo... in mei etc., honeste mulieres domina Ricana Terquassie gubernatrix, Francisca de Griulhes priorissa, Johanna de Vicens, Francisca Cerleta, precentrix et infirmaria, Johanneta de Parisius, subpriorissa, Laurentia Pesilha, Bertholomea de Rupemaura, Marita de Chays, Margarita Aucelle, Margarita de Perusio, Rizeneta de Massilia, Johanneta de Valencia, Johanneta de Vanna, Margarita Pelicerie, Margarita de Aurayca, Johanneta de Romanis, Ludovica de Massilia, Sereta de Sala, Tiburgia de Montilioademarii, Johanneta de Grinor, Angelina de Papia, Margarita Blaynius, Audina de Gimonte, Stephaneta de Leo, Berengaria de Avinione, Marieta de Massilia, Beatrix de Bellicadro, Garcenda de Rupeforti, Gaufrida de Monte de Doma, Petrona de Avinione, Jordana Garnerie, Peyrona de Alexandria, et Jacobeta de Masano, sorores domus beate Marie de Miraculis de Avinione, omnes simul ad sonum campane congregate capitulariter, ... recognoverunt discreto viro Johanni Textori canabasserio civi et hab. Avin., ... se habuisse a dicto Johanne Textoris centum florenos auri, in quibus dictus Johannes dicte domui de Miraculis erat obligatus racione Jordane Garnerie dicte domus devote. Sic et taliter quod de dictis centum florenis . .quictaverunt...

Acta fuerunt hec Avinioni in capella beate Marie Magdalenes et ante cledam ferream predicte capelle, presentibus... et me Petro de Podronsaco notario...

Origine : Arch. de Vaucl. fonds de la ville d'Avignon ; hoirie de Johannes Textoris, n° 68.

XLII

1377. Août. Reconnaissance en faveur des Repenties.

... Anno a nativitate ejusdem M° CCC° LXXVII°, et die prima augusti, ...Bernardus Girardi, mensurator bladi... recognovit venerabili et religiose domine Ricane Torcassie, gubernatrici et administratrici dominarum monasterii de Miraculis Avin... peciam vineatam sitam in territorio dicte civitatis Avinionis, juxta peyronum ubi fit justicia curie dicte civitatis Avin... pro qua servit... duos grossos. Acta fuerunt hec Avinione... et me Jacobo Pedagerii, notario...

Origine : Arch. de Vaucl. Visitandines de Saint Georges, n° 24.

XLIII

1378. 28 Janvier. L'évêque d'Avignon est mis en possession du jardin de la Pinhole.

In nomine domini amen. Noverint universi et singuli quod anno a nativitate ejusdem domini MCCCLXXVIII indictione prima, die XXVIII mensis januarii pontificatus... Gregorii... pape undecimi anno octavo, in mei notarii etc., personaliter constitutus discretus vir magister Johannes Rogerii, reverendi in Christo patris domini Faydici episcopi Avinionis procurator, et procuratorio nomine eodem, quasdam litteras patentes, sentenciam quamdam per... dominum Johannem episcopum sabinensem, sancte romane ecclesie cardinalem dudum latam in quadam causa que vertebatur inter prefatum dominum episcopum Avinionensem et ejus ecclesiam ex parte una, et religiosas sorores beate Marie de Miraculis repentitas moniales Avinionenses, de et supra quodam orto sive viridario de Puignota (*sic*) vulgariter appellato, sito Avinioni prope portale de Miraculis, et ejus occasione ex altera, in se continentes, per me notarium infrascriptum subscriptas et signatas et ejusdem domini cardinalis sigilli impensione minutas, discreto viro Gundisalvo Petri, porterio et nunciato jurato dicti domini cardinalis ad infrascripta per eumdem dominum cardinalem sive vive vocis oraculo sub exequutore sive commissario specialiter deputato presentavit : petens se nomine quo supra, vigore hujusmodi sentencie que in rem transivit judicatam, in possessionem dicti orti seu viridarii per prefatum porterium poni et induci. Et tunc memoratus porterius, subexequutor et commissarius, volens mandatun prefati domini cardinalis et ejus litteras exequi, dictum Johannem procuratorem tangendo et tradendo sibi realiter anutum et seraturam porte dicti orti, ipsamque portam claudendo et aperiendo, et quemdam baculum ad fodiendum terram in possessionem corporalem et realem dicti orti seu viridarii ac jurium et pertinenciarum ejusdem posuit et induxit. Quiquidem Johannes procurator, in signum vere possessionis hujusmodi dictum anulum et seraturam dicte porte tetigit, ipsam portam aperuit et clausit, ac cum dicto baculo terram fodit, et per ipsum ortum deambulavit. Post que idem porterius, ex parte dicti domini cardinalis, inhibuit Johannete de Burgundia, ancille dicti orti, et omnibus aliis quos presens negocium tangit, absentibus tanquam presentibus, de cetero alicui nisi domino episcopo Avinionensi pro tempore, seu legitimo ejus procuratore, de dicti orti emolumentis et fructibus respondeant seu cuiquumque tradant vel persolvant.

Acta fuerunt hec Avinioni in dicto orto... presentibus... et ego Johannes de Bosco, clericus Tornacensis diocesis... notarius ...meisque signo et nomine consuetis roboravi.

Origine : Arch. de Vaucl., archevêché, G. 4, f° 37.

XLIV

1378. VI avril. Procès au sujet d'une cense acquise au monastère des Repenties par l'union qui lui fut effectuée, en janvier 1875, de l'hôpital de Rostaing Chaix.

...Anno nativitate ejusdem M°CCC°LXXVIII° et die sexta aprilis, noverint universi, quamdam causam testamentariam agitatam fuisse coram... domino Hugone Mayronis, licentiato in decretis, vicario generali in causis piis et testamentariis... inter discretum virum Arnaldum de Prato procuratorem... religiosarum et honestarum mulierum sororum repentitarum beate Marie Magdalenes de Miraculis Avin., agentem ex una parte... et Petrum Lartessuth, canabasserium... ex parte alia defendentem : in quaquidem causa pro parte dictarum sororum libellus seu petitio data judicialiter extitit in hunc modum :

Coram vobis... proponit procurator... monialium beate Marie Magdalenes contra et adversus Petrum Lartessuth... et dicit quod dudum de anno M° CCC° quadragesimo octavo, et de mense junii, Rostagnus Chayssii civis et habitator Avin.. suum ultimum condidit testamentum, in quoquidem testamento inter cetera pia legata que fecit, ordinavit ut sequitur : item ordino quod hospicium quod tenet macellus. quod est francum, sit Raymundi Chaysii, et servat hospitali per me ordinato XX sol. annuatim. Item quod successive Paulus Sicardi, Hugo Malaspina, et Guimeta uxor Raymundi de Germanancis, et Petrus Lartesshuc, dictum hospicium, quod situm est in parrochia S. Stephani, et confrontatur ab una parte cum carreria publica magne fustarie, et ab alia parte cum hospicio albergarie S. Jacobi... tenuerunt, et hodie tenent, videlicet dicti Paulus, Hugo, Guimeta pro duabus partibus ; et dictus Petrus, terciam pro indiviso. Item quod dicti Paulus, Hugo et Guimeta, de dictis XX sol. duas partes solverunt... et dictus Petrus terciam partem... solvere et tradere recusat... Item quod dicti XX solidi unacum dicto hospitali de anno domini M°CCC°LXXV° et de mense januarii dicti anni fuerint uniti et incorporati dicto monasterio sive domui predicte sororum beate Marie Magdalenes de Miraculis, pro fundatione et officinis dicti monasterii per venerabilem et circumpectum virum dominum Johannem Sabaterii, tunc vicarium animarum, et commissarium super fundatione dicti monasterii specialiter deputatum per S. in Christo Patrem et D. D. Gregorium papam XI. Quare petit dictus procurator... per vos prefatum dominum Hugonem... comdempnari dictum Petrum Lartesshuc ad dandum... dicto monasterio dictos sex solidos et octo denarios.

[*Sentencia judicis*]. Quia nobis vicario predicto constat... intentionem procuratoris sororum dominarum Repentitarum sufficienter fuisse fundatam contra et adversus Petrum Lartessuch reum, nichilque per predictum Petrum fuisse probatum... idcirco... per hanc nostram sentenciam... decernimus et declaramus dictum Petrum Lartessuth... fore condempnandum ad dandum... dicto procuratori nomine dictarum dominarum sex solidos et octo denarios... et ipsum condempnamus unacum expensis...

Origine : Arch. de Vaucl, série II. Visitandines de St-Georges, n° 25.

XLV

1378. XXVIII juin. Vente de cense en faveur de la maison des Repenties.

... Anno a nativitate ejusdem MCCC⁰ septuagesimo octavo, die XXVIII mensis junii... Guillelmus Pini, notarius... vendidit... domine Ricane Torquacie de Carpentoracte, rectrici sororum beate Marie de Miraculis Avinionis... tres eminas anone censuales... super quadam terra... in territorio Insule, loco dicto ad molendinum parvum... precio XX fl...

Actum Insule in hospicio dicte domine Ricane Torquecie emptoris... et me Raymundo Botini de Cavallione notario...

Origine : Arch. de Vaucl., série H, Visitandines de St-Georges, n⁰ 25.

XLVI

1378. XXXI Août. Approbation de vente par la maison des Repenties.

... Anno a nativitate ejusdem M⁰ CCC⁰ LXXVIII⁰ et die ultima mensis augusti... honeste mulieres domina Ricana Trochayssa gubernatrix, Johanna de Bastelli, procuratrix, Francisca Torleta, priorissa, Francisca de Graynholo, sacrista, Sereta de Sala, subpriorissa, Bertholomea de Ruppemaura, Johanneta de Parisius, Beatrix de Bellicadro, Inarda du Valentia, Inarda de Romanis, et Catherina de Sancto Andrea, sorores repentite monasterii beate Marie de Miraculis... certificate de quadam venditione facta per Bertrandum Vanayre maccellarium Petro Aymonis sartori... de quadam vinea decem eminatarum... loco dicto lo claus de Monfaves... sub directo dominio sororum repentitarum... XXX sol. venditionem laudaverunt...

Acta fuerunt hec Avinione... et me Ludovici Andree notarii...

Origine : Arch. de Vaucl. série H. Visitandines de Saint-Georges, 26.

XLVII

4378. XXIX Septembre. Vente de cense en faveur de la Maison des Repenties.

... Anno a nativitate ejusdem M⁰ CCC⁰ septuagesimo octavo, et die Penultima mensis septembris... Guillelmus Borrelli de Insula... vendidit... domine Johanne filie condam Daudi de Baldino, de Rimino, uxorique condam Guilhelmini de Paris commoranti in monasterio dominarum repentitarum de Miraculis Avin... tres eminas annone super quadam sua modica-terra seu boyga trium eminatarum.., in territorio dicti loci de Insula loco dicto ad stagnum prope vallatum Guerisii Arnaudi precio XX fl. auri...

Acta fuerunt hec in dicto loco de Insula, videlicet in hospicio dictarum dominarum monialium de Miraculis... et Guillelmo Pini, notario...

Origine : Arch. de Vaucl., série H. Visitandines de Saint-Georges, n⁰ 25.

XLVIII

1381. IX Août. Reconnaissance en faveur de la maison des Repenties.

... Anno a nativitate ejusdem M° CCC° LXXXI° et die IX augusti. ...Johanneta uxor Guillelmi Crassini, servientis curie temporalis Avin... recognovit domine Ricane Cortaysie, rectrici monasterii dominarum sororum repentitarum de Miraculis sub vocabulo beate Marie Magdalenes... se possidere... im emphiteosim perpetuam... vineam duarum eminatarum... in loco dicto Amaco... pro qua servit... V sol.

Acta fuerunt hec Avinione infra dictum monasterium... et ego Anthonius Garnerii notarius...

Origine : Arch. de Vaucl., Visitandines de Saint Georges, n° 24.

XLIX

1382. XXIV Mars. Reconnaissance en faveur de la maison des Repenties.

... Anno a nativitate ejusdem M° CCC° LXXXII° et die XXIIII marcii... frater Guillelmus Amici, litterarum apostolicarum D. N. pape bullator, ...recognovit... dominabus Ricane Tortoisse, et Johanne de Buceaux, gubernatricibus monasterii seu conventus beate Marie de Miraculis... se tenere in emphiteosim perpetuam... vineam sex eminatarum... loco dicto a las Rocas... pro qua servit... duos francos...

Acta fuerunt hec in hospitali dicti monasterii... et ego Jacobus Constancii notarius...

Origine : Arch. de Vaucl., Visitandines de Saint-Georges, n° 24.

L

1484 1ᵉʳ Février. Acte d'achat de pension en remploi des offrandes de Notre-Dame de l'Espérance, conformément au règlement fait par le cardinal Pierre Flandrin, le 22 Octobre 1373, quand il institua les deux chapellenies de Notre-Dame de l'Espérance, dont une fut réunie à la maison des Repenties par Grégoire XI.

... Anno a nativitiste ejusdem M° CCC° octuagesimo quarto, et die prima mensis februarii... cum vigore commissionis, ut dicitur, facte per S. in Christo patrem Gregorium papam XI, R. in Christo patri Petro, sancti Eustachii sancte Romane ecclesie diacono cardinali, oraculo vive vocis sibi facte, dictus dominus cardinalis ordinaverit et instituerit quod de mediate oblationum, proventuum, provenencium in capella beate Marie de Speransa, ordinarentur duo capellani, qui perpetuis temporibus haberent celebrare in eadem capella beate Marie de Speransa, quiquidem

capellani deberent deponere singulis annis penes unum bonum virum eligendum
per dominum Avinionensem episcopum et decanum administrantis (sic) ecclesie
Avinionis viginti fl. auri, de quibus deberent poni in emptionibus tempore futuro
singulis annis, prout de predicta ordinatione constat quodam publico instrumento
sumpto et recepto manu magistri Melchionis de Alvernia, publici notarii, sub anno
domini millesimo trecentesimo septuagesimo tercio et die XXII octobris, et subse-
quenter cum dictus dominus Gregorius papa XI adhuniverit et incorporaverit sororibus Repentitis de Miraculis de Avinione unam ex ipsis cappelaniis prout in litteris apostolicis lacius dicitur contineri : hinc fuit siquidem quod in presentia mei
notarii... nobilis Margarita de Villanova, relicta discreti viri domini Ludovici Calverie condam jurisperiti de Avinione... vendidit... dominis Baudeto de Arcana capellano unius ex ipsis duabus capellaniis predictis, et Johanni Sapientis presbitero
procuratori et procuratorio nomine dominarum Repentitarum de Miraculis, ac michi notario infrascripto ut publice persone recipienti et stipulanti nomine et vice
dicte cappellanie et dictarum sororum Repentitarum de Miraculis, et per vos et vestrum quemlibet dictis cappelanie et sororibus, et de propria peccunia dictarum
oblationum sic depositarum, videlicet triginta sol. turon. parvorum antiquorum
censuales quos eidem nobili Margarite serviebat et servire tenebatur annis singulis
in festo sancti Michaelis Belliens, relicta magistri Guillelmi Vire, condam notarii,
pro quodam suo hospicio scito Avinione in parrochia sancti Genesii in carreria
Veyrarie... pro precio et nomine precii centum fl. auri valoris cujuslibet XXIIII
sol... quos habuit...

Acta fuerunt hec Avinion in monasterio sancte Chatherine, ubi morantur layce,
ante fenestram clede ferree... et ego Anthonius Garnerii... notarius...

Origine : Arch. de Vaucl., série H., Visitandines de Saint Georges, nᵒ 28.

LI

*1384. II Mars. Reconnaissance en faveur de la maison des Repen-
ties.*

... Anno a nativitate ejusdem Mᵒ CCCLXXXIIII... et die secunda marcii... Aybel-
lina, uxor Jacobi Foresii, pollaserii... recognovit.., sororibus Johanne de Buceriis,
rectrici, Francisce gratianopolitane, sacristane, Johanne Juliane, quistarie, et Marie
de Charita, porterie, collegii sororum repentitarum de Miraculis Avin... se possidere in emphiteosim perpetuam... vineam trium eminatarum in clauso nuncupato
Illas... pro qua servit XII sol.

...Acta fuerunt hec Avinione in introytu capelle dicti collegii. Et me Bertrando
Ruffi, notario...

Origine : Arch. de Vaucl. Visitandines de Saint Georges, 24.

LII

*1387. XI Avril. Reconnaissance en faveur de la maison des Repen-
ties.*

.. Anno a nativitate ejusdem Mᵒ CCCᵒ octuagesimo septimo ... et die XI aprilis...
Johannes Charerii, porcaterius... recognovit... honeste et religiose domine Johanne
de Bucens, rectrici et gubernatrici collegii beate Marie Magdalenes dominarum re-

pentitarum Avin... possidere sub dicti collegii directo dominio,.. vineam octo eminatarum... ad locum vocatum Leuse... pro qua servit... XXIIII sol.....

Acta fuerunt hec Avin. in ecclesia collegii dictarum dominarum, presentibus domino Arnaldo de Prato, presbitero rectore parrochialis ecclesie de Casalibus, Montis
Albanensis diocesis, procuratoreque dicti collegii... et me Raymundus de Marina,
notarius.....

Origine : Arch. de Vaucl., Visitandines de Saint Georges, 24.

LIII

*1388. XII Novembre. Constitution de procureurs par les sœurs de
la maison des Repenties.*

Anno 1388 et die XII novembris, convocatis et congregatis ad sonum campane
conventualis domus penitentialis de Miraculis alias Repentitarum nuncupate,
Avion., infra claustrum dicte domus honorabilibus et religiosis dominabus videlicet domina Johanna de Butheaux, gubernatrice, Francisca de Greno sacrista, Bartholomea de Rupemaura priorissa, Rossineta de Massilia, Johanna de Valencia,
Sarete de Sala, Johanna de Romanis, Margarita Pellisserie, Margarita de Aurayca,
Johanna de Greno, Beatrix de Bellocadro, Caterina de Costa, Elisia de Alvernia,
Andrineta de Avinione, Jacometa de Avinione, Margarita Bleinis, Johanna de Britania et Caterina Vivanda sorores dicte domus conventualis et conventus, in mei
notarii etc., dicta domina gubernatrix de voluntate et consensu predictarum sororum
nomine dicte domus et conventus fecerunt procuratores suos et dicte domus sindi-
cos, procuratores et yconomos, videlicet magistros Bernardum de Ficca, Jacobum
Boerii, Petrum de Malonienio in romana curia et in Avin. procuratores, dominum
Arnaudum de Prato et dominum Philipum Godeti, presbiteros et familiares dicte
domus, ad agendum in quadam causa quam movere intendunt coram preposito
Avin. eorum conservatore nomine dicte domus et sororis Catherine Vivande supradicte et contra Johannetem Vincenciam alias de la Cepada, civem Massiliensem,
necnon in omnibus et singulis causis suis. De quibus...

Actum infra claustrum dicte domus presentibus... domino Raimundo de Aussa-
co presbitero, Petro Johannis habitatoribus Avin., ac Petro Alamani habitatore
Aquensi, testibus, et me Johanne Surrelli notario.

Origine : Arch. de Vaucl., chap. métropol., G. 77. f° 2.

LIV

1396. XX Octobre. Vente de cense à la maison des Repenties.

... Anno a nativitate ejusdem M° CCC° nonagesimo sexto et die XX octobris...
Guillelmus Isnardi de Insula... vendidit Johanne de Butens, rectrici monasterii
sororum repentitarum de Miraculis, et sororibus Francisque de Grinhols sacristene,
Bertholomee de Ruppemaura, Johanete de Valencia, Beatrici de Bellicadro, Johan-
nete de Romanis, Margarite de Baucio, Rixendete de Marcilia, Ludovice de Marcilia,
Luque de Vilari, Ysabele de Camera, Marie Daydini, Helisie de Vernio, Farete de

Sale, Johanete de Grinhol, et Jacomete de Avinione, sororibus et conventualibus
dicti monasterii... quinque fl. censuales... super quodam prato... in territorio de
Insula, loco dicto retro fratres minores... item alium fl. censualem... super quadam
domo in dicto loco... in burgata ville franque... item unum alium fl. censualem...
quem facit episcopus Cavallicensis pro hospicio supradicto in dicta burgata quod
confrontatur cum carceribus D. N. pape... precio ducentoreum et decem fl.
auri..... et me Johanne Bontosii, notario.....

Origine :, Arch. de Vaucl. série H. Visitandines de Saint Georges, n° 30.

LV

*1397. XIX Juin. Vente de terre en faveur de la maison des Repen-
ties.*

... Anno a nativitate ejusdem M° CCC° nonagesimo septimo et die XIX junii...
Guillelmus Ynardi de Insula... vendidit dominabus Guillelme de Senis, rectrici, Johannete de Valencia, priorisse, Bartholomee de Ruppemaura, sacristane, sororibus,
et domino Petro Massilhesii, presbitero procuratori monasterii sororum repentitarum... ferraginem sive terram XXIII eminatarum in territorio dicti loci de Insula
loco vulgariter dicto in ferraginibus portalis fratrum minorum... vendidit precio
cujuslibet eminate XV fl...

Acta fuerunt hec Avinione... et me Guillelmo Mathei notario.

.Origine : Arch. de Vaucl., série H., Visitandines de Saint Georges, n° 27.

LVI

*1398. III Mai. Reconnaissance en faveur de la maison des
Repenties.*

... Anno a nativitate ejusdem M°CCC nonagesimo octavo, et die III mai... Hu-
goninus de Montesallione mercator... recognovit... nobili domine Guillelme de
Senis, Glandaten. dioc., rectrici et gubernatrici sororum repentitarum beate Marie
de Miraculis de Avinone... vineam duarum eminatarum... in clauso de Camporambaudo... pro qua servit... sol. XII den. VI... Acta fuerunt hec Avinone... et ego
Reginaldus Vernici notarius...

Origine : Arch.de Vaucl., Visitandines de Saint-Georges, 24.

LVII

*1400. XXV mai. Reconnaissance en faveur de la maison des
Repenties.*

Anno a nativitate ejusdem M°CCCC° et die XXV maii... domina Ysabella de
Valle .. recognovit... sorori Guillelme de Senis, rectrici et gubernatrici... sororum

Repentitarum beate Marie Magdalenes de Miraculis... sub censu annuo XII sol. et
sex den.,... vineam duarum eminatarum in clauso de Camporambaudo. .
Acta fuerunt hec Avinione... et ego Raynardus Vernici notarius.

Origine : Arch. de Vaucl., Visitandines de Saint-Georges, n⁰ 24.

LVIII

*1400. XIV novembre. Legs en faveur de sœurs de la maison des
Repenties.*

Anno 1400 et die XIIII novembris... Peyrona Gregorie, relicta Perrini Lalamant
junioris pasticerii... suum ultimum concidit testamentum...
Item lego cuilibet domine moniali repentitarum de Miraculis unum grossum
argenti : sorori Lucie de Villaribus moniali de Miraculis ultra grossum qui sibi
eveniet de supra legato, unum florenum : cuidam alteri moniali vocate Margot
Blayrinis unum florenum ultra grossum sibi legatum.

Origine : Bréves de Jacobus Calverii, minutes de M⁰ Vincenti, notaire à
Avignon.

LIX

1404. XXVI mars. Vente de terre par la maison des Repenties.

... Anno a nativitate ejusdem M⁰CCCC⁰IIII⁰ et die XXVI marcii... Johanna de
Valentia, rectrix et gubernatrix monasterii monialium beate Marie Magdalenes de
Miraculis... unacum domino Arnaldo de Prato, presbitero, procuratore dicti monasterii sorores Johanneta de Masano, Margarita de Baucio, Beatrix de Bellicadro, Elisona de Alvernhia, Ludovica de Massilia, Guillemeta de Bedoino, Johanneta Giraudi, Catherina Bone, Catherina de Cecilia, Margarita la Bastida et Falco-
neta Picone, sorores dicti monasterii... vendiderunt... Franscico Raynaudi
burgensi... terciam partem fructuum vinee trium eminatarum... in clauso sancti
Ruffi, alias Lauseta, salvo censu annuo... quinque gros... precio... XI fl.
Acta fuerunt hec Avinione... et me Raymundo Constantii, notario.

Origine : Arch. de Vaucl. série H. Visitandines de Saint-Georges, n⁰ 26.

LX

*1406. XXX octobre. Reconnaissance en faveur de la maison des
Repenties.*

...Anno a nativitate ejusdem M⁰CCCC⁰VI⁰ et die XXX octobris... Anthonius
Narduchii Lippi de Florentia, mercator... recognovit... dominabus Aycarde Abras-
sanina, moniali sive repentite et rectrici monasterii sive domus ecclesie beate
Maria Magdalenes de Miraculis, Johanne de Valentia, Bartholomee de Rupemaura,

Jacinete de Mazano, Beatrici de Bellicadro, Falcone Picone, Guillemete de Bedoyno, Ludovice Cathalane, Catherine Bona et Margarite de Baucio, monialibus sive
repentitis dicte ecclesie... quoddam hospicium quod olim fuit Anthonii Pauli de
Florentia et sociorum suorum, situm in parrochia Si Agricoli in carreria porte
Ferussie, pro quo servit... septem libras turon...

Acta fuerunt hec Avinione... et me Petro Garnerii notario...

Origine : Arch. de Vaucl., série H, Visitandines de Saint-Georges, 25.

LXI

*1414. VII novembre. Reconnaissance en faveur de la maison des
Repenties.*

... Anno a nativitate ejusdem MoCCCCoXIIIIo et die septima novembris... Johan-
netus Augerii... recognovit. . domine Aycarde Abrissavine, gubernatrici monasterii et conventus sororum repentitarum de Miraculis de Avinione... vineam quatuor eminatarum... in territorio Insule, loco dicto ad Sanassenum ; mortuum,
confrontatam cum itinere publico quo itur de Thoro... pro qua servit... unam eminam anone...

Acta fuerint hec Insule in hospicio dictarum sororum de Miraculis... et me Bartholomeo de Limoge, Insule notarius...

Origine : Arch. de Vaucl., série H, Visitandines de Saint-Georges, no 25.

LXII

*1416. III février. Reconnaissance en faveur de la maison des
Repenties.*

...Anno a nativitate ejusdem MoCCCCoXVIo et die tercie februarii... Petrus Vio-
leta, hostalerius... recognovit... sorori Henriete de Ponte, priorisse seu rectrici
domus seu monasterii sororum repentitarum beate Maria Magdalenes de Miraculis... quoddam ejusdem Petri hospicium vulgariter nuncupatum hostalleria.
Cappelli rubei, situm in parrochia Si Stephani, in carreria recta magne Fustarie..,
confrontatum versus boream cum hospicio hostallerie Urci... pro quo... servit...
XII sol...

Acta fuerunt hec in domo sive monasterio beate Marie Magdalenes predicta de
Miraculis et in cappella interiori ejusdem domus... Et me Guillelmo Mathei notario...

Origine : Arch de Vaucl,, série H, Visitandines de Saint-Georges, 25.

LXIII

1420. XVIII novembre. Constitution de procureurs par les sœurs Repenties.

Anno 1420 et die XVIII novembris, congregate in capitulo sorores repentite beate Magdalenes Avin., ad sonum campane in loco consueto ubi solitum est capitulum celebrare, in quo interfuerunt religiose sorores Jacometa de Deves rectrix, Marguerita de Baucio, Helisia Airbessarde, Jacoba de Masano, Catherina Ceciliana, Falcona Picona, Anthonieta Johanne, Catherina Bona, Guillemeta de Bedoyno, Johanneta Grichaude, Gileta Deri, Aydelina de Fontanellis, et Helisia Cole, dicti monasterii moniales, creaverunt procuratores discretos viros magistros Guillelmum Castilionis, necnon magistros Jacobum de Vercellis, Johannem Ramelli, Rollandinum Rollandini, Johannem Bregaudi et Symonem de Gol....
Actum ubi supra...

Origine : Brèves de Veranus de Briende fo 163, minutes de Me Antiq, notaire à Avignon.

LXIV

1423. XVIII octobre. Vente d'une petite maison par le couvent des Repenties.

Anno 1423 et die XVIII octobris, congregato capitulo sororum repentitarum beate Marie Magdalenes de Miraculis ad sonum campane, more solito in quo interfuerunt sororos Jacometa de Deffenso, rectrix et gubernatrix dicti monasterii, Jacoba de Masano, Helisona Aubessarde, Falcona Piqueta, Catherina Bona, Catherina de Secilia, Guillelma de Bedoyno, Heliseta Cola, Johanneta Grichaude et Adelina de Fontanellis dicti monasterii beate Magdalenes moniales, ipse moniales dederunt ad accapitum domino Henrico de Faconay, magistro hospicii Narbonensis Archiepiscopi, D.N. pape camerarii, quoddam casale situm in parrochia sancti Petri prope Payroleriam, continens duas cameras, confrontatum ab una parte cum magno hospicio dicti camerarii, a parte occidentali et a parte orientis cum hospicio magistri Guillelmi Mathei notarii, et ab alia parte cum carreria publica, quodam casali in quo tempore quo erat domus inhabitabat magister cere D. N. pape in medio, et ab alia parte cum viridario quod tenet magister Johannes Rancurelli procurator... sub censu annuo VI sol. solvendorum in festo sancti Michaelis... pro accapito unius fl...
Actum in dicto monasterio...

Origine : Brèves de Véran de Briende, minutes de Me Antiq, notaire à Avignon.

LXV

1425. XXVII septembre. Vente d'une maison par le monastère des Repenties.

Anno 1425 et die XXVII septembris, congregato capitulo sororum Repentitarum beate Marie Magdalenes de Miraculis Avin. ad sonum campane more solito, in quoquidem capitulo interfuerunt sorores Jaquemeta de Deffenso rectrix, Hedelina de Fontanellis, priorissa, Catherina Bone, Jacoba de Masano, Guillemeta de Bedoyno, Falcona Picone, Helisia Colle et Margarita de Marchia moniales dicti monasterii... tradiderunt Johanni Raynaudi, sarralherio, hospicium quod fuit cujusdam vocate la Picarde situm in loco dicto ad planum salicis, confrontatum cum transversia de Clots de Caval... salvo dicti monasterii directo dominio... et censu annuo IV sol. in festo sancti Michaelis solvendorum... pro accapito IV fl... de quibus fuerunt contente et quictaverunt...

Acta fuerunt hec in dicto monasterio presentibus Elziario Martini capitaneo portalis de Miraculis... ego vero Veranus de Briende notarius.   •

Origine : Bréves de Véran de Briende, minutes de Mᵉ Antiq, notaire à Avignon.

LXVI

1429. XI novembre. Constitution de procureurs par les sœurs Repenties.

Anno 1429 et die XI novembris capitulariter congregate religiose sorores monasterii beate Marie Magdalenes Avin., videlicet soror Aydelina de Fontanellis rectrix, Johanneta Grichauda sacristania, Guillemeta de Bedoyno, Falcona Picona, Bernarda Bressauda, Heliseta Cola, Margarita de Marchas, Pasquina de Senis, Juliana Ampolla, fecerunt suos et dicti monasterii procuratores venerabiles et discretos dominos Foresium Nini, Spiriium Masselarii, Hugonem Vincencii, Petrum Galhardi, Paulum de Costeria, Raymundum Trenquerii, licenciatos utriusque juris, Johannem Spaserti, Deodatum Alberti, Milonem Brochonis et omnes alios curias sequentes necnon magistrum Baudetum Borri ibidem presentem....

Acta infra dictum monasterium...

Origine : Bréves de Jacobus de Briende, minutes de Mᵉ Antiq, notaire à Avignon.

LXVII

1439. II mai. Aumône faite par la ville à Jeannette des Fontaines, sœur de la prioresse des Miracles, pour son mariage.

1439. II mail. Magistro Petro Balli clavario civitatis Avin.

Mandatur vobis ex parte sindicorum Avin. ut vos tradatis, de peccuniis redituum hereditatis Johannis Textoris condam, pauperi puelle et honeste Johannete de Fontanellis sorori germane domine rectricis beate Marie de Miraculis fl. V pro subventione sui maritiagii in eo de proximo collocande.

Origine : Arch. de Vaucluse, fonds de la ville, registres des mandats, suo loco.

LXVIII

1440. XX junii. Mandat de payement au trésorier de la ville pour la réfection de la toiture du dortoir des Repenties.

1440. XX junii. Magistro Petro Balli clavario civitatis Avin.

Mandatur vobis ex parte sindicorum Avin. quatenus tradatis de emolumentis hereditatis bonorum quondam Johannis Textoris, magistro Stephano Durandi, fusterio, fl. XXX dari ordinatos pro reparatione et fustibus exponendis in recoperiendo tectum domus dormitorii dominarum repentitarum de Miraculis.

Origine : Arch. de Vaucluse, fonds de la ville, registre des mandats, suo loco.

LXIX

1440. VIII octobre. Bulle d'Alain de Coëtivy relevant la rectrice des Repenties d'un serment prêté dans un acte de vente.

Dispensatio juramenti dominarum de Miraculis contra Frayrescherii. Alanus, miseratione divina Avinionensis episcopus, dilectis vobis in Christo religiosis mulieribus et rectrici monasterii beate Marie Magdalenes Repentitarum de Miraculis vulgariter nuncupatarum nostre civitatis Avinionensis salutem in domino sempiternam.

Exhibita nobis pro parte vestra petitio continebat quod vos pro tunc de juribus vestris in ea parte certam et plenam scienciam non habentes ac juris ignare, nuper, videlicet de anno 1438 et de mense febroarii, ad subornationem et circumventionem cujusdam Johannis Frayrescherii nostre spiritualis curie notarii, vendidistis eidem utile dominium ac jus commissi ac alia jura... que tunc vobis spectabant... super diversorio seu hospicio hostallerie Capelli Rubei in Magna Fusteria, precio XI fl. taliter quod idem Frayrescherii jus commissi prosequi suis sumptibus, et ipso commisso pro vobis declarato, ipsum hospicium a vobis ad novum accapitum seu emphiteosim pro dictis sexaginta florenis sub tenencia directi dominii et majoris senhorie vestri monasterii ac annui census unius floreni eidem monasterio per ipsum Frayrescherii et suis perpetuo annis singulis certo termino tunc expresso persolvendo recipere et sic ipsum hospicium sibi et suis jure utilis domini remanere deberet : cum autem sicut eadem petitio subjungebat, in venditione premissa, intervenierit ex parte ejusdem Frayrescherii conventio et prefatum vestrum monasterium eciam in illa et per illam fuerit et sit multipliciter lesum et deceptum, et propterea recisionem contractus super illa inter vos et dictum Fresrescherii initi procedere ut conveniencius pro vobis et dicto vestro monasterio videbitur, contraque ipsum Frayrescherii actiones vestras dirigere hiis de causis intendatis, timeatisque ne ipse Frayrescherii, qui homo astutus esse dignoscitur, id fieri impediat obstante juramento per vos, ut dicitur, in dicto contractu prestito, nobis humiliter supplicari fecistis quod tunc premissis consideratis juramentum hujus modi relaxare... dignaremur.

Quapropter sufficienter experti dictum monasterium in dicto contractu fuisse lesum, actendentesque quod juramentum vergat in dampnun dicti monasterii, et per consequens tale juramentum non tenere, hiis, certisque aliis justis consideratis ... juramentum sic per vos in dicto contractu prestitum... relaxamus.

Datum in nostro episcopali palatio die octava octobris 1440.

Origine : Arch. de Vaucl., notaires, fonds Pons n⁰ 2, f⁰ 21, et série H, Visitandines de Saint-Georges, liasse n⁰ 10.

LXX

1450. XXXI mai. Bulle de Nicolas V ordonnant à l'évêque d'Avignon d'attribuer aux Repenties pour achever les constructions de leur maison tous les legs faits à des personnes incertaines.

Nicolaus... episcopo Avinionensi... Inter sollicitudines varias quibus assidue premimur, illa potissime pulsat et excitat mentem nostram ut persone que voluptatibus seculi abdicatis, deo deservire desiderant, multiplicentur numero et meritis augeantur, eisque necessariorum copia non desit in seculo quibus celestia preparantur. Cum itaque, sicut exhibita nobis nuper pro parte dilectarum in Christo filiarum rectricis et mulierum penitentium Repentitarum nuncupatarum de Miraculis petitio continebat, quod ipse que dudum in seculo permanentes diabolica fraude decepte lubricam vitam duxerant, demum ad cor reverse, et ad deum converse in dicta domo incluse honestam vitam ducere proposuerunt et proponunt, sed quia necessariorum defectum nimium patiuntur, ipsa domus non est adhuc pro earum habitacione ordinata totaliter, nec mulieres ipse habent omnes necessarias officinas in quibus deo servire possint, et vitam ducere prelibatam. Quare pro parte ipsarum rectricis et mulierum nobis fuit humiliter supplicatum ut eis super hiis oportune providere de benignitate apostolica dignaremur (1). Nos igitur, ad ea que ad ordinationem domus et officinarum hujus modi cedere noscuntur favorabiliter providere volentes, rectricis et mulierum hujusmodi supplicationibus inclinati, fraternitati tue, de qua in hiis et aliis specialem in deo fiduciam obtinemus, per apostolica scripta committimus et mandamus, quatenus tu, per te vel alium seu alios, omnia et singula peccuniarum quantitates, res, bona, mobilia et immobilia per cives et habitatores quoscumque civitatis nostre Avinionis presentes et futuros, quomodolibet in perpetuum vel ad certum tempus sive ad certa tempora, preterquam personis nomitatim expressis prehactenus relicta, seu etiam legata, et de cetero similiter relinquenda et leganda, ab omnibus et singulis utriusque sexus personis, tam laicalibus quam clericalibus etiam regularibus, pecunias, res et bona predicta ubilibet consistensia pro tempore habentibus, possidentibus seu detinentibus, cujuscumque dignitatis, status, gradus, ordinis vel con-

(1) Toute cette partie est la reproduction d'une bulle de Grégoire XI, pièce justif. n⁰ XI.

dicionis fuerint donec et quousque secundum nostram circumspectionem domus et officina hujusmodi fuerint competenter ordinata, quotiens tibi videbitur expedire petere, exigere et percipere et in ordinatione domus et officinorum hujusmodi, secundum datam tibi desuper prudentiam exponere et exponi facere, ipsosque pro tempore possessores seu detentores omnes et singulos ad integraliter tibi et per te ad hoc deputato seu deputatis pro tempore prefatis, et non alii vel aliis, res et bona per eos pro tempore habita et possessa seu detenta consignandum agere et compellere. Contradictores...

Datum Spoleti anno incarnacionis dominice MoCCCCoLo pridie Kalen. junii.

Origine : Arch. de Vaucl. série H, Visitandines de Saint-Georges, liasse 10.

LXXI

1450. XXX juin. Bulle de Nicolas V commettant à l'évêque d'Avignon le soin d'examiner les conventions intervenues entre les Repenties et la communauté de Lisles, au sujet de la reconstruction des remparts, et de les casser s'il y a lieu.

NICOLAUS... episcopo Avinionensi et dilectis filiis preposito majoris, ac decano sancti Petri Avinionensium ecclesiarum... Humilibus et honestis supplicum votis libenter annuimus eaque favoribus prosequimur oportunis. Exhibita siquidem nobis nuper pro parte dilectarum in Christo filiarum rectricis et mulierum domus Repentitarum de Miraculis nuncupatarum Avinionensium, petitio continebat quod cum dudum inter eas ex una, et dilecto filios comunitatis opidi Insule Venaisini, Cavalicensis diocesis, ex alia partibus, super refectione murorum dicti opidi, ac nonnullis aliis differentiis tunc expressis, et illarum occasione materia questionis exorta fuisset, tandem partes ipse nonnula concordata, pacta, obligationes, promissiones, transactiones et conventiones inierunt, illaque earum juramentis firmarumt. Cum autem sicut eadem petitio subjungebat, si concordata, pacta, conventiones, obligationes, promissiones, transactiones et juramenta observerentur, illa in non modicum rectricis, mulierum et domus predictarum cederet detrimentum, pro parte earumdem rectricis et mulierum nobis fuit humiliter supplicatum ut juramenta per eas prestita hujusmodi relaxare, et alias sibi ac prefate domui super hiis oportune providere de benignitate apostolica dignaremur.

Nos igitur concordatorum, pactorum, obligationum, promissionum, transactionum, conventionum et juramentorum prestitorum ac desuper confecti instrumenti tenoris de verbo ad verbum presentibus pro expressis habentes, discretioni vestre per apostolica scripta mandamus, quatenus vos, vel duo, aut unum vestrum, si postquam vocatis dicta communitate et aliis qui fuerint evocandi, concordata, pacta, obligationes, promissiones, transactiones et conventiones predicta, in gravamen predictarum rectricis, mulierum, et domus lesionem cessisse ac cedere, legitime constiterit, eisdem rectrici et mulieribus juramenta predicta ad finem et effectum contra illa veniendi et agendi, relaxare, necnon concordata, pacta, promissiones, transactiones, obligationes et conventiones prefata ad statum debitum reducere auctoritate nostra curetis. Contradictores. . Datum Spoleti, anno incarnationis dominice MoCCCCo quinquagesimo, pridie kal. julii pont. nostri anno quarto.

Origine : Arch. de Vaucl., série H, Visitandines de Saint-Georges, no 24.

LXXII

1457. VII septembre. Bulle d'Alain de Coetivy, cardinal légat, commettant le prévôt de l'église de Vaison, le prévôt de l'église saint Marc de Forcalquier et l'official d'Avignon pour juger en dernier appel le différent pendant entre la communauté de Lisles et la maison des Repenties.

Alanus, miseratione divina titulo sancte Praxedis sacrosancte romane ecclesie presbiter cardinalis, Avinionensis vulgariter nuucupatus, in regno Francie ac civitate Avinionensi ceterisque Galliarum et illis adjacentibus partibus usque ad Rhenum inclusive apostolice sedis legatus, discretis viris Vasionen. et sancti Marci de Forqualquerio, Sistarien. diocesis, ecclesiarum prepositis, Avinione residentibus ac officiali Avinionen., salutem in domino.

Sua nobis dilecte nobis in Christo Rectrix et mulieres domus Repentitarum de Miraculis nuncupatarum Avinion. petitione monstrarunt quod cum olim dilectus in Christo Ludovicus de Frassangiis, decretorum doctor, judex et commissarius super hoc auctoritate apostolica deputatus, inter alia, easdem rectricem et mulieres ad observandum nonnulla pacta et transactiones inter eas ex una, et dilectos nobis in Christo communitatem opidi Insule Venaissini, Cavillicencis diocesis, partibus ex alia, super refectione murorum dicti opidi, ac nonnullis aliis differentiistunc expressis inita, non teneri, per suam difinitivam sententiam declarasset, et communitatem ipsam ad restituendum certos census et redditus tunc expressos eisdem rectrici et mulieribus condempnasset, pro parte hominum dicte communitatis ad sedem apostolicam extitit ab eadem sentencia appellatum, et super appellatione hujusmodi ad dilectum nobis in Christo Petrum de Supervilla, canonicum Narbonen., Avinione residentem, apostolicas litteras impetrarunt, quarum vigore rectricem et mulieres predictas fecerunt coram dicto Petro in causa appellationis hujusmodi ad judicium evocari et licet pro parte dictarum rectricis et mulierum fuerit coram dicto Petro excipiendo propositum quod ipse lictere ex eo quod non infra tempus debitum, et postquam dicta sententia in rem judicatam transiverat fuerint impetrate, et de hiis in dictis licteris mentio facta non extiterat, surrepcionis vicio subjacebant, et quod illarum vigore nulla erat dicto Petro in ea parte jurisdictio attributa, prout apparebat et legitime probare offerebant, nichilominus ipse Petrus se in ipsa causa judicem competentem esse pronunciavit ; unde pro parte rectricis et mulierum predictarum sentencium exinde indebite se gravari, extitit ad eamdem sedem appellatum. Quocirca discretioni vestre, auctoritate qua specialiter per litteras apostolicas fungimur, in hac parte tenore presencium commitimus et mandamus, quatenus vos vel duo aut unus vestrum, si est ita, et revocato in statum debitum quicquid post appellationem hujusmodi vobis constiterit temere actemptatum, quod justum fuerit super hiis eadem auctoritate decernatis, facientes quod decreveritis per censuram ecclesiasticam appellatione remota firmiter observari... non obstantibus... Datum Avinione anno a nativitate domini MCCCCLVII° et die VII mensis septembris.

Origine : Arch. de Vaucl., série H, Visitandines de Saint-Georges, liasse n° 10

LXXIII

1464. XVIII juillet. Obligation en faveur de l'abbesse des Repenties.

Anno 1464 et die XVIII julii Ludovicus Geneti confessus fuit debere religiose sorori Agnesie Fabresse, abatisse monasterii repentitarum sancte Marie Magdalenes, ex causa finalis computi inter eos de omnibus alimentis per ipsam dominam abatissam eidem Stevenete prestitis usque in presentem diem et de omnibus peccuniis ac aliis de quibus eidem Stevenete pro reformandis suis negociis usque in presentem diem, videlicet summam XVI fl. et ultra XXIII fl. de quibus nota ect.⸱ quos promisit solvere hoc ad ejusdem domine abatisse primam requisitionem.
Actum Avinion...

Origine : Breves de J. de Briende, minutes de Mᵉ Antiq. notaire à Avignon.

LXXIV

1475. IV février. Le conseil refuse de faire aucune démarche en faveur de l'union projetée des Repenties au chapitre Saint Agricol.

1475 IV februarii. Super facto scribendi in favorem sancti Agricoli D. N, pape et R. domino Avinionensi pro unione monasterii monialium de Miraculis presentis civitatis eidem capitulo fienda, fuit conclusum per structinum faberum ut moris est, quod non scribatur nec aliquid in eorum favorem hac de causa fiat.

Origine : Arch. de Vaucl. fonds de la ville, Délibération du conseil, t. IV, fᵒ 59.

LXXV

1476. XIII août. Autorisation donnée par Jean Maupin, barbier, à sa femme, Catherine de Lize, de rester dans la maison des Repenties où elle remplissait les fonctions de rectrice.

... Anno a nativitate ejusdem MᵒCCCCᵒLXXVIᵒ, die vero XIII mensis augusti... in mei... probus vir Johannes Maupini, barbitonsor, diocesis Cathalanensis, qui actendens et considerans quod quamvis sit maritus et conjuncta persona nobilis et honeste mulieris domine Catherine de Lize, eandemque desponsavit in facie sancte matris ecclesie, ut est moris inter orthodoxos, sunt triginta duo anni et ultra, et a decem et septem annis citra, dictoque tempore durante, ut asseruit ipse Maupini, et dixit omnia bona, mobilia et jocalia, raupas et alia bona que ipsa Catherina habebat et possidebat, necnon sua etiam propria ipsius Maupini consumpsit, exposuit et alienavit, et extra presentiam ipsius Catherine stetit spacio et per tempus duodecim annorum et ultra, absque eo tamen quod ipsa Catherina scivisset nec sciret ubi moram trahebat vel stabat, in tantum quod verisime credebat ipsa Catherina eumdem Maupini dies suos clausivisse extremos, et sic credens se in viduali statu permanere, volensque et quamplurimun affectans mundana et terrena despicere, et vanam aut inanem mundi gloriam spernere, et ut securius et validius predicta evitare posset, religionis habitum atque votum adepta est in domo sive conventu beate Marie Magdalenes, vulgariter dicto Repentitarum de Miraculis, civitatis Avinionis, ibidemque et per multos [annos sic] et taliter et tali modo in eodem monasterio se rexit et conversavit, quod suis non obstantibus demeritis et bono regimine de presenti [pre] fecta est magistra, domina et rectrix dicti monasterii seu domus repentitarum.

Hinc igitur fuit et est... quod dictus Johannes Maupini, premissis actentis et consideratis, et primo quia longissimis temporibus, ut premissum est, stetit, actentoque et considerato quod ipse jam est in senectute constitutus, non habens unde eandem nec ipsummet alimentari ac sustentari possit, ac eciam quia ejusdem domine Catherine conversacio est honestissima, ab omnibusque de eadem noticia habentibus grata et laudabilis : igitur dictus Johannes Maupini... dictum votum et religionis ingressum ratificavit, omologavit et approbavit... expresse consenciit quod ipsa domina Catherina in ipsa religione restam suorum dierum uti et gaudere possit, ac in eadem domo quiete et pacifice commorari...

De quibus dicta nobilis et religiosa domina Catherina de Lize rectrix predicta peciit... fieri publicum instrumentum... Acta fuerunt hec Avinione in domo propria egregii viri domini Anthonii Rollandi, utriusque juris eximii professoris... et me Desiderato de Porta notario...

Origine : Arch. de Vaucl. série II, Visitandines de Saint-Georges, nº 10, pièce en mauvais état.

LXXVI

1477. XIX décembre. Mandat de 2 fl. à Pierre de Tulle pour avoir défendu la ville dans l'affaire de l'union des monastères des Repenties au chapitre Saint Agricol.

1477 XIX septembris. Olivario de Cocillis thesaurario. Mandatur vobis ex parte consulum quatenus tradatis de peccuniis universitatis domino Petro du Tulhia, decretorum doctori, fl. II eidem solvi ordinatos pro suo patrocinio sive labore per eum nomine universitatis prestito in curia domini officialis, in quadam causa quam habuit civitas contra ecclesiam S. Agricoli, in causa unionis de Miraculis.

Origine : Arch. de Vaucluse, fonds de la ville, régistres des mandats, fol. 215.

LXXVII

1487. III juillet. Acquit de pension par les sœurs Repenties.

1487 III juillet. Mandatur vobis quathenus tradatis venerande religiose domine rectrici monasterii repentitarum summam XX fl. eidem monasterio solvi ordinatam pro quadam annua et perpetua pensione.

... Anno que supra et die VI mensis augusti venerabiles religiose Magdalena de

Lestane rectrix, Magdalena Coube, et Glodia Cartiere religiose dicti monasterii... confesse sunt habuisse predictam summam...

Origine : Arch. de Vaucl, fonds de la ville, régistres des mandats fol. 190.

LXXVIII

1489. XXIII janvier. Le monastère des Repenties étant réduit à deux religieuses, le conseil d'Avignon charge les consuls de pourvoir à son administration.

1489 XXIII januarii. Fuit conclusum quod consules provideant circa reliquiarium existentem in monasterio monialium de Miraculis et quod ipsi provideant de reddi- tibus ipsius monasterii, et fiant reparaciones, actento quod in dicto monasterio non est nisi una monaca cum rectrisse.

Origine : Arch. de Vaucl. fonds de la ville, Délibérations du conseil, t. V. A, fo 197.

LXXIX

1489. XXVIII juillet. Nomination de sœur Marguerite de Lestra- de, du monastère de Saint Véran, comme rectrice de la maison des Repenties alors en pleine décadence.

Translatio venerabilis religiose sororis Margarite de Lestrade a monasterio sancti Verani extra muros Avin. ordinis sancti Benedicti ad monasterium Repentitarum alias beate Marie de Miraculis ejusdem civitatis.

Anno domini 1489 et die XXVIII julii, coram Rev. Constantino episcopo Spoletano, Rev. domini Juliani episcopi Ostiensis cardinalis sancti Petri ad vincula vulgariter nuncupati... vicarii et legati locumtenenti generali specialiter deputato,... egregii viri Antonius de Porta alias de Comis miles, Andreas de Passis, et Petrus Basilee consules, ac Gaspar de Sonerachino, assessor dicte civitatis Avin., eidem domino Gubernatori verbotenus exposuerunt quod in predicta civitate est unum monas- terium mulierum vulgariter dictum Repentitarum de Miraculis per rectricem gu- bernari solitum, et ad illud recurrere consueverunt mulieres que desideria carnis secute vitam impudice egerunt, ad cor redeuntes Christo famulari et de perpetratis delictis penitentiam agere desiderant. Ex quo ipse mulieres que per antea oves errantes ac velut perdite habebantur, ad divinum gregem reducuntur unde crescit honor civitatis, et religio christiana suscipit incrementum. Exposuerunt etiam quod monasterium hujusmodi ad predictos fines splendide edificatum, et compe- tentibus redditibus dotatum, antea per plures hujusmodi mulieres repentitas habita- batur, et hactenus habitatum extitit, nisi a paucis temporibus citra, a quibus in- curria, negligentia, voracitate, accidia et desidia, ac pesso regimine et gubernio rectricum pro tempore existencium, ipsum monasterium destitutum fuit sororibus ; ymo earumdem rectricum perversitate et duricia, sorores ipse illud monasterium relinquere fuerunt coacte, et bona ipsius monasterii, illiusque census redifus et proventus omnino dissipati, sic ac taliter quod de totali ruina ipsius monasterii et perdicione erat verisimiliter dubitandum, nisi ipsi domini consules et assessor pro interesse rei publice, ac ut patroni et defensores dicti monasterii, animadvertissent, et de subveniendo ipso monasterio pro futuro tempore cogitassent, eo maxime quia sororanes *(un blanc dans le texte)* modernas dicti rectrix ipsius monasterii que postquam ad illud monasterium sive illius regimen pervenit, omnes illius proventus cum duabus vel paucis monialibus consumpsit, et quod deterius est, fere omnia bona preciosiora alienavit aut pignori dedit : nunc impotens et languens, in grabato paralitica jacet, non valens sue, minusque ipsius monasterii utilitati consulere aut providere. Ob quod, ipsi domini consules, ut et tanquam protectores dicti monasterii, ut prefertur, et pro interesse ac decore civitatis hujusmodi monasterium hiis diebus novissime effluxis visitarunt, et deteriora predicta in eo reperientes, cogitaverunt de aliqua rectrice ydonea et sufficienti et propicia, que in eodem monasterio cultui divino et jurium ejusdem monasterii conservacioni ac manutencioni diligenter insisteret, sic quod ad illud mulieres peccatrices penitencie causa recurrerent, et alias fundatoris voluntas omnino adimpleretur. Et reperiverunt pro premissis peragendis, quantum religionis zelus demonstrat, et experiencia didiscerunt, ydoneam ac sufficientem venerabilem et religiosam sororem Margaritam de Strata. Verum quia ipsa est expresse professa ordini sancti Benedicti in monasterio monialium sancti Verani extra muros civitatis non posse absque sui voti lesione ad dictum monasterium de Miraculis sive illius gubernium intendere absque licentia Rev. patris Alberti prepositi ecclesie Avin., vicariique in spiritualibus et temporalibus ejusdem ecclesie pro Rev. domino Archiespiscopo et cardinali et legato antedicto, ac venerande abatisse dicti monasterii sancti Verani, ac eciam nisi de dicto ordine sancti Benedicti et dicto monasterio sancti Verani ad ipsum monasterium de Miraculis per supradictum dominum Constantinum episcopum Spoletanum, domini legati et cardinalis locumtenentem, transferreretur. Requirentes preterea et supplicantes ipsi consules et assessor prenominatis locumtenenti, necnon et viccario ecclesie Avin., ac abatisse monasterii sancti Verani, ibidem presentibus, quathenus dignarentur eidem sorori Magarite de Lestrata, ibidem presenti, licentiam concedere quod de dicto monasterio sancti Verani ad dictum monasterium de Miraculis ire posset et valeret.

Quiquidem Rev. locumtenens, necnon prefati vicarius et prefata abatissa, interogata dicta Margarita Destrade si requisitionibus hujusmodi intellectis contemplacione ipsorum dominorum consulum ac tocius civitatis et rei publice totis desideriis complacere desideravit, eidem Margarite licentiam concesserunt a dicto monasterio sancti Verani recedendi, et ad dictum monasterium de Miraculis cundi, salvo tamen quod dicta Margarita de L'Estrade, quamprimum recedet de dicto monasterio sancti Verani ad fines cundi ad dictum monasterium de Miraculis, relinquet habitum per sorores dicti monasterii sancti Verani portari solitum, et assumet habitum per rectrices et sorores dicti monasterii de Miraculis portari consuetum, et quod nullis futuris temporibus habitum monasterii sancti Verani reassumere poterit ; quodque ipsa Margarita de Lestrade debeat quictare ipsam dominam abatissam sancti Verani de omnibus que a dicto monasterio quovismodo petere posset occasione inibi suscepti habitus aut professionis ibidem facte, aut alias quovismodo.

Origine : Arch. municipales, notaires de la ville, BB. 16, f° 425.

LXXX

1489. XXX Juillet. Inventaire des effets mobiliers de Marguerite de Lestrade et de ceux de la maison des Repenties.

1489 et die XXX mensis julii. Inventarium et descriptio omnium bonorum domine Margarite de Lestrade rectricis de Miraculis.

Primo una capsa antiqua de pibol clausa una sera cum duobus resortis longitudinis sex palmorum vel circa latitudinis trium palmorum in quo erant : primo unum ¡floretum telle ad faciendum bugadas unum linteamen de tribus tellis cum dimidio novum : unum aliud linteamen novum de tribus tellis cum dimidio : unum aliud linteamen de duabus tellis : unum aliud linteamen novum et corrosum de ratis de tribus tellis : aliud linteamen de duabus tellis cum dimidia : una longeria fina cum tribus listis persicis in quolibet extremo longitudinis trium cannarum : una alia longeria melior et finior longitudinis duarum cannarum : una mappa cum listis nigris fina longitudinis duarum cannarum : una nappa de damas fina latitudinis sex palmorum, longitudinis duarum cannarum : una longeria melior et finior longitudinis II cannarum ; una parva mappa grossa X palmorum : una alia mappa grossa X palmorum : una alia mappa grossa V palmorum : una longeria grossa nova de damas longitudinis II cannarum : una mappa grossa podassata de Damas longitudinis duarum cannarum latitudinis quinque palmorum : unus lodex sive contrepointe de bombice pro uno magno lecto.

Item una alia capsia antiqua de noguerio cum duabus seris longitudinis sex palmorum et latitudinis duarum palmorum cum dimidio in qua erant : duo linteamina. grossa quodlibet duorum tellarum longitudinis duodecin palmorum : aliud de duabus tellis XIII palmorum longitudinis : unas cortinas cum frangiis cum duabus cortinis ad usum magni lecti : una mappa grossa latitudinis X palm., longitudinis II cannarum : una tella bipartita colore albo et persico longitudinis III can. et latitudinis III palm. : unum banquale telle bipartite foderate tella alba longitudinis I canne cum dimidia : unum pannum tele antique : unum banquale lane rubee : unum coffretum deauratum : unum coffretum coopertum corio ad fasson de bahut : una vestis nigra ad usum ejus folderata foderatura alba : una gonella grisea ad ejus usum folderata grossis pellibus albis ; una alia vestis nigra ad ejus usum simplex : una contrepointe cotonii latitudinis XIII palm. : una parva longeria antiqua II can. cum dimidio : una longeria cum listis persicis grossa de damas long. XIII palm. : una longeria I canne longitudinis grossa : une serviete prime : III grosse serviete : unum caputergium telle de Hollande : una bursa de corio in colore rubeo in qua erant tria scuta auri de rege sive de sole et circa floreni IIII : unum coclear argenti : una fluna de aurailhier prime ; novem capitergia sua incluso illo quod in capite gerebat : IIII capitergia grossa : unos patrenostres argenti deaurati ponderis II unciarum.

Item unum coffretum de noguerio longitudinis duorum palmorum cum dimidio et latitudinis unius palmi cum dimidio.

Una magna bagueta cooperta corii nigri : una vagina cultellorum garnita argento : ungs patrenostres coralhi ponderis II unciarum : una gonella nigra ad usum ipsius : due grosse serviete pauci valoris : duo linteamina duarum tellarum XIII palm. long. : una coopertura sive bana lecti modici valoris : una longeria longitudinis II can. latitudinis unius palmi 1|2 : una sera ferri sine clave.

Una picheria stagni capacitatis trium pitalforum. Unum medium platum stagni. VIII scutellas latas stagni. Duas eguederias stagni : duos scutellonos stagni. Una salleria stagni. Cuppa unius alambici de plumbo. Una scutelha cum aurelhis stagni. Una statera ad ponderandum aurum. Una seralhe de buffeto cum duobus cramponis ; unum pulvinar plume cum listis nigris. Unum aliud pulvinar. Duo morteria.

Unum scoffaderium capacitatis medii brochi. Unum ferrum ad faciendum oublias. Duas pelves una magna alia parva. Una eguederia de latone. Una bassina modici valoris pro bacinando. Unum cr... ferri. Duo morteria petre. Due pecie tapisserie antique folderate tele grisee. Duo colofos ferri. Unum perol capacitatis unius brochi 1|2.

Una vestis nigra ad ejus usum modici valoris folderata pellibus albis. Duas casserias plumbi una magna alia parva. Unum matalassium lane magnum. Tria magna scabella de noguerio. Unum scabellum de sapino mediocre. Unum aliud parvum de sapo. Duas sartagines ferri, una parva, alia magna. Duo veru parva. Unum coopertorium ole ferri. Una bassina lotoni ad faciendum tartres. Una lichefroye. Unum candelabram lothoni. Una lucerna secreta ferri. Una cassa lothoni.

Unum mantellum nigrum competentis valoris ad ejus usum.

Unes nolles ? ferri.

Unum lavatorium de cupro cum cathena cum fuste de noguerio ad quam pendet.

Una magna tabula de noguerio ; unum par tretellorum de sapo.

Unum buffetum de noguerio sine seris et ferramentis in quo non est nisi una. porta.

Unum imbucum cum palea ferri cum una eysada.

Due costes (un blanc) de sapo.

Una magna capsa de noguerio longitudinis unius cane cum una sera.

Una capsa cum coopertorio de sapo.

Una capsa de noguerio pauci valoris cum sera.

Una capsa de sapo sine sera longitudinis decem palmorum vel circa in qua sunt due capsie.

Due scale pauci valoris, una paleta ferri.

Unum retabulum ligni deaurati in quo sunt ab extra duo signa duarum violarum in campo rubeo, ab intra in summitate una annunciatio, a parte sinistra crucifixus, a parte dextra Petrus et Johannes, et in medio ymago virginis cum filio : in fine ymago beate Catherine et ymago sancti Jacobi : et in pede erat scriptum licteris : Mater dei memento mei.

Die XXXI julii. Fuit aperta camera rectricis que est super portam anteriorem. In parte dextra juxta fenestram fuit repertum unum aromatorium clausum una clave in quo erat una capsa de nuce in qua licet sint tres scre, una tantum scilicet media erat clausa. Et fuerunt in eadem captia reperta que sequuntur :

Primo ymago argentea deaurata beate Marie Magdalenes altitudinis duorum palmorum cum dimidio in qua erant quedam arma cum rosis et cum certis patenostres de coralho. Una crux deaurata cum crucifixo in qua in pede crucifixi dicitur esse aliquid de spinis et aliquid de cruce, cum pellicano in summitate. Unum reliquarium de argento albo quod dicitur esse sancti Blasii. Unum aliud reliquearium de argento albo ad instar lune medie in quo dicitur esse aliquid de sancto Vincentio. Unum parvum retabulum de lignis coopertum sirico viridi cum certis ymaginibus et reliquiis que ibi esse dicuntur. Alium parvum retabulum quadratum de fuste rubeo ubi esse dicuntur certe reliquie sanctarum et sanctorum. Unus coffretus in quo sunt alique reliquie. Eysina corporalis cooperta veluto rubeo. Una pax de ebore cum ymaginibus crucifixi et Marie ac Johannis. Unum mantellum de veluto teneto cum velo et capitergio. Duo pulvinaria pauci valoris cum floribus lilii.

Quibus actis dictus Hesmyni interrogavit sorores Glaudiam Cartiere, Margaritam Barbiere et Margaritam de Bellacombe.

Quequidem Glaudia dixit quod ultra predicta erat quoddam collare de perlis et patrenostres de argento aurato cum uno corde aurato, et unum calicem argenti deaurati. Dixit etiam quod apud illos de Mamll... sunt duo calices de argento deaurato.

Interrogata ubi sint dictum collarium et patrenostres : dixit quod nescit Dixit tamen quod domina rectrix que nunc est illa recepit.

Interrogata quo tempore dicta rectrix recepit, dixit quod modicum post mortem predecessoris.

Dixit etiam quod erat unum aliud vellum longum et largum quod ab uno anno citra domina rectrix mutuavit in civitate et postea non est redditum.

Et his peractis fuerunt omnia prescripta in dicta capsia reposita et clausa capsa uno cadenato cum una sera ferrea circuindante totam capsiam.

Origine : Arch. municipales notaires de la ville BB 19, f⁰ 42-45, pièce d'une écriture très négligée, et BB 22 suo loco.

LXXXI

1489 XV août. Le conseil approuve les dépenses faites par les consuls au monastère des Repenties, soit pour la fête de Sainte Madeleine, soit pour l'installation de Marguerite de Lestrade, nouvelle rectrice.

1489 XV augusti. Fuit conclusum quod admictentur expense facte in monasterio beate Marie Magdalenes alias Repentitarum tam in festo beate Marie Magdalenes quam etiam vicesima octava mensis julii nuper preteriti, qua die fuit destituta antiqua rectrix et instituta nova rectrix, videlicet nobilis Margarita Lestrada, quod factum fuit per ipsos dominos consules pro manutenentione dicti monasterii et conservatione juris et preheminenciarum quas habent consules in dicto monasterio.

Origine : Arch. de Vaucl., fonds de la ville d'Avignon, délibérations du conseil, t. V. A., f⁰ 208.

LXXXII

1490. VII avril. Admission par les sœurs Repenties de Jean de Chinol et de sa femme comme gérants de leurs biens à Lisles.

1490 VII aprilis. Notum sit quod cum honesti conjuges Franciscus de Chynole Romano et Ypolita Maria de Neapoli venerint ad presentem patriam ex Neapoli et Romanie partibus, ut deo servirent et beate Marie Magdalene, ut merrerentur indulgentiam et remissionem peccatorum suorum, et acquirerent graciam Spiritus Sancti et gloriam sempiternam ; tandem venerunt ipsi conjuges ad presentem civitatem, et devotione maxima desideraverint et desiderent de presenti eorum votis in monasterio beate Marie Magdalenes alias Repentitarum de Miraculis satisfacere, et propterea requisiverunt venerabilem sororem Margaritam de Lestrade rectricem dicti monasterii, quathenus intuitu pietatis ipsos conjuges recipere dignaretur.

Tamdem ipsa domina rectrix et moniales moderne ipsius monasterii, pensatis et visis moribus dictorum conjugum, volentes amore Christi et intuitu pietatis ipsis conjugibus complacere, videntes tamen et considerantes non esse racioni neque religioni consonum quod dicti conjuges in dicto monasterio et inter illius moniales viverent, non habentes alium locum in quo conjuges ipsos pro eorum desideriis adimplendis possent collocare nisi in loco ville Insule Venaysini, in quo sunt nonnulle predia et possessiones ad dictum monasterium pertinentes, et quod ipsa domina rectrix in domino confidit, conjuges ipsi eorum industria et bonitate et ex pecuniis quas secum defferunt et de quibus infra fit mentio poterunt utiliter gerere negocia dicti monasterii presertim in dicto loco ville Insule :

Hinc propterea fuit quod anno 1490 et die VII aprilis in presentia dominorum Anthonii de Comis militis, et Andree de Passis, consulum civitatis Avin., conservatorum et protectorum jurium ipsius monasterii de Miraculis, et cum eorum consensu, religiose Glaudie Cartiere, et Magdalene de Lassccumbe ipsius monasterii religiose, congregate ex una parte, et dicti conjuges ex alia,... convenerunt ut sequitur : In primis quod dicti conjuges remanebunt et erunt devoti servitores ipsius monasterii ad regendum omnia bona dicti monasterii in loco de Insulis.

Item quod tociens quociens ipsi conjuges fuerunt requisiti, de administratis per eos reddent recionem et reliquia, si que sunt, prestabunt domine rectrici.

Item quod conjuges ipsi in perpetuum et quandiu vivent habeant eorum domicilium et alimenta quecumque in dicto loco de Insula et domo ad monasterium pertinente ipsius monasterii sumptibus, et quod primo de receptis per eos detrahantur eorum alimenta sic et taliter quod alimentenlur bene et honeste, ut decet personis religiosis, et sic et taliter quod consumptis et ruptis eorum vestimentis, monasterium debcat eisdem conjugibus providere de aliis honestis et consonis vestibus secundum eorum statum.

Item quod pro supportandis oneribus dicti conjuges dare debeant prout dederunt eidem monasterio ducentos fl. prout illos dederunt eidem domine rectrici.

Item quod si fortasse propter aliquam legitimam causam conjuges ipsi non possent in loco de Insula sumptibus dicti monasterii vivere, eo casu priusquam ex dicto loco eiciantur, quod dictum monasterium et dicta rectrix teneantur eisdem conjugibus dictos ducentos fl. restituere, vel casu quo different eos ipsos fl. ducentos, recuperare liceat de administratis per eos.

Item altero ipsorum conjugum decedente, casu predicto, quod teneantur ad restitutionem centum fl.

Actum in clauso dicti monasterii...

Origine : Arch. municipales, notaires, BB. 23, fo 20.

LXXXIII

1494. XXIX août. Procuration pour sœur Agnès de Lestang, ancienne rectrice des Repenties.

1494. Procuratorium sororis Agnesie de Lestange, sororis domus de Miraculis. Anno quo supra et die XXIX augusti, (*la suite de l'acte est restée en blanc*).

Origine : Arch. de Vaucl., archevêché, G. 271, fo 347.

LXXXIV

1494 XXI août. Acte de prise de possession du rectorat de la maison des Repenties pour sœur ꞋAnne la Roe.

1494. Inductio possessionis regentie domus de Miraculis pro sorore Anna de la Roe.

Anno quo supra et die XXI augusti, soror AnnaꞋde la Roe, rectrix domus de Miraculis sororum Repentitarum Avinionis (*la suite de l'acte est restée en blanc*).

Origine : Arch. de Vaucl., archevêché, G. 271, fo 343.

LXXXV

1498 XXVI mars. Le conseil de ville vote 50 florins pour la réparation du monastère des Repenties.

1498. XXVI martii. Item fuit dictum quod domine moniales seu repentite monasterii de Miraculis, sive dictum monasterium, indigent certis reparationibus pro certis gradibus. Fuit conclusum quod quia moniales hujusmodi, sunt pauperes eidem monasterio pro dictis gradibus et aliis reparationibus necessariis civitas det et exponat L. fl.

Origine : Arch. de Vaucl. fonds de la ville d'Avignon, Délibération du Conseil, t. V B, fo 141.

LXXVI

1520. XXIV avril. Suppression du dîner que les consuls faisaient au couvent des Repenties lors de leur visite annuelle.

1520. XXIV aprilis. Item pour qu'il estoit de costume que messieurs les consulz aliont visiter le couvent des Miracles des femmes repenties, et de y fère disner aux despens de la ville ; ne s'en fera point ; mays leur bailleront messeigneurs les consulz dis florins pour les réparations que y falloit bailler unc foys l'année.

Origine : Arch. de Vaucl., fonds de la ville d'Avignon, Extrait du Retranchement de l'estat de la ville ; délibérations du conseil, t. VII, f° 81.

LXXXVII

1520. XXII juillet. Le conseil vote les réparations nécessaires du couvent des Repenties.

1520. XXII julii. Fuit dictum in dicto consilio quod conventus religiosarum repentitarum de Miraculis minatur ruynas in aliquibus sui partibus, cui si non subveniatur, veniet in maximam jacturam et costabit multum. Fuit conclusum quod consules requirant dominum vicarium quod audiant cum eo rationes dicti conventus, et quod illis auditis videant visitare ipsum monasterium, et si reperiantur alique que indigeant reparatione, refferant consilio.

Origine : Arch. de Vaucl., fonds de la ville d'Avignon, délibération du conseil,, t. VII, f° 94.

LXXXVIII

1521. XVIII décembre. Le conseil approuve l'aumône annuelle de 20 florins faite aux Repenties.

1521. XVIII decembris. Item quia moniales repentitarum de Miraculis que solite sunt recipere a civitate XX fl. quolibet anno, et quia fuit eis ante exacta solutio et eisdem satisfactum ; fuit conclusum quod admictatur in compotis thesaurarii.

Origine: Arch. de Vaucl fonds de la ville d'Avignon, délibérations du conseil, t. VII, f° 131.

LXXXIX

1527. VII mai. Le conseil vote un secours de 50 fl. pour répara-
tions au couvent des Repenties.

1527. VII maii. Fuit porecta una supplicatio pro parte religiosarum de Miraculis, petentium quod dignarentur aliqualiter reparare eorum monasterium maxime in copperturis. Fuerunt depputati nobilis Petrus Cavallerii, Petrus Droguini et Jacobus Breti, usque ad quinquaginta fl., et non ultra.

Origine : Arch. de Vaucl. fonds de la ville d'Avignon. Délibérations du conseil, t. VIII, fo 71.

XC

1532. XV juin. Le conseil vote une aumône aux Repenties.

1532. XV junii. Fuit conclusum quod dentur amore dei monialibus beate Magdalene decem fl. pro custodia corporis Christi.

Origine : Arch. de Vaucl. fonds de la ville d'Avignon. Délibérations du conseil, t. VIII, fo 201.

XCI

1535. 1er août. La ville vote une subside aux Repenties pour
réparer leur promenoir.

1535. I augusti. Fuit conclusum quod dentur amore dei XXV fl. monasterio Repentitarum de Miraculis pro reparatione unius deambulatorii.

Origine : Arch. de Vaucl. fonds de la ville d'Avignon. Délibérations du conseil, t. IX, fo 62.

XCII

1536. 1er mars. Aumône faite par la ville aux Repenties.

1536. I martii. Item fuit conclusum quod peccunie banqueti carnisprivii, seu de peccuniis ipsius, dentur monialibus de Miraculis quadraginta fl., et hospitali sancti Bernardi, et aliis hospitalibus inclusis, septuaginta fl.

Origine : Arch. de Vaucl., fonds de la ville d'Avignon. Délibérations du conseil, t. IX, fo 76.

XCIII

1538. XVII janvier. La ville donne 50 florins aux Repenties pour réparer leur couvent.

1538. XVII januarii. Fuit conclusum quod centum fl. exponendi pro banqueto Carnisprivii convertantur medietas pauperibus hospitalium, et pro alia in reparatione monasterii de Miraculis.

Origine : Arch. de Vaucl., fonds de la ville d'Avignon. Délibérations du conseil, t. IX, fo 128.

XCIV

1539. V février. La ville vote un secours aux Repenties pour réparations à leur couvent.

1539. X febroarii. Fuit conclusum quod dentur amore dei XX fl. pro reparatione muri demoliti per ventum monasterii monialium de Miraculis.

Origine : Arch. de Vaucl., fonds de la ville d'Avignon. Délibérations du conseil, t. IX, fo 162.

XCV

1541. IV novembre. La ville vote uue aumône de XV florins aux Repenties.

1541. IX novembre. Fut présentée et leue une requeste de la part des nonnains repenties des Miracles demandant l'aumosne pour Dieu pour se trouver en grosse nécessité. Fut conclut que l'on leur donne XV fl.

Origine : Arch. de Vaucl., fonds de la ville. Délibérations du conseil, t. X, fo 49.

XCVI

1543. XXIV. Aumône faite par la ville aux Repenties.

1543. XXIV desembre. Sur une requeste qui a esté présentée par la part des religieuses des Miracles a esté conclus que leur soit donné pour dieu deus saumées de blé.

Origine : Arch. de Vaucl., fonds de la ville d'Avignon. Délibérations du conseil, t. X, fo 111.

XCVII

1544. VII juin. La ville vote 50 fl. pour réparations au couvent des Repenties.

1544. VII juin. Sur l'affère de la réparation de ung corrador de Miracles, a estée conclus que la ville y puisse despendre jusques à la somme de cinquante florins.

Origine : Arch. de Vaucl., fonds de la ville d'Avignon. Délibérations du conseil, t. X, fo 124.

XCVIII

1544. XXX Décembre. La ville fait une aumône de blé aux Repenties.

1544. XXX décembre. Il a esté présenté une requeste de la part des dames des Miracles demandans pour dieu leur estre pourveu de quelque aumosne. A esté conclus que messegneurs les consuls leur donnent six saumées de blé.

Origine : Arch de Vaucl, fonds de la ville d'Avignon, délibérations du conseil, t. X, fo 140.

XCIX

1546. XXIII février et II juin. Aumône de blé faite par la ville aux Repenties.

1546. XXIII fevrier. Aussi a esté proposé par les Seurs de Miracles qui demeurent redebvables à la ville en la somme de neuf escus pour reste de bléd, lesquelles demandent leur estre admise ceste aumosne pour dieu ; a esté conclus que la somme leur estre quictée et leur estre délivré deux saumées de bléd.

1546. II juing. A esté conclu que soit donné pour dieu aux pauvres nonnains de Miracles quatre saulmées bled, incluse une qui leur a esté avancée, et que les dames susdites soyent quictées de trente florins que doibvens pour reste de bled a elles avancé.

Origine : Arch. de Vaucl., fonds de la ville d'Avignon, délibération du conseil, t. X, fo 167 et 172.

.C

1546. XVI octobre. Don aux Repenties à l'occasion de l'entrée de deux nouvelles recluses.

1546. XVI octobre. Sur ce que M. les consulz dernièrement ont donné quatre couvertes blanches à Miracles pour deux repenties yllec retirées, a esté conclud que soyent payes de l'argent de la ville.

Origine : Arch. de Vaucl., fonds de la ville d'Avignon, délibérations du conseil, t. X. f° 192.

CI

1547. V octobre. Le conseil fait une aumône de blé aux Repenties.

1547. V octobre. A esté présentée une requeste pour la part des dames de Miraclès demandans quelque bled pour dieu. A esté conclud que leur soyent données six saumées bled grosse mesure d'Avignon.

Origine : Arch. de Vaucl. fonds de la ville d'Avignon, délibérations du conseil, t. X. f° 223.

CII

1553. X novembre. Aumône faite par la ville aux Repenties,

1553. X novembre. A esté conclu que seront données deux saulmées de blé pour l'honeur de dieu aux pauvres religieuses de Miracles oultre les deux saulmées à icelles données.

Origine : Arch. de Vaucl., fonds de la ville d'Avignon.Délibérations du conseil, t. IX, f° 102.

CIII

1554. XXV octobre. Réparations faites par la ville au couvent des Repenties.

. 1554. XXV octobre. A esté conclud que M. les consuls feront fère ung arc de pierre aux cloistres du monastère de Miracles et feront recouvrir les taulisses dudit monastère aux despens de la ville.

Origine : Arch. de Vaucl., fonds de la ville d'Avignon, délibérations du conseil, t. XI, f° 160.

CIV

1555. VIII novembre. La ville vote un secours en blé aux Repenties.

1555. VIII novembre. A esté conclud que sera donné pour l'honneur de dieu aux povres religieuses nonnains de Miracle deux saumées bléd.

Origine : Arch. de Vaucl., fonds de la ville d'Avignon, délibérations du conseil, t. XII, fo 22.

CV

1566. XXVI novembre. Fondation de messe aux Repenties.

... L'an de la nativité 1566,.. et le 26me jour de novembre... dame Anthoine Bellone, vesve a feu noble et egresge persone monsieur Pierre de Riciis, docteur en droictz, conseigneur du lieu de Lagnes,... pour la dévotion qu'elle ha de fère prier dieu pour les morts... a fondé et fonde en l'esglise de la Marye Magdeleine des miracles dudit Avignon les heures et offices des mortz perpetuellement à chascun jour de lundy, mercredy et vendredy, incontinent et immédiatement après vespres, que sont célébrées en ladite esglise par les dames religieuses du monastère de ladite esglise, commençant mercredy prochain : et pour la dotation desdites heures et offices des mortz ladite dame Bellone donne... une pension annuelle et perpétuelle de 35 florins. . que fait la commune de Sablet...

A esté faict à Avignon, dans l'esglise dudit monastère et au devant du parloir... et maistre Jacque de Brye, notaire.

Origine : Arch. de Vaucl. série H. Visitandines de Saint Georges, no 29.

CVI

1571. X septembre. La ville vote 100 fl. pour réparations au couvent des Miracles.

1571. X septembre. D'aultant que le monastère de Miracle s'en va en ruine par le couvert, a esté conclud que lui seront balhés cent florins pour la réparation dudit couvert.

Origine : Arch. de Vaucl., fonds de la ville d'Avignon. Délibérations du conseil, t. XV, fo 7.

CVII

1577. XVIV avril. Aumône faite par la ville aux religieuses des Miracles.

1577. **XXIV apvril** A esté leu une requeste des dames religieuses de Miracles tendant aux fins de leur donner pour dieu quelque chose pour leur ayder à vivre et supporter leurs nécessités. A esté conclud que l'on leur donera une saumée grosse de blé, et deux charettes de boys.

Origine : Arch. de Vaucl., fonds de la ville d'Avignon. Délibérations du conseil, t. XV, f° 87.

CVIII

1577. VII juillet. Les confrères de l'Aumône de N.-D. de la Major, à la demande du cardinal d'Armagnac, lui abandonnent l'hôpital St-Michel pour y recevoir les Repenties.

Anno a nativitate domini M°DLXXVII°... die vero septima julii, convocato generali consilio nobilium et honorabilium confratrum venerande confratrie beate Marie majoris, que celebratur in devota ecclesia fratrum emeritarum sancti Augustini Avinionis, in capella beati Johannis Baptiste ejusdem ecclesie, loco consilii ipius confratrie presentis teneri consueto in quo interfuerint... Claudius Bernardi, Johannes Ferrerius Benedicti, Laurentius Royret, Jacobus de Savona, Ludovicus de Ecclesia, Claudius Silvestre, Petrus Johannis senior, Bertinus Carre, Gabriel Siffredi dictus Mornas, Johannes Turelli, Franciscus Cassagne, Henricus Fellicis, Petrus Bastide, Michael Bobellini. The. Rossignolli, Michael Tedelli, Franciscus Puchi, Theodorus Belli, Johannes de Michaelle Benedicto, Anthonius Calier, Ludovicus de Savona, Balthesar Amedee, Franciscus de Conte, Stephanus Nicolai, Franciscus Valleron dictus Cambaud, Claudius Leyrolle, Johannes Nicolai, junior, Michael Majoret, Johannes Perreau, Johannes Pugeti, Gratias Rosseti, Anthonius Bonis, Nicolaus Channot, Gratias Fabri, Jaumetus Baud, Franciscus de Gareto, et Petrus Bonis, cives et habitatores Avin, confratres jamdicte confratrie... et ad plenum intellecta per eosdem confratres propositione per egregium dominum Francicum Berardum de Labdana, jurium doctorem, legationis Avin. advocatum, et dicte confratrie actorem... in effectu continente quod cum illustr. dominus Georgius, Cardinalis de Armeniaco, archiepiscopus tholosanus, et in civitate et legatione Avin. collega, pro sua solita ad divinum cultum devotione... decrevit conventum fratrum ordinis sancti Francisci de Paula, minimorum nuncupatorum, cujus protector est in eadem civitate, erigere, et in domo et ecclesia devoti monasterii, olim sub titulo beate Marie de Mercede collocare, et in executione tanti substituti certos ex dictis fratribus acciverit ; sed cum locus angustior sit quam ut tantum numerum religiosorum capere possit... claustra monasterii religiosarum monialium beate Marie Magdalenes alias de Miraculis domui dicte de Mercede contigui (intendit) jungere, quo locus habitacionis dictorum religiosorum amplius reddatur ; et ob id, dicti monasterii religiosas alias transferre. Ad quod opus

egere hospitali sancti Michaelis, cum ecclesia et viridario ejusdem, sito in parrochia Sti Desiderii, et in carreria qua itur de carreria Corporis Sancti ad portale
Sti Michaelis, confrontato a duabus partibus cum duabus carreriis publicis, ab alia
cum diversorio ad signum Masse, ab alia cum domo conventus fratrum Celestinorum, ad memoratos confratres pertinente, dictumque hospitale habere desiderare
prefatum monasterium de Miraculis illuc transferendi gratia, prout jam SS. dominus noster per suum breve apostolicum mandaverat et fieri jusserat aliam abbatiam
monialibus dicti monasterii.

Qua siquidem propositione facta... videntes eamdem rationi consonam cum
sedat in augmentum cultus divini... deliberaverunt... dictum hospitale Sti Michaelis cum ecclesia et viridario, ejusdem unacum omnibus et singulis ediffíciis, juri-
busque et pertinentiis ad dictas confratres et confratriam pertinentibus dicto ill.
domino cardinali ad fines predictos, scilicet in eodem monasterium predictum
monialium repentitarum transferrendi, eorumque et dicti consilii eorum voluntatem esse donandi, cedendi et perpetuo remittendi. Pro quibus...

Acta fuerunt hec Avinione ubi supra... et me Vincentio de Castronovo notario...

Origine : Arch. de Vaucl. H, Minimes d'Avignon, n° 4, f° 20-28. très mauvaise
copie du XVIIᵉ siécle.

CIX

*1580. II septembre. En reconnaissance du don de l'hôpital Saint
Michel fait au Repenties par les confrères de la Major, les Minimes
s'engagent à célébrer annuellement deux grands messes pour lesdits
confrères.*

L'an mil cinq cens huictante et le segond jour du mois de septembre : ...frère Rolland Guichard, provincial, docteur en théologie, Bertrand Vaguier, correcteur,
François Romain, Jehan Isnard, Nicolas Petit, prebstres, Jehan Collet, Anthoine
Bourgeois, Bastian d'Auzat, Gabriel du Tellis, Guilhaume Damour, Jehan Brous-
sard, et Mathieu Hospitalis, religieux de l'ordre des frères minimes de Saint-François de Paule d'Avignon... en recognoissance du bon vouloir et amittié qu'ilz ont
les dévotz confrères de Nostre-Dame la Majeur, qui se fait par les marchantz dans
la dévotte eglize du couvent des frères heremittains Saint Augustin, envers lesdits
religieux des Minimes, suyvant le don fait par lesdits confréres à Mgr ill. cardinal
d'Armagnac..... d'ung hospital appellé Saint Michel, pozé dans la présente citté
d'Avignon, parroche Saint Disdier, rue des Corpz Sainctz et au devant le couvent
des frères religieux Cellestins, tirant ladite rue des corps sainctz au portail Saint
Michel, dans lequel hospital ledit Sgr R. cardinal a faict et construict ung monastère de pouvres nonains reppanties, et de l'habitacion où par devant solloient demeurer lesdicte pouvres nonains reppanties par le dit R. Sgr cardinal, donné aux-
dits frères religieux des minimes, laquelle habitacion est prés de leur couvent ; et
en compensation dudit don lesdits religieux des minimes ont promis et promettent
aux confrères de ladite confrérie Nostre Dame la Majeur et à leurs successeurs, dire et céllebrer annuellement perpetuellement chacune tierce feste de Noé une grand
messe à diacre et soubz diacre, et chacune tierce feste de Pasques une autre

grand messe à diacre et soubz diacre, commanssant la tierce feste de Noé prochaine et la tierce feste de Pasques prochaine dans le couvent des frères minimes ; à la charge que lesdits frères religieux et leurs succèsseurs seront tenus appeller ou faire appeller les maistres de ladite confrérie et cambellans deux ou trois jours devant la célébration desdites messes...

Soubsigné de Castronovo notaire.

Origine : Arch. de Vaucluse, série H. Minimes d'Avignon, n° 4, f° 32.

CX

1582. XIII décembre. Bulle de Grégoire XIII approuvant le transfert des Repenties à l'ancien hôpital de Saint Michel, et confirmant l'érection de leur monastère sous le titre de Saint Georges.

GREGORIUS..... Exposuit siquidem nobis nuper dilectus filius noster Georgius, titulo sancti Nicolai in carcere tulliano presbiter cardinalis, de Arminiaco nuncupatus, qui in legationis munere in civitate nostra Avinionensi et aliis adjacentibus provinciis collega existit, suo, et dilectorum filiorum conrectoris et fratrum domus ordinis minimorum Avinion. nominibus, quod alias, postquam ipse Georgius... unum domum fratrum ordinis hujusmodi, in eadem civitate, ubi nulla aderat, accire desiderans, quamdam capellam seu ediculam beate Marie Miraculorum, perceptoriam de Mercede nuncupatam, a capitulo ...ecclesie Sancti Agricoli... sibi concessam, dictis correctori et fratribus pro eorum ecclesia, usu et habitacionibus, sub nostro beneplacito concesserat, ipsosque fratres in dictam capellam seu ediculam introduxerat , ac quoniam ex ipsius loci angustia eisdem fratribus non satis comode aderat (*sic)* et habitandi, versus dictamque capellam et monasterium monialium convertitarum alias penitentium nuncupatum Avinionen. sub regula Sancti Augustini, ad extremam et infrequentem prefate civitatis partem positum, uno tantum muro interjecto separabatur, ipsiusque loci solitudo hominibus inibi versandi, et dilectis in Christo filiabus abbatisse et monialibus dicti monasterii licentiam egrediendi indecore prestare consueverat ; nosque concessionem capelle hujusmodi, per alias nostras litteras apostolica auctoritate approbaveramus..... necnon quasdam edes in dicta civitate et loco cellebri frequentiaque hominum sitas, que olim quondam principis Salerni (1), et tunc fisco nostro applicate et incorporate fuerant, eisdem abbatisse et monialibus pro earum monasterio, usu et habitatione, eisdem auctoritate et tenore, perpetuo concesseramus et assignaveramus, et abatissam et moniales prefatas, ab earum prioribus monasterio et habitatione, ad edes ipsas dicta apostolica auctoritate, per eumdem Georgium cardinalem et collegam, etiam absque consensu abatisse et monialium hujusmodi, et eis etiam invitis, transferre debere decreveramus, fratribusque prefatis monasterium per ipsas abatissam et moniales tunc inhabitatum eidemque capelle contiguum, similiter perpetuo concesseramus et assignaveramus; necnon Georgio cardinali et college prefato, ut causam et negotium hujusmodi suscipiens, ad illius executionem per se vel alium seu

(1) Cette maison était près du collège d'Annecy.

alios in dignitate ecclesiatica constitutos procederet, ac omnia et singula premissa in omnibus et per omnia exequeretur, et cum irritanti decreto nostro commiseramus. Cum edes predicte heredibus dicti quondam principis Salerni, certis tunc cognitis de causis, restitute fuissent, ipseque abatissa et moniales illas pro earum monasterio, usu, et habitacione assequi non potuissent, idem Georgius cardinalis et collega, earumdem abatisse et monialium, ne ille diutius habitatione carerent, indemnitatibus occurere volens, hospitale Sancti Michaelis, in dicta civitate situm, et ad dilectos filios confratres confraternitatis beate Marie Majoris nuncupate, in ecclesia domus fratrum heremitarum Sancti Augustini Avin. canonice institute, legitime spectans et pertinens, cum ejus ecclesia et viridario, aliisque usibus et pertinentiis universis, ab eisdem confratribus ad effectum ut apud dictum hospitale Sancti Michaelis unum monasterium mulierum convertitarum alias penitentium, sub eadem regula Sancti Augustini, in quo una abatissa et tot moniales quot predicte abatisse et monialibus videretur opportune, que ibi sub regularibus institutis dicti ordinis sancti Augustini perpetuo domino famularentur, cum claustro, refectorio, dormitorio, hortis, hortalitiis et aliis officinis necessariis erigeretur, et institueretur, ipseque] abatissa et moniales ibi transferrentur, sibi donari et concedi obtinuit, prout predicti confratres hospitale predictum eidem Georgio cardinali et college ad effectum premissum dederunt et concesserunt. Cujusquidem donationis et concessionis vigore, dictus Georgius cardinalis et collega post modum, apud dictum hospitale unum monasterium convertitarum alias penitentium et sub regula hujusmodi et invocacione sancti Georgii, cum claustro, refectorio et aliis officinis necessariis supradictis erexit et instituit, ac inibi abatissam et moniales predictas transtulit, ecclesiamque hospitalis hujusmodi pro earum ecclesia concessit......

Cum autem sicut eadem expositio subjungebat, firmiora sint ea que nostro et sedis apostolice munimine roborantur, idem Georgius cardinalis... nobis humiliter supplicavit ut ultimo dictas donationem... et translationem approbare et confirmare, aliasque in premissis oportune providere benignitate apostolica dignaremur... Nos igitur... hujusmodi supplicacionibus inclinati, ultimo dictas donationem, concessionem, remissionem, erectionem, institutionem et translationem, apostolica auctoritate predicta, tenore presentium perpetuo confirmamus et approbamus..... et nihilominus potiori pro cautela..... hospitale sancti Michelis predictum, suppreso in eo titulo hospitalis hujusmodi, cum annexis, ecclesia, viridario aliisque juribus et pertinentiis universis, abbatisse et monialibus penitentium hujusmodi, per eas juxta ritus et mores ejusdem regule sancti Augustini tenendum et inhabitandum..... concedimus et assignamus.

Et insuper apud dictum hospitale et illius ecclesiam, dictum monasterium sub invocatione sancti Georgii et regula sancti Augustini hujusmodi, sic per dictum Georgium cardinalem et collegam erectum, cum claustro, refectorio, dormitorio et aliis officinis necessariis de novo auctoritate et tenore prefatis, sine alicujus prejudicio, erigimus et instituimus, ac ecclesiam hospitalis hujusmodi, eisdem abatisse et monialibus pro ecclesia monasterii sic erecti, auctoritate et tenore similibus, etiam perpetuo assignamus, necnon eidem monasterio sic de novo apud dictum hospitale erecto, et in eo pro tempore degentibus abatisse, monialibus, conversis et aliis personis, quod ille et earum singule, omnibus et singulis privilegiis, prerogativis... indulgentiis...,. et indultis quibus alie mulieres penitentium ac dicti ordinis et regule sancti Augustini..... quomodolibet utuntur..... in futurum pariformiter et absque ulla penitus differentia uti .... valeant..... concedimus..... Datum Rome apud sanctum Petrum, anno incarnacionis dominice MD octuagesimo secundo, id. decembris, pontificatus nostri anno undecimo.

Origine : Arch. de Vaucluse, série H., Minimes d'Avignon, n° 4, très mauvaise copie du XVIIme siècle, f° 33-35.

CXI

20 mai 1590. Procédure sur la demande de nullité en mariage faite par Pierre Ribion, d'Arles, contre Françoise Simone, jadis religieuse du Monastère des Repenties, se faisant appeler Françoise des Achards.

I. — L'an 1590, et le 30 may, par devant Loys Beau... vicaire général de l'archevesque d'Avignon... le capitaine Pierre Ribion. d'Arles, a exposé qu'il auroyt contracté mariage... avec une femme se disant vesve, du lieu de Bagnolz... se faisant nommer Françoyse des Achardz, et habité avec icelle comme mariés environ deux années ; et que dernièrement, au temps du jubillé, il auroyt heu notice que ladite Francoyse, sa femme, avoyt esté religieuse professe du monastère de la Magdaleine, autrement de Sainct Georges de la présente cité : et que ne voulant ledict exposant commectre sacrilége inceste et larrasin avec ladicte Françoyse, l'auroyt rejectée de luy et de sa compagnie pour vivre en sureté de sa conscience jusqu'à ce que soyt esclarsi si ladicte Françoise a esté religieuse.....
II. — Adjonction de M. l'advocat et procureur général de l'archevesché d'Avignon attendu la multiplication des délicts commis...
III. — Dudict jour.
Nous Jehan Albe, notaire... commis et députté... me suis acheminé audict monastère de la Magdeleine, sive de Saint Georges, avec les dictes parties et illec estant au clédis de la tribune haulte à la porte de l'église, ay mandé appeller dame Marie Cartière, abbaisse dudit monastère, à laquelle ay faict entendre ma dicte commission. Et ay icelle interrogé ..... si elle ha cogneue une nommée Françoyse Symone, si a esté religieuse dudict monastère, qu'est advenue et despuys quel temps elle l'a veue.
A dict que y a environ vingt et quatre années, qu'elle estant prieuresse et procuratrice dudict présent monastère, fut menée audict monastère une pauvre fille nommée Françoyse Simonne, de Roquemaure, comme on disoyt, par des femmes de bien d'Avignon. Laquelle environ deux ans après prit l'habit dudict monastère, fit profession comme les autres religieuses. Son perin fut Monsieur de Jamais, et sa merine madame de Ventabran. Laquelle Françoyse cinq ans après passa par-dessus les murailhes et s'en allat dudict monastère. Quelque temps après, fut ramenée au monastère et fit encore nouvelle profession. Et que en l'année 1580 elle pourchassa de sortir de ce chef et moyen que madame de Leidenon l'ai demandé à Mgr le cardinal d'Armagnac leur archevesque, qui donna permission à ladicte Françoyse de sortir, et despuys a dict ne l'avoir veue. A dict que du temps de la caresme dernier, seurs Jehanne Rolande, et Jehanne Dame lui dirent qu'elles avoynt veu ladic-

te seur Françoyse en leur esglise, habillée en habitz mondains, et luy avoynt parlé ; et qu'elle leur avoyt dict qu'elle estoyt mariée en Arles avec ung qu'elle nommoyt le capitaine Ribion. .

(Signé) Sœur Marie Cartière régente du monastère de Saint-Georges.

IV. — Sœur Anthonie Serre, prieuresse et Catherine Day, religieuses anciennes dudict monastère... ont dict estre vray qu'elles ont cogneue ladicte seur Françoyse Symone lhors qu'elle vint audict monastère menée par des femmes il y a environ 24 ans. Et despuys qu'elle print l'habit et fit sa profession. Laquelle estant religieuse professe est sortie par deux foys. Une première saulta les murailhes ; et l'autre, en l'année 1580, que madame de Lédenon la demanda à Mgr le cardinal d'Armagnac qui la fit mettre dehors. Et despuys ne l'ont veue. Et aussi que sœurs Rolande et Jehanne Dame luy ont dict que en la caresme dernier ladicte seur Françoyse avoit esté à leur église vestue en femme mondaine, laquelle leur avoyt dict qu'elle estoyt mariée en Arles. Et ce ont dict scavoyr pour avoir veu prendre l'habit à ladicte seur Françoyse et fère sa profession comme les autres religieuses... ne scavent escrire.

V. — Sœur Jehanne Rolande et Jehanne Dame religieuses dudict monastère agées d'environ 36 ans, ont dict qu'elles ont cogneue ladicte seur Françoyse laquelle estoyt la religieuse professe avant que lesdictes dépposantes entrassent audict monastère. — Ladicte seur Françoyse, demandée par Madame de Lédenon, comme on disoyt, Mgr le cardinal [la] fit sortir, et elle alla ne sçavent où. Ont aussi dict que à la caresme dernier, elles estantz au clédis du parloyr, la virent en leur église en habit mondain : elles luy parlarent et leur dict qu'elle estoyt mariée en Arles avec le capitaine Ribion. La dicte seur Rolande lui dict alors : Hélas ! qu'avés-vous faict ? ne pensez-vous pas à vostre âme de venir estre mariée ? ne vous voudroit pas mieulx servir dieu en ung monastère ? — Et ladicte sœur Françoyse lui respondit : demeures-y si veules, car je ne veulx estre religieuse. — Et ce ont dict scavoir pour avoir veu ladicte seur Françoyse professe dudict monastère... ne sçavent escrire.

VI. — Et faict ay appellé par devant moy lesdictes dames Marie Cartier abbaisse, Catherine Serre prieuresse, Catherine Day, Jehanne Rolande, Jehanne Dame et seur Françoyse Colombete la servante ; esquelles ay illec faict commendement de déclarer la forme qu'elles tiennent et observent tant à l'entrée des filhes audict monastère que le jour qu'elles prenent l'habit et font leur profession.

Lesdictes religieuses ont dict séparement et puis ensemblement par la bouche de ladicte dame Marie Cartier, abbaisse, la forme et ordre qu'est observé audict monastère estre tel :

C'est que les parens ou femmes de bien présentent et mènent audict monastère où payent leur vie pendant qu'elles font leur probation. Et comme les filhes sont résolues et persistent à estre religieuses, ung jour de feste, le prestre du couvent se prépare à la messe, la filhe demeure dans le cœur bas de l'église avec ses perrin et merrine. La messe dicte, elle reçoit le précieulx corps de Nostre-Seigneur, et puis le prestre l'interroge si elle veult estre religieuse et lui remonstre l'austérité de la règle du monastère. Elle persévérant en sa dévotion, le prestre luy donne sa bénédiction et toutes les religieuses la viennent quérir en procession en lui disent : veni sponsa christi ; luy donnant d'eau benoycte, et une religieuse lui ballie un crucifix à porté ; et en compagnie de sa mérine la conduisent aux chœurs haultes dudict monastère ; et le prestre avec le perrin vient à la tribune et clédis hault dudict cœur ; et l'abbaisse luy ballie l'habit : et ainsi vestue les religieuses chantent : Veni creator spiritus etc... Et la religieuse dict par troys foys l'oraison : Suscipe me domine secundum, etc... Et après se met à genous devant madame, met ses mains joinctes dans les mains de madame, et là faict sa profession qu'elle dict comme est escript à ung tableau qu'est audict monastère. Puys toutes ensemble chantent : Te deum laudamus, etc... Et après la prieuresse la meyne féliciter à toutes les religieuses et luy ballie son lieu, et despuys sont tenues pour vrayes religieuses...

Lors [l'abbaisse] m'a exhibé ung petit tableau carré où y a ung parchemin collé escript de grosse lettre ronde... ce que s'ensuyt : Moi, seur N. prometz à Dieu, à la glorieuse Vierge Marie, à la Marie Magdaleyne, et à tous les sainctz et sainctes du paradis, à vous mère régente de ce monastère, tout le temps de ma vie de observer et garder les statutz et ordonnances de céans faictz et à fère, vivant en obédience de mon povre corps, chasteteté et perpetuelle claustrure.

Et ung peu séparé est aussi escript audict tableau : Ma fille, si voulez observer et garder ce que maintenant aves promis, je vous prometz la vie éternelle au nom du père, du filz, et sainct spérit. Seur Marie Cartier, régente.

D'abundant ay faict commandement à ladicte dame abbaisse de me exhiber le livre où le monastère notte les entrées des religieuses...

Ladicte dame a dict qu'elles ne retienent autre mémoyre des entrées et reception des religieuses, que sur le compte ordinaire de la despense dudict monastère. Et lhors m'a exibé deux grands livres papier, couvertz de pergemin blanc, reliés sur corroyes de cuyr rouge, se fermentz avec une boucle lethon ; ung commencé l'an 1559, et finit l'an 1566 : l'autre commencé l'an 1567, et continué jusques en l'an 1574. Sur la couverture du premier livre est escript : Les affaires et despence du couvent de la beata Maria Magdalenes d'Avignon. Et faicte perquisition dans ledict livre, avons trouvé escript à la première face du premier fulliet du milieu du dernier quayer quatre entrées de filles audict monastère : la quatriesme desquelles contient comme s'ensuyt :

L'an 1566 et le 15 novembre, avons receu une fille qui s'appelle Françoyse Symone, et avons receu 27 florins pour la recepbre des religieuses per les mains de les femes qui l'ont mené,..

Le second livre... en marge des comptes de l'an 1568 par ladite dame abbaisse, lhors prieuresse et procuratrice, est escript de mesme... le 28 septembre seur Françoyse Symone a prins l'habit...

VII.— L'an 1590 et le 5 avril, par devant moy notaire... damoyselle Françoyse d'Achard, d'Arles, laquelle ayant la présence de révérend Jehan Nicolay... auditeur de la Rotte du palais apostolique d'Avignon... a dict et remonstré comme à la suasion de certaings personnnaiges, contre son vouloir et consentement, seroyt entrée au monastère des Nounains de sainct Georges, autrement des Miracles sans qu'elle y faict profession et n'ayant heu volonté de persévérer pour ne pouvoir supporter les estroïctes vigiles dudict monastère : auroyt fait supplier Mgr illustrissime archevesque de luy vouloir bailler permission et licence d'en sortir, ayant elle bien le consentement des abbaysse et religieuses dudict monastère, lesquelle voyant que ladicte d'Achard n'avoit volonté d'y persévérer, ains de sortir, l'auroyt congédiée sauf le bon plaisir de Mgr illustrissime archevesque ou dudict Sr Vicaire, ausquels appartient de bayer et octroyer ladicte licence, et que à ceste fin ledict Sr Nicolay seroit esté mandé expressement par Mgr illustrissime archevesque, et l'auroyt congédiée et mise hors dudict monastère, sans que de ce en soyt esté faict aulcun acte. Et a requis ledict Sr Nicolay de vouloir dire et déclarer come il a procédé à ce dessus.

Lequel Sr Nicolay a dict estre bien mémoratif que mondict seigneur illustrissime cardinal d'Armaignac,... lui auroyt commandé comme son vicaire général s'acheminer audict monastère lorsque ladicte d'Achard y estoit religieuse... pour illec scavoir d'icelle d'Achard qu'elle estoit l'occasion pourquoy elle vouloit sortir dudict monastère, et sçavoir aussi des dames abbaisses et religieuses si ladicte d'Achard estoit professe, et si y avoit aucun empeschement de la sortir dudict monastère. Et la dicte d'Achard luy auroit respondu n'avoyr oncques heu voluncté, comme n'avoyt, d'estre religieuse, et qu'elle ne pouvoit supporter la règle si estroicte et nécéssités dudict monastère, et qu'elle y estoit entrée par contraincte et qu'elle estoit délibérée d'en sortir. Et lors ledict Sr Nicolay auroit demandé à l'abbaisse si elle y estoit consentante qu'icelle d'Achard sortist dudict monastère et qu'elle laissast l'habit de religieuse et si elle estoit professe ou non. Laquelle lui répondit avoyr cogneu ladicte d'Achard dans le commencement qu'elle entra audict monastère, n'avoyt l'intention d'estre religieuse, ains avoyt tousiours demandé son congé, ce qu'elle n'ausoit faire sans le bon plaisir de Mgr illustrissime archevesque : qu'elle n'avoyt faict aulcune profession, comme aussi l'on n'avoyt poinct accoustumé d'en faire pour les religieuses qui entrent, ains seulement chargoint l'habit, et auroyt elle commis audict monastère aulcune chose indigne à une bonne et honeste religieuse. Quoy veu et entendu ledict Sr Nicolay verbalement auroyt octroyé à icelle d'Achard licence, permission et congé de quitter l'habit religieux et sortir dudict monastère.

Desquelles choses ladicte d'Achard m'a demandé instrument.

Faict à Avignon dans la salle basse de la maison d'habitation du Sr Nicolay, presents... et moy Hierosme Martin notaire.

Origine : Archives de Vaucl., série G, archevêché, n° 113, f° 306-314.

CXII

1592. XVII décembre. Aumône annuelle faite par la ville au monastère de Saint-Georges.

1592. XVII décembre. Il a esté conclud de fère les aulmosnes ordinaires tant de boys, blé que de drap aux povres mendiantz, aux couventz des mandianyz, monastère de Sainte-Clère, de saint-Georges.

Origine : Arch. de Vaucl., fonds de la ville, délibérations du conseil, t. XVII, f° 158.

CXIII

1593. XVI juin. Aumône faite par la ville aux Religieuses de Saint-Georges.

1593. XVI juing. Sur requeste présenté par la mère régente et religieuses du nastère de Saint-Georges pour avoyr quelque aulmosne attendu leur grand povreté, a esté conclud leur donner pour aulmosne six escus de 60 soulz pièce.

Origine : Arch. de Vaucl., fonds de la ville d'Avignon, délibérations du conseil, t. XVII, f° 186.

CXIV

1594. XV décembre. Aumône faite par la ville aux religieuses de Saint-Georges.

1594. XV décembre. A esté conclud de donner six escus de 60 soulz pour aulmosne aux dames religieuses du monastère de Saint-Georges une fois seulement.

Origine : Arch. de Vaucl., fonds de la ville d'Avignon, délibérations du conseil, t. XVII, fo 259.

CXV

1600. X décembre. Aumône en blé faite par la ville au couvent de Saint-Georges.

1600 X décembre. A esté rattifié un mandement de six escus pour une sommée grosse bled baillé pour aulmosne aux dames religieuses de Saint Georges.

Origine : Arch. de Vaucl., fonds de la ville d'Avignon. Délibérations du Conseil, t. XIX, fo 75.

CXVI

1608. I août. Vente de pension faite par la ville au monastère de Saint Georges.

1608. I aoust. A esté faicte lecture du contrat de vente de pension faicte par les sieurs consuls en faveur des dames religieuses de Saint-Georges de ceste ville, de 60 souls la pièce, pour les fonds de mil escus semblables, payables annuellement chasque premier aoust, prins et receu par le sieur Henry, secretaire, ce jourd'hui premier aoust. La lecture faicte a esté ledit contrat ratifié.

Origine : Arch. de Vaucl., fonds de la ville d'Avignon. Délibérations du conseil, t. XX. fo 181.

CVXII

1617. — IX juin. Aumône de 25 écus donnés par la ville aux dames de Saint-Georges pour refaire le puits de leur couvent.

1617. IX juing. A esté proposé par ledits assesseurs et consuls qu'environ le mois d'aoust dernier, les sieurs consuls auroient esté priés par Mgr l'archevesque et plusieurs notables personnes, de vouloir contribuer quelque aumosne pour la répa-

ration d'un puytz fabriqué d'une esponge que les dames religieuses du monastère
de Saint Georges, vouloint faire audit monastère pour éviter la corruption et putré-
faction de l'eau dudit puytz, laquelle leur cause toute l'année des maladies. Ce
qu'ayant été cogneu par lesdits sieurs consuls, ayant visité ledit lieu par permission
de Mgr l'archevesque promirent de contribuer pour la réparation jusques à 25 escus
voyant de satisfaire ladite somme de l'aumosne qui se faict à Noël distribuable par
lesdits sieurs consuls. Mais lesdits sieurs consuls voulant distribuer ladite aumosne à Noël, le secrétaire de la maison de la ville leur a dict que lesdits deniers se
debvoient distribuer aux pouvres religieux réformés pour leur ayder à passer les
festes de Noël... A esté conclud admettre ladicte despense.

Origine : Arch. de Vaucl., fonds de la ville d'Avignon. Délibérations du conseil,
t. XXII fo 44.

CXVIII

*1627. 17 septembre. Approbation de la maison des Repenties nou-
vellement fondée par les dames charitables d'Avignon.*

A Mgr Illustrissime et Reverendissime Mario Philonardi... archevesque d'A-
vignon.

Supplient humblement les dames vertueuses et dévotes de la présente ville et
désireuses du salut des ames, qu'ayant déja veu par longues années que les pauvres
filles engoufrées dans le bourbier de l'impureté, touchées du Saint-Esprit de quitter
ce vice abominable, se seroint jettées entre leurs bras pour pouvoir par leur ayde
et assistance sortir de ce gouffre detestable ; lesquelles dames esmeues de compassion et misericorde, auroint par tous moyens de correspondre aux bonnes et
saintes volontés desdites filles, et à ces fins auroint tres humblement supplié
vostre seigneurie illustrissime par l'organe des RR. PP. Jesuites, vouloir treuver
bon et agréer qu'elles cherchassent une petite maison commode, et leur permettre
de retirer telles filles dans icelle maison, ce que charitablement vostre Seigneurie
illustrissime leur auroit concédé verbalement. Ensuite de quoy elles auroient
treuvé et de faict arresté une petite maison dans la paroisse Saint-Geniez, où
présentement ja depuis trois mois en ça, il y auroit cinq desdites filles gouvernées
par une dévote et honorable matrone âgée de 60 ans, vivant fort purement et
religieusement, et avec une extreme vertu fréquentant les sacrementz, assistées des
charités extraordinaires des citoyens, et visitées par des dames dévotes et de
qualité, lesquelles tous les jours les incitent à la vertu et pénitence ; ce voyant
donc lesdites dames le progrez et advansement desdictes filles, et le grand nombre
qui se présentent journellement pour quitter et abandonner ce destestable vice,
et faire pénitence exemplaire de leur vie passée, et la charité extraordinaire des
citoyens pour nourrir et substanter lesdites filles ; à ceste cause, lesdites suppliantes accourent à vostre Seigneurie illustrissime à ce que luy plaise, usant de sa
bonté et clémence accoustumée, auctoriser et appreuver ladite maison d'election
desdictes filles, soubz le titre et à l'honneur de Sainte-Marie Egiptienne ou autre
plus grande, lorsque besoing sera, et le nombre d'icelles s'augmentera, et leur
donner telles reigles et statutz et ordre de vivre que par vostre Seigneurie illustrissime sera advisé, avec ample pouvoir aux suppliantes de les faire régir et

gouverner, et elles prieront Dieu continuellement pour la grandeur et prospérité de vostre Seigneurie illustrissime et reverendissime.

Facto per nos accessu ad prefatam domum, et visitatis mulieribus convertitis huc usque receptis, authoritate ordinaria approbamus et confirmamus dictum pium institutum gerendum et gubernandum sub regulis per nos propre diem desuper expediendis. François de Franchis.

Datum Avinione in palatio archiepiscopali die sexto decima septembris 1627...

Origine : Arch. de Vaucl., série H, Bon Pasteur, n° 16.

CXIX

1632. XX avril. Achat par les recteurs de la maison des Repenties d'un local à la Pignotte, pour y installer leur œuvre.

L'an 1632 et le 20 apvril par devant Rév. Seigneur Laurent de Franchi, vicaire et official général de Mgr... Marin Philonardi archevesque et vice légat d'Avignon..... maître Coulin Angiran fustier et Jean Dragonet masson... cèdent à nobles Rodolphe Robert, docteur ez droits, et Paul de Joannis, bourgeois, en qualité de recteurs de la maison des pénitentes de Sainte Marie Egiptienne... une partie de la place appellée de la Pignotte du côté du midi appartenant de plein droit à la manse archiepiscopale, confrontant du levant le canal de la Sorgue de la Durensolle, du couchant maison de M. Guillaume de Savonne, ruelle allant au Four de la terre entre deux ; du vent droit la rue Philonarde venant de l'eglise neusve du monastère des religieuses de la Visitation à la Place Pie et du midy les maison et cour et jardins des heoirs d'Antoine Bosgippier et Pierre Valansole, contenant ladite partie de place, de largeur depuis l'extrémité du pont nouvellement construit en laditte rue jusqu'à la ruelle du Four de la terre 18 cannes, et de longueur du côté de ladite ruelle 14 cannes 1|2, et de long de ladite Sorgue 18 cannes, par lesdits Angiran et Dragonet acquise de Mgr. Rév. archevesque, le 3 mars dernier, par acte par moi dit notaire ; et en outre ledit Angiran cède aux dits recteurs le canal sive conduit des eaux de la ditte durensolle devant lesdites 18 cannes de la susdite place à compter depuis ledit pont neuf jusques à la maison des dits heoirs Velensole, au dit Angiran donnée à nouveau bail par M. l'advocat et trézorier général de la révérend Chambre apostolique soubs la cense d'un sol tournois pour chasque pont qui se bastira sur icelle, par acte receu par moi dit notaire, le 3 mars dernier..... laquelle cession lesdits Angiran et Dragonet ont faite aux dits sieurs Recteurs, réservée la directe du dict archevêché et de ladicte chambre apostolique... avec les paches... suivant :

1° Que lesdicts Angiran et Dragonet seront remboursés par les Recteurs savoir ledit Angiran de 14 écus et ledit Dragonet de 4 écus 1|2 de 60 sols pièces, lesquelles sommes ont illec réellement receus de MM. les recteurs et des deniers de la récepte de M. le docteur de Saint Reme thrézaurier et dépositère de ladite maison... pour remboursement de tous les frais... et dommages.

Plus que lesdicts recteurs seront teneus de payer annuellement à laditte manse archiepiscopale la censé de 24 sols ques lesdits Angiran et Dragonet s'étoint obligés de payer... comme aussi la cense d'un sol pour chaque pont...

Et en outre attendu que lesdittes places de la Pignotte et la partie de ladite Sorguette sus désignée tombent en mainsmortes, ont lesdits recteurs promis de payer de 9 ans en 9 ans, le droit de demy lods desdictes places, scavoir 4 escus... et en cas que lesdits recteurs se servent de ladite Sorguette pour l'usage de ladite maison de Sainte Marie Egiptienne tel demy lods sera arbitré par mondit Seigneur.

Plus a été de pache que lesdits recteurs seront teneus de payer annuellement au monastére de Sainte Catherine la rente annuelle de 6 fl. que ladite Pignotte fait audit monastére à chacune feste de Saint Michel. Plus a été de pache que lesdits recteurs en faisant batir dans ladite place le long de ladite Sorguette seront tenus laisser un vuide et espace compétent pour jeter le treyre et le curage de ladite Sorguete tout ainsi que a esté ci devant observé... lequel espace appartiendra à la dite maison de plein droit.

Plus a es é de pache que ledits recteurs seront tenus dans un mois prochain pour le plus tard d'accomencer à bastir une grand et haute muraille pour la clausture de la maison qu'ils sont en volonté de fère construire pour le logement des re-panties...

A esté fait dans le grand palais apostolique... et moy Jean Bellon notaire...

Original : copie autentifiée de 23 mars 1771, piéce communiquée par M. le Dᵣ Cassin.

CXX

1640: XVIII mars. Ordonnance du vice légat pour remédier aux abus des femmes sortant de la maison des Repenties pour revenir à la débauche.

A Mgr illustrissime et reverendissime Fedère Sfortia, vice légat d'Avignon.

Les recteurs des pénitentes de Sainte Marie egiptiene remonstrens tres humble-mens à vostre Seigneurie Illustrissime, comme depuis quatorze ans, par des per-sonnes zélées, avec licence de l'ordinaire, seroit esté dressée une maison pie et séculiére pour retirer dans icelle, sans dot ni argent, toutes les pauvres femmes perdues par le péché et l'impureté, et mesmes celles qui seroient en grand danger de se perdre ; lesquelles de leur bonne volonté et sans constrainte se veulens retirer du péché ou occasion d'iceluy pour estre instruites et élevées à la vertu et piété chrestiene sous la conduite de deux honorable matrones, et aprés quelques années de secour, estre logées en service, en mariage, ou en religion : remonstrent de plus les susdicts recteurs, comme celles femmes sont receues dans ladicte maison et non autrement, en qualité qu'elles demoureront tant et si longtemps qu'il plaira au recteur, comme il est porté par les régles données par l'ordinere ; et qu'avant que pouvoir entrer, ils leurs déclarent que ne les pourront sortir avant trois années ; et ne voulant entrer en ceste qualité et condition, elles sont renvoyées. Telle est la pratique ordinére de la réception :

Or, depuis quelques mois a esté introduite une pernicieuse invention pour avant ledit temps les tirer de ceste maison de Refuge, par moien de l'exploration de leurs volontés que leurs amoureux concubins procurent poussés par le démon, aprés qu'elles sont un peu remises en santé et en son premier embonpoint, ce qui est la ruine totale de ce divin institut et la perte de tant d'ames desquelles dieu en de-mandera conte tres exact, outre que la congrégation establie par l'ordinère de quinze notables personnes, comme eclésiastiques, gentilshommes, advocats, et bourgeois, est en volonté de quiter le soin de ceste œuvre de dieu si ses explorations continuent ; et par mesme moien les charités journalières, aumônes, légats et fondations viendront à cesser, et une retrète si nécessaire pour le salut des âmes à se destruire. Ce que considéré Monseigneur plaira a vostre S. Illustrissime... refuser telles explorations si dangereuses, renvoier à l'ordinère telles personnes instruments du demon pour perdre les âmes, donner en outre pouvoir aux recteurs .. de faire sortir hors la vile les estrangères incorrigibles et relapses, qui aprés ledit terme de trois années estant logées en service, ou en mariage, retourneroint dans leur mauvaise vie, au grand scandale du public et préjudice de ceste pouvre maison, les faisants reconduire en leur peis et parens, avec inhibition de revenir dans la ville sous des paines qu'il vous plaira d'ordonner....

Attentis narratis, et in ingressu spontaneo et non coacto facta monitione, quod per triennium exitus e dicta domo erit illis prohibitus, nisi aliter dominis deputatis bene visum fuerit, explorationes pendente dicto triennio prohibemus ut petitur. Quoad vero relapsas, incorrigibiles post lapsum triennium, pro extraneis tantum et non conjugatis intra praesentem civitatem concedimus et mandamus ut petitur. Fortia. Datum Avinioni in palacio apostolico die XVIII martii, 1640.

Origine : Arch. de Vaucl., série H. Bon Pasteur, nº 16.

CXXI

1648. 28 novembre. Ordonnance du vicaire général conte les femmes qui quittent la maison des Repenties pour retourner à la débauche.

Nous ayant esté remonstré de la part de MM. les recteurs des pénitentes de Sainte Marie Egiptienne, que plusieurs femes mal vivantes ayant esté receus et retirées de leur bone volonté dans ceste charitable maison de refuge, et n'aient pas profité des bons enseignemens, instructions, doctrines, exhortations, ainsi estans perpétuellemeut tentées de retorner au monde, et tentans les bones d'en faire de mesmes ; enfin par leurs grandes importunités contraint lesdits sieurs recteurs de les sortir, encore que par leur régles et ordres ils les puissent retenir tant et si longtemps que le treuveront bon : enfin considérant les maus qu'elles font dans ceste maison ne voulant travaillier pour aider à les nourrir, dissipant les besoignes, sont forcés par les moyens des dames charitables, lesquelles s'employent avec un grand zéle pour ces misérables créatures, seroient logées en service, et en recognoissance d'un tel bienfait, quitent le service, se remetent dans le libertinage, tenant chambre, faisant mil désordres, estant eles protégées par des persones sensueles et lubriques; ce qui porte un notable préjudice à ceste povre maison, estant cause que les persones puissantes et charitables desistent de leurs charités ordinères et renvoyent leurs fondations et légats.

Ce que considéré et pour remédier à tels désordres... avons ordoné et ordonons que tele sorte de méchantes femes, incorrigibles, estant congédiéez, et logées par le soin desdites dames, quitant le service sans congé desdites dames et recteurs, seront remises dans la maison de pénitence en un lieu séparé des bones, et puis rasées, disciplinées et bannies de la ville a peine du foet ipse facto.

Fait en Avignon, çe 28 novembre 1648. Louis M. Suares, prepositus et vicarius generalis.

Origine : Arch. de Vaucl. série, H., Bon Pasteur, no 16.

CXXII

1651. 22 juillet. Ordonnance du vice-légat au sujet des femmes quittant la maison des Repenties pour revenir à la débauche (1).

A Mgr illustrissime et reverendissime Mario Philonardi... vice-légat... Supplient humblement les recteurs de la maison et hospice des pénitentes de Sainte Marie Egiptiene, et remonstrent à votre Seigneurie Illustrissime, que par les regles de ladite maison, seroit permis ausdits recteurs mettre hors icele les filles, lorsque sont de mœurs incorrigibles, désobéissantes, et ne voulant garder les règles que vostre S. I. leur a doné ; et par conséquent troublent et inquietent celes qui sont de bone volonté de ce faire et servir dieu et faire penitence, et dautant que teles femes n'ont sceu profiter des bons enseignements à elles donés, ni du bon exemple de celes qui vivent fort vertueusement dans ladite maison : ains estant hors d'icele et demeurant dans la vie vivent licentieusement et scandaleusement ce qui cause un notable préjudice au progres tant spirituel que temporel de ce saint œuvre, empschant par leurs persuasions et meschanceté que plusieurs femmes qui seroint en voulonté, de se rettirer, quitter leur péché, et faire pénitence ; et oultre ce par leur scandale et mauvaises versations destournent plusieurs personnes charitables de faire du bien et laisser des rantes à ceste povre maison :

Ce considéré plaira à vostre S.I. doner faculté et pouvoir ausdits recteurs qui sont de présent et seront à l'advenir, faire sortir de la vile et bannir à perpétuité toutes semblables femes etrangéres qu'ilz ont ja mises hors de leur maison, et metront à l'advenir, come incorrigibles, incapables de comunauté et désobéissantes, avec inhibitions et défences de ne rentrer dans la vile à peine du fouet ipso facto : et pour celes de la vile ayant la moindre plainte des voisins ou parens de leurs mauvais déportemens et ne vivans chastement et chrestienement, leur soit permis d'en faire de mesmes come aus estrangères, avec les mesmes inhibitions et défences, et comettre audit cas au premier magistrat à ce requis d'informer sur lesdites contreventions et faire justice. .

Attentis narratis concedimus quoad mulieres extraneas tantum et quoad Avinionenses vicarius noster generalis sola facti veritate inspecta, simpliciter et de plano provideat et justiciam faciat ; et mandatur ut petitur.

Datum Avinioni in palatio apostolico, die 22 julii 1651.

Origine : Arch. de Vaucl., série H, Bon Pasteur, no 16.

(1) Cette ordonnance est renouvelée, à la demande des recteurs, par tous les légats postérieurs.

CXXIII

1660. XV mars. Reconnaissance de directe en faveur du couvent de Sainte Catherine, faite par la maison des Repenties.

L'an 1660 et le 15 de mars par devant moy notaire... Révérende mère Anne Marie de Paris, abbesse du dévot monastère de Sainte Catherine d'Avignon d'une part, et monsieur Bernardin Ricard, marchand de soye dudict Avignon en, qualité de recteur et administrateur de la maison des pauvres filhes repenties de Sainte Marie Egiptiene dudit Avignon d'autre... ont accordé et accordent que pour raizon du droict de deux lods sive novemium que ladite maison des pauvres filhes repanties doibvent comme main morte d'une partie de la bassecourt de la maison où habitent lesdites pauvres filhes repanties assize en la présente ville, paroisse Saint Pierre, traverse tendant au four de la terre, que souloit servir de cimetière aux juifz et avoit esté par eulx jointe à la Pignote, et despuis plusieurs années acquise par ladite maison des repanties, et recogneue ladite parthie de maison en faveur du dudit monastère en l'année 1636 et le 22 du moys d'apvril, moy notaire escripvant : ladite maison des susdites sera teneue payer audit monastère comme ledit sieur Ricard recteur a promis la somme de six livres de neuf en neuf ans tant que les Repanties possèderont ladite partye de maison, commançant à courir ledit nove- nium ce jourd'huy, et la première paye eschera à mesme jour de l'année 1669 et a tel jour continuant de neuf en neuf ans, ouctre et par dessus la cense annuelle et perpetuelle de six florins de laquelle ladite maison sera teneue serville en faveur dudit monastère à chacun jour et feste de la Saint Michel Archange, ayant illec mesmes ledit sieur recteur payé audict monastère la somme de 36 fl. pour les arré- rages de six années de ladite cense escheue le jour et feste de Saint Michel... dont a quicté... Sera teneu ledict recteur fère ratifier les presentes à la première congré- gation générale qui se tiendra pour les affaires de ladite maison.

Faict dans le parloir dudict monastère... et de moy Nicolas Charles, notaire àpos- tolique et royal.

Origine : pièce communiquée par le Dr Cassin.

CXXIV

1680. XXVII mai. Accord entre la maison des Repenties et un sien voisin au sujet d'un mur mitoyen : fondation de messe.

L'an 1680 et le 27 de may... messire Gaspard de Simiane, abbé de la Coste, et M. Jean Vaugier, marchand, bourgeois de cette ville, en qualité de recteurs des pau- vres filles repenties de Sainte Marie Egipcienne d'une part, et sieur Louis Meisen marchand à soye d'autre,... sur le différant entre eux pendant pour raison du bas- timent que lesdits recteurs prétendoint faire en la maison des filles repenties con- tre et sur une muraille séparatoire dicelle d'avec la maison d'habitation dudit Meisen et d'abatre une muraille du bujet rasat qui est sur icelle pour y eslever une muraille de queyron à niveau du couvert du dortoir de la dite maison, ce que ledit sieur Meizen prethendoit empescher,... ont convenu et accordé... que les recteurs pourront faire abbatre ladicte muraille, et sur icelle en faire une de queyron et l'eslever aussi haut que bon leur semblera...

Et finalement à esté de pache qu'en consideration de ce que ledit Sieur Meizen aquiesse agréablement de son propre mouvement envers ladite maison des filles repenties, et quitte tous les intérêts qu'il pourroit avoir et préthendre l'occasion dudit abbatement et nouvelle construction de ladite muraille de queyrons, tant à cause du rétrécissement des membres hauts de ladite maison que à cause des bujets qu'il quitte à ladite maison des filles repenties, lesdits recteurs seront tenus de faire dire et cellebrer tous les ans dans la chapele de la dite maison, à chasque jour et feste de Saint Louis son patron 25me d'aoust, une messe basse à l'intantion dudit Meizen, et à la fin d'icelle de faire donner la bénédiction du Très Saint Sacrement; et auparavant dire ladite messe, seront tenus faire advertir lesdits sieurs Meizen et les siens pour y assister si bon leur semble, et afin que à l'advenir elle ne soit oubliée à dire, lesdits recteurs la fairont escrire sur la tabelle de leurs fondations.

Fait à Avignon, dans la sacristie de la chapelle des filles Repenties... et moi Thomas Chantroux, notaire.

Origine : pièce communiquée par le Dr Cassin.

CXXV

1748-1749. Vote d'une indemnité aux Repenties dont la ville occupe les greniers.

1748. XV juin. A été exposé que la ville n'ayant pas de grenier suffisants pour placer les grains qu'elle a achepté, elle en a mis environ 500 saumées dans le grenier de la maison des repenties, et environ 200 dans celui des filles de la garde ; qu'il convient de leur donner quelque somme pour les dédomager des embaras que cela leur a causé. A été conclu donner cens livres aux repenties, et 50 aux filles de la garde.

1749. XVI juin. A été exposé que la ville a été obligée de prendre le grenier de la maison des filles repenties pour placer du blé, qu'outre le loyer dudit grenier les recteurs de ladite maison se plaignent qu'on y a fait du dommage ; qu'il convient de leur adjuger une somme tant pour le loyer dudit grenier que pour le dommage souffert. A été délibéré de leur donner 200 livres tant pour le loyer que pour le dommage.

Original : Arch. de Vaucl., fonds de la ville d'Avignon. Délib. du Conseil, t. 42 f° 348 et t. 43 f° 69.

CXXVI

1770. Edit du roi Louis XV réunissant l'œuvre des Repenties à celle du Bon Pasteur et des Recluses.

Louis, par la grâce de Dieu, Roi de France et de Navarre, à tous présens et à venir, Salut. Sur le compte qui nous a été rendu des Hôpitaux et Maisons de Charité de notre Ville d'Avignon, Nous avons reconnu que l'œuvre du Bon Pasteur et des Recluses, est divisée en deux parties, dont la première dite proprement du Bon-Pasteur est destinée aux personnes qui sont enfermées en vertu de l'autorité paternelle, appuyée de nos ordres, ou du consentement des Magistrats qui nous représentent ; la seconde dite le Refuge, contient les Femmes et Filles condamnées par autorité de Justice. Nous sommes pareillement informés que des Femmes ou Filles que le repentir contient dans cet asile, de leur seule volonté, doivent y être remises au nombre de douze, dans la partie de la maison affectée à l'œuvre du Bon-Pasteur. Toutes les œuvres remises sous un même régime auraient dû suffire pour l'objet louable que se sont présenté les Fondateurs ; mais d'autres personnes pieuses ont fondé séparément une œuvre pour des Filles et Femmes repenties, dans laquelle on ne trouve plus que deux ou trois personnes qui ont été reçues suivant les règles de la fondation, tandis que l'œuvre plus générale du Bon-Pasteur et des Recluses, appauvrie par le grand nombre de sujets dont elle a été chargée, manque de ressources pour reconstruire une partie de ses bâtiments, dont la ruine est imminente, et comme rien n'est plus contraire aux principes d'une bonne administration, que la multiplication des œuvres qui ont un même objet, nous avons cru qu'il était de notre Justice et de notre Sagesse d'y pourvoir. A ces causes et autres à ce Nous mouvant de l'avis de notre Conseil, et de notre certaine science, pleine puissance et autorité Royale, Nous avons par notre présent Edit perpétuel et irrévocable, uni et incorporé, unissons et incorporons à l'œuvre du Bon-Pasteur et des Recluses celle des Repenties, avec tous les biens et droits lui appartenans, à la charge que toutes les fondations dont elle était grévée, seront acquittées dans ladite œuvre du Bon-Pasteur et des Recluses ; que toutes les Filles volontaires et repenties, y seront reçues, et que ladite œuvre ne pourra, en qualité d'héritière du sieur de Château-Blanc, former aucune prétention à quelque titre que ce puisse être, contre les biens des ci-devant soi-disant Jésuites, aujourd'hui possédés par l'Hôtel-Dieu : permettons aux Administrateurs de ladite œuvre du Bon-Pasteur et des Recluses de choisir celle des deux maisons qui paraîtra la plus convenable pour y établir lesdites œuvres unies, à la charge que l'autre sera incessamment mise en vente, ainsi que les biens fonds appartenans ci-devant à l'œuvre des Repenties.

Lu, publié et registré à l'Audience de la Sénéchaussée d'Avignon, le 31 Janvier 1770.

Origine: Recueil des édits... ou nouveau code concernant l'administration de la justice dans l'état d'Avignon : Avignon 1772, page 208.

CXXVII

1770. 16 février. Inventaire des biens meubles de la maison des Repenties livrés par Charles de Bellis de Royas, abbé de la Tour, prêtre et chanoine de l'église métropolitaine d'Avignon, et Joseph Alexandre Ignace de Cases, de Fresquière, chevalier, recteur de l'œuvre, à Jean de Barthélémy, recteur du Bon-Pasteur.

Et premièrement dans le vestibule en entrant une mauvaise crédanse bois blanc, un sopha, et une chaise de bois de saule garnie de paille.

Un vieux tableau sans cadre représentant Sainte Marie l'Egiptiene.

Trois estampes montées sur des chassis.

Trois tableaux montés sur des chassis contenant des legs pies et armes des bienfaiteurs.

Dans un grand sallon en entrant à main gauche :

Dix chaises, deux fauteuils de bois de saule garnies de pailles presque neuves.

Un confessional bois de sapin.

Une caisse bois de sapin, vieille et mauvaise, dans laquelle il y a des mouchailles, un grand bassin cuivre jaune, cinq petits chandeliers letton, deux chandeliers d'étain, trois clochettes de métail, un encensoir de léton, avec sa navette et cuillier et deux bobéches.

Un grand chandelier de bois pour le cierge pascal.

Un tableau ovale avec son cadre bois réprésentant le portrait de M. l'abbé de Guyon.

Cinq estampes montées sur leurs chassis.

Dans un autre sallon à plain pied, toujours sur la gauche en entrant ne s'est rien trouvé que deux mauvaises chaises en bois.

Dans un passage allant à l'église ou chapelle de ladite maison ne s'est trouvé qu'un marchepied pour se mettre à genoux.

Dans l'église commançant par le sanctuaire :

Le maître autel avec son rétable en bois sculpté, peint en blanc et doré dont le tableau représente Sainte Marie Egiptiene.

Un tabernacle avec l'Exposition dans lesquels s'est trouvé des vases sacrés décrits ci-après.

Huit chandelliers leton.

Une croix de bois peint avec son Christ d'yvoire, un gobelet d'étain avec son couvercle de meme, servant à tenir l'eau sur l'autel pour purifier les doigts des prêtres, un té igitur, un tapis d'indienne sur l'autel, une clochette avec les burettes.

Deux tableaux avec leur bordure dorée d'environ 3 pans 1/2 de hauteur sur 2 pans 1/2 de largeur.

Deux autres tableaux plus petits avec leur bordure dorée.

Un lampadaire en fer portant une lampe de verre.

Un escabeau a quatre marches pour l'Exposition du Saint Sacrement.

Un vieux prie-dieu.

Un bas relief en bois sculpté et doré avec une petite porte par laquelle on donne la communion aux filles de la maison.

Une table de communion en fer.

Dans ladite église et sur le milieu d'icelle :

Un autel en bois sculpté peint en blanc et or avec le tabernacle de même.

Un vieux christ eu bois.

Un tapis d'indienne sur l'autel.

Un tableau avec sa bordure dorée de la hauteur d'environ cinq pans sur quatre pans largeur représentant une sainte famille : original M. Mignard, en bon état.

Deux tableaux avec leur bordure dorée à l'antique d'environ cinq pans hauteur et trois pans et demy largeur.

Quatre tableaux avec leur bordure de bois peints en noir de la hauteur de cinq pans sur six pans de largeur ; originaux de Monsieur de Guilhermis.

Une chaire à précher bois noyer avec des degrés de même en bon état.

Deux rideaux toile blanche aux fenêtres.

Quinze tableaux ou inscriptions des bienfaiteurs peints sur toile.

Deux statues en bois doré dans leur niche.

Un lambri d'appui avec son banc tout autour de l'église.

Un tambour ou parevent en bois blanc.

Dans la sacristie de ladite église :

Une petite fontaine de cuivre.

La table des fondations.

Deux petits bancs d'église sans dossier ; deux mauvaises chaises de bois ; un très mauvais prie-dieu servant pour la préparation et action de grâce avant et après la messe.

Un aspersoir pour l'eau bénite : une vergette.

Une grande crédence bois blanc dans le haut de laquelle s'est trouvé deux calices d'argent avec leur patene, dont l'un pèse deux marcs deux onces cinq gros, et l'autre un marc, six onces quatre gros ; un ciboire pesant deux marcs ; un ostensoir et la clef du tabernacle avec sa chaine pesant deux marcs trois onces deux gros : un rituel, un bréviaire et trois bonnets carrés : trois boîtes servant à tenir les hosties ; une vieille croix de bois avec son Christ ; quatre missels et un cayer pour les messes des morts.

Dans le bas de ladite crédance :

Quatre bras peints en blanc et or ; quatre fleuriers ou pots à fleur de fayence ; un mortier avec son pilon ; une boite avec de l'encens : un petit bassin en lélon ; treizes chasubles..... dix nappes d'autel.....

Deux coupes étain fin : deux plats de composition : quatre burettes de cristal et une clochette argent aché.

Trente amis... une nappe pour la communion en mousseline brodée doublée de taffetas couleur de rose servant à la communion des filles de l'œuvre.

Une écharpe de taffetas... un te igitur.., une chape de damas... trois tapis pour couvrir les autels dans la semaine sainte ; deux coussins ; deux petits bras bois doré.

Deux bobeches léton servant à l'Exposition du Saint Sacrement. Une indulgence plénière.

Un piédestal bois argenté pour l'Exposition du Saint Sacrement ; un voile de gaze... une couronne de fleurs artificielles en canetelle pour le Saint Sacrement.

Six chandeliers cuivre argenté avec la croix de même ; un bénitier et aspersoir cuivre argenté : six chandeliers bois sculpté et argenté.

Un encensoir avec sa navette cuiller cuivre argenté ; deux chandeliers petits argent aché servant à l'Exposition du Saint Sacrement.

Huit vases bois argenté dont quatre avec des bouquets de fleurs artificielle en cocon neuf, et quatre avec des bouquets en papiers.

Deux petits vases bois argenté avec leurs bouquets en carton argenté.

Quatre grands vases dorés portant des plantes d'œillet artificielles en papier.

Six petites estampes en découpure avec leur bordure dorée. Une petite estampe ou image de taffetas représentant le Saint suaire. Deux petits vases...

Dans une salle servant à tenir le bureau par MM. les recteurs de l'œuvre :

Trois estampes montée sur un chassis dont une représente un Christ, l'autre les épousailles de la Vierge avec Saint Joseph, et la troisième l'Adoration des roys.

Deux garde robes dans lesquelles se sont trouvés les papiers et livres de ladite œuvre.

Un tableau représentant la présentation de la Vierge d'après Lucas Jordan, avec une bordure dorée de la hauteur d'environ 4 pans sur 2 pans 1|2 de largeur.

Un petit tableau ovale avec bordure dorée représentant l'Adoration du Saint Sacrement.

Un plus petit tableau avec sa bordure dorée représentant la présentation de la Sainte Vierge.

Un sopha, quatre fauteuils et deux chaises de bois de saule garnies de paille.

Une petite table de bois blanc au-dessus de laquelle il y a un tapis de drap vert.

Dans une androne à cotté du bureau dont la porte donne sur le plafond de l'escalier :

Un petit confessional à une niche de bois de sapin, servant pour confesser les filles qui sont dans un autre petit endroit divisé d'avec celuy-ci par une muraille de demy buget.

Trois fers pour des rideaux et portières non en place.

Dans une gallerie qui conduit dans les salles et logement des filles :

Trois estampes sur leurs chassis.

Huit tableaux contenant des inscriptions et armes des personnes qui ont fait des fondations à ladite œuvre.

Une caisse bois de sapin dans laquelle s'est trouvé six devant d'autel...

Deux bancs d'église sans dossier.

Dans la salle ou les filles travaillent :

Deux grands coffres bois noyer servant à tenir la soye que les filles dévuident.

Une grande credance bois sapin dans laquelle ne s'est trouvé que des guenilles.

Deux grands fauteuils... cinq mauvaises chaises... une mauvaise crédance bois de sapin dans laquelle il n'y a que des guenilles, et sur laquelle il y a une statue de la Sainte Vierge avec sa couronne et un cœur d'argent pesant ensemble une once cinq gros.

Onze tours d'espagne à dévider la soye, huit escouladous, trois dévidoirs à doubler la soye, et dix coquilles en bronze au même usage.

Deux coupes balances cuivre moyenne grandeur avec son bras de fer à peser la soye ; deux poids en bronze... une petite table...

Deux estampes d'environ dix pans de hauteur dont un représentant un Christ et l'autre la Nativité de Notre-Seigneur.

Deux autres estampes, moyenne grandeur : une grande estampe en travers représentant un esquelette ; une autre estampe représentant les quatre fins de l'homme.

Un grand tableau d'environ six pans de hauteur représentant l'ange Raphaël avec son cadre bois peint en rouge.

Un portrait représentant M. Paul de Joannis.

Un crucifix de bois.

Dans une andronne ou les filles se confessent :

Un prie dieu, un petit banc d'église et un mauvais tableau.

Dans le jardin :

Deux échelles, un chevalet, une pompe...

Dans le fonds du jardin une niche en rocaille dans laquelle il y a une statue de Sainte Magdeleine original de Chevrier.

Dans la cuisine :

(*Suit l'inventaire de la vaisselle*).

IV. — Dans le refectoir :

Sept tables à manger autour d'icelluy, bois noyer ; une garde robbe bois noyer dans laquelle ne s'est trouvé que quelques bouteilles vuides.

Un petit armoire dans laquelle s'est trouvé trois petites balances, ou trebuchets en cuivre et trois planches à graveur en cuivre.

Un mauvais coffre bois noyer...

Deux mauvaises estampes : un tableau des fondations.

Un grand placard bois noyer...

Quatre petites urnes à tenir l'huile dans un armoire.

Dans le grenier à farine :

Un grand moulin à blutter la farine... une petite cuve pour la lessive...

Dans un petit office sous l'escalier :

Deux grandes jarres à tenir l'huile... quatre paquets de corde pour la lessive...

Dans la tribune des filles qui donne dans l'église.

Deux marchepieds avec des bancs bâtis dans la muraille : deux mauvaises estampes.

Sur le pailler de l'escalier :

Deux tableaux, dont un moyenne grandeur représentant une vierge d'après le Barroche : l'autre plus petit représentant une vierge, avec une estampe sur son chassis avec un mauvais fanail de fer blanc.

Dans la première salle au levant au dessus du refectoir :

Sept estampes. Une petite mauvaise crédance de sapin ; un coffre sapin ; un grand fauteil à l'antique en bon état.

Dans une chambre à plein pied de ladite salle :

Neuf sacs toile grise pleins de farine... trois couvertures etoffe de laine pour mettre sur le pain ; quatre mauvais fauteils : une petite table bois noyer.

Dans une grande salle où couchent les filles :

Sept lits de bancs avec leurs paillasse, couvertures de laine et traversiers garnis de paille.

Vingt autres couvertures de laine : quatre autres paillasses.

Un matelas de laine avec un traversier et carreau de plume.

Un coffre bois noyer à l'antique, dans lequel ne s'est trouvé que les hardes d'une fille.

Une table bois noyer : un échauffelit de cuivre : une grand croix de bois sans christ : un fanaille de verre qui pend au milieu de ladite salle.

Dans la chambre à plein pied qu'occupe la mère :

Un coffre bois noyer appartenant à la mère dans lequel s'est trouvé la tapisserie de l'église en bourette.

Un autre coffre-fort noyer contenant quatre carreaux de canevat pour Mrs les consuls.

Une garde robbe bois de sapin (contenant draps et serviettes).

Dans un des greniers de laditte maison :

Un petite armoire contenant 75 livres de dévotion.

Un tapis de Rhodes tres mauvais servant à couvrir le marchepied de l'autel de l'église les jours de fette : un vieux mauvais coffre : dix morceaux de savon pesant dix livres.

Origine : Arch. de Vaucl. série H, Bon Pasteur, 12 fo 55-60, et liasse 16.

CXXVIII

24 juillet 1770. Rapport d'estime pour les Seigneurs directeurs de la maison des Repenties sous le titre de Ste Marie Egiptienne, que Mrs les recteurs du Bon-Pasteur ont vendu à Mr Rougier, fabricant en soye, size place de la Pignotte ou rue Philonarde.

La partie de directe qui relève de la Manse archiépiscole, et tout le corps de logis au Nord sur la place de la Pignotte, depuis la maison de Mr Peyrard où est le canal de la Sorguette jusques à la ruelle allant au four de la terre, et où est la chapelle, cette partie de directe a du levant au couchant 18 cannes, six pans ou environ ; et sur la ruelle allant au four de la terre, tirant du nord au midi, 9 cannes ; et du coté du canal de la Duransolle, tirant également du nord au midy, 18 cannes.

Dans sa mo ? cette ditte partie de directe a tout le grand corps de logis sur la place de la Pignote au nord, prenant jour également sur le jardin au midi au premier étage : lequel jardin se trouve presque tout de la même directe à la réserve d'une petite partie dans le fond attenant le refectoire qui se trouve de la directe des religieuses de Ste Catherine. Ce dit corps de logis est composé au rez de chaussée des parloirs sur la gauche en entrant, et sur la droite de l'église : par dessus, grande salle, chambre et tribune et autre commodité : et au second étage, d'une grande salle et appartement, aux deux bouts avec latrines.

Le corps de logis tirant de la rue Philonarde au four de la terre apres l'église, est composé des sacristies en terrein plain, par dessus d'un escalier à repos, en pierre de taille, et d'une partie en refectoire avec trois étages par dessus, l'escalier étant continué au plus haut. Tout ledit corps de logis se trouve en bon état. De plus presque tout le jardin de la même directe et toute la partie du fond au midi, soit bassecour, petit appartement, commodité, le tout de la même directe et tout ledit local de cette directe confronte du midi maison du Sr Peyrard et partie de la même maison relevant de la directe des religieuses de Ste Catherine, et petite partie de la même maison qui est allodial, du nord la place de la Pignotte, du levant le Sr Peyrard, et du couchant la rue allant de la place de la Pignotte au four de la terre et partie de la même maison venduë des directes des religieuses de Ste Catherine et de la partie franche. Tout lequel local relevant de la directe archiepiscopale contient environ 244 cannes carrées que nous estimons une canne dans l'autre 60 livres 13 sols 2 den. monte à 14800 livres.

La partie de directe qui relève des religieuses de Ste Catherine consiste en un terrein plein au rez de chaussée : au premier étage partie du refectoire avec trois étages au dessus, y compris les galetas et une partie du jardin sur la même ligne : le tout en tres bon état, et confronte du midi même maison vendue qui est la cuisine de la directe de M. de Castelet aujourd'hui allodial, du nord continuation du refectoire et appartement par dessus, et ensuite du jardin de la directe de la manse Archiepiscopale, du levant suite du jardin de la même directe de la manse, du couchant ruelle allant de la place Pignote au four de la terre, et du midi au nord 4 cannes 4 pans, et du levant au couchant 9 cannes, ce qui donne 40 cannes 4 pans carrés : que nous estimons à 50 livres la canne : monte à 2052 livres.

La partie de directe qui se trouve allodiale ci devant de la directe de M. de Castelet, consiste au rez de chaussée, à des pièces voutées et à une petite bassecour : au 1er étage, d'une cuisine où se trouve un puit et des appartements à plein pied servant de farinière, et sur la dite cuisine de trois étage y compris le galetas, le tout se trouvant en bon état avec des commodités au galetas porté dans la basse cour : et confront du midi maison de M. Santi, du nord le refectoire et partie du jardin de la directe de Ste Catherine, et du couchant la ruelle allant de la place Pignotte au four de la terre : et a du midi au nord 4 cannes 4 pans, et du levant au couchant 9 cannes 6 pans, ce qui donne 44 cannes 4 pans, estimés à 71 livres 17 sols, monte 3200 livres.

Total 20052 livres qui est le prix que la maison a été vendue.

Fait à Avignon le 24 juillet 1770. Franque.

Origine : pièce communiquée par le Dr Cassin.

CXXIX

1771. 3 juin. Acquit par les recteurs de l'œuvre du Bon Pasteur d'une partie du prix de la vente de l'ancienne maison des Repenties, unie au Bon Pasteur par édit du roi de décembre 1769.

L'an 1771 et le 3 juin,... Jean Olivier prêtre et chanoine de l'église cathédrale de Cavaillon, de Salvador recteurs anciens et modernes de la maison du bon pasteur et des recluses auxquelles a été réunie l'œuvre des pauvres filles repenties de cette ville par édit du roi de décembre 1769, régistré au parlement le 24 janvier suivant, ... ont recu de Mr Jean Jacques Rougier marchand fabricant les étoffes de soye dudit Avignon,... la somme de 2000 livres de principal à compte de la somme de 12000 livres portant intèret annuel a raison de 4 1/2 pour cent, courant du 16 juin de l'année dernière, que le dit Sieur Rougier reste devoir du prix de la maison et jardin et dépendances qu'occupoint cy devant lesdites filles repenties située audit Avignon paroisse St Pierre, et à la place de la Pignotte, ainsi qu'appert de l'acte recu par nous notaire le 16 juin 1770....

Fait et passé audit Avignon... Joseph Simon Michel Gollier notaire.

Origine : pièce communiquée par le Dr Cassin.

TABLE DES MATIÈRES

PIÈCES JUSTIFICATIVES

TABLE ALPHABÉTIQUE

CORRIGENDA

p. 7, ligne 10 : *1761* ; lege : *1661*.

p. 10, ligne 18 : la cause *que* produit ; lege : la cause *qui* produit.

p. 15, ligne 1 titre : aux XIIIme et *XIX*^me ; lege : XIIIme et *XIV*^me.

p. 16, ligne 5 : *suairres* ; lege : *suaire*.

p. 24, ligne 19 : *lègee* ; lisez : *lègue*.

p. 27, ligne 8 : *clausute* ; lege : *clausule*.

p. 49, ligne 35 : *Mme* Antiq : lege : *maître* Antiq.

p. 74, ligne 1 : au début du *XVI*^me ; lege : au début du *XVII*^me.

p. 193, ligne 21 : *Gercendis* ; lege : *Garcendis*.

p. 194, ligne 2 : *testamen* ; lege : *testament*.

p. 194, ligne 13 : *assignen* ; lege : *assignem*.

p. 197, ligne 26 : *eomissarium* ; lege : *commissarium*.

p. 205, XVII ligne 1 : *1374* ; lege : *1375*.

p. 234, ligne 2 : *1875* ; lege : *1375*.

p. 235 XLVII : *4378* ; lege : *1478*.

p. 236 XLVIII ligne 7 : in loco dicto *Amaco* ; lege : in loco dicto *Aniaco*.

p. 236 L ligne 1 : *1484* ; lege : *1384*.

Ibidem ligne 6 : *nativitste* ; lege : *nativitate*.

p. 240 LVIII ligne 4 : *concidit* ; lege : *condidit*.

Et alia minuscula quae quisque legendo emendabit, et stolidus solus numerabit

IMPRIMERIE MACABET FRÈRES ET JACOMET

VILLEDIEU-VAISON

RECHERCHES HISTORIQUES ET DOCUMENTS
sur Avignon, le Comtat Venaissin et la Principauté d'Orange
Publiés par la Société des Recherches Historiques de Vaucluse

T. I. **La Cour Temporelle d'Avignon aux XIV⁴ et XV⁴ siècles** (Contribution à l'étude des institutions judiciaires, administratives et commerciales de la ville d'Avignon au moyen âge) par M. J. GIRARD, *archiviste paléographe, conservateur de la Bibliothèque et du Musée d'Avignon*, et le Dʳ P. PANSIER, un vol. in 8º . . . . 6 fr.

T. II. **Le Procès du Rhône et les constatations sur la propriété d'Avignon** (1302-1818), par M Maurice FALQUE, *docteur en droit*, un volume in 8ᵒ avec une planche hors texte . . . . 4 fr.

T. III. **Etude sur l'Administration et l'Histoire du Comtat-Venaissin du XIII⁴ au XV⁴ siècle** (1229-1417) par M. Claude FAURE *Archiviste de la Drôme*, un vol. in-8ᵒ 7, 50

T. IV. **Le Cartulaire de l'Ordre de St Jean de Jérusalem d'Avignon**, par M. H. LABANDE, *conservateur des archives de la principauté de Monaco* (sous presse).

T. V. **L'Œuvre des Repenties à Avignon du XIII⁴ au XVIII⁴ siècle**, par le Dʳ PANSIER, un volume, in-8º, avec 3 planches hors texte. . . . . 8 fr..

T. VI. **Le Cartulaire du Chapitre de N. D. des Doms d'Avignon, du IX⁴ au XIV⁴ siècle**, par E. DUPRAT, *professeur adjoint au Lycée*, (sous presse).

T. VII. **Histoire des Remparts d'Avignon :**
I. Les enceintes d'Avignon jusqu'à la fin du XIII⁴ siècle, par E. DUPRAT, *professeur adjoint au Lycée* ; II. Les Remparts d'Avignon au XIV⁴ siècle, par R. MICHEL, *archiviste paléographe, membre de l'Ecole Française de Rome* ; III⁴ La reconstruction des Remparts au XV⁴ siècle, par le Dʳ P. PANSIER ; IV. Les Remparts depuis le XVI⁴ siècle jusqu'à nos jours, par H. LABANDE, *conservateur des archives de Monaco*, (pour paraître en 1912).

OUVRAGES EN PRÉPARATION

LABANDE et GRANDJEAN, *Histoire du Palais des Papes d'Avignon*.

H. CHOBAUT, Les *Institutions Municipales dans le Comté Venaissin* depuis les origines jusqu'en 1790.

L. DUHAMEL, archiviste de Vaucluse. I. *Chartes municipales et Statuts d'Orange*. — II. *Une Princesse d'Orange au XVI⁴ siècle, Philiberte de Luxembourg*. — III. *La Vice-Légation de Mazarin à Avignon*. — IV. *Richelieu à Avignon*

E. DUPRAT, I. *Catalogue des objets antiques trouvés à Avignon et dans le territoire de l'ancienne civitas Avennicnsis*. — II. *Avignon dans le haut Moyen Age, des origines au X⁴ siècle*. — III. *Les Légendes saintes de Provence : Trophime, Eutrope, Marthe, Lazare, Magdeleine, Maximin*, etc. — IV. *Dictionnaire topographique de l'ancien évêché d'Avignon*.

H. REQUIN, correspondant de l'Institut. I. *L'Art à Avignon au XV⁴ siècle*. — II. *L'Imprimerie à Avignon aux XV⁴ et XVI⁴ siècles*.

J. GIRARD, Conservateur du Musée et de la Bibliothèque d'Avignon. I. *Documents sur l'Histoire économique et sociale du Comtat-Venaissin aux XVII⁴ et XVIII⁴ siècles*.

Dʳ PANSIER. I. *Le cartulaire de l'œuvre du Pont d'Avignon*. — II. *Les Hôpitaux d'Avignon au Moyen Age*. — III. *Les courtisanes et la vie galante à Avignon du XIII⁴ au XVIII⁴ siècle*.

J. SAUTEL. I. *Catalogue des objets antiques trouvés à Vaison et dans son territoire*. — *Histoire de Vaison dans l'antiquité* (des origines au V⁴ siècle).